विश्व की
50
श्रेष्ठ कहानियाँ

विश्व की 50 श्रेष्ठ कहानियाँ

सं. रमेश यायावर

ग्रंथ अकादमी, नई दिल्ली

प्रकाशक : **ग्रंथ अकादमी**

भवन संख्या–19, पहली मंजिल, 2, अंसारी रोड, दरियागंज, नई दिल्ली–110002

 / संस्करण : 2026 / मूल्य : सात सौ रुपए

मुद्रक : नरुला प्रिंटर्स, दिल्ली ISBN 978-93-86870-33-9

VISHWA KI 50 SHRESHTHA KAHANIYAN

Ed. by Shri Ramesh Yayawar ₹ 700.00

Published by **GRANTH AKADEMI**

Building No. 19, First Floor, 2, Ansari Road, Daryaganj, New Delhi-110002

अनुक्रम

शर्त

—अनतोन चेखव

गरमियों के दिन थे। एक शाम को एक महाजन ने अपने घर पर बहुत बड़ी दावत दी, जिसमें बहुत से लोग शामिल हुए। उनमें काफी लोग पढ़े-लिखे थे। भोजन के बाद चाय की चुस्कियाँ लेते हुए वे लोग तरह-तरह के विषयों पर चर्चा कर रहे थे। तभी उनमें से कुछ लोग फाँसी की सजा के बारे में चर्चा करने लगे। आसपास खड़े दूसरे लोग भी इस चर्चा में भाग लेने लगे।

बातचीत में भाग लेनेवाले प्राय: सभी लोगों का कहना था कि किसी को फाँसी की सजा नहीं दी जानी चाहिए, उम्रकैद ही सबसे बड़ी सजा होनी चाहिए। लेकिन महाजन इस बात से सहमत नहीं था। वह बोला, ''हालाँकि मुझे न तो मौत की सजा का अनुभव है और न उम्रकैद का, फिर भी मैं बजाय उम्रकैद के, मौत की सजा दिया जाना ज्यादा ठीक समझता हूँ। मौत की सजा देने से आदमी तुरंत मर जाता है, जबकि उम्रकैद की सजा पानेवाला आदमी धीरे-धीरे मरता है। एकदम मरने में तकलीफ कम होती है और धीरे-धीरे मरने में ज्यादा।''

''तकलीफ तो इन दोनों ही सजाओं में होती है,'' वहाँ खड़ा एक व्यक्ति बोला, ''और दोनों ही सजाओं को देने का एक ही उद्‌देश्य है—आदमी से उसका जीवन छीन लेना। कानून किसी भी आदमी से वह चीज नहीं ले सकता, जो वह उसे लौटा न सके।''

वहाँ खड़े लोगों में एक पच्चीस वर्षीय वकील भी था। वह बोला, ''मौत की सजा और उम्रकैद की सजा दोनों ही उचित हैं। लेकिन अगर मुझे इनमें से कोई एक सजा चुननी पड़े तो मैं उम्रकैद को ही चुनूँगा। मरने से तो अच्छा यही है कि आदमी किसी भी तरह से, कितने भी कष्ट उठाकर जिंदा रहे।''

यह सुनकर महाजन जोश में बोला, ''यह गलत है। मैं शर्त लगाता हूँ कि तुम जेल की कोठरी में पाँच साल भी नहीं रह सकते।''

''पाँच साल तो क्या, मैं पंद्रह साल भी जेल की कोठरी में बिता सकता हूँ,'' नौजवान वकील ने कहा।

''पंद्रह साल! नहीं, यह नहीं हो सकता,'' महाजन बोला, ''भाइयो, मैं बीस लाख

रूबल (रूसी मुद्रा) की शर्त लगाता हूँ। यदि यह व्यक्ति पंद्रह साल जेल की कोठरी में बिताकर दिखाए, तो मैं इसे बीस लाख रूबल दूँगा।''

''तुम बीस लाख रूबल दाँव पर लगाते हो, मैं अपनी पंद्रह साल की आजादी दाँव पर लगाता हूँ।'' वकील ने कहा।

इस प्रकार उन दोनों के बीच यह अनोखी शर्त लग गई। महाजन के पास बहुत धन था।

जब सब लोग चलने लगे तो महाजन ने उस वकील से मजाक में कहा, ''अरे नौजवान, पागल मत बनो। अब भी मान जाओ और शर्त वापस ले लो। मेरे लिए बीस लाख रूबल ज्यादा महत्त्व नहीं रखते, पर तुम क्यों अपनी जिंदगी के तीन-चार साल बरबाद करते हो? मैं तीन-चार साल इसलिए कह रहा हूँ, क्योंकि तुम इससे ज्यादा दिन कोठरी में नहीं बिता पाओगे। मुझे तुमपर दया आती है।''

लेकिन वकील किसी भी तरह शर्त वापस लेने के लिए राजी नहीं हुआ।

तब यह निश्चय किया गया कि वह वकील महाजन के घर के बाहरवाले बाग की एक कोठरी में कैद रहेगा। उस कोठरी के बाहर सख्त पहरा होगा। शर्त के अनुसार वह न तो उस कोठरी से बाहर जा सकता था, न किसी से मिल सकता था और न किसी से बात ही कर सकता था। लेकिन वह कोठरी में बैठा-बैठा बाजा बजा सकता था, किताबें पढ़ सकता था और पत्र लिख सकता था। कोठरी में एक खिड़की थी। उस कैदी को जिस चीज की जरूरत हो, वह उस चीज का नाम एक परची पर लिखकर परची खिड़की में से बाहर खड़े पहरेदार को दे सकता था। उसे वह चीज मिल सकती थी।

उस नौजवान वकील ने अपनी कैद के पहले साल बहुत अकेलापन महसूस किया। वह बहुत दुखी भी हुआ। वह सारा दिन बाजा बजाता और कहानियों की किताबें पढ़ता रहता था।

कैद के दूसरे साल उसकी कोठरी से बाजे की आवाज आनी बंद हो गई। अब वह उच्च कोटि की पुस्तकें पढ़ने लगा। कैद के पाँचवें साल में वह फिर बाजा बजाकर अपना समय बिताने लगा। वह खूब खाता, पीता और फिर सो जाता। कई बार वह कुछ बड़बड़ाने लगता। कई बार वह रात को बैठकर देर तक लिखता रहता और फिर सुबह उस लिखे हुए को फाड़ देता। कई बार उसे रोते हुए भी देखा गया।

कैद के छठे साल में वह नई-नई भाषाएँ सीखने लगा। वह दर्शन और इतिहास की किताबें मँगाकर पढ़ने लगा। चार साल के भीतर वह छः सौ से भी अधिक किताबें पढ़ चुका था।

कैद के दसवें साल में वह बाइबल मँगाकर पढ़ने लगा। महाजन को यह देखकर आश्चर्य हुआ कि कैदी ने चार साल में तो छः सौ से भी अधिक किताबें पढ़ ली थीं, लेकिन बाइबल पढ़ने में उसे पूरा एक साल लग गया।

कैद के आखिरी दो सालों में उसने चिकित्साशास्त्र और रसायनशास्त्र तथा विज्ञान की अन्य किताबें पढ़ीं। वह शेक्सपियर की रचनाएँ भी पढ़ता था।

आखिर उसकी रिहाई का दिन भी आ गया। उसकी रिहाई से एक दिन पहले महाजन बहुत बेचैनी से अपने कमरे में इधर-उधर घूम रहा था। वह बहुत चिंतित था। वह सोच रहा था, 'अगली रात को बारह बजे इस आदमी के अपनी इच्छा से अपनाए गए कैदी जीवन के पंद्रह साल पूरे हो जाएँगे और वह शर्त जीत जाएगा। फिर इसे बीस लाख रूबल देने पड़ेंगे। इतना धन देने के बाद मेरा तो दिवाला ही निकल जाएगा। पंद्रह साल पहले तो मेरे पास बहुत धन था, लेकिन अब तो उतना धन नहीं है। ओह, मैंने यह शर्त क्यों लगाई?' महाजन मन-ही-मन बुदबुदाया, 'वह कैदी अभी केवल चालीस साल का है। वह शर्त जीतने के बाद मुझसे बीस लाख रूबल ले लेगा और फिर आराम से जीवन बिताएगा। मैं भिखारी हो जाऊँगा और मुझे दर-दर की ठोकरें खानी पड़ेंगी। अब तो इस हालत से बचने का एक ही उपाय है कि यह आदमी किसी तरह मर जाए।'

घड़ी में रात के तीन बजे थे। महाजन के घर के सभी लोग गहरी नींद में सो रहे थे। खिड़की से ठंडी-ठंडी हवा आ रही थी।

महाजन ने धीरे से अपनी तिजोरी खोली और उसमें से कोठरी की चाबी निकाली। पंद्रह साल तक तिजोरी में पड़े रहने से चाबी में जंग लग गई थी। फिर उसने अपना लंबा कोट पहना और घर से बाहर अपने बाग में आ गया।

बाग में अभी अँधेरा था। ठंड भी बहुत थी। कुछ बूँदाबाँदी भी हो रही थी। तूफानी हवा से पेड़ जोर-जोर से हिल रहे थे।

महाजन ने तेज आवाज में पहरेदार को पुकारा, पर उसे कोई जवाब नहीं मिला। खराब मौसम को देखकर पहरेदार रसोईघर के पास जाकर सो गया था।

'यदि मैं इसकी हत्या कर दूँ तो लोगों का शक पहरेदार पर ही जाएगा और मैं साफ बच जाऊँगा,' महाजन ने सोचा।

वह धीरे-धीरे चलता हुआ कोठरी के पास पहुँचा। उसने कोठरी की खिड़की में से भीतर झाँका। वहाँ एक मोमबत्ती जल रही थी। वकील एक मेज पर सिर टिकाए सो रहा था। उसके पास ही दो कुरसियाँ रखी थीं। मेज पर खुली हुई किताबें पड़ी थीं।

महाजन ने यह देखने के लिए कि वकील गहरी नींद में सो रहा है या नहीं, खिड़की खटखटाई; पर वकील के शरीर में कोई हरकत नहीं हुई। तब महाजन ने धीरे से कोठरी का ताला खोला। फिर वह कोठरी के भीतर घुस गया। कोठरी के भीतर एकदम सन्नाटा था।

महाजन ने मेज पर सिर टिकाकर सो रहे वकील की तरफ देखा। वह दूसरे लोगों से बहुत भिन्न लग रहा था। वह बहुत कमजोर हो गया था। उसकी खाल भीतर खिंच गई थी। उसके बाल सफेद हो चुके थे। उसकी दाढ़ी छाती तक लटक रही थी। गाल भीतर धँस गए थे। कमर झुक गई थी। आज उसके दुर्बल चेहरे को देखकर कोई नहीं कह सकता था कि

यह केवल चालीस साल का है।

तभी महाजन ने उस मेज पर एक कागज रखा देखा, जिसपर छोटे-छोटे अक्षरों में कुछ लिखा हुआ था।

'यह कैदी सो रहा है और शायद लाखों रूबल का सपना देख रहा है,' महाजन सोचने लगा, 'यह पहले ही अधमरा हो चुका है। मैं इस तकिए से इसका गला घोंटकर इसे मार देता हूँ। इस तरह बहुत छानबीन करने के बाद भी किसी को यह नहीं पता लगेगा कि यह अपने आप मरा है या किसी ने इसे मारा है। लेकिन पहले मैं मेज पर रखे इस कागज को पढ़कर देख लूँ कि इसपर क्या लिखा है।'

महाजन ने धीरे से मेज पर रखा वह कागज उठाया और उसे पढ़ने लगा। उसपर लिखा था—'कल रात को बारह बजे मैं इस कैद से मुक्त हो जाऊँगा। बाहर के लोगों से मिल सकूँगा।

'लेकिन इससे पहले कि मैं यह कोठरी छोड़ूँ, मैं कुछ कहना चाहता हूँ। मैंने पंद्रह साल इस कोठरी में बिताए हैं। इन पंद्रह सालों में मैंने सैकड़ों किताबें पढ़ीं और इस दुनिया के बारे में जाना। मैंने पंद्रह साल तक इन किताबों में ही दुनिया की हर चीज को देखा। हरे-हरे जंगल, उनमें रहनेवाले जानवर, ऊँचे-ऊँचे पहाड़, नदियाँ और समुद्र देखे। इन किताबों में मैंने संसार के बसते और उजड़ते शहरों के बारे में पढ़ा। इन किताबों से मुझे मनुष्य के हजारों सालों के इतिहास का ज्ञान हुआ।

'इन किताबों ने मुझे बहुत ज्ञान दिया है। मैं कह सकता हूँ कि मैं संसार के दूसरे लोगों से ज्यादा ज्ञानी हूँ। मैं जान गया हूँ कि संसार की हर चीज झूठी है, खोखली है और केवल दिखावटी है। धन से सुख और शांति नहीं मिल सकती। जिसके पास जितना ज्यादा धन होता है, वह उतना ही ज्यादा बेचैन रहता है।

'शर्त जीतने पर मुझे जो धन मिलने वाला है, उसे मैं नहीं लेना चाहता। इसलिए मैं कल रात बारह बजने से पाँच मिनट पहले ही इस कोठरी से भाग जाऊँगा।'

जब महाजन ने यह सब पढ़ा तो उसकी आँखों में आँसू आ गए। उसने झुककर धीरे से उस कैदी का माथा चूमा और फिर कोठरी का ताला पहले की तरह बंद करके अपने कमरे में चला आया। इससे पहले वह कभी इतना दुखी नहीं हुआ था।

अगले दिन सुबह कोठरी का पहरेदार भागा-भागा महाजन के पास आया और बोला, "साहब, कैदी कोठरी की खिड़की के सींखचे निकालकर भाग गया है।"

महाजन उसके साथ कोठरी में गया। वहाँ कैदी नहीं था। कोठरी में बाकी चीजें ज्यों-की-त्यों पड़ी थीं। महाजन ने चुपचाप मेज पर रखा कागज उठा लिया और कोठरी का ताला बंद करके अपने कमरे में आ गया।

□

वापसी

—आर्थर सी. क्लार्क

कालिन शेरार्ड और उसके साथी अपने-अपने अंतरिक्ष यान में बैठे अंतरिक्ष में विचर रहे थे। अचानक शेरार्ड का यान दुर्घटनाग्रस्त हो गया। वह बेहोश हो गया। जब उसे होश आया तो उसने अपने आपको एक अनजान ग्रह पर पाया। वह ग्रह बहुत गरम था।

शेरार्ड ने अपनी आँखें खोलीं और चारों तरफ देखा। वह समझ नहीं पाया कि वह कहाँ पर है। उसने देखा कि उसका यान पास में ही पड़ा है। यान का कुछ हिस्सा टूट गया था। उसने दूसरी तरफ नजर दौड़ाई तो उसे एक बड़ी पहाड़ी दिखाई दी। उस पहाड़ी की सतह काली थी। ऐसा लगता था जैसे वह सतह कभी आग से जली हो। आसपास बहुत-सी चट्टानें भी थीं।

उसने ऊपर की तरफ देखा तो उसे आसमान नजर आया, जिसमें असंख्य तारे टिमटिमा रहे थे। उन तारों में से एक तारा बहुत बड़ा और बहुत चमकीला था। वहाँ महसूस हो रही भयंकर गरमी के कारण शेरार्ड सोचने लगा कि कहीं वह तारा सूर्य तो नहीं। क्या वह पृथ्वी से चलकर सूर्य के इतना निकट आ गया है? "नहीं, यह नहीं हो सकता," शेरार्ड मन-ही-मन बुदबुदाया। हो सकता है, वह पृथ्वी से काफी दूर पहुँच गया हो, पर इतनी दूर नहीं कि वह सूर्य के निकट पहुँच गया हो।

वह रात का समय था। सवेरा होने में कुछ ही घंटे बाकी थे। उसने सोचा, जब इस समय इतनी गरमी है तो सूर्य के निकलने पर तो और भी भयंकर गरमी हो जाएगी। तब तो वह मौत के मुँह में ही चला जाएगा। पृथ्वी पर से दिखनेवाले सूर्य से तीस गुना आकार के सूर्य की किरणें उसे जलाकर राख कर देंगी। उसे लगा, उसके आसपास की सारी चीजें सूर्य की प्रचंड गरमी से ही जलकर काली हुई हैं। उसने पढ़ रखा था कि दिन के समय इकारस का तापमान एक हजार डिग्री फारेनहाइट तक पहुँच जाता है। कहीं यह इकारस ही तो नहीं है?

तभी शेरार्ड को कप्तान मैकलेलान की यह बात याद आई कि इकारस सौरमंडल का सबसे गरम भाग है।

अब केवल एक ही उम्मीद बची थी कि अगर उसके साथी उसे ढूँढ़ लें तो शायद उसकी जान बच जाए। अगर उसके साथी सवेरा होने से पहले उसे नहीं ढूँढ़ पाए तो वह अपने प्राणों से हाथ धो बैठेगा।

फिर वह अपने यान के नियंत्रण-कक्ष में गया और उसमें लगे उपकरणों की मदद से अपने साथियों से संपर्क करने की कोशिश करने लगा। लेकिन वह उनसे संपर्क करने में सफल नहीं हो सका।

शेरार्ड सूर्य की गरमी से बचने का कोई उपाय सोचने लगा। उसने चारों तरफ नजर दौड़ाई। उसे एक चट्टान नजर आई, जो बहुत बड़ी थी। वह उस चट्टान के पीछे छिपकर कुछ समय तक सूर्य के ताप से बच सकता था। पर प्रश्न यह था कि दोपहर के समय जब सूर्य एकदम सिर पर चढ़ आएगा, तब क्या होगा?

तभी उसे अपने परिवार का खयाल हो आया। वह अपनी पत्नी और बच्चों के बारे में सोचने लगा, हालाँकि इस समय उनके बारे में सोचना बेकार था। यह समय तो यही सोचने का था कि वह अपनी जान कैसे बचाए।

"मनुष्य तारों के पार जाने की क्यों सोचता है? क्यों वह अपनी जान जोखिम में डालकर ऊँचे-ऊँचे पहाड़ों पर चढ़ने की कोशिश करता है?" वह मन-ही-मन

बुदबुदाया। वह निराश होता जा रहा था।

वह उस बड़ी चट्टान के पीछे जा छिपा। रात का समय थोड़ा ही बचा था।

एकाएक शेरार्ड के मन में तरह-तरह के विचार घूमने लगे। वह सोचने लगा, सवेरा होने पर सूर्य की किरणें उसकी जान ले लेंगी। बाद में विज्ञान के क्षेत्र में और प्रगति होने पर जब मनुष्य इकारस पर सकुशल विचरने में सफल हो जाएगा तो वह यहाँ उसका स्मारक बनवाएगा, जिसपर लिखा होगा, 'यहाँ कालिन शेरार्ड नाम के अंतरिक्ष यात्री ने विज्ञान को आगे बढ़ाने की खातिर अपनी जान दी थी।'

फिर शेरार्ड को याद आया कि पृथ्वी के भूवैज्ञानिकों ने इकारस के विषय में लिखा है कि यह हमेशा अंतरिक्ष में लटकनेवाला छोटा-सा ग्रह नहीं रहा है। पहले पृथ्वी की तरह ही एक बड़ा ग्रह था, जो एक विस्फोट में टुकड़े-टुकड़े हो गया। इकारस उसी बड़े ग्रह का एक हिस्सा है। शायद पहले उस बड़े ग्रह पर आबादी भी थी।

धीरे-धीरे तारे हलके पड़ने लगे और साथ ही शेरार्ड की चिंता भी बढ़ने लगी। उसने समझ लिया कि उसकी मौत निश्चित है। उसने पृथ्वी और चाँद को नमस्कार किया। अपने दोस्तों और रिश्तेदारों को नमस्कार किया। अपने परिवार के लोगों के लिए शुभकामना प्रकट की और अपनी मौत का इंतजार करने लगा। सूर्य निकल चुका था और वह धीरे-धीरे क्षितिज की तरफ बढ़ रहा था। मौत और शेरार्ड के बीच में थोड़ी ही दूरी रह गई थी।

अचानक उसे आकाश में एक चमकीली चीज दिखाई दी, जो तारों की चमक से भी ज्यादा चमकीली थी। वह चमकीली चीज उसके सिर से कई मील ऊपर आसमान में चल रही थी। जब वह चीज मुड़ती थी तो उसमें से सूर्य की किरणें परावर्तित होती थीं। शेरार्ड यह देखकर चौंक पड़ा। 'यह कोई तारा नहीं हो सकता और न ही कोई अन्य ग्रह हो सकता है,' शेरार्ड सोचने लगा।

शेरार्ड को समझते देर न लगी कि यह उसके साथियों का यान होगा, जिसपर लगा कोई शीशा चमक रहा है। शेरार्ड को आशा की एक किरण नजर आई। अब उसे उम्मीद हो गई कि वह बच जाएगा। हालाँकि अब भी उसके चेहरे पर घबराहट की वजह से पसीना आ रहा था।

लेकिन अब वह एक बार फिर नियंत्रण-कक्ष में जाकर पूरे उत्साह से नियंत्रण-कक्ष में लगे बटनों को जल्दी-जल्दी दबाकर अपने साथियों से संपर्क करने की कोशिश करने लगा।

तभी उसे कप्तान मैकलेलान की आवाज सुनाई दी। कप्तान मैकलेलान ने कहा, "शेरार्ड, घबराओ मत। हम आ रहे हैं। लेकिन तुम जोर-जोर से चिल्लाते रहो, ताकि हमें यह पता रहे कि तुम ठीक हो।"

"मैं यहाँ हूँ," शेरार्ड जोर से चिल्लाया, "आप लोग जल्दी कीजिए। मेरा सारा शरीर झुलसने वाला है।"

'इसका मतलब है कि मेरे साथी यहाँ से थोड़ी ही दूर पर होंगे,' शेरार्ड सोचने लगा। अब उसमें एक नई ताकत आ गई थी।

शेरार्ड ने दोबारा आसमान की तरफ देखा। वह चमकनेवाली चीज धीरे-धीरे उसकी तरफ बढ़ रही थी। शेरार्ड समझ गया कि उसके साथियों का यान उसके पास आ रहा है। फिर उसे वह यान साफ दिखाई देने लगा।

शेरार्ड लगातार चिल्ला रहा था। तभी उसके साथियों का यान उसके सिर के एकदम ऊपर आ गया। शेरार्ड ने देखा, उस यान में कप्तान मैकलेलान और उसका एक अन्य साथी बैठे हैं। उन दोनों ने शेरार्ड को सीढ़ी की सहायता से अपने यान में खींच लिया और इससे पहले कि शेरार्ड मौत के मुँह में जाता, उसके साथी उसे लेकर उड़ गए।

□

सच्चा मित्र

—आस्कर वाइल्ड

कहने के लिए तो हैंस के कई मित्र थे, लेकिन सबसे अधिक प्यार वह अपने धनी मित्र हैग को करता था। धनी हैग के प्रति वह इतना वफादार था कि जब भी हैग हैंस के बाग में आता, वह उसे मीठे फल उपहार में अवश्य देता।

'सच्चे दोस्त मिल-बाँटकर खाते हैं,' धनी हैग कहता। हैंस सिर हिलाता, मुसकराता और अपने मित्र के ऊँचे विचारों पर गर्व से गरदन ऊँची कर लेता।

यद्यपि हैग के पास सौ बोरे अनाज, कई गायें और भेड़ों का विशाल झुंड था, लेकिन हैंस ने कभी इस विषय में सोचा भी नहीं था, न कभी हैग ने ही उसे अपनी तरफ से कुछ देने का इरादा जताया। वह तो हैग के मुँह से निकली सूक्तियों को सुनकर ही मस्त था।

वसंत, गरमी और पतझड़ तक तो हैंस को कोई परेशानी होती नहीं थी, हाँ, सर्दी आने पर वह खाने तक के लिए मोहताज हो जाता था और उन दिनों हैग भी उसके पास नहीं आता था।

"बर्फ निकलने से पहले हैंस के पास जाने से कोई फायदा नहीं है," हैग अपनी पत्नी से कहता, "क्योंकि जब व्यक्ति मुश्किल में हो, उसे अकेला छोड़ देना चाहिए। मित्रता के विषय में मेरा यही विचार है। मैं समझता हूँ, मेरा विचार ठीक है। वसंत आने पर हैंस के पास जाऊँगा। एक बड़ी डलिया ले जाऊँगा, क्योंकि वह बड़े गुलाब मुझे उपहार में अवश्य देगा।"

"तुम दूसरों के लिए बहुत सोचते हो," हैग की आरामकुरसी को आग के समीप खिसकाती हुई पत्नी कहती, "खुद पादरी भी मित्रता की इतनी अच्छी परिभाषाएँ नहीं जानता होगा।"

वसंत आया, गुलाब खिलने लगे। हैग अपनी पत्नी से बोला, "अब मैं हैंस से मिलने जाऊँगा।"

"तुम कितने अच्छे हो," हैग की पत्नी बोली, "हमेशा दूसरों के लिए सोचते रहते

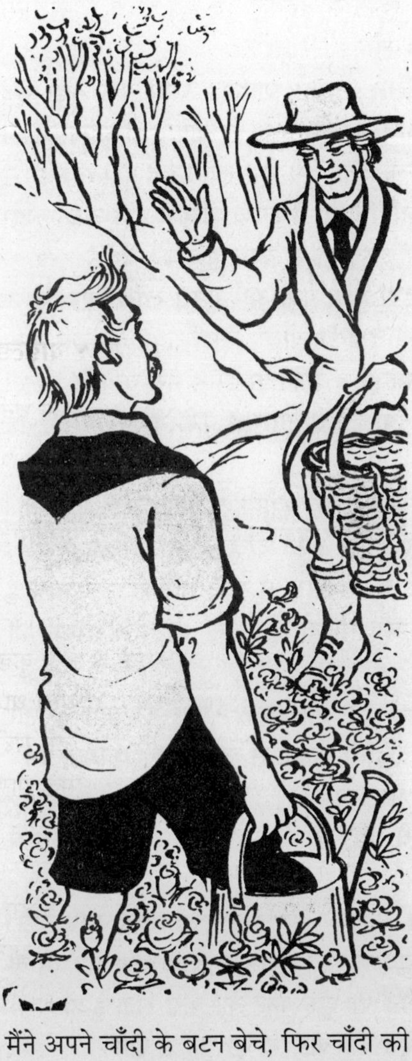

हो। एक बड़ी डलिया लेते जाओ।''

हैग एक बड़ी-सी डलिया लेकर हैंस के पास पहुँचा।

''गुड मॉर्निंग, हैंस।''

''गुड मॉर्निंग,'' हँसते हुए हैंस बोला।

''सारी सर्दियाँ कैसी बिताईं?''

''बहुत अच्छी। वैसे जरा कठिन समय था, लेकिन अब सब ठीक है। वसंत आ गया है। मैं बहुत खुश हूँ। मेरे फूल भी अच्छे खिले हैं।''

''मैं तो सोच रहा था कि तुम मुझे भूल गए होगे।'' हैग बोला।

''हैग, कैसी बातें करते हो?'' हैंस बोला, ''मित्र कहीं भुलाए जाते हैं! तुम्हारी दया से इस बार फूल हैं भी बहुत। उन्हें बाजार में ले जाकर दीवान की पुत्री की शादी में बेचूँगा और अपनी ठेलागाड़ी वापस खरीद लूँगा।''

''ठेला वापस ले लूँगा?...क्या मतलब? तुमने क्या उसे बेच दिया?... यह क्या बेवकूफी की?'' हैग बोला।

''हाँ,'' हैंस बोला, ''बेवकूफी तो की, लेकिन सर्दियों में बहुत दिक्कत हो गई थी। खाने के लिए पैसे नहीं थे। मैंने अपने चाँदी के बटन बेचे, फिर चाँदी की जंजीर और अपना पाइप बेचा, फिर ठेला। लेकिन एक-एक करके सब वापस ले लूँगा।''

''हैंस!'' हैग बोला, ''मैं अपना ठेला तुम्हें दे दूँगा। खास मरम्मत की जरूरत तो नहीं है, हाँ, एक तरफ का हिस्सा टूट गया है। उसके पहिए में भी कुछ गड़बड़ है, लेकिन फिर भी मैं तुम्हें दे दूँगा। वैसे जानता हूँ कि लोगबाग हँसेंगे कि भावना में बहकर मैंने कितनी अच्छी चीज दे दी; लेकिन हँसने दो, मैं सबसे अलग हूँ। मित्रता की धुरी हृदय की विशालता है। मेरे पास तो नया ठेला है, तुम सोच लेना अच्छी तरह।''

"वास्तव में तुम बहुत अच्छे हो।" खुशी से चहकते हुए हैंस बोला, "मेरे पास लकड़ियाँ हैं, मैं आराम से उसे ठीक कर लूँगा।"

"लकड़ी ?···मुझे अपनी छत के लिए लकड़ी चाहिए। उसमें एक बड़ा छेद हो गया है। अगर उसे बंद न किया तो सब मक्का गीला हो जाएगा। कितना अच्छा हुआ, तुमने बता दिया। मैं तुम्हें अपना ठेला दूँगा, तुम मुझे लकड़ी दे दो। लकड़ी से ठेला कहीं अधिक कीमती है, लेकिन सच्ची मित्रता में रुपया बीच में नहीं आता। जरा जल्दी से लकड़ियाँ दो तो मैं खलिहान में आज ही से काम शुरू कर दूँ।"

"जरूर, जरूर!" कहकर हैंस दौड़ता हुआ गया और गठरा खींच लाया।

"ज्यादा बड़ा तो नहीं है।" हैग उसे देखकर बोला, "खलिहान की छत ठीक करने के बाद ठेले के लिए मुश्किल से लकड़ी बचेगी। पर इसमें मेरी तो कोई गलती है नहीं। हाँ, जब मैंने तुम्हें अपना ठेला दिया है, तो तुम मुझे कुछ गुलाब दे दो। यह रही डलिया, जरा ठीक से भर दो।"

'पूरी भर दूँ··· ?' हैंस जरा सोच में पड़ गया, क्योंकि डलिया बहुत बड़ी थी। अगर सारी भर देता तो बाजार क्या ले जाता? उसे अपने चाँदी के बटन वापस लेने थे।

"हाँ," हैग बोला, "अगर ठेले के बदले थोड़े से फूल माँग रहा हूँ तो कोई ज्यादा तो नहीं। मैं चाहे गलत ही होऊँ, परंतु सोचता हूँ मित्रता के बीच स्वार्थ नहीं आना चाहिए।"

"मेरे प्यारे दोस्त, मेरे अच्छे दोस्त।" हैंस चिल्लाया, "तुम मेरे बाग के सारे फूल ले लो। तुम्हारी अच्छी-अच्छी बातें चाँदी के बटनों से कहीं ज्यादा कीमती हैं।" उसने दौड़कर फूल तोड़े और डलिया में भर दिए।

"गुड बाई!" कहकर हैग एक कंधे पर लकड़ी का गट्ठर और एक हाथ में फूलों की डलिया लेकर ऊपर चल दिया।

"गुड बाई!" हैंस ठेले की बात सोच-सोचकर खुश होता हुआ खुदाई करने लगा।

दूसरे दिन जब हैंस एक बड़े से शहद के छत्ते में से शहद निकाल रहा था तो उसे हैग की आवाज सुनाई दी। उसकी पीठ पर एक आटे का बोरा लदा हुआ था।

"प्यारे हैंस," हैग बोला, "आज मेरा यह बोझ बाजार पहुँचा दोगे?"

"अफसोस!" हैंस बोला, "आज मुझे बहुत काम हैं। आज सारी लताएँ काटनी हैं, फूलों में पानी देना है और घास भी काटनी है।"

"क्यों नहीं!" हैग बोला, "पर मैं सोचता हूँ, जब मैं तुम्हें अपना ठेला दे रहा हूँ, तो तुम्हारा ऐसे मना करना मित्रतावाली बात नहीं है।"

"नहीं, ऐसा न कहो!" हैंस चिल्लाया, "मैं दोस्ती नहीं छोड़ सकता।" उसने दौड़कर टोपी पहनी और बोरा पीठ पर लाद लिया।

उस दिन गरमी बहुत थी। धूल-भरी आँधी चल रही थी। आधे रास्ते में ही वह बहुत थक गया। जैसे-तैसे वह बाजार पहुँचा। अच्छे दामों पर बोरा बेचा। जल्दी से घर वापस आया, ताकि रात होने से पहले घर पहुँच जाए।

'आज का दिन बहुत कठिन रहा,' हैंस ने सोचा, 'लेकिन हैग मेरा अच्छा मित्र है। ऊपर से ठेला दे रहा है। मना करना भी ठीक नहीं था।'

सुबह भेड़ों को लेकर हैग हैंस के पास आया। हैंस उन्हें लेकर पहाड़ी पर चल दिया। शाम ढले थकावट से चूर हैंस वापस आया। आते ही बिस्तर पर पड़ गया और सुबह ही उसकी आँख खुली। उठकर वह बगीचे में लग गया।

लेकिन अब अधिकतर वह अपने बाग को नहीं देख पाता था, क्योंकि हैग किसी-न-किसी काम में उसे उलझाए रखता था। उसे डर लगता—कहीं बगीचा मुरझा न जाए। पर तभी वह सोचता कि हैग ठेला भी तो देने वाला है। इसपर हैंस हैग के लिए काम करता रहा और बदले में हैग उसे बड़े-बड़े उपदेश देता रहा।

एक भयानक तूफानी रात को जब हैंस आग के समीप बैठा था तो हैग लालटेन और डंडा लेकर आया।

"प्यारे हैंस!" हैग बोला, "मैं बहुत मुश्किल में पड़ गया हूँ। मेरा छोटा लड़का सीढ़ियों से गिर पड़ा है। मैं डॉक्टर को बुलाने जा रहा था, लेकिन वह बहुत दूर रहता है। रात बहुत अँधेरी और तूफानी है। अच्छा होगा, मेरी जगह तुम चले जाओ। मैं तुम्हें अपना ठेला दे रहा हूँ। बदले में अगर मेरा यह काम कर दो तो बहुत अच्छा होगा।"

"जरूर!" हैंस चिल्लाया, "तुम मेरे पास मदद के लिए आए, मैं बहुत एहसानमंद हूँ। हाँ, अपनी लालटेन दे दो, कहीं खाई में न गिर जाऊँ।"

"मुझे अफसोस है!" हैग बोला, "अगर लालटेन को कुछ हो गया तो मेरा नुकसान होगा। यह बिल्कुल नई है।"

"कोई बात नहीं, मैं ऐसे ही चला जाऊँगा।" हैंस ने कहा और डॉक्टर को बुलाने चल दिया। रात इतनी अँधेरी थी कि हैंस को कुछ भी दिखाई नहीं दे रहा था। तीन घंटे तक टटोल-टटोलकर चलते हुए वह डॉक्टर के यहाँ पहुँचा और दरवाजा खटखटाया।

"कौन है?" डॉक्टर ने खिड़की से झाँककर पूछा।

"मैं हैंस हूँ, डॉक्टर!" हैंस ने कहा, "हैग का लड़का सीढ़ियों से गिर गया है। तुम फौरन चलो, डंडा-लालटेन लेकर।"

"ठीक है।" डॉक्टर ने कहा और घोड़े पर चढ़कर चल दिया। लड़खड़ाता-घिसटता हैंस भी वापस चल दिया।

तूफान और बढ़ गया। वह घोड़े से बहुत पीछे रह गया तथा रास्ता भूल गया और एक गहरे गड्ढे में गिर गया। दूसरे दिन चरवाहों को उसका शरीर पानी से

भरे गड्ढे में तैरता हुआ मिला। वे उसे उसके घर ले आए।

हैंस बहुत लोकप्रिय था। सारी बस्ती ने उसके क्रिया-कर्म में भाग लिया। हैग ने क्रिया की।

''वह मेरा सबसे अच्छा मित्र था,'' हैग बोला, ''उसका उत्तराधिकार मुझे ही मिलना चाहिए।'' वह सबसे आगे चला। वह बार-बार आँसू पोंछ रहा था।

''हैंस का जाना बहुत बड़ा नुकसान है।'' एक लुहार ने कहा। क्रिया-कर्म से लौटकर एक सराय में रुककर सब चाय की चुस्कियाँ ले रहे थे।

''मेरे लिए तो बहुत बड़ा नुकसान है।'' हैग बोला, ''मैं उसे अपना ठेला देना चाह रहा था। अब समझ में नहीं आता, उसका क्या करूँगा। मेरे घर में रास्ते में पड़ा जगह घेर रहा है। इतनी खराब हालत में है कि उसे ठीक किया नहीं जा सकता और बेचने पर कुछ मिलेगा नहीं। आगे से कभी किसी को कुछ देने की बात नहीं करूँगा। दया दिखाना सचमुच बहुत बड़ा दु:ख का कारण होता है।''

□

सोन मछली

—इओसिफ दिक

जब मैं छोटा था तो माँ को पिताजी से यह कहते सुना करता था, ''कैसे विचित्र आदमी हो तुम! ठीक है, नाटक-सिनेमा के लिए तुम्हारे पास समय नहीं है, पर कभी-कभार मेरे लिए कुछ ला तो सकते हो—सेंट की शीशी या और कुछ। लाने को तो यह सब मैं खुद भी ला सकती हूँ, पर तुम कोई उपहार दो तो ज्यादा अच्छा लगेगा।''

मेरे पिता अध्यापकों के एक प्रशिक्षण महाविद्यालय में भूगोल के शिक्षक थे। जब वह घर पर होते, एक मोटी-सी किताब पढ़ते रहते।

एक दिन शाम के वक्त वह बड़े खुश-खुश लौटे और आते ही बोले, ''आज तुम कुछ नहीं कह सकोगी। लो, पकड़ो इसे, देखो इसमें क्या-क्या है। तुम्हारी तबीयत खुश हो जाएगी!'' यह कहते हुए उन्होंने अपना ब्रीफकेस आगे बढ़ा दिया।

माँ की खुशी का ठिकाना न रहा। मुझे सीने से लगाकर, कमरे में नाच-नाचकर गाने के लहजे में कहने लगीं, ''देखा जाए, तुम्हारे पिताजी क्या लाए हैं? देखा जाए···''

उन्होंने ब्रीफकेस को बड़े एहतियात से मेज पर रखकर खोला और तत्काल चौंककर बोलीं, ''यह क्या है? यह मेरे लिए क्या ले आए तुम? मर्दों के इस्तेमाल के 'यू डी कोलोन' का मैं क्या करूँगी? मैं क्या दाढ़ी बनाती हूँ? सचमुच तुम बच्चे ही रहोगे!''

माँ की आँखें डबडबा आई थीं और उनका हाथ काँप रहा था। माँ के दुःख से मैं भी दुखी हो उठा।

मेरी समझ में एक बात और आ गई। मैं और मेरे पिता एक ही भाषा में बात कर सकते हैं। माँ ने उन्हें बच्चा कहा था और मैं भी बच्चा था।

बस, मैं अपने पिताजी के पीछे पड़ गया, ''मेरे लिए एक सोन मछली ला दीजिए। ला देंगे न? उस बिल्ले के साथ खेलते-खेलते मैं ऊब गया हूँ। वह पंजे मारता है। मेरे लिए सोन मछली ला दीजिए।''

पिताजी से सोन मछली की माँग करने में मेरा एक उद्देश्य था। मेरी माँ पुश्किन

की परी-कथाएँ सुनाया करती थीं। मछुआरे और सोन मछली की कहानी मुझे बड़ी अच्छी लगती थी। खासतौर पर जब वह जादुई मछली इनसानी आवाज में कहती है, "ऐ बूढ़े, मुझे समुद्र में छोड़ दे, इसके बदले में मैं तुझे मालामाल कर दूँगी।"

मैं समझता था कि सोन मछली कोई साधारण मछली नहीं है। अगर वह हमारे घर में आ जाए तो माँ को रोज उपहार मिला करेंगे।

मेरे पिताजी ने अचरज के साथ पूछा, "तुम्हें मछली चाहिए? यह तो मैं पहली बार सुन रहा हूँ। तुम्हारी माँ तो कुछ-न-कुछ लाने के लिए कहती ही रहती है, अब तुम भी कहने लगे। समझ में नहीं आता क्या करूँ। अच्छा, मान लो तुम्हारे लिए कवई या और कोई मछली ला दूँ तो?"

मैंने दृढ़ता से कहा, "नहीं, मुझे तो सोन मछली ही चाहिए।"

आखिर वह राजी हो गए और बोले, "अच्छा, ला दूँगा। पर तुम उसका करोगे क्या?"

मैंने बात को टालने के लिए कहा, "मुझे कुछ काम है। पर देखिएगा, आप भी खुश हो जाएँगे।"

फिर एक दिन एक शीशे का मर्तबान लेकर हम जीव-जंतुओं की दुकान पर गए।

उस दुकान पर सारी सोन मछलियाँ ही थीं। जब हम लौटे तो मेरे हाथों में मछली

रखने का काँच का एक बरतन था और मेरे पिताजी वह मर्तबान लिये हुए थे, जिसमें सोन मछली थी।

घर पहुँचकर हमने काँच के बरतन में थोड़ा बालू डाला और फिर उसमें गुनगुना पानी भरा। इसके बाद वह मछली उसमें डाल दी।

पूरे-पूरे दिन मैं खिड़की में रखी मछली को ताकता रहता। अपने काँच के घर में वह तैरती रहती और कभी-कभी अपने पंखों से बालू को कुरेदती, जैसे सचमुच के समुद्र में हो।

मछली से मेरी बड़ी दोस्ती हो गई। मैंने एक नन्ही-सी झोंपड़ी बनाई और उसे काँच के बरतन में रख दिया। मछली तैरती हुई उसके दरवाजे से प्रवेश करती और खिड़की से निकल जाती। जिस तरह मेरे पिताजी ने सिखाया था, मैं काँच के बरतन पर उँगली से ठुक-ठुक करता और मछली पूँछ फैलाए तैरती चली आती। लगता, जैसे वह कोई बड़ी गुप्त बात बताने आई है।

एक दिन घर पर कोई नहीं था। मैंने बड़ी सावधानी से मछली को बरतन में से उठा लिया। वह ठंडी और चिकनी लग रही थी। वह मेरी मुट्ठी में फड़फड़ा रही थी और बार-बार मुँह खोल व बंद कर रही थी।

मैंने सोचा, वह कुछ कह रही है। मैं उसे अपने कान के पास ले गया। तभी लगा कि बुलबुले फूटने की-सी आवाज में वह कह रही है, ''जो चाहो माँग लो, तुम्हें वही मिल जाएगा।''

''ठीक है,'' कहते हुए मैंने मछली को फिर बरतन में छोड़ दिया। फिर पानी पाकर वह तेजी से इधर-उधर चक्कर लगाने लगी। मुझे पूरा यकीन था कि वह हमारी बातचीत पर खुशी जाहिर कर रही थी।

उस दिन शाम को पिताजी खाने की मेज पर बैठे चाय पी रहे थे और अखबार पर नजरें दौड़ा रहे थे। माँ घर पर नहीं थीं, किसी बीमार पड़ोसिन को देखने गई थीं। मैं मछली के बरतन के पास गया और काँच को उँगली से ठुकठुकाकर धीरे से बोला, ''सोन मछली, सोन मछली! मेरी माँ को सेंट की शीशी चाहिए। देखो, मेरी बात खाली न जाए।''

उसके बाद मैं सोने चला गया।

अगले दिन बर्फ गिर रही थी। पिताजी बर्फ से लथपथ घर आए और माँ ने बाहर के कमरे में उनका कोट उतरवाकर धीरे से झटका तो उसकी जेब से शीशी के खनकने की-सी आवाज आई।

जेब से छोटी-सी शीशी बाहर निकलते हुए देखकर उन्होंने अचरज के साथ पूछा, ''यह क्या है?''

पिताजी ने शर्मीली मुसकान के साथ कहा, ''क्रीगियाई गुलाब है, तुम्हारे लिए।''

"मेरे लिए?"

"हाँ, तुम्हारे लिए।"

"सच कह रहे हो? पहले क्यों नहीं बताया?"

"अब यह सब छोड़ो।" पिताजी ने कुछ बुरा-सा मानते हुए कहा।

मानो अपने पिता के समर्थन में मैं भी बोल पड़ा, "तुम्हारे लिए है, तुम्हारे लिए। और भी बहुत-सी चीजें आएँगी, देखती जाओ।"

माँ ने मेरी बात अनसुनी करके भौंहें सिकोड़कर पिताजी की ओर देखा, आनंद के भाव से हँसीं और वह शीशी अपनी श्रृंगार की मेज पर रख दी।

शाम को मछली के बरतन के पास से गुजरते हुए मैंने देखा, उसके साथ एक कागज लगा है। मैंने सोचा, जरूर मछली ने चिट्ठी भेजी है और चुपके से वह कागज ले लिया। पड़ोस की बीमार फेन्या चाची के पास मैं उस चिट्ठी को ले गया। उन्होंने पढ़कर सुनाया :

"अगड़म-बगड़म—बंबा बो! माँ का कहना मानो और काम में उसकी मदद करो।"

चिट्ठी लौटाते हुए फेन्या चाची ने पूछा, "यह क्या मामला है?"

मैंने कहा, "कुछ नहीं, यों ही।" वे जादू के शब्द मैं दोहराना नहीं चाहता था कि कहीं वह उन्हें याद न कर लें।

घर पहुँचकर मैंने खाने की मेज साफ की और दो जूठी प्लेटें रसोई में रख आया। मैंने स्वयं अपना बिस्तर ठीक किया और पहली बार बिना माँ की मदद के हाथ-मुँह धोए। सोने की पोशाक पहनकर मैंने मछली के बरतन पर उँगली ठुकठुकाकर कहा, "अगड़म-बगड़म—बंबा बो! सोन मछली, माँ के उपहार के लिए धन्यवाद। मुझे तीन पहियों की एक साइकिल दिला दो, जैसी ल्योवा के पास है।"

आमतौर पर मैं देर से सोकर उठता हूँ, करीब दस बजे। उसके बाद आँखें मलते हुए रात के सपनों को याद करता हूँ।

पर उस दिन मैं आँखें मलता ही रहा और अपने कान भी मैंने खींचे। मेरे बिस्तर की बगल में चमचम करती, नई, तीन पहियों की एक साइकिल खड़ी थी।

साइकिल की निकेल की पालिशवाली घंटी पर हाथ फेरते हुए मैं सोचने लगा, 'यह तो सचमुच चमत्कार है। इच्छा करने की देर नहीं कि पूरी हो जाती है। मुझे बराबर माँ की मदद करते रहना चाहिए।'

आधा दिन मैं अपनी साइकिल पर ही घूमता रहा। जब मछली को खिलाने का समय आया तो मैंने उसका सारा चारा बरतन में उड़ेल दिया।

माँ ने पूछा, "यह साइकिल कहाँ से मिली?"

मछली के बरतन की ओर देखते हुए मैंने उत्तर दिया, "हा-हा, तुम देखती तो जाओ, अभी तो बहुत चीजें आएँगी।"

भोजन के बाद मैं खिड़की के पास जा रहा था कि पिताजी ने मुझे बुलाकर धीरे से कहा, "अब कुछ दिनों तक मछली से कुछ न माँगना। कुछ दिन आराम करने दो उसे।"

मैंने पिताजी की सलाह को गौर से सुना। वाकई उस नन्ही-सी सोन मछली को इतनी भारी साइकिल दुकान से यहाँ तक लाने में बड़ी मेहनत करनी पड़ी होगी।

मैं अहाते में खेलता और स्कीइंग करता रहा। मैंने बर्फ से आदमी का पुतला भी बनाया। इस बीच मछली को जरूर मेरी याद आ रही होगी। मैंने सोचा, बिल्ले से उसका परिचय करा दिया जाए। पहले भी वह बिल्ला उछलकर खिड़की पर चढ़ जाता था, पर पिताजी ने उसे इतनी कड़ाई से समझाया था कि वह दूर से ही चमकती हुई सोन मछली को ताकता रहता था।

नए परिचय से वह बड़ा खुश हुआ। मैंने जब उसे मछली के बरतन के पास बैठा दिया तो मारे खुशी के उसकी आँखें एकदम गोल-मोल लग रही थीं। वह म्याऊँ-म्याऊँ कर रहा था और पंजों को बार-बार उठा और रख रहा था।

उस दिन जब मैं बाहर से लौटा तो सोन मछली बरतन में नहीं थी। बिल्ला मेरी ओर पीठ किए फर्श पर बैठा बड़े प्रेम से कुछ चबा रहा था। मेरे मन में भय समा गया और मैं उसकी ओर लपका। उसकी गरदन पकड़कर अपनी ओर घुमाई तो देखा मछली की सुनहरी पूँछ उसके मुँह में लगी हुई थी।

मैंने बिल्ले को एक घूँसा जमाया और फिर काँच के बरतन में हाथ डालकर टटोला कि शायद सोन मछली अभी भी उसमें हो। पर वहाँ कुछ नहीं था। ओवरकोट और टोपी पहने-पहने ही मैं फर्श पर हाथ-पैर पटककर रोने लगा।

चीखकर मैंने बिल्ले से कहा, ''पक्का शैतान है! मैं तो सोन मछली से कहने वाला था कि हमें समुद्र-तट की सैर को ले चले और ल्योवा से कह दे कि वह मेरा स्कीइंग का सामान न ले···मैं सोन मछली से एक राइफल और हवाई जहाज भी माँगने वाला था, ताकि कुछ करके दिखा सकूँ। पर अब तो सबकुछ तूने अपने पेट में भर लिया।''

उसी समय पिताजी आ गए। ठंड से उनका चेहरा लाल हो रहा था।

मैं चिल्लाया, ''पिताजी!'' और सोन मछली की पूँछ उन्हें दिखाकर कहा, ''यह सब इस बिल्ले की हरकत है। यह शैतान है···इसे मार डालिए!''

अपना ब्रीफकेस एक ओर रखकर वह मेरे पास बैठकर समझाने लगे, ''बेटे, रोओ नहीं, रोने से क्या होगा?''

हिचकियाँ लेते हुए मैंने कहा, ''मैं समुद्र-तट पर जाना चाहता था। एक राइफल माँगना चाहता था···और सबके लिए उपहार माँगता।''

वह बोले, ''अच्छा, तो तुम्हें इस बात का दुःख है। वाकई तुम्हारा बड़ा नुकसान हो गया। मेरी पूरी सहानुभूति तुम्हारे साथ है। पर यह सोन मछली की पूँछ भी बहुत कुछ कर दिखाएगी।''

पिताजी का कहना सही था। सोन मछली की पूँछ हमने फेंक दी थी, पर वह करामात दिखाती रही। मेरे जन्मदिन पर और नववर्ष पर उपहार आते रहे। हम लोग एक बार समुद्र-तट पर छुट्टियाँ मनाने भी गए। समुद्र के किनारे खड़े होकर मैं बड़ी-बड़ी देर तक सोन मछली को आवाज देता रहा था, पर वह फिर कभी नहीं आई।

बरसों बाद मेरी समझ में आया कि हमसे प्यार करनेवाले और दिन-रात मेहनत करनेवाले पिताजी ही मेरी सोन मछली थे।

□

अमर घोड़ा

—इमांत्स जेदोनिए

एक बार दुनिया-भर के घोड़ों की सभा हुई। दूर-दूर से तमाम घोड़े वहाँ इकट्ठे हुए। सबके रंग, कद-काठी और स्वभाव अलग-अलग थे। कोई सफेद, कोई काला, कोई भूरा तो कोई कत्थई।

एक सफेद अरबी घोड़ा दूसरों से बिल्कुल अलग दिखाई पड़ रहा था। वह था घोड़ों का सरदार। एकाएक वह आगे आया। जोर से हिनहिनाया, फिर बोला, "आप सबको बहुत जरूरी सलाह के लिए बुलाया गया है। हमपर गहरा संकट आ गया है। समय रहते नहीं चेते तो हो सकता है, हमारा नामोनिशान मिट जाए।"

कुछ देर रुककर उसने फिर कहा, "आपको मालूम ही है, विज्ञान ने यातायात की नई-नई चीजों का आविष्कार कर लिया है—रेलगाड़ी, कारें, बस, स्कूटर, साइकिल, हवाई जहाज। पहले लोग यात्रा के लिए सिर्फ घोड़े की सवारी ही पसंद करते थे, लेकिन अब हमारी उपेक्षा हो रही है। हमारी कितनी ही नस्लें खत्म हो चुकी हैं। ऐसी हालत में हमें कुछ-न-कुछ जरूर करना चाहिए।"

सभा में सन्नाटा छा गया। किसी की समझ में कुछ नहीं आ रहा था। तभी एक कत्थई घोड़े ने कहा, "क्यों न हम एक अमर घोड़ा रच डालें। फिर तो हमारी जाति कभी नष्ट नहीं होगी न!"

यह बात सब घोड़ों को पसंद आई। पर यह किसी की समझ में नहीं आया कि अमर घोड़ा रचा कैसे जाएगा।

"क्या हमारी तरह वह भी घास खाकर पेट भरेगा?" एक घोड़े ने पूछा, "कैसा होगा वह?"

सफेद घोड़े ने कहा, "मैंने सब सोच लिया है। अमर घोड़ा नीले रंग का होगा, क्योंकि नीला रंग आकाश का होता है। उसके दो पंख भी होंगे। परियों की तरह सुंदर, रंग-बिरंगे पंख। इनसे उड़कर वह कहीं भी जा सकेगा। वह केवल नीले फूल खाएगा।

नीले समुद्र या गहरी झीलों का पानी पीएगा। सब उसे दूर से देखेंगे, क्योंकि वह किसी के पास नहीं जा सकेगा। किसी से बातें नहीं करेगा। कोई उसका दोस्त भी नहीं होगा।''

सभी घोड़े ध्यान से सुन रहे थे। तभी सफेद घोड़े ने फिर कहा, ''सामने दो नीली पहाड़ियाँ दिखाई दे रही हैं। उनके बीच है एक गहरी नीली झील। जो भी घोड़ा उस झील तक सबसे पहले पहुँचेगा, वही बनेगा अमर घोड़ा।''

सब घोड़े झील की ओर दौड़े; लेकिन एक दुबला, चुस्त घोड़ा वहाँ सबसे पहले पहुँचा। उसी को अमर बनने के योग्य माना गया। उसके सिर पर रंग-बिरंगे फूलों का ताज रखा गया।

उस घोड़े ने एकाएक झील में छलाँग लगा दी। और जब झील से बाहर आया तो उसका रंग नीला हो चुका था। दो खूबसूरत पंख भी उग आए थे।

घोड़ों के सरदार ने उससे कहा, ''अब तुम वह अमर घोड़ा हो, जिसपर हमारी उम्मीदें टिकी हैं। किसी के पास मत रुकना। किसी से बातें भी मत करना। जो दूसरे घोड़े खाते हैं, वह मत खाना। नहीं तो तुम भी फिर साधारण घोड़ों जैसे बन जाओगे। हाँ, अगर तुम्हें कोई दु:ख हो तो तीन बार झील की परिक्रमा करना, फिर आकाश की ओर मुँह करके हिनहिनाना। सब घोड़ों को पता चल जाएगा कि तुम मिलना चाहते हो। हम आ जाएँगे।''

नीले घोड़े ने सिर हिलाया। फिर देखते-देखते वह अदृश्य हो गया।

नीला घोड़ा धरती पर अपनी इच्छा से जहाँ चाहता, घूमता-फिरता। कभी फूलों की घाटी में विश्राम करता तो कभी आकाश में उड़ता। कुछ दिन तो उसे यह सब बहुत अच्छा लगा। लेकिन फिर वह ऊबने लगा। वह अकेला था, एकदम अकेला। किससे बातें करे? किससे कहे अपना सुख-दुःख। धीरे-धीरे उसकी उदासी बढ़ती गई। एक दिन उसकी आँखों में आँसू छलक आए। सोचने लगा, 'ऐसी अमरता से क्या लाभ, जब कोई साथी ही न हो।'

वह बेतहाशा दौड़ता हुआ उसी झील के तट पर आया। तीन बार परिक्रमा की। फिर आकाश की ओर मुँह करके हिनहिनाया।

तभी बड़े जोर की आवाज हुई। जैसे सैकड़ों बिजलियाँ कड़की हों। जोर-जोर से घंटे बजने की आवाज सुनाई दे रही थी। सभी घोड़े दौड़े-दौड़े आए। एक जगह एकत्र हुए।

"क्या बात है? सभा बुलाने की जरूरत क्यों पड़ी?" घोड़ों के सरदार ने पूछा।

नीले घोड़े ने अपनी सारी विपदा कह सुनाई। फिर बोला, "मैं सबसे दूर रहूँगा, किसी से कुछ कहूँगा नहीं; तो मेरे अमर रहने से लाभ ही क्या?"

घोड़ों ने उसके दुःख को महसूस किया। बहुत सोच-विचार के बाद निर्णय हुआ, "ठीक है, नीला घोड़ा भोर या शाम के धुँधलके में चाहे तो बस्ती में आ सकता है। वह चाहे तो सपने में किसी से बातें कर सकता है।"

नीले घोड़े ने हिनहिनाकर खुशी जाहिर की। फिर गायब हो गया। दूसरे घोड़े भी अपनी-अपनी जगह पर लौट गए।

अब शहरों के आसपास या बाग-बगीचों में नीला घोड़ा दिखाई देने लगा। कोई पास आता तो वह एकाएक गायब हो जाता। कभी-कभार उसके खुरों के निशान दिखाई पड़ते। बाग-बगीचों में खिले नीले फूल अकसर गायब हो जाते।

एक दिन एक छोटी लड़की इनता पढ़ने के लिए घर के पासवाले बाग में चली गई। बारिश के दिन थे। इनता अपना नीले फूलोंवाला छाता भी लेकर गई थी।

छाता एक ओर रखकर इनता पढ़ने बैठ गई। वह जोर-जोर से कहानियों की किताब पढ़ रही थी। कुछ देर बाद उसने किताब बंद की। छाता उठाकर चलने लगी, तभी उसका ध्यान छाते के रंग पर गया। छाता बदरंग हो चुका था। उसपर बने नीले फूल गायब थे।

इनता हैरान रह गई। घर आई तो उसकी आँखों से आँसू बह रहे थे। माँ ने कहा, "लगता है, यह नीले घोड़े का काम है। वह नीले फूल खाता है न!"

पर इनता को किसी भी तरह संतोष नहीं हुआ। रोती-रोती वह सो गई। सपने में उसे नीला घोड़ा दिखाई दिया। बोला, "क्षमा करना, इनता, मैंने तो यों ही खेल-खेल में तुम्हें चौंकाने के लिए ऐसा किया था। पर तुम बुरा मान गईं। दरअसल मैं तुमसे बातें करना चाहता था। बताना चाहता था, तुम जो कहानियाँ जोर-जोर से पढ़ रही हो, उन्हें मैंने भी सुना था। बेहद अच्छी लगीं।"

"अरे, तुम तो बोल भी सकते हो!" इनता ने कहा और सपने में ही हँस पड़ी।

"बातें करोगी मुझसे?"

इनता ने स्कूल, घर और कहानियों की किताबों के बारे में ढेरों बातें अमर घोड़े को बताईं। घोड़े ने भी उसे दुनिया-भर की कहानियाँ सुनाईं। वह सारी दुनिया घूम चुका था। बहुत कुछ जानता था। फिर वह हिनहिनाया और गायब हो गया।

सुबह इनता उठी तो उदास नहीं थी।

□

भूत-बँगले में एक रात

—इवान इलिच

नाइजीरिया के उस छोटे से गाँव के एक बँगले की चारदीवारी के पास एक के बाद एक तीन लोग बेहोश पड़े पाए गए थे। तीनों की गरदन पर किसी खौफनाक दैत्य ने झपट्टा मारा था। तीनों की गरदन पर नाखूनों के गहरे घाव थे।

कालिन डेन हैरान था कि कोई आखिर क्यों लोगों को इस तरह आतंकित कर रहा है। बेहोश पाए गए तीनों लोग बँगले के मालिक रॉबर्ट के रिश्तेदार थे और उसकी मौत की खबर सुनकर वहाँ आए थे। उन तीनों के बयान करीब-करीब एक जैसे थे। उनका कहना था कि बँगले में आधी रात के करीब किसी ने उन्हें जोर से झिंझोड़कर जगाया। इसी के साथ तेज बदबू कमरे में भर गई और बेहद धीमी रोशनी में उन्होंने देखा—एक लंबे दाँतों और खौफनाक चेहरेवाले दैत्य ने उनकी गरदन पर वार किया और उठाकर बँगले से बाहर फेंक दिया। इन तीनों वारदातों से गाँववालों में दहशत की लहर फैल गई और उन्होंने उस बँगले को भूत-बँगला घोषित कर दिया।

डेन को इस कहानी पर जरा भी यकीन नहीं हुआ। मामले की तह तक जाने के लिए डेन ने खुद इस बँगले में एक रात गुजारने का निश्चय किया और गाँव में जा पहुँचा। काले-कलूटे और कुरूप गाँववालों के दिल बहुत उजले थे—यह डेन को उनके अपनत्व और आदर-सत्कार से मालूम हुआ। दिन-भर की यात्रा की थकान के कारण उसका शरीर बुरी तरह टूट रहा था। उसने सोने की इच्छा व्यक्त की, तो ग्राम-प्रधान उसे अपने घर की तरफ ले जाने लगा। डेन ने मुखिया के घर ठहरने से इनकार कर दिया और उस तथाकथित भूत-बँगले में ही रात गुजारने का निश्चय किया।

भोलेभाले गाँववासी डेन के इस निश्चय पर भय से सिहर उठे। उन्होंने उससे बँगले में न ठहरने के लिए बार-बार कहा और बँगले के बारे में तरह-तरह की डरावनी बातें बताईं। मगर डेन नहीं माना और अँधेरा घिरते ही बँगले में जा पहुँचा। सोने से पहले उसने हाथ में लैंप लेकर एक बार सारे बँगले का चक्कर लगाया और फिर आश्वस्त होकर अपने बिस्तर पर लेट गया।

बँगला सामान्य सुख-सुविधा की सभी जरूरतों से युक्त था। दिन-भर की थकान के कारण उसे जल्दी ही नींद ने धर दबोचा। वह घोड़े बेचकर सोया हुआ था कि लगभग आधी रात के समय उसे अपने कमरे में आहट-सी महसूस हुई। आहट से उसकी नींद उचट गई। उसने सोचा कि शायद यह महज उसका भ्रम है। वह फिर सोने की कोशिश करने लगा कि तभी अचानक उसे अपने पैरों पर किसी की खुरदरी उँगलियों का स्पर्श महसूस हुआ। वह हड़बड़ाकर एकदम उठ बैठा और अँधेरे में आँखें फाड़कर देखने लगा। मगर वहाँ तो कोई भी नहीं था। वह दोबारा लेटने की सोच ही रहा था कि अचानक एक तेज हवा का झोंका आया और पूरा कमरा अजीब-सी दुर्गंध से भर गया। इसके कुछ देर बाद खिड़कियाँ-दरवाजे अचानक खड़कने लगे और परदे हिलने लगे। डेन अबकी बार थोड़ा सहम गया, मगर अपना साहस खोना उसने उचित नहीं समझा और रिवाल्वर निकाल लिया।

डेन अभी रिवाल्वर ठीक से पकड़ भी नहीं पाया था कि उससे पहले ही खिड़की से एक खौफनाक दैत्य कमरे में कूदा। उसने डेन पर एक जोरदार झपट्टा मारा। डेन के हाथ से रिवाल्वर छूटकर दूर जा गिरा। इसके साथ ही कमरे में एक भयानक अट्टहास गूँज उठा। डेन ने गौर से देखा, लंबे-लंबे बालों और दाँतोंवाले उस दैत्य की आँखें अंगारों जैसी जल रही थीं। डेन अपने बचाव के लिए कुछ कर पाता कि उससे पहले ही दैत्य

ने अपने पंजे उसकी गरदन की ओर बढ़ा दिए। डेन को अपनी गरदन में नाखून चुभते महसूस हुए और उसका शरीर शिथिल पड़ता गया। दैत्य ने उसे उठाया और चारदीवारी के बाहर फेंक दिया। डेन का सिर जमीन पर पड़े किसी पत्थर से टकराया और वह वहीं बेहोश हो गया।

होश आने पर डेन को अपनी गरदन में बहुत दर्द महसूस हुआ। उस दैत्य के नाखूनों से हुए घाव दरअसल अब टीसने लगे थे। डेन ने इतने पर भी हिम्मत नहीं हारी और उठ खड़ा हुआ। रात अभी दो-तीन घंटे बाकी थी। डेन लड़खड़ाता हुआ बँगले की चारदीवारी के पास के एक पेड़ पर चढ़कर बँगले में झाँकने लगा।

पूरा बँगला गहरे अंधकार में डूबा हुआ था। डेन अनमना-सा उस रहस्यमय बँगले को निहार ही रहा था कि उसे 'खुट्ट···खुट्ट' की आवाज सुनाई पड़ी। डेन ने ध्यान से सुना तो लगा—यह आवाज बँगले की तरफ से आ रही थी। वह तुरंत चारदीवारी पर चढ़कर अंदर कूद गया और दबे पाँव बरामदे के पास पहुँचकर सुनने लगा कि आवाज किधर से आ रही है। बँगले के पिछवाड़े पहुँचकर उसका शक यकीन में बदल गया। 'खुट्ट···खुट्ट' की आवाज उधर से ही आ रही थी। डेन तुरंत पिछवाड़े के एक पाइप के सहारे छत पर पहुँच गया। वहाँ उसने एक हॉलनुमा कमरे के रोशनदान से झाँककर देखा तो उसके अचरज की सीमा नहीं रही।

डेन ने देखा—उस हॉलनुमा कमरे का फर्श जगह-जगह से खुदा हुआ था और एक कोने में अब भी खुदाई चल रही थी। वहीं एक कोने में पड़ी मेज पर ओवरकोट पहने एक जेम्स बांड नुमा आदमी बैठा खुदाई करनेवालों से कुछ कह रहा था। उसके पास ही वह दैत्य खड़ा था, जिसने डेन को घायल करके बँगले के बाहर फेंक दिया था। इसी कमरे के दरवाजे पर एक व्यक्ति मशीनगन लिये ऊँघ रहा था। डेन फौरन सीढ़ियों से

उतरता हुआ नीचे पहुँच गया और ऊँघते व्यक्ति से मशीनगन छीनकर दहाड़ा, ''खबरदार! कोई अपनी जगह से हिला तो···सबको गोलियों से भून दूँगा।''

डेन का दहाड़ना था कि वहाँ मौजूद सब लोग बुरी तरह ठिठक गए। मेज पर बैठे व्यक्ति का हाथ ज्यों ही अपने ओवरकोट की जेब की ओर बढ़ने लगा, एक जोरदार धमाका हुआ और वह व्यक्ति बुरी तरह चीख पड़ा। वह शायद अपनी जेब से रिवाल्वर निकालना चाहता था कि डेन ने उसकी बाजू को निशाना बनाकर गोली दाग दी थी। डेन फिर दहाड़ा, ''सब अपने हाथ ऊपर करके दाईं ओरवाले कमरे में घुस जाओ।'' डेन के आदेश का तुरंत पालन हुआ। मौजूद सभी लोग कमरे में घुस गए तो डेन ने कमरे की कुंडी चढ़ा दी और अपनी जेब से ट्रांसमीटर निकालकर पास की पुलिस चौकी से संपर्क किया। बस, फिर क्या था! करीब घंटे-भर बाद ही पूरा बँगला पुलिस की सर्चलाइटों से नहा उठा। बँगले को चारों ओर से घेरकर डेन द्वारा कमरे में बंद किए गए लोग गिरफ्तार कर लिये गए।

अगले दिन पुलिस मुख्यालय में अपनी प्रेस कॉन्फ्रेंस में डेन ने इस भूत-बँगले का रहस्य खोला। उसने बताया, ''इस बँगले का मालिक रॉबर्ट और गिरफ्तार किया गया जेम्स बांड नुमा व्यक्ति एलन पहले लंदन में करोड़ों की एक फर्म में साझीदार थे। एक दिन निशानेबाजी का अभ्यास करते वक्त एलन की गोली से एक आदमी मारा गया। मामला अदालत में गया और एलन को उम्र कैद की सजा मिली। अपने साझीदार के यों रास्ते से हट जाने के कुछ साल बाद रॉबर्ट की नीयत में खोट आ गया। उसने फर्म को दिवालिया घोषित किया और काफी संपत्ति लेकर नाइजीरिया के इस गाँव में बँगला बनाकर रहने लगा। उधर एलन जेल से छूटा तो रॉबर्ट के परिचितों से पूछता-पूछता वह इस गाँव में आ पहुँचा। उसे संदेह था कि रॉबर्ट ने फर्म को दिवालिया घोषित करके भारी तादाद में सोना खरीदा और उसे अपने बँगले में कहीं दबाकर रख दिया है।

''रॉबर्ट को रास्ते से हटाने के लिए एलन ने उसे एक दिन खूब शराब पिलाई और बेहोश करके सीढ़ियों से लुढ़काकर मार दिया। रॉबर्ट के रिश्तेदार और गाँववाले उस ओर न फटकें—इसलिए एलन ने अपने एक लंबे-चौड़े डीलडौलवाले नीग्रो नौकर को प्रेत का मास्क पहनाकर बँगले में आनेवालों को आतंकित करना शुरू कर दिया। इसके साथ ही वह बँगले में खुदाई करवाकर सोने की तलाश करता रहा। तथाकथित भूत के नाखूनों पर बेहोश करनेवाला एक रसायन लगा दिया जाता था। ज्यों ही भूत का मास्क लगानेवाला नीग्रो अपने नाखून किसी की गरदन में चुभाता था—वह व्यक्ति फौरन बेहोश होने लगता था। रॉबर्ट के तीन रिश्तेदारों और मुझे इसी तरह बेहोश किया गया था।''

इसके अगले दिन ही भूत-बँगले की यह असलियत अखबारों की सुर्खियों में थी।

□

कड़वी मिठाई

—इसाक वाशेविस सिंगर

इस्राइल के एक छोटे से शहर में एक अमीर आदमी रहता था। उसका नाम था कादिश। कादिश का इकलौता बेटा था अतजल। देखने में सुंदर, पर स्वभाव से आलसी। स्वर्ग की कहानियाँ बहुत अच्छी लगती थीं उसे। वह हर एक से कहानियाँ सुनाने का आग्रह किया करता। हरदम कहानियों में खोया रहता था।

अतजल ने सुना था—स्वर्ग में सब आराम करते हैं। वहाँ किसी को कोई काम नहीं करना पड़ता। इच्छा करते ही हर चीज मिल जाती है। बच्चों को स्कूल भी नहीं जाना पड़ता। फरिश्ते सारा काम करते हैं। वह स्वर्ग की तुलना अपने घर से करता तो परेशान हो उठता। यहाँ तो माँ हर समय चिल्लाती रहती हैं। हर समय डाँट-फटकार सुननी पड़ती है।

अतजल सोचता रहा, सोचता रहा। वह चाहता था कि किसी तरह स्वर्ग चला जाए। लेकिन उसे पता था, मनुष्य मरने के बाद ही स्वर्ग जा सकता है। बस, उसने मरने की ठान ली।

वह चुपचाप जाकर बिस्तर पर लेट गया। जो भी उसे उठाने आता, उससे कह देता, ''मैं तो मर गया हूँ।'' और खाना-पीना छोड़ दिया। माँ बहुत दुखी हो गईं। उसे समझाया, पर वह बोला, ''माँ, तुम मुझसे कैसे बात कर रही हो? मैं तो मर चुका हूँ।''

उसकी बहकी-बहकी बातें सुनकर घरवाले बहुत दुखी हुए। माँ जैसे-तैसे करके उसे कुछ खिलातीं, पर अतजल दिन-प्रतिदिन कमजोर होता गया। कई हकीम-वैद्य आए, पर वे कुछ न कर सके। हर बात के जवाब में अतजल यही कहता, ''मैं तो मर चुका हूँ।''

अतजल की माताजी एवं पिताजी की चिंता का ठिकाना न रहा। वे इसी फिक्र में थे कि अपनी इकलौती संतान को कैसे बचाएँ? बच्चे ने बेवकूफी-भरी हठ ठान ली थी और मौत के दरवाज़े पर जा पहुँचा था।

आखिर अतजल के पिता कादिश डॉ. योत्स के पास गए। उनका नाम बहुत मशहूर था। डॉ. योत्स ने सारी बात सुनने के बाद कहा, ''मैं उसका इलाज कर सकता हूँ। पर एक शर्त है। मैं जैसे कहूँगा, वैसा ही करना पड़ेगा।''

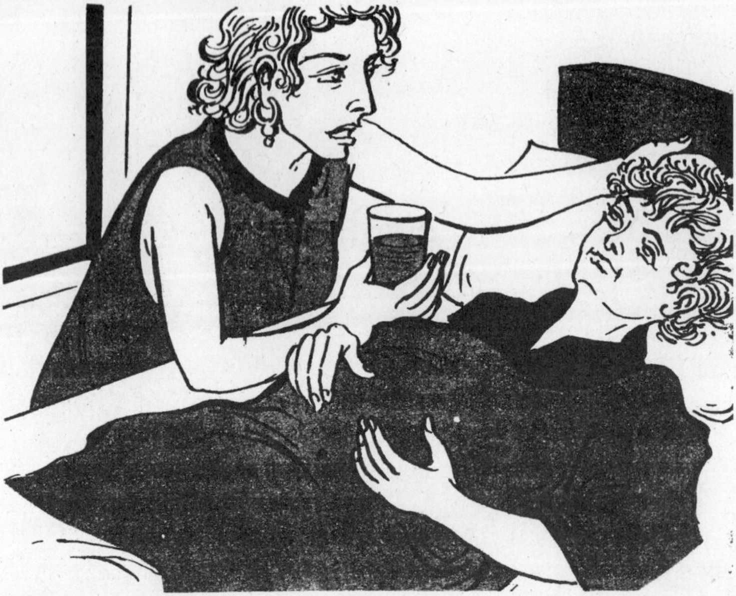

मरता क्या न करता, कादिश ने डॉ. योत्स की शर्त मान ली। बात बेटे का जीवन बचाने की जो थी। डॉ. योत्स कादिश के साथ आ गए। उन्होंने एक मकान के कमरे को सुंदर ढंग से सजाया। पलंग पर फूल बिखेर दिए। कई नौकर परियों के पंख लगाकर देवदूत बन गए। कमरे में दीवारों पर लिख दिया गया—'स्वर्गलोक'। इसके बाद डॉ. योत्स कादिश के साथ अतजल के कमरे में गए। उन्होंने कहा, ''अरे, यह बच्चा तो मर चुका है। इसे दफनाते क्यों नहीं!''

डॉ. योत्स की बात सुनकर अतजल खुशी से चहकने लगा। उसने कहा, ''मैं तो कब से यही कह रहा हूँ। दफनाने के बाद ही तो स्वर्ग जाता है आदमी।''

झूठमूठ की एक अरथी बनाई गई, फिर उसपर अतजल को लिटाकर सब कब्रिस्तान की ओर ले चले। इस बीच बेहोशी की दवा सूँघने से अतजल नींद में डूब गया। तब उसे विशेष रूप से सजाए गए कमरे में ले जाया गया।

जब अतजल की आँख खुली तो वह हैरानी से चारों ओर देखने लगा। दीवार पर लिखे शब्द पढ़कर वह बहुत ही खुश हुआ। समझ गया कि मरने के बाद वह सचमुच स्वर्ग में आ गया है। वहाँ न उसके माँ-बाप थे, न ही दोस्त। गली-मोहल्लेवाले भी दिखाई नहीं दे रहे थे।

थोड़ी देर बाद देवदूत की पोशाक में परी जैसे पंख लगाए एक नौकर वहाँ आया।

उसने कहा, ''अतजल, स्वर्ग में तुम्हारा स्वागत है। मैं देवदूत हूँ।''

अब तो अतजल को पक्का विश्वास हो गया। उसने कहा, ''मुझे भूख लगी है।'' पलक झपकते ही नौकर बढ़िया-बढ़िया व्यंजनों से भरा थाल ले आया। ढेर सारी मिठाइयाँ थीं। अतजल ने छककर खाया और फिर सो गया। नींद खुलने पर पानी माँगा तो बादाम का शरबत हाजिर।

शरबत पीकर अतजल ने पूछा, ''कितना समय हुआ है ?''

देवदूत बने नौकर ने कहा, ''यह स्वर्गलोक है। यहाँ समय ठहर जाता है। न रात होती है, न दिन निकलता है। सदा ऐसा ही रहता है।''

यह सुनकर अतजल को अच्छा तो न लगा, फिर भी वह खुश था। सोचा, अब स्वर्ग में दिन आराम से कटेंगे। इस बार नींद से जागा तो उसने कहा, ''कुछ चटपटी, नमकीन चीज लाओ।''

नौकर ने बताया, ''स्वर्ग में हर चीज मीठी होती है। वही मिल सकती है।'' मिठाई खा-खाकर अतजल का जायका बिगड़ गया था। वह नमकीन खाना चाहता था। पानी की जगह मीठा शरबत मिलता। वह पानी पीने को तरस गया। वह इधर-उधर घूमने लगा। उसे कई परियाँ, कई देवदूत नजर आए। पर किसी ने उससे बात नहीं की। हाँ, वह कोई भी चीज माँगता तो तुरंत ला देते।

अतजल उदास हो उठा। उसे माँ और पिताजी याद आ रहे थे। वह अपने दोस्तों से मिलना चाहता था। उसने एक देवदूत से पूछा, ''मेरी माँ और पिताजी यहाँ कब आएँगे ?''

''उनके आने में तो अभी बहुत वर्ष बाकी हैं। उन्हें काफी समय तक पृथ्वी पर रहना पड़ेगा।''

"और मेरे दोस्त? वे कब आएँगे?"

"तुम्हारे दोस्त सत्तर वर्ष बाद आएँगे।" देवदूत बोला।

यह सुनकर अतजल रो पड़ा। बोला, "मैं धरती के लोगों से मिलना चाहता हूँ। मुझसे पहले जो बच्चे यहाँ आए हैं, उन्हीं को बुला दो।"

देवदूत हँसकर बोला, "यह नहीं हो सकता। यहाँ सबका अपना-अपना स्वर्ग है। जो जहाँ है, वहीं रहता है। वह कहीं आ-जा नहीं सकता।"

यह सुनकर तो अतजल की सिट्टी-पिट्टी गुम हो गई। हर समय मीठी चीजें खाने से वह परेशान हो गया। अकेलापन उसे डराने लगा। उसे नींद न आती। खिड़कियों से बाहर झाँकने की कोशिश करता तो उसे कुछ दिखाई न देता। हर तरफ मोटे-मोटे परदे पड़े थे। अतजल अपने स्वर्ग में अकेले कैदी की तरह हो गया था। अब वह रह-रहकर रो पड़ता। चिल्ला उठता।

"मैं स्वर्ग में नहीं रहना चाहता। मुझे मेरे घर वापस भेज दो। मुझे माँ डाँटेंगी तो कोई बात नहीं, सह लूँगा। मैं अपने दोस्तों के साथ खेलना चाहता हूँ। पढ़ना चाहता हूँ।" उसने गिड़गिड़ाते हुए एक देवदूत से कहा, जो उसके लिए मिठाई लेकर आया था।

देवदूत बोला, "जो एक बार स्वर्ग में आ जाता है, उसे हमेशा यहीं रहना पड़ता है। वह कहीं नहीं जा सकता। वैसे भी धरती पर तुम्हें सब भूल चुके होंगे।" अतजल को माँ-बाप का दुखी चेहरा याद आया। उनकी सिसकियाँ कानों में गूँजने लगीं। वह चीखा, "वे मुझे कभी नहीं भूल सकते। ऐसा कभी नहीं हो सकता।" और सुबक-सुबककर रोने लगा।

एक दिन वह रो रहा था, तभी देवदूत भागता हुआ आया। बोला, "अतजल, भगवान् ने तुम्हारी प्रार्थना सुन ली। कुछ गड़बड़ हो गई थी। हमें तो अतजल नामक दूसरे लड़के को स्वर्ग लाना था, पर गलती से हम तुम्हें ले आए। तुम्हें जल्दी ही धरती पर वापस भेज देंगे।"

अतजल खुश हो गया। बाद में बेहोशी की दवा मिली मिठाई खाने से वह बेहोश कर दिया गया। फिर उसे लाकर उसके कमरे में लिटा दिया गया।

माँ के झिंझोड़ने से अतजल की आँखें खुलीं। वह चौंककर देखने लगा। सचमुच वह स्वर्ग में नहीं, अपने ही कमरे में था। सब तरफ आवाजें गूँज रही थीं। अतजल उठा और माँ से लिपट गया। उसने कहा, "माँ, स्वर्ग अच्छी जगह नहीं है। मैं पढ़ूँगा, मेहनत करूँगा और यहीं रहूँगा।"

दूसरे कोने में खड़े डॉ. योत्स हँस पड़े।

□

जादूगर मलकान

—उर्सुला मोरे विलियम्स

रुडी एक छोटे से गाँव में रहता था। फिर भी उसका नाम दूर-दूर तक मशहूर था। कारण, रुडी बहुत अच्छे खिलौने बनाता था। उसके बनाए कई खिलौने राजमहल की शोभा बढ़ाते थे। राजा ने उसे अनेक बार पुरस्कार दिए थे। एक बार नगर में खिलौनों की प्रतियोगिता हुई। रुडी राजा के लिए 'गानेवाली पिटारी' बनाकर ले गया। राजा को वह खिलौना बहुत पसंद आया। सब सोच रहे थे, पहला पुरस्कार रुडी को ही मिलेगा। राजा पुरस्कार की घोषणा करने खड़े हुए। तभी एक व्यक्ति दरबार में आया। उसके साथ एक लड़की थी। वह अत्यंत सुंदर थी और राजसी पोशाक पहने हुए थी।

उस व्यक्ति ने राजा से कहा, "महाराज, मेरा नाम मलकान है। मैं खिलौने बनाया करता हूँ। मैं चाहता हूँ, आप मेरा बनाया खिलौना देख लें। उसके बाद पुरस्कार का निर्णय करें।"

राजा ने कहा, "ठीक है, दिखाओ अपना खिलौना।"

मलकान ने हँसकर उस लड़की की ओर संकेत किया। बोला, "महाराज, मैंने ही इस बोलनेवाली गुड़िया को बनाया है।"

"बोलनेवाली गुड़िया!" राजा ने आश्चर्य से कहा। दरबार में सभी चकित रह गए।

मलकान ने कहा, "महाराज, मैं जादू जानता हूँ। उसी जादू से मैंने यह बोलनेवाली गुड़िया बनाई है।"

कई दरबारियों ने गुड़िया को छूकर देखा। वह हाड़-मांस की जीवित लड़की दिखाई दे रही थी। अद्भुत बात थी। कोई इस बात पर विश्वास नहीं कर पा रहा था कि वह लड़की वास्तव में गुड़िया है।

"महाराज, मैं अपने जादू से और भी बढ़िया खिलौने तैयार कर सकता हूँ।" मलकान बोला।

राजा कुछ पल सोचते रहे। फिर बोले, "मलकान, यह खिलौना बनाने की

प्रतियोगिता है, जादू की नहीं। तुम अपने हाथ से बना कोई खिलौना दिखाओ, तो हम विचार करेंगे।''

मलकान ने मुँह बिचका दिया। बोला, ''जादू से मैं मनचाहा काम कर सकता हूँ, फिर मुझे बेकार के खिलौने बनाने की क्या आवश्यकता है?''

यह कहकर वह गुड़िया को ले, दरबार से चला गया। जहाँ-जहाँ जादुई गुड़िया ने पैर रखे थे, वहाँ काले-काले निशान पड़ गए और धुआँ उठने लगा।

राजा ने रुडी के खिलौने को प्रथम पुरस्कार दिया। प्रतियोगिता समाप्त हुई। लेकिन सबके मन में एक शंका थी—मलकान कोई-न-कोई शरारत जरूर करेगा।

हुआ भी ऐसा ही। मलकान ने रुडी को सबक सिखाने का फैसला कर लिया था। इस घटना के बाद उसने रुडी के गाँव के पास काफी जमीन खरीद ली। वहाँ एक ऊँची पहाड़ी थी। पहाड़ी के अंदर एक गुप्त जादुई महल बनाया। उसी महल में रहकर उसने अपने जादू से लकड़ी के खिलौना-सैनिक बनाए और पहाड़ी पर जगह-जगह तैनात कर दिए।

रुडी को इस बारे में कुछ पता नहीं था। वह गाँववालों के साथ पहाड़ी पर लकड़ी काटने जाता था। उस लकड़ी से बहुत अच्छे खिलौने बनते थे।

एक दिन गाँववाले लकड़ी काटने गए तो पहाड़ी के अंदर तरह-तरह की आवाजें सुनाई दीं। पत्थर लुढ़कने लगे। वहाँ बहती नदी का पानी खौलने लगा। जमीन में दरारें पड़ गईं।

सब लोग डरकर भाग आए। सोचने लगे, 'न जाने पहाड़ी के अंदर क्या हो रहा है?'

उसी शाम एक अजनबी गाँव में आया। वह मलकान को जानता था। उसे यह भी पता था कि मलकान की योजना क्या है। उसने रुडी को बताया, ''मलकान ने तुमसे बदला लेने की योजना बनाई है। वह पहाड़ी को जादू के जोर से तुम्हारे गाँव से परे खिसका रहा है। वह चाहता है, तुम्हें खिलौनों के लिए बढ़िया लकड़ी न मिल सके। सावधान हो जाओ।''

उस रात पहाड़ी के अंदर से जोर की आवाजें आती रहीं। रुडी ने गाँववालों को इकट्ठा किया। तय हुआ कि जल्दी-से-जल्दी पहाड़ी पर लगे पेड़ काट लिये जाएँ। लकड़ी गाँव में इकट्ठी कर ली जाए। फिर दिक्कत नहीं होगी। रुडी और गाँववाले रात को ही पहाड़ी पर जाकर लकड़ियाँ काटने लगे। जल्दी ही उन्होंने काफी लकड़ियाँ गाँव में इकट्ठी कर लीं। इस बीच पहाड़ी का खिसकना भी जारी रहा।

एक दिन गाँववाले पहाड़ी पर लकड़ी काटने गए तो वहाँ लकड़ी के बने सिपाही दिखाई दिए। गाँववालों को शरारत सूझी। उन्होंने लकड़ी का एक संदूक बनाया। उसे पहाड़ी पर रख दिया। संदूक का ढक्कन खुला हुआ था।

लकड़ी के दो सिपाही उछलते-कूदते वहाँ आए और संदूक में घुसकर देखने लगे। तभी छिपकर गाँववालों ने रस्सी से संदूक का ढक्कन बंद कर दिया। लकड़ी के सिपाही कैद हो गए।

गाँववाले संदूक को अपने गाँव में ले आए। रात काफी हो रही थी। लकड़ी के पुतलों को एक कोठरी में बंद कर दिया गया। रात को गाँव के लोग सो गए। लेकिन वे यह भूल गए थे कि खिलौने जादुई हैं।

गाँववालों के सो जाने के बाद लकड़ी के पुतले संदूक से बाहर निकल आए। वे इधर-उधर घूमने लगे। उन्होंने देख लिया कि गाँव में लकड़ियों का बहुत बड़ा ढेर लगा हुआ था। पुतलों ने माचिस उठाई। कुछ फूस इकट्ठा किया और लकड़ियों में आग लगा दी। लकड़ियाँ धू-धू करके जल उठीं। गाँववालों की नींद खुली तो काफी लकड़ियाँ जल चुकी थीं।

पहले तो कोई कुछ समझ नहीं पाया। फिर लकड़ी के पुतलों की तलाश शुरू हुई तो वे नजर न आए। अब पता चला, वह मलकान के जादू की शरारत थी।

इस घटना से रुडी बहुत दुखी हुआ। उसे लगा जैसे यह सब उसी की गलती से हुआ है। सुबह-सुबह वह कुल्हाड़ी लेकर पहाड़ी पर चढ़ गया। इतने दिनों में मलकान ने पहाड़ी को गाँव से काफी दूर खिसका दिया था। अब जमीन में जगह-जगह दरारें नजर आती थीं। ठीक उसी समय मलकान पहाड़ी के अंदर अपने महल में बैठा था। दोनों पुतले उसे अपनी करतूत सुना रहे थे। तभी मलकान ने अपने जादू के जोर से जान लिया,

रुडी अकेला पहाड़ी पर आया है। उसने हाथ हिलाया तो पहाड़ी में एक गहरी दरार पड़ गई। रुडी फिसलकर उस दरार में गिर पड़ा।

जब रुडी नहीं लौटा तो गाँववाले उसे ढूँढ़ने निकले। उसका पता कैसे चलता? मलकान के बनाए लकड़ी के पुतलों ने रुडी को पकड़ा और एक गुफा में कैद कर दिया। वे सब एक ऐसी भाषा बोल रहे थे, जिसे रुडी बिल्कुल नहीं समझ पा रहा था। तभी लकड़ी के पुतले एकदम सीधे खड़े हो गए। वे दरवाजे की ओर देखने लगे। रुडी ने देखा, सामने से जादूगर मलकान आ रहा था।

रुडी को कैद में देखकर मलकान जोर-जोर से हँसने लगा। बोला, "रुडी, राजा तुम्हारे खिलौने को प्रथम पुरस्कार तो दे सकते हैं, पर तुम्हें मेरे जादू से नहीं बचा सकते। तुम अपने प्राण बचाना चाहते हो तो मेरा कहना मानो। वरना मैं पूरे गाँव को तहस-नहस कर दूँगा।"

रुडी ने हिम्मत नहीं हारी। बोला, "मलकान, मैं तुम्हारी धमकियों से डरनेवाला नहीं! मेरे हाथों की ताकत तुम्हारे जादू से बढ़कर है।"

"ऐसा!" मलकान हँस पड़ा। फिर बोला, "आओ, तुम्हें एक अजूबा दिखाऊँ!" रुडी को वह एक विशाल कमरे में ले गया। वहाँ सतरंगा प्रकाश फैला हुआ था। धम-धम की आवाज भी हो रही थी। गुफा की दीवार में एक बहुत बड़ा ताला बना हुआ था। आवाज उसी से आ रही थी।

मलकान ने कहा, "रुडी, इस ताले के पीछे एक घड़ी है। यह घड़ी की आवाज है। जब तक घड़ी चलती रहेगी, पहाड़ी तुम्हारे गाँव से परे खिसकती रहेगी। धीरे-धीरे गाँव

की फसल मुरझा जाएगी। कुओं और तालाबों का पानी सूख जाएगा। गाँव में बीमारियाँ फैल जाएँगी। मैं तुम सबसे ऐसा बदला लूँगा कि तुम कभी न भूल सकोगे।''

उधर गाँव के लोग परेशान थे। रुडी का कहीं पता नहीं चल रहा था।

गाँव की जमीन के नीचे कुछ बौने रहते थे। उन्हें भी मलकान की शरारत का पता था। वे गाँववालों की मदद करना चाहते थे, लेकिन मलकान के जादुई महल में जाते हुए डरते थे।

एक दिन रुडी के जुड़वाँ बेटे पाल और पीटरकिन पिता की खोज में चले। वे काफी छोटे थे। पाल और पीटरकिन से बौने मिले। उन्होंने कहा, ''बच्चो, हमें मालूम है, रुडी पहाड़ी के अंदर कैद है; पर हम अंदर नहीं जा सकते। हाँ, अंदर पहुँचने का रास्ता खोजने में तुम्हारी मदद जरूर कर सकते हैं।''

वे सब मिलकर रास्ता ढूँढ़ने लगे। पहाड़ी खिसकने से उसमें जगह-जगह दरारें पड़ गई थीं। बौने हर दरार में जाकर देखते थे। एकाएक उन्हें एक दरार में से रोशनी की झलक मिली। इसका मतलब था, दरार एकदम अंदर तक थी। बौनों ने पाल और पीटरकिन से कहा, ''तुम उस दरार में से आगे बढ़ने की कोशिश करो।''

दोनों भाई उस दरार में घुस गए और सँकरे रास्ते पर बढ़ते रहे। पीछे से बौने उन्हें हिम्मत बँधाते रहे।

रास्ता इतना सँकरा था कि बच्चों को अपनी साँस घुटती हुई लगती थी। फिर भी वे सामने दिखती हलकी रोशनी के सहारे बढ़े जा रहे थे। तभी उस दरार से उन्हें अपने पिता रुडी की झलक मिली। दोनों चिल्ला उठे, ''पिताजी!''

आवाज सुनकर रुडी चौंक उठा और इधर-उधर देखने लगा। तभी पाल ने फिर पुकारा। अब रुडी को पता चल गया कि आवाज कहाँ से आ रही थी। उसे दरार में से झाँकते हुए दो चेहरे दिखाई दिए और वह अपने बेटों को पहचान गया। रुडी की आँखों से आँसू टपकने लगे। किसी तरह अपने को सँभालकर उसने बच्चों से पूछा कि वे किस तरह वहाँ तक आ गए थे?

पाल और पीटरकिन ने पिता को पूरी बात बता दी। कहा कि गाँव में सब कितने परेशान हैं। अपने बच्चों को निकट पाकर रुडी खुश भी था और उदास भी। वह उन्हें देख सकता था, पर छू नहीं सकता था। वे पास होकर भी दूर थे।

बच्चों के कानों में भी धम-धम की आवाजें आ रही थीं। उन्होंने पूछा, तो रुडी ने कहा, ''इस आवाज को नहीं रोका गया तो सबकुछ नष्ट हो जाएगा। यह एक घड़ी की आवाज है। वह एक ताले में बंद है। ताले की चाबी जादूगर मलकान ने नष्ट कर दी है। मैं इस ताले की चाबी बनाऊँगा। तुम माँ के पास जाओ। उनसे सोना माँगकर लाओ। चाबी के लिए सोना चाहिए। सोने की चाबी से ही जादुई ताला खुल सकेगा।''

रुडी ने बच्चों को पूरी बात समझा दी। पाल और पीटरकिन वहाँ से गाँव लौट आए। बौनों ने उनसे कह दिया, "तुम लोग आराम से जाओ। हम इस रास्ते की पहरेदारी करते रहेंगे। जब भी आओगे, हम यहीं मिलेंगे।"

दोनों भाई माँ के पास पहुँचे। जल्दी ही पूरा गाँव जान गया कि रुडी का पता चल गया है और वह जादूगर मलकान की कैद में है। जादुई ताले की चाबी बनाने के लिए सोने की तलाश हुई। अब सबको उम्मीद हो गई थी कि रुडी को मलकान की कैद से मुक्त कराया जा सकेगा।

उसी दरार की राह से जाकर पाल और पीटरकिन ने अपने पिता को सोना दे दिया। जब वे उस दरार की राह पिता से बात कर रहे थे तो जादूगर मलकान वहाँ आ गया। उसी समय दरार के आगे का पत्थर गिर पड़ा। दोनों बच्चे मलकान को दिखाई दे गए। उसने झट उन्हें पकड़ लिया। जब शाम हो गई और बच्चे नहीं लौटे तो गाँववाले चिंतित हो उठे। वे समझ गए कि पाल और पीटरकिन जरूर किसी मुसीबत में फँस गए हैं।

मलकान ने रुडी को उस कमरे में बंद कर दिया, जहाँ विशाल जादुई ताला लगा था और घड़ी की आवाज गूँज रही थी। उस ताले की चाबी मलकान ने कहीं फेंक दी थी। मलकान ने सोचा था, रुडी इस तरह डर जाएगा; लेकिन रुडी को अपना काम करने का अच्छा मौका मिल गया था। वह ताले को देख-देखकर सोने की चाबी बनाने की कोशिश में लगा रहता। मलकान का जादू सोने पर नहीं चल सकता था, इसलिए उसे पता न चल सका कि रुडी क्या करता रहता है।

रुडी जानता था कि अगर समय पर जादुई ताला न खुला तो पूरा गाँव नष्ट हो जाएगा। दोनों बच्चे मलकान के चंगुल में फँस गए हैं, यह बात उसे हर समय परेशान करती रहती थी; लेकिन फिर भी वह चाबी बनाने में जुटा रहता, क्योंकि वही अंतिम आशा थी।

पहाड़ी अब पहले से ज्यादा काँपने लगी थी। रुडी ने आखिर रात-दिन मेहनत करके सोने की चाबी तैयार कर ही ली। उस समय वह कमरे में अकेला था। सामने विशाल ताला था—उसके पीछे घड़ी की आवाज सुनाई दे रही थी। रुडी ने सावधानी से इधर-उधर देखा और सोने की चाबी ताले में लगा दी। पर चाबी को घुमाने का मौका न मिला। उसी समय जादूगर मलकान अंदर आ गया।

मलकान ने ताले में सोने की चाबी लगी देखी तो आगबबूला हो उठा। वह रुडी की योजना समझ गया। उसने अपना जादुई डंडा उठाया और रुडी के शरीर से छुआ दिया। जादू के प्रभाव से रुडी का शरीर पत्थर जैसा हो गया। वह देख-सुन तो सकता था, पर चाहकर भी हाथ-पैर नहीं हिला सकता था।

रुडी का यह हाल देखकर मलकान जोर से हँस पड़ा। फिर उसने ताले में से

चाबी निकालनी चाही, पर चाबी ताले के अंदर फँस गई थी। उसने और जोर लगाया तो चाबी ताले में घूम गई। ताला खुल गया। अब घड़ी की आवाज जोर-जोर से सुनाई पड़ने लगी। यह देखकर मलकान चीख उठा। ताला खुलते ही मलकान का जादू टूट गया। रुडी के हाथ-पैरों की शक्ति लौट आई। उसने उछलकर मलकान को धक्का दिया। मलकान दूर जा गिरा। रुडी ने बढ़कर घड़ी को परे फेंक दिया। आवाज थम गई। पहाड़ी का खिसकना रुक गया।

मलकान के जादुई खिलौने टूटकर गिर पड़े। खुद मलकान का शरीर जैसे अंदर से जला जा रहा था। वह वहाँ से भाग चला। भागता गया। कहाँ गया, कोई न जान सका।

रुडी पाल और पीटरकिन के साथ पहाड़ी महल से बाहर निकला और गाँव की तरफ चल दिया। पहाड़ी अब शांत थी। उसकी सब दरारें भर गई थीं। गाँव के मुरझाए खेत हरे हो गए। सूखे हुए कुओं और तालाबों में पानी आ गया। सबकुछ पहले जैसा हो गया था।

उस दिन काफी समय बाद गाँववालों के चेहरों पर हँसी दिखाई दी थी। वे जीत गए थे।

□

अंधों की नगरी

—एच.जी. वैल्स

दक्षिण अमेरिका में एंडीज पर्वत के उस पार एक बहुत गहरा खड्ड है। उसके आसपास एक छोटी-सी घाटी है, जो शेष संसार से बिल्कुल कटी हुई है। उस घाटी के सभी लोग अंधे हैं और पिछली पंद्रह पीढ़ियों से वहाँ एक भी ऐसा बच्चा पैदा नहीं हुआ, जिसकी आँखों में रोशनी हो।

यह बीमारी कैसे फैली और वह प्रदेश शेष दुनिया से कैसे कट गया, इसका कोई प्रामाणिक विवरण नहीं मिलता। पुराने लोग तो इसे 'पापों का फल' कहते थे, क्योंकि छूत लगने या अन्य किसी बीमारी की बात तो वे सोचते ही नहीं थे।

पर अभी हाल ही में एक विवरण मिला है जो उस आदमी द्वारा दिया गया है, जो पहाड़ से गिरकर उस घाटी में पहुँच गया था और फिर वहाँ से निकल भागा था। उसका नाम था नूनेज।

वास्तव में एक बार अंग्रेजों का एक दल एंडीज पर्वत पर चढ़ने के लिए इक्वेडोर पहुँचा तो उनके साथ आया स्विट्जरलैंड का एक मार्गदर्शक (गाइड) बीमार पड़ गया। उन्होंने उसके स्थान पर एक स्थानीय व्यक्ति को रख लिया। यही व्यक्ति था नूनेज।

अंग्रेजों का यह पर्वतारोही दल जब एंडीज की एक चोटी के निकट पहुँचा तो उन्होंने एक स्थान पर पड़ाव डाल दिया, क्योंकि उस दिन वे आगे नहीं बढ़ पा रहे थे।

नूनेज रात को अपना तंबू ठीक करने के लिए उठा। अपनी कुदाली से उसने एक पत्थर को हटाने का प्रयत्न किया। उसने कदम आगे बढ़ाया ही था कि वह पहाड़ के दूसरी ओर गिर गया।

पहाड़ के दूसरी ओर सीधी ढलान थी। चारों ओर नरम-नरम बर्फ गिर रही थी। नूनेज लुढ़कता हुआ इतना नीचे चला गया कि उस ओर से उसका अपना पड़ाव दिखाई तक नहीं दे रहा था। कई घंटे बाद नूनेज को होश आया तो उसने इधर-उधर देखा। उसकी समझ में ही नहीं आया कि वह कहाँ है।

उसने देखा कि उसके कोट के सब बटन टूट गए हैं और उसकी टोपी उड़ गई है। उसकी कुदाली भी आसपास कहीं नहीं थी। उसकी जेब में से चाकू भी गिर गया था। उसने अपने सब अंग हिलाकर देखे, कोई हड्डी नहीं टूटी थी।

धीरे-धीरे वह वहाँ से उठा। उसे दूर पानी का एक चश्मा दिखाई दिया। वह उधर ही चल दिया। वहाँ पहुँचा तो देखा कि शीतल जल नीचे की एक घाटी की ओर बह रहा है। उसने पानी पीया और मुँह पर छींटे मारे। अब उसे पूरा होश आ गया था। उसे याद आया कि उसके तंबू का बाँस हिल रहा था। उसे ठीक से ठोकने के लिए वह रात को उठा था और तब गिर पड़ा था।

वह हैरान था कि इतनी ऊँचाई से गिरने के बावजूद उसे चोट नहीं लगी थी। जब अँधेरा हटा तो उसने देखा कि कुछ दूर एक हरी-भरी घाटी है। वहाँ कई मकान बने हैं। नूनेज उधर ही चल दिया।

जब वह बस्ती के पास पहुँचा तो उसने तीन आदमियों को पानी से भरे डोल ले जाते देखा। उसने जोर से आवाज लगाई। वे तीनों आदमी खड़े हो गए और इधर-उधर देखने लगे। उसने फिर आवाज लगाई। वे तीनों आदमी फिर इधर-उधर देखने लगे। नूनेज उनकी हरकतों को देखकर हैरान हो उठा।

कुछ देर बाद उसने अंदाजा लगाया कि वे लोग शायद अंधे हैं। फिर उसे याद आया कि उसने बचपन में अंधों की नगरी के बारे में सुना था। हो न हो, यह अंधों की नगरी ही है। अब वह बड़े आत्मविश्वास के साथ उधर चल दिया। उसने अंधों में काना राजा के बारे में पढ़ रखा था और फिर उसकी तो दोनों आँखें ठीक थीं। वह अपने आपको राजा समझने लगा।

जब वह वहाँ पहुँचा तो उसने देखा कि मकान एक पंक्ति में बने हुए हैं। सड़कें बहुत साफ हैं। हरे-भरे खेत लहलहा रहे हैं।

वह उन तीन आदमियों के पास पहुँचा। वे टूटी-फूटी स्पेनिश भाषा में आपस में बातें कर रहे थे। एक ने कहा, ''यह कोई आदमी है या प्रेतात्मा, जो चट्टानों से नीचे आया है।''

दूसरे ने पूछा, ''भाई पेड्रो, यह कहाँ से आया है?''

''उन चट्टानों से उतरकर आया है।'' तीसरे ने कहा।

इसपर नूनेज बोला, ''मैं उधर पहाड़ से आया हूँ। वहाँ बगोटा का नगर है, जहाँ हजारों आदमी रहते हैं। उस पूरे नगर को एक दृष्टि में देख भी नहीं सकते।''

''दृष्टि?…दृष्टि क्या होती है?'' पेड्रो ने आश्चर्य से पूछा।

तभी दूसरा बोला, ''यह चट्टानों से निकला है।''

नूनेज का ध्यान उनके कपड़ों की ओर गया तो उसने देखा कि उनके कपड़े लामा पशु की खाल के बने थे। उनके कपड़ों पर अलग-अलग ढंग की सिलाई थी।

उनमें से एक आदमी ने उसे लगभग खींचते हुए कहा, ''इधर आओ।'' उन्होंने नूनेज को पकड़ा और उसके सारे शरीर तथा कपड़ों को छूकर देखा। उसकी आँखों पर भी उनका हाथ गया। उन्हें हैरानी हुई कि उसकी पलकें हिलती हैं और ऊपर-नीचे होती हैं।

पेड्रो बोला, ''यह अजीब आदमी है, कोरिया! इसके बाल लामा के बालों की तरह रूखे हैं।''

कोरिया ने भी उसकी बढ़ी हुई दाढ़ी पर हाथ फेरते हुए कहा, ''यह चट्टानों से आया है, इसलिए चट्टानों की तरह ही खुरदरा है।''

नूनेज उनकी इस जाँच-परख से घबराया और बोला, ''जरा ध्यान से!''

पेड्रो ने कहा, ''घबराओ नहीं, अब तुम दुनिया में आ गए हो।''

नूनेज बोला, ''नहीं, मैं दुनिया से ही आया हूँ। पहाड़ों से परे मेरा देश है। वहाँ से बारह दिन का सफर करके समुद्र तक पहुँचा जा सकता है।''

पर उन लोगों को उसकी बातें अजीब और व्यर्थ लगीं। उन्होंने उसकी ओर ध्यान नहीं दिया।

पेड्रो ने कहा, ''हमें इसको अपने मुखिया के पास ले जाना चाहिए।''

कोरिया ने कहा, ''पहले जोर से आवाज लगा दो, कहीं बच्चे डर न जाएँ।''

वे जोर से चिल्लाए। पेड्रो ने उसका हाथ पकड़ा और उसे गाँव की ओर ले जाने लगा। नूनेज ने अपना हाथ खींच लिया और कहा, ''मैं देख सकता हूँ। मुझे हाथ पकड़कर ले जाने की जरूरत नहीं है।''

''देख सकते हो?'' कोरिया बोला।

''हाँ, देख सकता हूँ,'' नूनेज ने मुड़कर कहा। मुड़ते समय पेड्रो के बरतन से उसका पैर टकराया।

इसपर तीसरा आदमी बोला, ''अभी इसके हाथ-पाँव ठीक काम नहीं कर रहे हैं। अभी यह लड़खड़ाता है और ऐसे शब्द बोलता है, जिनका कोई अर्थ नहीं होता। इसे हाथ पकड़कर ले चलो।''

''जैसी आपकी मरजी,'' नूनेज ने हँसते हुए कहा। उसने महसूस किया कि उन लोगों को देखने या दृष्टि के बारे में कुछ भी नहीं पता। 'खैर, कोई बात नहीं, धीरे-धीरे मैं इन्हें सब बता दूँगा', उसने सोचा।

जब वे गाँव के पास पहुँचे तो वहाँ बहुत से लोग इकट्ठे हो गए थे और जोर-जोर से चिल्ला रहे थे।

नूनेज को वह सबकुछ अजीब-सा लग रहा था। उसे घबराहट होने लगी। वहाँ उपस्थित सभी पुरुषों, स्त्रियों, लड़कों और लड़कियों की आँखें बंद थीं। सभी उसे हाथ लगाकर, उसके शरीर को, उसके कपड़ों को छूकर देखने लगे। जो तीन आदमी उसे लेकर आए थे, उनमें से एक बोला, ''यह जंगली आदमी चट्टानों से निकलकर आया है।''

पेड्रो बोला, ''यह जंगली है और जंगली शब्दों का प्रयोग करता है। अभी इसका मन पूरी तरह से विकसित नहीं हुआ। यह बगोता है।''

कोरिया ने कहा, ''यह लड़खड़ाता है। रास्ते में यह हमारे साथ आ रहा था, तब इसे दो बार ठोकर लगी थी।''

''इसे मुखिया के पास ले चलो,'' किसी ने कहा। सब एक मकान पर पहुँचे। उसके दरवाजे पर ले जाकर नूनेज को इतनी जोर से अंदर धकेला गया कि वह गिर पड़ा। उठते हुए उसने कहा, ''मैं गिर गया था, क्योंकि इस अँधेरे कमरे में मुझे कुछ दिखाई नहीं दिया।''

सभी ने हैरानी से उसकी बात सुनी। कोरिया बोला, ''अभी यह दुनिया में नया आया है। चलते हुए ठोकरें खाता है। इसकी बातों में ऐसे शब्द होते हैं, जिनका कोई अर्थ नहीं। आपने अभी सुना, यह कह रहा था—दिखाई नहीं दिया। दिखाई तो कोई शब्द ही नहीं है।''

एक वृद्ध ने उससे कई प्रश्न पूछे तो उसने आसमान, पहाड़, सूरज, चाँद, सितारों, समुद्र आदि के बारे में बताया। परंतु वे न तो उसकी बातें समझ सके और न ही उनको विश्वास हुआ। वे उसके कई शब्दों को समझ ही नहीं पा रहे थे।

वे पिछली पंद्रह पीढ़ियों से सभ्यता से कटे हुए थे। इसलिए उन्हें देखने और देखने

से संबंधित शब्दों का पता ही नहीं था। उनके लिए चट्टानों से घिरी घाटी ही एकमात्र दुनिया थी। उसके परे भी कुछ है, इसका न तो उन्हें पता था और न उनमें बाहर की दुनिया के बारे में जानने की इच्छा थी। अंधों की पहली पीढ़ी को बाहर की दुनिया का कुछ पता था, पर चौदह पीढ़ियों के बाद नई पीढ़ी के लोग उसे अंधविश्वास ही समझते थे।

थोड़ी देर बाद नूनेज को लामा का दूध और नमकीन रोटी दी गई। थका हुआ तो वह था ही। रोटी खाने के बाद वह सो गया। तभी उसके कानों में आवाज पड़ी, "ओ बगोता, इधर आओ।"

वे लोग उसे इसी नाम से पुकारने लगे थे।

वह अभी सोच ही रहा था कि इन अंधों को कैसे समझाए कि वह किस दुनिया से आया है और वहाँ क्या होता था कि इतने में फिर आवाज आई, "तुम अभी तक उठे क्यों नहीं, बगोता?"

वह उठा और आहिस्ता से घास पर एक-दो कदम बढ़ाए। तभी फिर आवाज आई, "घास पर मत चलो, बगोता। यहाँ घास पर चलना मना है।"

यह सुनकर उसे हैरानी हुई। वह फिर सड़क पर आ गया और जो आदमी आवाज दे रहा था, उसके पास चला गया। वह आदमी बोला, "जब मैंने पहले आवाज दी थी,

तुम तब क्यों नहीं आए? क्या तुम्हें इन मार्गों की आवाज सुनाई नहीं देती?''

''मैं इन मार्गों को देख सकता हूँ।''

''देख तो कोई शब्द ही नहीं होता। अपनी मूर्खता की बातें भूल जाओ। अभी तुम्हें बहुत कुछ सीखना है। अच्छा, अब मेरे पीछे-पीछे आओ।''

नूनेज उसके पीछे-पीछे चलने लगा। उसने ऐसे ही कहा, ''क्या तुमने सुना है कि अंधों में काना राजा होता है?''

आगे चलनेवाला आदमी बोला, ''अंधा क्या होता है?''

इसे फुजूल की बात समझकर वह आगे चलता गया।

नूनेज ने देखा कि वहाँ के लोग आराम से रह रहे हैं। वे मेहनत करते हैं। उनके पास खाने-पहनने के लिए काफी है। अंधे होने के बावजूद वे सब काम नियम से करते हैं। वैसे तो उनके लिए दिन और रात बराबर थे, परंतु वे दिन को सोते थे; क्योंकि दिन में गरमी होती थी। वे रात को काम करते थे, क्योंकि रात में ठंडक होती थी और आसानी से काम किया जा सकता था।

नूनेज को यह देखकर हैरानी होती थी कि अपनी छोटी-सी दुनिया में वे किस आत्मविश्वास से और सहज ढंग से सभी काम करते थे। बात के लहजे से वे दूसरे के भाव समझ लेते थे। हलकी-से-हलकी आवाज को भी वे सुन सकते थे। उनकी सूँघने की शक्ति बड़ी तेज थी। वे खेतों में भी सहज ढंग से काम करते थे। पशुओं के लिए अलग स्थान बना हुआ था। जब उन्हें भूख लगती थी तो वे भी अपने निश्चित स्थान पर आ जाते थे।

शुरू-शुरू में तो नूनेज ने उन्हें समझाने की कोशिश की, पर जब उन्होंने उसकी बातों को मूर्ख आदमी की बातें समझा तो उसे गुस्सा आने लगा।

उसे जिस आदमी के घर में रखा गया था, उसका नाम था याकूब। इसी याकूब की एक लड़की थी मदीना। वह नूनेज की बातें बड़े गौर से सुनती थी। वह दूसरों की तरह उसकी बातों का मजाक नहीं उड़ाती थी और न ही उसकी उपेक्षा करती थी। दोनों एक-दूसरे की ओर आकर्षित हुए। वे काफी देर-देर तक आपस में बातें करते रहते थे।

एक बार जब वह पहाड़ों, चाँद-सितारों की बातें बता रहा था तो लोगों ने उसका मजाक उड़ाया। उसने उन लोगों को मजा चखाने के लिए फावड़ा उठा लिया। उसे हैरानी हुई, जब एक आदमी ने कहा, ''बगोता, फावड़ा नीचे रख दो।''

उसे हैरानी इसलिए हुई कि इन अंधे लोगों को यह कैसे पता चल गया कि उसने मारने के लिए फावड़ा उठाया है। वे फावड़े लेकर उसके चारों ओर इकट्ठे हो रहे थे। उसने चिल्लाकर कहा, ''मेरा रास्ता छोड़ दो, नहीं तो मैं तुम्हें मार दूँगा।''

लेकिन इसका कोई असर न पड़ा और वे उसे घेरने लगे। सबके हाथों में फावड़े थे और वे आगे बढ़ रहे थे।

नूनेज घबरा गया और एक ओर को भाग निकला। वह घाटी के बाहर चट्टानों पर चढ़ गया, पर दो दिन उसे कुछ खाने को न मिला तो उसने हथियार डाल दिए।

वह वापस आ गया और बोला, "मुझसे गलती हो गई थी। अभी यहाँ मेरा मन लगा नहीं है। आप जैसा कहेंगे मैं वैसा ही करूँगा। वास्तव में 'देखना' कोई शब्द नहीं है।"

अंधों की नगरी के मुखिया ने उसे माफ कर दिया, क्योंकि उसकी बातों से स्पष्ट था कि धीरे-धीरे उसका मन विकसित हो रहा है। वह फिर याकूब के घर में रहने लगा। उससे छोटा-मोटा काम करवाया जाता था। याकूब की लड़की मदीना से बात करके उसे कुछ संतोष मिलता था। दोनों में बहुत अधिक प्रेम हो गया था। इसकी चर्चा भी होने लगी थी।

शीघ्र ही मदीना की बड़ी बहन ने याकूब को सारी बात बताई।

याकूब ने अपने नगर के बूढ़े वैद्य से बात की। वैद्य ने कहा कि वह सोचकर बताएगा। फिर एक दिन वैद्य ने आकर बताया कि बगोता अर्थात् नूनेज इसलिए मंदबुद्धि है, क्योंकि उसकी पलकें खुलती हैं और बंद होती हैं। यदि उसकी पलकें बंद कर दी जाएँ तो वह सामान्य व्यक्ति बन जाएगा।

याकूब ने नूनेज को यह बताया।

नूनेज पहले विरोध करके देख चुका था। उसके पास स्वीकृति देने के सिवा कोई चारा भी न था। उसने 'हाँ' कर दी। यह तय किया गया कि आठ दिन बाद उसकी पलकें बंद कर दी जाएँगी। इन आठ रातों को वह सो नहीं सका।

आठवें दिन जब वह उठा तो उसने सोचा, ये चाँद-सितारे, पहाड़ और अन्य सभी चीजें आज के बाद वह नहीं देख सकेगा। वह ऐसी मूर्खतापूर्ण बात के लिए अपने आपको तैयार नहीं कर पा रहा था। आँखें होते हुए, इन मूर्खों के कहने से अंधा बनना, यह विचार ही उसके मन को साल रहा था।

आखिर उसने वहाँ से भागने का निश्चय कर लिया। वह उठा और उस घाटी के बाहर की चट्टानों की तरफ चुपके से चला गया। बहुत कठिनाई से वह ऊपर चढ़ने लगा। कई घंटे की मेहनत के बाद वह ऊपर चढ़ पाया। वहाँ से उसे पेड़ दिखाई दिए।

पेड़ों के सहारे वह आगे बढ़ता गया। अब उसे दूर एक मार्ग दिखाई दे रहा था।

उधर बढ़ने से पहले उसने अंधों की नगरी की ओर मुड़कर देखा।

वह थक गया था। उसके कपड़े फट गए थे, वह भूखा था; पर वह संतुष्ट था। वह अंधों की दुनिया से निकलकर अपनी दुनिया में वापस जा रहा था।

□

सोना-ही-सोना

—एडमंड बर्क

आज से चालीस-पचास वर्ष पहले की बात है। कोलंबिया के कार्टाजेना नगर में एक बीमार से व्यक्ति की कहानी आम चर्चा का विषय बनी हुई थी। इस व्यक्ति का नाम था गोमेज। गोमेज लोगों से धन माँगा करता था। उसका कहना था, उसने अमेजान नदी के दक्षिण में एक ऐसा पुराना नगर देखा है, जहाँ चारों ओर सोना-ही-सोना बिखरा है। सोने के मंदिर, सोने की मूर्तियाँ, सोने के बरतन! तात्पर्य यह कि हर तरफ सोना-ही-सोना! गोमेज एक अभियान दल के साथ इस नगर तक हो आया था। वह अपने साथ कुछ सोना भी लाया था, पर दुर्भाग्य से अब उसके पास एक पाई तक नहीं बची थी। यह कहानी, गोमेज के अपने शब्दों में :

सन् 1931 की बात है। मैं मानाओस नामक कस्बे में था। एक दिन मुझे पता चला कि एक यूरोपीय अभियान दल को एक मार्गदर्शक की जरूरत है। यह अभियान दल नदियों में नौकाओं से यात्रा कर जंगलों और उनमें पाई जानेवाली चट्टानों का सर्वेक्षण करना चाहता था। मुझे नदी-मार्गों का अच्छा ज्ञान था। मैं बेकार था और यह काम बखूबी कर सकता था। मैंने अभियान दल के मुखिया से बात की। वह मेरी योग्यता से प्रभावित हुआ और उसने मुझे अभियान दल का मार्गदर्शक नियुक्त कर लिया। बाद में मुझे पता चला, उस दल के तीन मुखिया थे—एक फ्रांसीसी, एक जर्मन और एक ब्राजीलियन।

हम रियो नीग्रो नामक नदी में यात्रा पर चल पड़े। एक रात की बात है। हम लोग नदी तट पर शिविर स्थापित कर विश्राम कर रहे थे। मुझे नींद नहीं आ रही थी। अतः मैं अकेला तट से लगे जंगल की ओर चला गया। सहसा मुझे लगा कि झाड़ियों में कोई छिपा है। मैंने समझा, कोई जानवर है; पर वह जानवर नहीं, एक मनुष्य था। चेहरा काले रंग से पुता हुआ। मैं तुरंत वापस भागा। मैंने दल के तीनों मुखियों को यह बात बताई। रात में उस व्यक्ति को ढूँढ़ना खतरे से खाली नहीं था। तय हुआ, सवेरे जाँच-पड़ताल की जाए।

सुबह हम लोगों ने जाँच की तो पाया कि नदी के तट की रेत पर कई लोगों के

कदमों के निशान थे। अर्थात् रात को वहाँ कई लोग आए थे।

अब तो सभी लोग सतर्क हो गए। हमने पुनः नौकाओं में बैठकर यात्रा शुरू कर दी।

दोपहर में एक स्थान पर हम रुके। दल के मुखियों ने नौकाओं में पत्थर डालकर उन्हें पानी में डुबा दिया, ताकि जब वे लौटें तो नौकाएँ सुरक्षित मिलें।

अब हम घने जंगलों के बीच से गुजर रहे थे। दल के लोग कभी किसी चट्टान को तोड़कर उसका परीक्षण करते, कभी किसी पौधे को अपने थैले में रखते।

मुझे ऐसा लगता जैसे कई लोग हमपर निगाहें रखे हुए हैं। कभी-कभी हमें नगाड़ों की धीमी-धीमी आवाज भी सुनाई देती। इसका अर्थ साफ था—नगाड़ों द्वारा जंगल के निवासी हमारी उपस्थिति और हमारे यात्रा-मार्ग की सूचना भेजते थे। हम लोगों के दल में आठ बंदूकें और आठ पिस्तौलें थीं। गोला-बारूद भी था। अतः हम कुछ निश्चिंत थे। फिर भी खतरा तो था ही। हम लोग रात को सोते वक्त बारी-बारी से पहरा देते। रात को नगाड़ों की आवाज सुनाई देती तो हमारे दिल काँप जाते।

इस तरह हम कई दिनों तक घने जंगलों में यात्रा करते, चलते-चलते एक ऐसे स्थान पर पहुँचे, जहाँ गहरी-गहरी खाइयाँ थीं। इन्हीं खाइयों में से एक में हमें एक पगडंडी दिखाई दी। कभी वह सड़क रही होगी, पर अब उसपर घास और घनी झाड़ियाँ उग आई थीं। दल के मुखिया आपस में तर्क करने लगे कि यह सड़क किन लोगों ने बनाई होगी—प्राचीन इंका लोगों ने या किसी और ने।

हम सब इस पगडंडी के सहारे बढ़ने लगे। इस तरह हम कई दिनों तक चलते रहे। नगाड़ों की आवाजों ने अभी भी हमारा पीछा नहीं छोड़ा था।

एक दिन दोपहर को हम पत्थरों की एक विशाल दीवार के पास पहुँचे। पगडंडी यहीं जाकर खत्म हो गई थी। दीवार में एक द्वार था। द्वार पर दो गुंबद बने हुए थे। तीनों मुखिया आपस में चर्चा करने लगे। फिर उन्होंने हमें एक जगह पर रुकने का निर्देश दिया और खुद गुंबदों की ओर चले गए। थोड़ी देर बाद हमने देखा, वे एक विचित्र व्यक्ति के साथ हमारी ओर आ रहे थे। वह व्यक्ति कौन था? उसकी लंबी दाढ़ी थी, लाल रंग की। उसकी कमर में एक चमड़े का पट्टा बँधा था। उसमें सोने की परतें चढ़ी थीं। बौने की बाँहों पर भी सोने की पट्टियाँ बँधी थीं।

अब उस व्यक्ति के साथ हम सबने पत्थर की दीवार में बने द्वार में प्रवेश किया।

ओह! वहाँ का दृश्य देखकर हम आश्चर्य से भर उठे। भीतर एक नगर था। छोटे-छोटे मकान, बाजार, मंदिर! हमने उस बौने को खिलाया-पिलाया और फिर मुक्त कर दिया। वह हरिण की तरह चौकड़ी भरता हुआ भाग गया। हम जान गए कि मकानों में उस जैसे कई लोग छिपे हुए हैं। हमारी प्रत्येक गतिविधि पर उनकी निगाह है। पर हमारे पास बंदूकें थीं, पिस्तौलें थीं; अत: हम विशेष चिंतित नहीं थे।

हम लोग नगर के बीचोबीच बने मंदिर के पास पहुँचे। मंदिर को देखते ही हम लोगों के आश्चर्य का ठिकाना नहीं रहा। मंदिर तो सोने का बना हुआ था—सोने के स्तंभ, सोने की मूर्तियाँ, सोने के पात्र!

हमने मंदिर के पास बने हुए घरों को भी देखा। वहाँ भी हर चीज सोने की थी।

पर आश्चर्य की बात, इन घरों में कोई नहीं रहता था। मुझे लगा, यहाँ तो सैकड़ों टन सोना पड़ा है, बस, उठाने की देर है।

शायद मुखिया भी यही बात सोच रहे थे। उन्होंने तय किया कि अब वापस लौटना चाहिए। बस, अब क्या था, दल के हर सदस्य ने सोने की बनी चीजें उठानी शुरू कीं। वहाँ कोई रोकनेवाला तो था नहीं। मेरा अनुमान है कि प्रत्येक व्यक्ति ने कोई बीस-बीस किलो सोना लाद लिया होगा।

अब हम लौट पड़े। किसी ने हमें सोना ले जाने से नहीं रोका। लेकिन यह यात्रा काफी कष्टप्रद थी। हमारे पास खाने-पीने का सामान प्राय: खत्म हो गया था और थकान भी हर दिन तोड़े जा रही थी। अत: रात होते ही हम आग जलाकर जो लेटते, तो नींद हमें दबोच लेती।

एक रात की बात है कि आग जलाकर हम सब लेटे हुए थे। थोड़ी देर बाद सारे लोग गहरी नींद में सो गए। आधी रात के बाद मैं 'जंगल' जाने के लिए उठा। चाँदनी रात थी, अत: मैं थोड़ा दूर निकल गया। ...और कुछ देर बाद लौटा तो मुझे जैसे साँप सूँघ गया। दल का प्रत्येक सदस्य पाँच फीट लंबे तीर से बिंधा था। मैं फौरन जंगल की ओर भागा। वहाँ झाड़ियों में छिपे-छिपे मैंने शेष रात गुजार दी।

सुबह हुई। मैंने झाड़ियों में छिपे-छिपे देखा, दल का कोई भी सदस्य जीवित नहीं बचा था। शायद वे बौने ही रात में आए थे। वे लूट का सारा माल वापस ले गए थे। साथ ही दल का सारा सामान भी। बंदूकें, पिस्तौलें, थैले—सबकुछ।

अब वहाँ ठहरना व्यर्थ था। खतरे से खाली भी न था। मैं पेट के बल रेंगता-रेंगता जंगल में बढ़ा। कुछ दूर जाने पर मुझे एक झरना दिखाई दिया। मैंने जी भरकर पानी पिया। कुछ जंगली फल खाए। थोड़ी ताकत आई तो सोचने लगा, क्या करूँ, कहाँ जाऊँ? मेरे पास न बंदूक थी, न भोजन। मैंने सोचा, बौने पूर्व दिशा से आए थे, अत: उत्तर दिशा की ओर बढ़ना चाहिए। बस, मैं चल पड़ा। झरनों का पानी पीता, जंगली फलों से भूख मिटाता, मैं कई दिनों तक चलता रहा। अंत में एक नदी के तट पर पहुँचा। वहाँ कोई अपनी नाव छोड़ गया था। मैंने क्षण-भर भी विलंब न किया। नाव में बैठकर उसे धारा में छोड़ दिया और इस तरह यहाँ पहुँचा।

यदि आप लोग साहस करें तो मैं आपको उस स्थान तक ले जा सकता हूँ। शर्त यही है कि लूट में आधा हिस्सा मेरा होगा।

यह गोमेज की आपबीती थी। कुछ लोगों को उसपर संदेह था। कुछ के लिए वह पागलपन था। पर कुछ लोग उसे सच समझते थे। कारण, वे जानते थे, जंगलों में आदिवासी सोने की चीजें इस्तेमाल तो करते हैं, पर उसे कीमती नहीं मानते।

□

मौत के साए में

—एयरी नीव

कोल्म के युद्धबंदी शिविर में 5 जनवरी को रात के ठीक नौ बजे खाने की घंटी बजी। बंदी और जर्मन अफसर अपनी-अपनी खाने की मेजों पर झपटे।

मारटिन ने जॉन की ओर इशारा किया। जॉन चुपचाप छाया की तरह उसके पीछे हो लिया। कुछ ही मिनटों में दोनों उस रंगमंच के नीचे थे, जहाँ कुछ दिन पहले बड़े दिन के मौके पर रंगारंग कार्यक्रम हुए थे।

कैश पीटर और हैनरी मोर वहाँ उनका इंतजार कर रहे थे। उन्होंने तुरंत जर्मन सैनिक वरदियाँ पहनीं, कुछ नक्शे, नोट, दिशासूचक यंत्र तथा अपने मित्रों के संबंधियों के पते लिये और शिविर से निकलकर भागने के लिए तैयार हो गए।

पीटर और मोर ने मंच के दो तख्ते हटाए। एक लंबा चोर रास्ता उनके सामने मुँह बाए पड़ा था। मारटिन ने दृढ़ता से पहला कदम बढ़ाया। तीनों उसके पीछे चल पड़े। यह तंग रास्ता एक सँकरे गलियारे में जाकर खत्म हुआ।

सामने लोहे के मजबूत दरवाजे पर एक मोटा जर्मन ताला लटक रहा था। पीटर ने उसमें मोटा तार फँसाया, लेकिन ताला खुल नहीं रहा था। पास में ही जर्मन संतरियों के बूटों की आवाज सुनाई पड़ रही थी। सबका दिल धक्-धक् करने लगा।

इसी भयंकर स्थिति में दस मिनट गुजर गए। तभी पीटर फुसफुसाया, ''लो, हाथ मिलाओ। मुड़ के मत देखना।''

दरवाजा खुल गया था। दोनों ने पीटर और मोर से बिदा ली। उन्होंने भीतर से ताला बंद किया और कुछ ही क्षणों में उनके पैरों की आवाज आनी बंद हो गई।

अब दोनों कैदी शिविर से बाहर थे। उन्होंने चारों ओर नजर घुमाई। किले की ऊँची दीवारें उनकी इस आजादी का मजाक उड़ा रही थीं। बर्फीली ठंडी रात में सर्चलाइटों की मद्धिम रोशनी में यहाँ-वहाँ खड़े जर्मन सैनिक पहरा दे रहे थे।

जॉन ने मारटिन के चेहरे पर नजर डाली। शांत, गंभीर और दृढ़ निश्चय का

प्रतीक। उसे प्रेरणा मिली। अगले ही क्षण दोनों जर्मन अधिकारियों की तरह हिम्मत से आगे बढ़े जा रहे थे।

घंटाघर के नीचे जर्मन संतरी ने सलाम किया। अब दोनों विकेट-गेट पर थे। मारटिन ने दरवाजा खोला। दोनों दनदनाते बाहर आ गए। सामने एक सिपाही ने उन्हें रोका। जॉन का कलेजा काँप गया। मगर मारटिन ने शुद्ध जर्मन भाषा में उसे जोर से लताड़ा, ''सलाम क्यों नहीं करते?''

उसने सलाम किया और अफसराना जवाब देते हुए दोनों आगे बढ़ गए। उन्होंने बलूती घेराबंदी को पार किया और पेड़ों के झुरमुट में आ पहुँचे। पत्तियाँ बर्फ से ढकी हुई थीं। अब शिविर की सर्चलाइटें उन तक नहीं पहुँच सकती थीं।

सामने किले की दीवार बर्फ से सफेद हो रही थी। मारटिन ने जॉन को सहारा दिया। जॉन दीवार पर चढ़ गया। उसने दीवार पर पेट के बल लेटकर नीचे मारटिन को अपना हाथ पकड़ाया। मगर ठंड से अकड़ी हुई उसकी उँगलियाँ उसे ऊपर न खींच सकीं। जॉन ने अपनी उँगलियाँ बगल में दबाईं। कुछ अकड़ कम होने पर उसने अपना हाथ फिर नीचे बढ़ाया। एक ही झटके में मारटिन उसके पास दीवार पर था।

ठंडी बर्फीली हवा में एक मिनट साँस लेने के बाद दोनों दीवार से कूदे। बारह फीट ऊँचाई जरूर थी, पक्की जमीन पर गिरने से कुछ चोटें भी आईं, पर उन्हें सहलाने का समय कहाँ था।

उनको पूर्व की ओर लीसनिंग शहर जाना था, जो वहाँ से छः मील दूर था। रात के दस बजे थे। वे ठिठुरते हुए लीसनिंग की ओर जानेवाली सड़क पर बढ़ रहे थे। अचानक सामने कार की रोशनी दिखाई दी। दोनों झटपट बर्फ पर लेट गए। कार फर्राटे से निकल गई।

अब उन्होंने अपनी जर्मन वरदियाँ उतार दीं और वे हॉलैंड के बिजली मिस्तरी बन गए। उनके पास लीपजिंग से उल्म जाकर काम करने का परमिट था। लीपजिंग कोल्म से बाईस मील दूर था। वहाँ पहुँचने के लिए उन्हें लीसनिंग से पहली गाड़ी पकड़नी थी, जो मजदूरों को लेकर पाँच बजे प्रातः लीपजिंग के लिए रवाना होती थी।

उन्हें मालूम हुआ था कि लीपजिंग में हजारों विदेशी मजदूर हैं और उनमें से कुछ को दक्षिण-पश्चिम जर्मनी में उल्म आदि नगरों में भेजा जा रहा है। वे इसी बात का फायदा उठाकर उल्म जाना चाहते थे, जहाँ से जर्मन सीमा को पार करके स्विट्जरलैंड में प्रवेश करना संभव था।

किंतु उनके पास लीपजिंग तक जाने का परमिट नहीं था। खैर, लीसनिंग तक छः मील की दूरी तय करने में उन्हें बहुत समय नहीं लगा। पाँच बजने में अभी काफी देर थी। वे लीसनिंग रेलवे स्टेशन से कुछ दूरी पर पेड़ों के झुरमुट में दुबककर बैठ गए। ठंड इतनी थी कि बोलने की भी हिम्मत नहीं थी। वैसे भी पराए देश में इस स्थिति में बातचीत करना खतरे से खाली नहीं था।

तीन घंटे तीन दिन की तरह गुजरे। रेल इंजन की नारंगी रोशनी दूर से दिखाई दी। वे उठे और स्टेशन पर पहुँचकर जर्मन मजदूरों की भीड़ में मिल गए। मारटिन ने आगे बढ़कर दो टिकट खरीदे। गाड़ी प्लेटफॉर्म पर लगी और वे भी औरों के साथ एक छोटे से डब्बे में घुस गए।

डब्बा क्या था, कबाड़खाना था। तरह-तरह के मजदूर, औरतें और मर्द, एक-दूसरे से सटकर पाटियों पर बैठ गए। गाड़ी ने तीखी सीटी दी और चल पड़ी। हवाई हमले की आशंका से डब्बे में रोशनी बहुत मंद थी। खिड़कियाँ बंद थीं, इसलिए ठंडी हवा से बचाव था। गाड़ी ने रफ्तार पकड़ी और मुसाफिर एक-दूसरे के कंधे पर लटके हुए ऊँघने लगे। जॉन को एक अधेड़ मजदूरिन का कंधा मिला। हारा-थका वह कुछ गरमाहट पाकर खर्राटे लेने लगा।

दूसरे ही क्षण जॉन के टखने पर जोर से ठोकर लगी। आँख खुली तो सामने मारटिन को खड़ा पाया। वह उसकी ओर मोटी-मोटी आँखों से घूर रहा था। जॉन को अपनी गलती का अहसास हुआ। आदतन वह नींद में अंग्रेजी में बड़बड़ा रहा था। शुक्र था कि बाकी सभी मुसाफिर भी उसकी तरह नींद में बेहोश थे, सिवा मारटिन के जो अपने निकल भागने की इस योजना को जी-जान से पूरा करने की कोशिश में था।

जॉन को बहुत अफसोस हुआ। वह शर्मिंदा था। उसमें मारटिन से आँख मिलाने की हिम्मत नहीं थी। मगर मारटिन का हाथ जॉन के कंधे को थपथपाकर उसका हौसला बढ़ा रहा था।

छः बजते-बजते गाड़ी लीपजिंग जंक्शन पर पहुँच गई। नई जगह थी। मगर वे दोनों और यात्रियों के पीछे-पीछे प्लेटफॉर्म से बाहर आ गए। सामने चाय की दुकान थी। गरम-गरम कॉफी पीने से कुछ जान आई। पूछताछ करने पर पता चला कि उल्म को जानेवाली गाड़ी तो रात साढ़े दस बजे ही मिलेगी।

पूरा दिन सामने था। कैसे बिताएँ? थोड़ी देर मुसाफिरखाने में बैठे। अनायास ही जॉन का हाथ जाकेट के भीतर गया और चॉकलेट की एक लंबी पट्टी बाहर खींच लाया। ज्यों ही जॉन ने उसका एक सिरा अपने मुँह में डाला, सैकड़ों ललचाई आँखें एक साथ उसपर टिक गईं। बेचारों ने दो-तीन सालों से चॉकलेट के दर्शन नहीं किए थे।

नजर घुमाई तो देखा कि मारटिन उसे तेज नजरों से घूर रहा था। उसने इशारा किया। दोनों तुरंत मुसाफिरखाने से बाहर थे। चॉकलेट के कारण लोगों को उनपर शक होने लगा था।

दोनों सीधे एक तिकोने पार्क में पहुँचे और एक बेंच पर बैठ गए। अचानक एक जर्मन षोडशी जॉन की बगल में आ बैठी। उसने ताबड़तोड़ दो-तीन प्रश्न कर दिए। मारटिन ने जॉन का हाथ दबाया। वहाँ भी वे चैन से नहीं बैठ सके।

वे बाहर बड़ी सड़क पर आ गए। सैनिक गाड़ियाँ इधर-उधर दौड़ रही थीं। युवक लोग प्रसन्न थे। पर बूढ़ों के चेहरों पर उदासी की रेखाएँ खिंची हुई थीं।

शत्रुदेश में भगोड़े सैनिक के लिए छिपने की सबसे बढ़िया जगह सिनेमाघर होती है। मारटिन दो टिकट खरीद लाया। वे एक घटिया-से सिनेमाघर में सबसे नीचे की श्रेणी में जाकर बैठ गए। वहाँ जर्मन सिपाहियों की भीड़ थी।

रोशनी गुल होते ही खबरों का सिलसिला शुरू हुआ। जर्मन फौजों की फतह के दृश्य दिखाए गए। उसके बाद नाजी गाने शुरू हुए, "हम इंग्लैंड के विरुद्ध बढ़े जा रहे हैं..."

यहाँ जॉन से फिर एक भारी भूल हो गई। सारे दर्शक रेकार्ड की धुन में धुन मिलाकर गाना गा रहे थे, मगर जॉन चुप था। मारटिन ने फिर ठुड्डा मारा। जॉन जैसे नींद से जागा और अन्य लोगों के साथ सुर में सुर मिलाने लगा।

फिल्म देखकर जब दोनों बाहर निकले तो एक पुलिस सिपाही उनके पीछे हो लिया। वे उसे गच्चा देकर सिनेमाघर में घुस गए। फिर वही खबरें, वैसा ही प्रचार, वे ही नाजी गाने।

वहाँ से निकलकर पुलिस की नजरों से बचते-बचाते दोनों फिर रेलवे स्टेशन पर

आ गए। मुसाफिरखाना गरीब जनता से खचाखच भरा हुआ था। नाजी शासन के काले कारनामों से पीड़ित लोगों का बुरा हाल था। सेना के जवान उन्हें ठुड्डे मारते हुए रोब से इधर-उधर घूम रहे थे।

मारटिन उल्म के टिकट ले आया। गाड़ी प्लेटफॉर्म पर खड़ी थी। गाड़ी में बैठने के बजाय बाहर खड़े रहना उनके लिए ज्यादा हितकर था। ज्यों ही गाड़ी चली, दोनों एक डब्बे में सवार हो गए और एक गलियारे में अँधेरे में जाकर खड़े हो गए।

गाड़ी चल पड़ी। उन्होंने देखा, एक भारी-भरकम वरदीधारी अफसर उनके पास खड़ा है। उसने बड़ी शालीनता के साथ पूछा, "क्या तुम यहूदी हो ?"

"नहीं, हम हॉलैंडवासी हैं," मारटिन ने बड़े अदब के साथ जर्मन में उत्तर दिया।

"अच्छा, वहाँ क्यों खड़े हैं ? आइए, हमारे पास बैठिए। यहाँ बहुत जगह है।"

दोनों बैठ गए, पर जॉन का कलेजा काँप रहा था।

"कहाँ तक जाएँगे ?" उसने पूछा।

"उल्म।"

"क्यों ?"

"हम बिजली मिस्तरी हैं। वहाँ हमारा तबादला हो गया है।"

मारटिन ने बड़ी होशियारी से सारी स्थिति सँभाल ली थी। अगर जॉन से हॉलैंड के बारे में ज्यादा पूछताछ होती तो मामला गड़बड़ हो जाता।

वे बारी-बारी से सोते-जागते चल रहे थे। अचानक सेना पुलिस के दो सिपाही आ गए। उन्होंने उनके कागज-पत्र देखे। ज्यादा पूछताछ करते, मगर उस वरदीधारी अफसर ने कह दिया कि ये तो हॉलैंड के रहनेवाले हैं और काम पर आगे जा रहे हैं।

चार बजे गाड़ी रुकी। जॉन ने खिड़की से बाहर झाँका—रीजेनबर्ग का स्टेशन था। यहाँ उन्हें उल्म के लिए गाड़ी बदलनी थी। इसलिए वे वरदीधारी अफसर को नमस्कार करके प्लेटफॉर्म पर उतर आए।

दोनों मुसाफिरखाने में जाकर एक बेंच पर बैठे ही थे कि उनकी नजर एक सिपाही पर पड़ी। वह शक की नजरों से उन्हें घूर रहा था। वे तुरंत वहाँ से उठे और बाहर प्लेटफॉर्म पर आकर और मुसाफिरों की भीड़ में नीचा सिर करके बैठ गए।

उल्म जानेवाली गाड़ी जल्दी ही आ गई। वे एक डब्बे में जाकर बैठ गए। सवेरे जब आँख खुली तो उनकी गाड़ी बवेरिया के देहाती इलाके से गुजर रही थी।

उनके पलायन के दूसरे दिन; यानी 6 जनवरी को सुबह नौ बजे गाड़ी उल्म पहुँच गई। वे टिकट खिड़की पर पहुँचे। मारटिन ने बड़े शांत भाव से टिकट देनेवाली लड़की से सिंजन और स्विस सीमांत के लिए दो टिकट माँगे। वह गुर्राई। जॉन का दिल बैठने लगा। उसने कागज-पत्र माँगे। उन्होंने दिखला दिए। उसे संतोष नहीं हुआ। झटपट सिपाही

बुला लाई। सिपाही ने एक बार तो उन्हें छोड़ दिया, पर दूसरे ही क्षण उन्हें बुलाकर जर्मन रेलवे पुलिस के लेफ्टिनेंट के पास ले गया। उसने भी उनके जाली दस्तावेजों को देखा, पर उसके पल्ले कुछ नहीं पड़ा। उसने उन्हें श्रम कार्यालय भेज दिया।

वे आगे-आगे चल रहे थे और हाथ में रिवाल्वर लिये हुए एक सिपाही उनके पीछे-पीछे। थोड़ी दूर चलने पर मारटिन ने खामोशी तोड़ी। उसने बढ़िया जर्मन भाषा में उल्म नगर का मार्मिक चित्रण किया, जिसे सुनकर सिपाही बहुत खुश हुआ।

श्रम कार्यालय आते ही सिपाही उन्हें ऊपर जाने का आदेश देकर संतरी से बात करने लगा। वे ऊपर गए और दूसरे जीने से नीचे उतरकर पीछे के रास्ते से उल्म की गलियों में पहुँच गए।

मारटिन ने किताबों की एक छोटी दुकान से आसपास के इलाके का नक्शा खरीदा। उसी के आधार पर वे लौपहीम नगर की ओर तेजी से बढ़ चले। वहाँ पहुँचे तो शाम हो चुकी थी। स्टेशन पर पहुँचकर स्टोकाक तक के टिकट लिये। यह गाँव स्विस सीमा के बिल्कुल पास था। गाड़ी आते ही एक डब्बे में घुस गए। वे इतने थके हुए थे कि गाड़ी चलने का इंतजार भी नहीं किया और तत्काल सो गए। फुलनडर्फ का छोटा स्टेशन नींद में ही गुजर गया और लगभग नौ बजे वे स्टोकाक पहुँच गए।

स्टोकाक के स्टेशन-मास्टर ने उनकी ओर शक-भरी नजरों से देखा। मगर उसकी परवाह न करते हुए वे सीमा से लगे हुए सिंजन नगर की ओर पैदल ही चल पड़े। जब वहाँ पहुँचे तो चाँद डूब चुका था और सीमांत प्रदेश अँधेरे की चादर में लिपट गया था।

सड़क जंगल के बीच से होती हुई उन्हें ऊँचाई की ओर ले जा रही थी। सड़क के दोनों ओर बर्फ की चादर बिछी हुई थी। वे लगातार बढ़ते जा रहे थे। रात को दो बजे वे ऐसे स्थान पर पहुँचे, जहाँ से सड़क नीचे सिंजन नगर की ओर जाती थी।

वे ढलान में उतरते जा रहे थे। मगर उनकी मंजिल अब भी उनसे दूर थी। 8 जनवरी को सवेरे पाँच बजे सिंजन की रोशनियाँ दूर से दिखाई देने लगी थीं।

अचानक चार लकड़हारे सामने आ निकले। एक बोला, ''क्या तुम दोनों पोलैंडवासी हो?''

''हाँ,'' मारटिन ने जवाब दिया।

''नहीं, यह बिल्कुल नहीं हो सकता,'' दूसरा बोला।

जॉन की तो घिग्घी बँध गई। पैर मन-मन-भर के हो गए। सोचने लगा, 'देखो, इतनी दूर तो किसी तरह निकल आए, क्या अब पकड़े जाएँगे?'

जॉन ने मारटिन की ओर देखा। उसने इशारे से समझाया कि अब तो भाग जाने में ही भलाई है। और दोनों इतनी तेजी से दौड़े कि लकड़हारे उन्हें देखते ही रह गए। दौड़ते-दौड़ते उनकी साँस फूल गई थी। इतनी तेज सर्दी में भी पसीना आने लगा था।

पैर जवाब देने ही लगे थे कि सामने एक छोटा-सा घर दिखाई दिया, जिसके सब दरवाजे बंद थे, सिर्फ एक खिड़की खुली थी।

दोनों खिड़की के रास्ते घर में घुसे। चक्कर लगाया। वहाँ कोई व्यक्ति नहीं था। कमरे में एक पलंग बिछा था। आव देखा न ताव, दोनों उसी पर लेट गए। पास पड़ा एक पुराना कंबल ओढ़ लिया और घोड़े बेचकर सो गए। जब उठे तो तीसरा पहर हो चुका था। इस बीच काफी बर्फ गिर चुकी थी। उनके पैरों के निशान बर्फ से ढक गए थे। इसलिए डरने की कोई बात नहीं थी।

वे रसोईघर में घुसे। खाने को तो कुछ नहीं था, पर एक कोने में फावड़े व बेलचे पड़े थे और किवाड़ के पीछे दो सफेद लंबे कोट लटके हुए थे। जाहिर था कि यह घर किसी मधुमक्खियाँ पालनेवाले का था।

उन्होंने अपना नक्शा खोला। वे एक जंगल के बीच में थे, जहाँ से सिंजन नगर दो-तीन मील दूर था। सिंजन के पश्चिम-दक्षिण की ओर जंगलों के बीच से सड़क व रेललाइन थी, जो स्विट्जरलैंड में शाफहासन तक ले जाती थी।

8 जनवरी की शाम को पाँच बजे उन्होंने अपने कंधों पर फावड़े उठाए और बगल में दोनों कोट दबाकर सिंजन की ओर रवाना हो गए।

कोई एक मील चले होंगे कि उन्होंने एक बाइसिकल की रोशनी को अपनी ओर बढ़ते देखा। अचानक आवाज आई, ''रुक जाओ!''

बाइसिकल की रोशनी में उन्होंने देखा कि 'हिटलर युवा बल' की वरदी में दो युवक लाठी लिये हुए सामने खड़े थे। जॉन उनसे बिल्कुल नहीं घबराया। सोने से थकान मिट चुकी थी। एक युवक बोला, ''तुम लोग कौन हो? कहाँ जा रहे हो?''

मारटिन ने कहा, ''हम वेस्टफेलिया के निवासी हैं। सिंजन में अपने घर लौट रहे

हैं।''

मगर उनको शक हो गया। उन्होंने कहा, ''दो ब्रिटिश कैदी फरार हो गए हैं। हम उन्हीं की तलाश में हैं। शायद तुम लोग…''

मारटिन जब उनसे उलझ रहा था तो जॉन के दिमाग में एक ही बात आ रही थी कि ये दोनों लड़के ही उनकी आजादी में बाधक हो सकते हैं।

जॉन ने मारटिन को इशारा किया और दोनों ने अपने फावड़े से उनको मौत के घाट उतार दिया।

वे रात के अँधेरे में सिंजन नगर को आसानी से पार कर गए और अपने दिशासूचक यंत्र की सहायता से सीमा की ओर बढ़ने लगे।

9 जनवरी को तड़के दो बजे वे शाफहासन की सीमा चौकी के पास पहुँच गए। ठंडी सुहावनी रात थी। पूरनमासी का चाँद अपनी चाँदनी बिखेर रहा था। उन्होंने मधुमक्खी-पालकों के कोट पहने, ताकि उन्हें कोई पहचान न सके। सामने बड़ी सड़क थी, जिसपर दौड़ती हुई मोटरकारों की रोशनियाँ दिखाई दे रही थीं।

दोनों सड़क के पास खड्डे में दुबककर बैठ गए। उनसे सिर्फ चालीस गज की दूरी पर संतरी पहरा दे रहा था। यहाँ उन्होंने अपनी बची हुई चॉकलेट खाई और ऊपर से कुछ बर्फ निगल गए।

चाँद काले बादलों में छिप गया था और तेज हवाओं के कारण सर्दी बढ़ गई थी। जर्मन संतरी ने सर्दी से परेशान होकर अपने ओवरकोट के बटन ऊपर से नीचे तक बंद कर लिये थे और सीमांत नाके के पास चक्कर लगा रहा था।

उनके सामने सड़क के उस पार बर्फ का सपाट मैदान था, जो दूर-दूर तक पेड़ों से घिरा हुआ था। यही वह मध्यवर्ती क्षेत्र था, जिसपर जर्मनी या स्विट्जरलैंड किसी का कोई अधिकार नहीं था। और इसके उस पार आजादी थी, जिसे उन्हें प्राप्त करना था।

सवेरे साढ़े चार बजे संतरी उन लोगों से काफी दूर चला गया था। उसकी पदचाप सुनाई देनी बंद हो गई थी।

''अब क्या विचार है?'' मारटिन ने कहा।

''बस, यही मौका है।'' जॉन फुसफुसाया।

दोनों हाथों-घुटनों के बल बच्चे की तरह रेंगते हुए खड्डे से बाहर आए और इसी तरह सड़क तथा मैदान को पार करते हुए स्विट्जरलैंड में घुस गए। अब वे पूरी तरह आजाद थे।

□

कैदी की रिहाई

—एरिक कास्टनर

बर्फ अभी भी झर रही थी। तेजी से दौड़े जा रहे लड़कों के मुँह से निकली साँस भाप के गुच्छे बना रही थी।

ईडन सिनेमा के पास पहुँचते ही मार्टिन ने अपने साथियों से कहा, ''तुम सब लोग दौड़ते हुए आगे बढ़ो, मैं अभी आया।''

ईडन सिनेमा के पास तीसरी कक्षा के कुछ छात्र खड़े थे। उन्हें सिनेमा देखना था। वे द्वार खुलने की प्रतीक्षा कर रहे थे। मार्टिन ने उन लोगों से कहा, ''हमें तुम लोगों की मदद की जरूरत है। फिल्म तो बाद में भी देखी जा सकती है। उससे भी पहले एक जरूरी काम है। माध्यमिक स्कूल के कुछ 'जानवरों' ने रूडी क्राइंझकाम को पकड़ रखा है। अब हम सबको उसे छुड़ाना है।''

''तो क्या हम तुम्हारे साथ चलें?'' टूबी नामक एक लड़के ने पूछा।

''नहीं, तुम सब पंद्रह मिनट के भीतर फोरवर्क स्ट्रासे पहुँचो। अपने साथ कुछ और लड़के लेते आना। हाँ, टोपियाँ जेब में छिपाए रखना, नहीं तो उन लोगों को शक हो जाएगा।''

''बिल्कुल ठीक, मार्टिन!'' टूबी ने कहा।

''देखो, इज्जत का सवाल है। हमें नीचा न देखना पड़े।'' मार्टिन ने उसे एक बार फिर चेताया। फिर वह दौड़ पड़ा। शीघ्र ही वह अपने अन्य साथियों से जा मिला।

वे सब मुख्य सड़क के बजाय गली-कूचों में होते हुए जा रहे थे। कारण, सड़क पर एक साथ इतने लड़कों को देखकर उनकी योजना का भंडाफोड़ हो सकता था।

उनकी यह योजना अपने मित्र (रूडी) को छुड़ाने की थी। उसे एक दूसरे स्कूल के लड़कों ने एक मकान के तहखाने में बंद कर रखा था। रूडी के पास उन सबकी कापियाँ भी थीं। उन्होंने यह भी पता लगा लिया था कि रूडी को कहाँ छिपाकर रखा गया है। अब वे सब एक साथ अचानक आक्रमण कर उसे छुड़ा लेना चाहते थे।

शीघ्र ही वे सब नियत स्थान पर पहुँच गए। अगले कदम पर विचार होने लगा।

फ्रेंक नामक एक लड़के ने सुझाव दिया, "मैं एगरलांड के पास शांतिदूत बनकर जाता हूँ।"

"बशर्ते कोई समझौता कर सको।" मठयास ने व्यंग्य से कहा।

"समझौता न भी होगा तो क्या! कम-से-कम मालूम तो पड़ जाएगा कि उन्होंने रूडी के साथ क्या सलूक किया है!" फ्रेंक ने पलटकर कहा।

मार्टिन ने फ्रेंक को जाने का इशारा किया और स्वयं दूसरी ओर बढ़ गया।

□

फ्रेंक ने एगरलांड के घर के पास पहुँचकर घंटी बजा दी। वह एक इमारत की तीसरी मंजिल पर रहता था। घंटी बजते ही एक महिला ने दरवाजा खोला। वह एगरलांड की माँ थी।

"मैं आपके बेटे के साथ पढ़ता हूँ। क्या वह घर पर है?" फ्रेंक ने पूछा।

"तुम खुद जाकर देख लो, वह रहा उसका कमरा।" एगरलांड की माँ ने एक कमरे की ओर संकेत किया।

फ्रेंक उस कमरे की ओर बढ़ गया। उसे देखते ही एगरलांड उछल पड़ा, "तुम! तुम!"

''मैं एक शांतिदूत हूँ।'' फ्रेंक ने कहा, ''रूडी को रिहा करने के लिए तुम लोगों की शर्तें क्या हैं?''

''शर्तें!···केवल एक शर्त—हमारा झंडा फाड़ने के लिए लिखकर माफी माँगो और रूडी को रिहा करने की प्रार्थना करो।''

''हम इसे नामंजूर कर दें तो?''

''तो हम तुम्हारी कापियाँ जला देंगे···और भगवान् कसम, रूडी को तब तक कैद रखेंगे जब तक उसका एक-एक बाल सफेद नहीं हो जाता।''

फ्रेंक हँस पड़ा। बोला, ''मैं आखिरी चेतावनी दे रहा हूँ—रूडी को छोड़ दो, हमारी कापियाँ लौटा दो।''

''नहीं, कभी नहीं!''

''तो हम दस मिनट में अपने साथी को रिहा कराने के लिए पहुँच रहे हैं।''

यह सुनते ही एगरलांड ने एक काला कपड़ा निकाला और खिड़की के बाहर उसे हिलाते हुए जोर से चिल्लाया, ''हे हैया!''

एगरलांड के घर से लौटकर फ्रेंक ने अपने सभी साथियों को सारी बातें बता दीं। मार्टिन भी तब तक वहाँ पहुँच गया था। उसने बताया कि रूडी कहाँ है। फिर उसने अपनी योजना बता दी, ''हममें से आधे लड़के जॉनी के नेतृत्व में सड़क की तरफ से कोठरी पर हमला करेंगे और आधे मेरे साथ चलेंगे।''

वे सब तैयार हो उठे।

तभी पीछे से आवाज आई, ''ठहरो!''

सबने चौंककर पीछे देखा।

वहाँ उनके एक परिचित सज्जन खड़े थे। सबने एक साथ कहा, ''हैलो!''

सज्जन ने उन सबको समझाया, ''देखो, इस तरह लड़ाई-झगड़ा करना ठीक नहीं। वे भी काफी लड़के हैं।'' फिर उन्होंने एक उपाय सुझाया, ''तुम सब लोग लड़ने के बजाय अपना एक चैंपियन चुन लो। वे भी ऐसा करें। यदि तुम्हारा चैंपियन जीत जाए तो वे बिना शर्त कैदी को लौटा दें...''

यह योजना दोनों पक्षों को जँच गई।

स्कूल के मैदान में दोनों पक्ष एकत्र हुए। मार्टिन के पक्ष ने मठयास को चुना तो प्रतिपक्ष ने वावेरका नामक लड़के को।

द्वंद्व-युद्ध शुरू हुआ। लड़के अपने-अपने चैंपियन का उत्साह बढ़ाने लगे। काफी देर बाद निर्णय हुआ।

मठयास विजयी रहा।

लेकिन अब एक नई समस्या उत्पन्न हो गई। एगरलांड ने बताया कि उसके साथी रूडी को छोड़ने के लिए तैयार नहीं।

मार्टिन ने कहा, ''एगरलांड, तुम एक अच्छे लड़के हो। अपने साथियों से कह दो कि हम दो मिनट में हमला करने जा रहे हैं।''

एगरलांड के जाते ही मार्टिन ने अपने साथियों को रणनीति समझा दी। कुछ लड़के मैदान में प्रतिपक्ष को उलझाए रखेंगे और कुछ एगरलांड के घर जाकर रूडी को छुड़ा लाएँगे।

दो मिनट बाद दोनों ओर से बर्फ के गोलों की बौछार शुरू हो गई।

उधर मार्टिन कुछ साथियों के साथ एगरलांड के घर जा पहुँचा। वहाँ रूडी की पहरेदारी करते हुए दो लड़कों से निपटना उनके लिए आसान था। उन्होंने रूडी को छुड़ाकर उसपर पहरा देनेवाले दोनों लड़कों को उसी रस्सी से बाँध दिया।

इधर मठयास के नेतृत्व में लड़कों ने एगरलांड की पार्टी को पराजित कर दिया। वे भाग खड़े हुए। केवल एगरलांड वहीं खड़ा रहा।

थोड़ी देर बाद मार्टिन रूडी को साथ लिये मैदान में पहुँच गया। एगरलांड को देखते ही उसने कहा, ''एगरलांड के साथ हम सभ्यता के साथ पेश आएँगे। यह अपने दूसरे साथियों के समान डरपोक नहीं।...एगरलांड, तुम जाओ!''

एक पराजित योद्धा की तरह एगरलांड सिर झुकाए चला गया। इधर लड़कों ने जोर से नारा लगाया—''हे हैया!''

□

आखिरी पाठ

—एलफांस दोदे

उस दिन मुझे स्कूल पहुँचने में देर हो गई थी।

मैं डर रहा था कि मुझे मास्टरजी जरूर डाँटेंगे। हमारे फ्रेंच भाषा के मास्टरजी एम. हैमल ने हमें व्याकरण के एक नए पाठ के नियम याद करने के लिए कहा था, लेकिन मुझे उनके बारे में कुछ भी मालूम नहीं था।

एक क्षण के लिए मैंने सोचा कि आज स्कूल ही न जाऊँ और खेतों में खेलता रहूँ। दिन बहुत गरम था। चिड़ियों के चहचहाने की आवाज आ रही थी। आरे की मिल के पीछे जर्मनी के सैनिक कवायद कर रहे थे। यह सब मुझे व्याकरण के नियमों से कहीं ज्यादा अच्छा लग रहा था। लेकिन मैंने किसी तरह अपने दिल पर काबू पाया और उस लुभावने वातावरण को छोड़कर मैं जल्दी-जल्दी स्कूल की तरफ चल दिया।

जब मैं टाउन हॉल की तरफ से गुजरने लगा तो मैंने सूचना-पट के सामने भीड़ लगी देखी। पिछले दो सालों से हमारी सारी बुरी खबरें इस सूचना-पट पर ही लगाई जा रही थीं। जैसे हमारी हार की खबर, अनुचित माँगें, सैनिक आदेश—सब इसी सूचना-पट पर देखने में आते थे। सूचना-पट के सामने भीड़ लगी देखकर मुझे हैरानी हुई, पर मैं सूचना-पट देखने के लिए रुका नहीं। मुझे स्कूल के लिए देर हो रही थी।

वाशटर लुहार वहाँ अपने एक शागिर्द के साथ खड़ा सूचना-पट पढ़ रहा था। जैसे ही मैंने चौराहा पार किया, वह जोर से चिल्लाकर मुझसे कहने लगा, ‘‘बच्चे, इस तरह भाग क्यों रहे हो ? अभी तो स्कूल लगने में देर है ?’’

मैंने सोचा, वह शायद मेरा मजाक उड़ा रहा है। इसलिए उसकी बात पर मैंने कोई ध्यान नहीं दिया और स्कूल की तरफ दौड़ लिया।

जब मैं स्कूल के मैदान में पहुँचा तो बहुत हाँफ रहा था।

स्कूल लगने से पहले कमरों में इतना अधिक शोर होता था कि वह शोर सड़क पर ही सुनाई देता था। डेस्क खोलने और बंद करने की आवाजें आती रहती थीं। छात्र अपने

कानों में उँगलियाँ देकर जोर-जोर से पाठ याद किया करते थे। तब मास्टरजी आकर अपने डंडे को ब्लैकबोर्ड पर मारकर उन्हें चुप कराते थे।

मैंने सोचा, मैं इसी शोरगुल के बीच चुपचाप अपनी सीट पर जाकर बैठ जाऊँगा। लेकिन उस दिन सारे स्कूल में इस तरह शांति छाई हुई थी, जैसे रविवार या कोई छुट्टी का दिन हो। मैंने अपनी कक्षा की खिड़की से भीतर झाँककर देखा। मेरे सहपाठी अपने-अपने डेस्क पर बैठे थे। हैमल मास्टरजी अपने हाथ में डंडा लिये इधर से उधर घूम रहे थे।

मुझे दरवाजा खोलकर उस चुप्पी के वातावरण में चुपचाप अपनी सीट पर जाकर बैठना था। मैं बहुत घबरा रहा था। मुझे शर्म भी आ रही थी।

पर मेरा डर और घबराहट थोड़ी ही देर में लुप्त हो गई, जब मैंने देखा कि मास्टरजी मेरी तरफ बिना गुस्से के, बहुत शांत भाव से देख रहे हैं। फिर वह धीरे से बोले, ''फ्रैंज, जल्दी से अपनी सीट पर जाकर बैठो, हम आज का पाठ शुरू करने ही वाले थे।''

मैं तेजी से जाकर अपनी सीट पर बैठ गया। जब मैं थोड़ा सँभला तो मैंने देखा कि मास्टरजी उस दिन अपना हरा कोट, झालरदार कुरता और रेशमी कशीदेवाली काली पतलून पहनकर आए हैं। यह ड्रेस वह सिर्फ खास अवसरों पर पहना करते थे।

सारी कक्षा में एक अजीब तरह की चुप्पी छाई हुई थी।

लेकिन मुझे सबसे ज्यादा हैरानी कुछ गाँववालों को देखकर हुई, जो हम बच्चों की ही तरह चुपचाप बेंचों पर बैठे हुए थे। बूढ़ा हासर भी अपनी तिकोनी टोपी पहने बैठा था। पुराना मेयर, पुराना डाकिया आदि कई और लोग भी वहाँ बैठे थे। वह सब उदास

थे। हासर अपने साथ एक फटा-पुराना कायदा लाया था। वह उस कायदे को अपने घुटनों पर रखकर अपने मोटे शीशेवाले चश्मे की सहायता से पढ़ने की कोशिश कर रहा था।

मैं यह सब देखकर बहुत हैरान हुआ। तभी मास्टरजी अपने तख्त पर चढ़ गए और धीमी तथा उदास आवाज में कहने लगे, ''बच्चो, आज मैं तुम्हें आखिरी पाठ पढ़ाऊँगा। हमें बर्लिन से आदेश मिला है कि अलसेस और लोरेन के स्कूलों में अब से जर्मन भाषा पढ़ाई जाया करेगी। कल से तुम्हें नए मास्टरजी पढ़ाने आएँगे। आज का पाठ मातृभाषा फ्रेंच का आखिरी पाठ है। तुम सब इसे ध्यान से पढ़ना।''

मास्टरजी के मुँह से यह सुनकर मैं अवाक् रह गया। अब मेरी समझ में आया कि सूचना-पट पर जरूर यही आदेश लगा होगा।

मातृभाषा फ्रेंच का आखिरी पाठ! लेकिन अभी तो मुझे फ्रेंच भाषा अच्छी तरह लिखनी भी नहीं आती। मुझे लगा, अब मैं कभी अपनी भाषा नहीं सीख सकूँगा। मैं अफसोस करने लगा कि मैंने कितने सारे दिन पढ़ने के बजाय स्कूल से भागकर चिड़ियों के अंडे फोड़ने या इधर-उधर घूमने या फिर खेल-कूद में व्यर्थ ही बिता दिए थे। मेरी जो किताबें पहले मुझे काँटे-सी चुभती थीं और भार दिखाई देती थीं, अब अचानक वे ही मुझे बहुत प्यारी लगने लगीं। व्याकरण की किताब और इतिहास; अब इनसे बिछुड़ना मुझे भारी लगने लगा। हैमल मास्टरजी भी आज मुझे बहुत अच्छे लग रहे थे। उन्होंने मुझे न जाने कितनी बार अपने डंडे से पीटा था, लेकिन वह सब मेरे ध्यान से उतर चुका था। यह खयाल कि वे जा रहे हैं और अब मैं उन्हें कभी नहीं देख पाऊँगा, उनके प्रति अनजाना मोह जगा रहा था।

हैमल मास्टरजी इस आखिरी पाठ को पढ़ाने के लिए अपनी सबसे अच्छी पोशाक पहनकर आए थे। काश, इस आखिरी दिन मैं भरी कक्षा में व्याकरण के उस पाठ के सारे नियम सुना सकता। लेकिन जब मास्टरजी ने मुझसे उस पाठ से संबंधित एक प्रश्न पूछा, तो मुझे एक भी शब्द याद नहीं आया। मैं खड़ा रहा।

मेरे पैर काँप रहे थे। शर्म के मारे मैं सिर न उठा सका। तभी मास्टरजी बोले, ''फ्रैंज, आज मैं तुम्हें कुछ नहीं कहूँगा। न तुम्हें झिड़कूँगा और न ही तुमपर गुस्सा होऊँगा। और आज यही तुम्हारी सजा है। तुम रोज सोचते रहे कि जल्दी क्या है, पाठ कल याद कर लेंगे। कल पर टालने का यह नतीजा निकला कि तुम्हें अपनी मातृभाषा बोलनी और लिखनी तक नहीं आती। हम अलसेस के लोगों में यही तो कमी है। हम हमेशा पढ़ाई को कल पर छोड़ देते हैं जो विदेशी लोग बाहर खड़े हैं, वे हम पर ताना कसेंगे, 'तुम अपने आप को फ्रांसीसी कहते हो, और तुम्हें अपनी भाषा भी लिखनी-पढ़नी नहीं आती!'

''मेरे प्यारे फ्रैंज,'' उन्होंने आगे कहा, ''इसमें केवल तुम ही कसूरवार नहीं हो। यह हम सबकी कमजोरी है। तुम्हारे माता-पिता ने तुम्हारी पढ़ाई की तरफ कभी ध्यान नहीं

दिया। वे तो तुम्हें किसी खेत या मिल में काम करने के लिए भेजते रहे, ताकि उनकी आमदनी बढ़ सके; फिर केवल उनका ही कसूर नहीं। मैंने भी तो अपने कर्तव्य में कमी दिखाई। मैं भी तो कई बार तुम्हें बजाय पढ़ाने के, अपनी बगिया में पानी देने के लिए भेज देता था। और जब कभी मैं मछलियाँ पकड़ने जाता था तो तुम्हें छुट्टी दे देता था।''

फिर मास्टरजी हमें फ्रेंच भाषा के बारे में बताने लगे। बोले, ''फ्रेंच दुनिया की सबसे अच्छी, सबसे प्यारी भाषा है। हमारा कर्तव्य है कि हम अपनी भाषा की रक्षा करें, उसे भूलें नहीं; क्योंकि गुलाम लोगों के पास अपनी गुलामी से मुक्ति पाने की चाबी उनकी भाषा ही होती है।''

फिर उन्होंने व्याकरण का वह पाठ पढ़ाना शुरू किया। मैं हैरान रह गया कि अब मुझे सारा पाठ अच्छी तरह समझ में आ रहा था। वह जो पढ़ा रहे थे, वह मुझे बहुत आसान लग रहा था।

मैंने कभी उन्हें इतने ध्यान से नहीं सुना था और शायद उन्होंने भी कभी इतने धैर्य से पढ़ाया नहीं था। ऐसा लग रहा था, मानो वह जाने से पहले अपना सारा ज्ञान हमें दे देना चाहते हों।

व्याकरण के बाद लिखने की बारी आई। मास्टरजी पहले से ही कोरे पन्नों पर खाने खींचकर लाए थे। उनके गोल अक्षरों में हर पृष्ठ पर ऊपर की लाइन में लिखा था, ''फ्रांस अलसेस, फ्रांस अलसेस।'' वे अक्षर हमें झंडों की तरह दिखाई दे रहे थे। सारी कक्षा में एकदम शांति छाई हुई थी। कक्षा में केवल कागज के ऊपर कलम से लिखने

की आवाज आ रही थी। अचानक कक्षा में ढेर सारी मक्खियाँ घुस आईं, पर किसी ने भी उस ओर ध्यान नहीं दिया। यहाँ तक कि छोटे-से-छोटा लड़का भी पढ़ने में लगा था।

बीच-बीच में मैं अपने कागज पर से नजरें उठाकर मास्टरजी की तरफ देखता तो पाता कि मास्टरजी अपनी कुरसी पर बिल्कुल शांत बैठे हैं और अपने चारों तरफ की चीजों को ध्यान से देख रहे हैं, मानो स्कूल की सारी चीजों की याद अपने साथ ले जाना चाहते हों। आखिर उन्होंने चालीस साल तक इसी स्थान पर बैठकर बच्चों को पढ़ाया था।

स्कूल की चीजों में शायद ही कोई परिवर्तन आया हो। बेंचों और डेस्कों पर पालिश कर दी गई थी, पर वे काफी पुराने हो गए थे। कमरे के बाहर मैदान में अखरोट का पेड़ था, जो अब काफी बड़ा हो गया था। हाप की बेल भी, जो हैमल मास्टरजी ने खुद अपने हाथों से लगाई थी, काफी बढ़ गई थी और खिड़की के चारों तरफ फैलती हुई छत तक पहुँच गई थी। हैमल मास्टरजी को यह सब छोड़ते हुए बहुत दुःख हो रहा था। दूसरे कमरे में से हैमल मास्टरजी की बहन के इधर-उधर चलने की आवाज आ रही थी। वह सामान बाँध रही थीं, क्योंकि उन्हें अगले दिन सुबह ही देश छोड़कर हमेशा के लिए जाना था।

लेकिन फिर भी हैमल मास्टरजी हिम्मत बाँधे कक्षा में बैठे थे और कक्षा का समय पूरा होने का इंतजार कर रहे थे। लिखने के बाद इतिहास पढ़ने की बारी आई। फिर कक्षा के छोटे बच्चे बा, बे, बि, बो, बु``` गाने लगे। वे एक साथ गा रहे थे।

कमरे के पीछे की तरफ बूढ़े हासर ने अपना चश्मा पहन लिया था। उसने अपने दोनों हाथों में किताब उठाई और अक्षरों को पढ़ने लगा। वह भी बहुत भावुक हो रहा था और बहुत मुश्किल से पढ़ पा रहा था। उसकी आवाज काँप रही थी। हम उसकी आवाज सुनकर हँसना भी चाहते थे और रोना भी। कक्षा का वह आखिरी दिन मैं कभी नहीं भूल सकता।

अचानक गिरजाघर के घंटे ने बारह बजाए। जर्मनी के सैनिकों ने कवायद बंद कर दी और हमारे कमरे की खिड़की के नीचे की तरफ भोंपू बजाने लगे।

हैमल मास्टरजी थके-माँदे उठे। मैंने उन्हें कभी इतना उदास नहीं देखा था। ''दोस्तो```'' वह बोले, ''दोस्तो, मैं```मैं```'' लेकिन कोई चीज उन्हें रोक रही थी। वह अपना वाक्य भी पूरा न कर सके।

फिर वह ब्लैकबोर्ड की तरफ मुड़े। उन्होंने चॉक का एक टुकड़ा उठाया और अपनी पूरी ताकत लगाकर बोर्ड पर बड़े-बड़े अक्षरों में लिखा—'फ्रांस जिंदाबाद!'

फिर वह दीवार की तरफ मुँह करके खड़े हो गए और बिना एक भी शब्द बोले, हाथ से इशारा करके कहने लगे, ''अलविदा, अब तुम जा सकते हो।''

□

सौ शेर : एक शिकारी

—एलफांस दोदे

तारतारैं तारास्कों गाँव का रहनेवाला था। उम्र पैंतालीस वर्ष, कद का नाटा, मोटा, फूले गाल और बड़ी-बड़ी रोबदार मूँछें। अपने को बहुत बहादुर, बड़ा शिकारी मानता था। उसके पास हथियारों के संदूक भरे हुए थे।

इसका कारण था कि तारतारैं स्पेनी वीर डान क्विग्जोट को बहुत पसंद करता था। वही डान क्विग्जोट, जो कभी अपने मरियल घोड़े पर बैठकर दुनिया जीतने निकला था और पवन-चक्कियों को दैत्य समझकर उनसे जा भिड़ा था। हर जगह मुँह की खाकर, हारकर, झक मारकर गाँव लौटने पर मजबूर हुआ था। तारतारैं जानता था कि आखिर में डान क्विग्जोट का क्या हाल हुआ था, लेकिन वह फिर भी उसी की तरह घर छोड़कर निकलने की सोच रहा था। दुनिया जीतने के लिए नहीं, बल्कि वह शेरों का शिकार करने के लिए निकलना चाहता था।

इसमें सबसे बड़ी परेशानी यह थी कि उस गाँव के आसपास तो क्या, दूर-दूर तक किसी तरह का कोई शिकार नहीं मिलता था। आप ही बताइए, ऐसे में गाँव के शिकारी क्या करते? उन्होंने शिकार खेलने का एक नया तरीका ईजाद किया था—वे अपने हैट हवा में उछालते, फिर उनपर गोलियाँ चलाते और गाने गाते। तारतारैं को गीत की केवल एक कड़ी याद थी। वह उसी को गाता रहता था।

तारास्कों के निवासी तारतारैं की हँसी उड़ाते थे। लेकिन उसकी खुशमिजाजी के कारण उसको पसंद भी करते थे। उन्हें उम्मीद थी, एक-न-एक दिन तारतारैं अपने गाँव का नाम पूरी दुनिया में जरूर रोशन करेगा।

तारतारैं भी पूरी दुनिया को चौंका देना चाहता था, लेकिन कैसे? उसके हथियार जंग खा रहे थे, क्योंकि वहाँ उसके करने के लिए कुछ था ही नहीं। ऐसा लगता था, उस इलाके के सारे शेर और बाघ तारतारैं का नाम सुनते ही वहाँ से दुम दबाकर भाग गए थे। यह बात दूसरी थी कि वहाँ शेर-बाघ कभी थे ही नहीं। तारतारैं का कहना था कि वे इसलिए उस

इलाके में नहीं थे, क्योंकि भाग गए थे। और भागे थे वीर शिकारी तारतारैं के डर से।

इसलिए तारतारैं ने दिल बहलाने का एक और उपाय सोचा। वह रहस्य और रोमांच की ढेर सारी पुस्तकें ले आया। अब वह उन्हें पढ़-पढ़कर मन बहलाया करता। उसके दिमाग में हर समय शिकार की रोमांचक कहानियाँ घूमती रहतीं।

एक दिन तारतारैं ने अपनी वरदी पहनी। तीर-तलवार, तमंचे और भाले लिये। फिर मूँछें उमेठता हुआ गाँव से चल दिया। लोगों ने पूछा, "कहाँ जा रहा है हमारा वीर?" तो उसका जवाब था, "मैं कुछ-न-कुछ करके रहूँगा।"

• वह चल दिया। लोग हँसते रहे। तारतारैं पूर्व में गया, पश्चिम में घूमा, उत्तर-दक्षिण की खोज-खबर ली; लेकिन कहीं कोई ऐसा न मिला जो उसका मुकाबला करता। न मनुष्यभक्षी जानवर मिले, न शत्रु के जासूस, न तस्कर मिले, न जहरीले साँप। बेचारा मुँह लटकाकर लौट आया।

लेकिन एक दिन उसकी इच्छा पूरी हुई। कोई पिंजरों में जंगली पशुओं को लेकर गाँव में आया। टिकट लगाकर पशुओं को दिखाया गया। तारतारैं और टोपों पर गोलियाँ चलाकर शिकार का मजा लेनेवाले लोग पिंजरों के सामने जा खड़े हुए। शेर के पिंजरे के सामने सबसे ज्यादा भीड़ थी। सब लोग आपस में बातें कर रहे थे। तभी पिंजरे में बंद शेर जोर से दहाड़ उठा। देखनेवाले डर गए। सिर्फ तारतारैं वहाँ खड़ा रह सका। उसके होंठों से निकला, "मैं हूँ तारतारैं! मैं करूँगा शेर का शिकार।"

तारास्कों में खबर फैल गई कि वीर तारतारैं को शेरों के शिकार के लिए अफ्रीका जाना पड़ेगा। गाँव में हर समय

तारतारैं की चर्चा होती कि वह अफ्रीका जा रहा है। लेकिन धीरे-धीरे करके कई महीने बीत गए, पर तारतारैं शेरों का शिकार करने के लिए अफ्रीका नहीं गया। अब उसके प्रशंसकों ने उसकी आलोचना करनी शुरू कर दी कि वह सिर्फ बातों का वीर है।

आखिर कैप्टन ब्राविडा नामक एक व्यक्ति उसके पास आया। उसने कहा, ''तुम्हें अफ्रीका अवश्य जाना चाहिए, नहीं तो लोग कुछ कर बैठेंगे।''

तारतारैं को जाने का फैसला करना ही पड़ा। पूरा गाँव अपने हीरो को बिदा देने आ पहुँचा। तारतारैं ने पंखोंवाली टोपी पहन रखी थी। आँखों पर चश्मा था। हालाँकि उसका रंग पीला पड़ा हुआ था, फिर भी वह अपने को सँभालने की कोशिश कर रहा था। उसकी स्थिति ऐसी थी जैसे कोई उसे जहर का प्याला पीने पर विवश कर रहा हो।

मार्साइ बंदरगाह पर अफ्रीका जानेवाला जहाज खड़ा था। बेहद भीड़ और शोर के बीच तारतारैं जहाज पर सवार हो गया। रास्ते में भयंकर तूफान आ गया। तारतारैं की हालत खस्ता थी। वहीं उसका परिचय राजकुमार ग्रेगोरी से हुआ। जहाज का कप्तान भी उसका दोस्त हो गया।

जब जहाज अल्जीयर्स पहुँचा तो बहुत सारे कुली जहाज पर चढ़ आए। काली-काली शक्लें देखकर तारतारैं घबरा गया और ''समुद्री डाकू! समुद्री डाकू!'' चिल्लाते हुए तुरंत हथियार लेकर खड़ा हो गया।

जहाज पर तो एक तमाशा हो गया। लोग हँसने लगे। जहाज के कप्तान ने तारतारैं को समझाया, ''ये समुद्री डाकू नहीं, कुली हैं। सामान उतारने आए हैं।''

अब जाकर तारतारैं का जी ठिकाने आया, लेकिन समुद्री डाकुओं से लड़ने की उसकी इच्छा मन में ही रह गई।

आखिर वह एक होटल में जाकर ठहरा। दो दिन, दो रात वह लगातार सोता रहा। फिर वीरवेश में हथियार सजाकर शेर के शिकार को निकल पड़ा।

तारतारैं इधर-उधर देखता हुआ लगातार आगे बढ़ता गया कि कहीं शेर दिखाई दे। वह दिन-भर चलता रहा। अँधेरा हुआ तो उसे लगा, वह रेगिस्तान में पहुँच चुका है। उसने मन में कहा, 'यहाँ शेर अवश्य होने चाहिए। लेकिन शेरों को कैसे पता चले कि उनका शिकारी आ गया है!' आखिर उसे एक तरकीब सूझ ही गई। वह छोटे बच्चे की आवाज में रोने लगा। 'रोने की आवाज सुनकर शेर जहाँ भी होगा, भागा हुआ चला आएगा।' उसने सोचा।

और सच, थोड़ी ही देर में उसके सामने एक छाया दिखाई दी। तारतारैं खुश हो गया। उसकी चाल सफल हुई थी। शेर सचमुच आ गया था। उसने बंदूक उठाई। अँधेरे में अनुमान से निशाना साधा और गोली दाग दी।

''वाह! मैंने शेर को मार दिया! शाबाश!'' कहकर वह उछलने-कूदने लगा। फिर थककर वहीं सो गया।

सपने में वह खुद को शेरों का शिकार करते हुए देखता रहा। उसकी नींद खुली तो उसने रेत पर खून के निशान देखे। उसने सुन रखा था, घायल शेर बहुत खतरनाक होता है। वह खून के निशान देखता हुआ चल दिया।

खून के धब्बे एक झोंपड़ी तक गए थे। तारतारैं जाकर पूछने लगा, ''क्या यहाँ कोई घायल शेर आया है ?'' इतना सुनते ही एक औरत झोंपड़ी से निकली। उससे तारतारैं ने पूछा, ''क्या मेरा घायल शेर यहाँ आया है ?''

बदले में वह औरत लड़ने लगी। हुआ यह था कि तारतारैं ने शेर के भ्रम में एक गधे को घायल कर दिया था। वह औरत कहने लगी, ''मैं तुझे गिरफ्तार करवाऊँगी। तूने मेरे गधे को मार डाला।''

भीड़ इकट्ठी हो गई। तारतारैं ने देखा कि मामला बिगड़ रहा है। उसने औरत को हरजाना दिया। पर यह बात उसकी समझ में नहीं आ रही थी कि घायल शेर गधे में कैसे बदल गया!

दिन बीतते गए और तारतारैं शेर का शिकार नहीं कर सका। राजकुमार ग्रेगोरी ने उसे बताया कि यहाँ के शेर मारे जा चुके हैं। शायद आगे कहीं मिल जाएँ।

एक दिन तारतारैं को पता चला, गाँववाले उसके बारे में बड़े चिंतित हैं। वे जानना चाहते थे कि उनके हीरो ने कितने शेर मारे हैं।

यह जानकर तारतारैं लज्जित हो उठा। वह शेरों के शिकार का पक्का निश्चय करके निकल पड़ा। रास्ते में उसकी भेंट एक दुबले-पतले आदमी से हुई। तारतारैं उससे डींग हाँकने लगा, ''मैंने अब तक सौ शेर मारे हैं।''

उस आदमी ने पूछा, ''क्या तुमने बोंबोनिल शिकारी के बारे में सुना है।''

तारतारैं बोला, ''बोंबोनिल तो मेरा बचपन का दोस्त है। मैंने ज्यादातर शिकार उसी के साथ किए हैं।''

यह सुनकर वह आदमी हँस पड़ा। असल में वही बोंबोनिल था।

वह तारतारैं से बोला, ''जाओ, अपने गाँव लौट जाओ, क्योंकि यहाँ शेर बचे ही नहीं हैं।'' अपना परिचय देकर वह चला गया।

तारतारैं एक नए शहर में पहुँचा। वहाँ उसे बाजार में एक आदमी के साथ शेर खड़ा दिखाई दिया। लेकिन शेर अंधा, लँगड़ा और बूढ़ा था। वह उसी शेर का शिकार करने की जिद करने लगा। इसपर शेर के मालिक से उसकी लड़ाई भी हो गई। आखिर राजकुमार ग्रेगोरी ने उसे बचाया।

अब तारतारैं ने बाजार से एक ऊँट खरीदा। जैसे ही वह ऊँट पर बैठा, ऊँट तेजी से भाग निकला। तारतारैं बहुत घबराया, पर ऊँट रुका नहीं। आसपास खड़े लोग हँसते रहे। उन्हें मजा आ रहा था। आखिर थककर ऊँट रुका और सुस्ताने के लिए बैठ गया, तब कहीं जाकर बहादुर तारतारैं उससे उतर सका।

तारतारैं बहुत दुखी था। उसके सारे पैसे खत्म हो चुके थे। बिना पैसे क्या करे, कहाँ जाए! आखिर वह एक जगह बैठकर रोने लगा। तभी सामने एक शेर दिखाई पड़ा। सारा दुःख भूलकर उसने निशाना साधकर गोली चला दी। शेर मर गया। लेकिन वह वही अंधा, लँगड़ा, बूढ़ा—पालतू शेर था। उस शेर का मालिक आ गया। खूब झगड़ा हुआ। आखिर उसने अपना सारा सामान बेचकर हरजाना दिया और शेर की खाल को अपने गाँव भेज दिया।

वह अब ऊँट को भी बेचना चाहता था, पर ऊँट को उससे न जाने कैसा स्नेह हो गया था। वह कहीं जाता ही न था। हर समय उसके पीछे-पीछे चलता था। तारतारैं छिपकर जाना चाहता था, पर ऊँट तो जैसे जादू जानता था। वह उसे ढूँढ़ ही लेता था। तारतारैं जहाज पर गया तो ऊँट वहाँ भी जा पहुँचा।

तारतारैं ने जहाज के कप्तान से कहा, ''यह ऊँट मेरा नहीं है।'' कप्तान बोला, ''मैं ऊँट को मार्साइ के चिड़ियाघर में भेज दूँगा।'' लेकिन मार्साइ से जब तारतारैं अपने गाँव के लिए गाड़ी पर सवार हुआ तो क्या देखता है कि ऊँट, गाड़ी के पीछे भागा आ रहा है।

तारास्कों में पूरा गाँव रेलवे स्टेशन पर मौजूद था। शेर की ख़ाल ने उन्हें विश्वास दिला दिया था कि तारतारैं सचमुच बहुत बड़ा शिकारी है। जब उसका स्वागत हो रहा था तो पीछे-पीछे ऊँट भी आ गया। सब कहने लगे, ''यह कहाँ से आ गया ?''

तारतारैं ने ऊँट की ओर देखा। फिर बोला, ''मैंने सौ शेरों का शिकार किया था। यह भी मेरे साथ था।'' सबने तालियाँ बजाकर ऊँट का भी स्वागत किया। तारतारैं अब एक महान् शिकारी बन चुका था और उसे इनाम में मिला था ऊँट।

□

परीलोक से वापसी

—एल. फ्रेंक बाम

उसका नाम था डोरोथी। यों देखने-सुनने में वह दूसरी लड़कियों की तरह ही थी, लेकिन उसमें एक विशेषता थी, जिसका पता बहुत कम लोगों को था। डोरोथी परी रानी ऊजमा की मित्र थी। ऊजमा परी देश ऊज की रानी थी। डोरोथी कई बार परी देश की सैर कर चुकी थी। ऊजमा ने अगने जादू रो अनेक बार डोरोथी को संकट से उबारा था। परी देश में बहुत बड़ी एक तसवीर थी। ऊजमा को उसमें कहीं का भी दृश्य दिखाई दे सकता था। उसने एक बार डोरोथी से कहा था, ''जब भी कोई संकट पड़े, मुझे याद करना। मैं अपनी तसवीर में तुम्हें देख लूँगी और तुम्हारी मदद करने आ जाऊँगी।''

उस रात डोरोथी अपने चाचा से मिलने जा रही थी। ट्रेन स्टेशन पर पहुँची। वहाँ जैब नाम का लड़का घोड़ागाड़ी लेकर आया था। घोड़ागाड़ी उसे लेकर चल दी। वह और जैब दोनों आपस में बातें करते जा रहे थे। तभी जोर की गड़गड़ाहट हुई। धरती फट गई। तेज भूकंप में घोड़ागाड़ी एक चौड़ी दरार में गिर पड़ी। डोरोथी तो मारे डर के चीख ही पड़ी। चारों ओर गहरा अँधेरा था और वे लोग जमीन के अंदर गिरते जा रहे थे।

जब उनके कदम जमीन पर लगे तो देखा—चारों ओर रंग-बिरंगा प्रकाश फैला था। एक तरफ रंग-बिरंगे गोले चमक रहे थे। सामने बस्ती दिखाई दे रही थी। वहाँ सब मकान शीशे के बने हुए थे। उनके अंदर की हर चीज साफ नजर आ रही थी। कई मकानों की छतें टूटी हुई थीं।

डोरोथी को यह देखकर बड़ा आश्चर्य हुआ कि वहाँ रहनेवाले आदमी हवा में चलते थे। तभी उसका घोड़ा मनुष्यों की बोली में बात करने लगा। उसे बोलते सुनकर तो डोरोथी के आश्चर्य का ठिकाना न रहा।

थोड़ी देर बाद कुछ लोग वहाँ आए। एक आदमी के माथे पर तारे का चमकीला निशान बना था। वह वहाँ का राजा था। उसने डोरोथी से कहा, ''अच्छा, तो तुम्हीं लोगों ने हमारे नगर मंगाबू पर पत्थर बरसाए हैं ?''

डोरोथी बोली, ''शायद भूकंप के कारण ऐसा हुआ है। हम लोग धरती फट जाने के कारण नीचे गिरे हैं।''

''तुम्हें हमारे देश के तांत्रिक के पास चलना होगा। अगर उसने तुम्हारी बात मान ली तो ठीक, वरना तुम्हें कड़ा दंड दिया जाएगा,'' राजा बोला।

उसी समय ऊपर से एक आदमी और गिरा। वह था ऊज का जादूगर, जो डोरोथी का मित्र था। उसे देखकर डोरोथी की हिम्मत कुछ बढ़ी। जादूगर भी डोरोथी को देखकर खुश था।

इन लोगों को एक बड़े महल में ले जाया गया। वहाँ फर्श पर आग जल रही थी। सबको आया देखकर उस आग में से तांत्रिक निकला। अजीब शक्ल थी उसकी। सारे शरीर में काँटे उगे थे।

उसे देखकर डोरोथी खूब हँसी। उसका मित्र जादूगर भी हँस पड़ा। इसपर मंगाबू का तांत्रिक नाराज हो गया। बोला, ''मैं तुम मनुष्यों को जानता हूँ। अगर तुम साँस न लो तो मर जाओगे। मैं अपने जादू से तुम सबकी साँस बंद कर दूँगा।''

और सचमुच डोरोथी को घुटन महसूस होने लगी। यह देखकर ऊज के जादूगर ने तलवार निकाली और तांत्रिक को मार डाला। आश्चर्य की बात थी, तांत्रिक के बदन से जरा भी खून नहीं निकला। निकलता कैसे! वह मनुष्य जो नहीं था। मंगाबू के सब

लोग फल-फूलों की तरह पेड़ों पर उगते थे। जब कोई मर जाता तो लोग उसे जमीन में गाड़ देते। कुछ दिन बाद वह फिर उग आता।

कुछ मंगाबूवासी तांत्रिक के शव को बाग में ले गए। डोरोथी, जादूगर व जैब भी उनके साथ थे। बाग में हर पौधे पर बच्चे उगे थे—फलों की तरह।

इसके बाद मंगाबूवासियों ने डोरोथी, जैब और जादूगर को घेर लिया। बोले, ''हम तुम्हें एक ऐसे गहरे गड्ढे में फेंक देंगे, जहाँ से तुम लोग कभी नहीं निकल सकोगे!'' उन्होंने उन सबको एक अँधेरी गुफा में बंद कर दिया। उसी में था वह गहरा गड्ढा।

कुछ समय तक वे तीनों उस गुफा में चुप खड़े रहे। फिर जादूगर ने अपनी जादुई लालटेन जला ली। उसके प्रकाश में एक रास्ता दिखाई दिया। पता नहीं, वह कहाँ जाता था!

वे घंटों चलते रहे। फिर गुफा से बाहर निकल आए। काफी नीचे उन्हें एक गहरी घाटी दिखाई दी। धीरे-धीरे वे तीनों उस घाटी में उतर गए। एकाएक डोरोथी ने चिड़ियों की चहचहाहट सुनी। वह इधर-उधर देखने लगी, पर एक भी चिड़िया नजर नहीं आई। आश्चर्य में डूबे वे चलते रहे। तभी डोरोथी की बिल्ली ने वहाँ उगे एक फल को खा लिया। वह अदृश्य हो गई।

हैरान-परेशान डोरोथी और उसके साथी वहाँ के एक मकान में घुसे तो आवाज आई, ''आपका स्वागत है!''

डोरोथी ने पूछा, ''आप लोग कौन हैं? सामने क्यों नहीं आते?''

जवाब मिला, ''इसकी भी एक दुःख-भरी कहानी है। इस घाटी का नाम 'वो' है। यहाँ कुछ दिन हुए, बहुत से खूँखार भालू आ गए थे। उन्होंने बहुत लोगों को मार डाला। फिर भालू यहाँ उगनेवाले फलों को खाकर अदृश्य हो गए। तब उनसे बचने के लिए हम लोगों ने भी वे फल खा लिये। यही कारण है कि इस घाटी में आप किसी को नहीं देख पा रहे हैं।''

''शायद मेरी बिल्ली ने भी वही फल खा लिया है।'' डोरोथी बोली। फिर उसने कहा, ''हमें यहाँ से तुरंत चल देना चाहिए। यह अच्छी जगह नहीं।''

अदृश्य स्वर ने फिर कहा, ''इस घर के बाहर तिकोने पत्तों का एक पौधा है। उसका रस आप सब अपने तलवों पर मल लें तो पानी पर चल सकेंगे। वरना भालुओं से आपका बचना मुश्किल होगा। भालू पानी पर नहीं चल सकते।''

डोरोथी, जैब व ऊज के जादूगर ने वैसा ही किया। फिर वे घाटी से बाहर जानेवाले रास्ते पर चल दिए। एकाएक पीछे से उन्हें भालुओं की आवाज सुनाई दी। सब भागकर नदी में कूद पड़े और दूसरी ओर जा पहुँचे।

आगे पहाड़ के पार, गुरगल या लकड़ी-मानवों का देश था। वहाँ लकड़ी के पुतले

रहते थे। वे लकड़ी के पंखों की सहायता से उड़ा करते थे। वहाँ हर चीज लकड़ी की ही थी। मकान, सड़कें, पशु, पक्षी सब। सब गूँगे थे वहाँ। लकड़ी-मानव आपस में इशारों से बातें करते थे। वहाँ पहुँचते ही नई मुसीबत आई। लकड़ी-मानवों ने उन सबको घेर लिया। जैब अपनी पिस्तौल से गोलियाँ चलाने लगा, लेकिन लकड़ी-मानवों पर गोलियाँ भला क्या असर करतीं! वे लकड़ी में धँसकर रह गईं। आखिर लकड़ी-मानव सबको पकड़कर ले गए और उन्हें एक बहुत बड़े मकान में बंद कर दिया।

"अब क्या होगा?" डोरोथी ने कहा।

जैब बड़े ध्यान से बाहर देख रहा था। उसने कहा, "अब इन लकड़ी-मानवों के सोने का समय हो गया है। वे अपने-अपने पंख उतारकर एक स्थान पर रख रहे हैं। अगर किसी तरह हम उन पंखों को चुरा सकें तो शायद काम बन जाए।"

जैब किसी तरह कैदखाने से बाहर निकल आया। दीवारें लकड़ी की थीं, इसलिए ज्यादा मुश्किल नहीं हुई। वह जल्दी-जल्दी कुछ पंख ले आया। लकड़ी-मानव सो रहे थे।

डोरोथी, जादूगर और जैब, सबने पंख अपने हाथों पर बाँध लिये और उड़ने लगे। तब तक लकड़ी-मानवों को भी कैदियों के भागने का पता चल गया। उन्होंने पीछा किया, पर डोरोथी और उसके साथी बचकर निकल आए।

एक बार वे जहाँ पहुँचे, वहाँ एक सीढ़ी बनी हुई थी। वह बहुत ऊपर तक गई थी। जैब ने कहा, "शायद इस सीढ़ी पर चढ़कर हम धरती पर जा पहुँचें।"

सब सीढ़ियों पर चढ़ने लगे। किंतु सीढ़ियाँ एक बंद गुफा में जाकर खत्म हो गईं। गुफा में बड़े-बड़े अजगर पड़े थे। इन्हें देखते ही वे फुफकारने लगे।

"अब क्या होगा, डोरोथी? यहाँ से जाने का कोई रास्ता नहीं है। इतने संघर्ष के

बाद हमें आखिर अजगरों का ही भोजन बनना पड़ेगा,'' जैब ने कहा।

डोरोथी ने उसकी बात का कोई जवाब नहीं दिया। निराश तो वह भी थी, लेकिन फिर एकाएक परी रानी ऊजमा की याद आ गई उसे। डोरोथी ने ऊजमा को याद किया। तभी ऊज के परी देश में लगी बड़ी तसवीर पर अजगरवाली गुफा में कैद डोरोथी, जैब, ऊज का जादूगर और घोड़ागाड़ी—सबकी तसवीर उभर आई।

ऊजमा मुसकराई। उसने हाथ से इशारा किया। गुफा में मौजूद सब लोग अजगरों से बचकर तुरंत ऊज के परीलोक में जा पहुँचे।

अपनी सखी से मिलकर ऊजमा बहुत खुश हुई। कई दिन तक वे लोग ऊज में रहे। एक रोज डोरोथी ने ऊजमा से कहा, ''चाचाजी मेरी प्रतीक्षा में होंगे।''

ऊजमा ने हाथ हिलाया तो तसवीर में डोरोथी के उदास चाचा-चाची की शक्लें दिखाई दीं। उनकी आँखों में आँसू झलक रहे थे।

ऊजमा ने कहा, ''सखी, अब तुम जाओ। हम फिर मिलेंगे।''

उसने डोरोथी व जैब से आँखें बंद करने के लिए कहा। अगले ही पल डोरोथी ने आँखें खोलीं तो देखा—वह घोड़ागाड़ी में चाचाजी के घर के बाहर खड़ी है।

उसे सकुशल लौट आने की खुशी थी तो प्यारी सखी परी रानी ऊजमा से इतनी जल्दी बिछुड़ने का दु:ख भी था। हाँ, ऊज का जादूगर ऊज में ही रह गया था। एक बात और थी—धरती पर लौटकर घोड़ा मनुष्यों की तरह बोलना भूल गया था।

□

तेंदुए के साथ

—ओनोरे दि बालजाक

फ्रांस और मिस्र के बीच युद्ध चल रहा था। मिस्र के सैनिकों ने फ्रांस के एक सैनिक को बंदी बना लिया। फिर वे उसे नील नदी के झरने से दूर रेगिस्तान में ले गए। वहाँ पानी का एक चश्मा था। आसपास खजूर के अनेक पेड़ भी थे। वहाँ उन्होंने बहुत-सी सामग्री छिपाकर रखी थी। फ्रांसीसी सैनिक के हाथ उन्होंने कसकर बाँध रखे थे। उन्हें पूरा विश्वास था कि वह वहाँ से किसी भी तरह भाग नहीं पाएगा। उन्होंने खुद खाना खाया और अपने घोड़े को भी चारा डाल दिया। इसके बाद वे सब निश्चिंत होकर सो गए।

फ्रांसीसी सैनिक की आँखों में नींद नहीं थी। जब उसने देखा कि सभी बेखबर सोए हुए हैं तो उसने दाँतों द्वारा थोड़ी दूर पड़ा एक खाँडा उठाया। उसने खाँडे को अपने घुटनों के बीच रखकर अपने हाथों की रस्सी काट डाली। अब उसने एक बंदूक, एक खंजर, कुछ कारतूस और गोला-बारूद तथा खाने के लिए कुछ खजूर व जौ के दाने लिये। खाँडे को अपनी कमर में बाँधकर वह एक घोड़े पर सवार हो वहाँ से चल दिया। अपने साथियों के पास पहुँचने की जल्दी में उसने घोड़े को खूब तेज दौड़ाया। दिन-भर की लंबी यात्रा से घोड़ा पहले ही थका हुआ था। तेज दौड़ने से उसके शरीर ने जवाब दे दिया और वह गिर पड़ा। फिर थोड़ी ही देर में वह मर गया।

फ्रांसीसी सैनिक ने हिम्मत नहीं हारी। दृढ़ निश्चय के साथ वह रेगिस्तान में पैदल ही आगे बढ़ता रहा। धीरे-धीरे रात हो गई और उसके शरीर में भी और चलने की शक्ति नहीं रही।

संयोग से वह एक ढलान की चोटी पर पहुँच गया था, जहाँ खजूर के कई पेड़ थे। वह बहुत थका हुआ था, इसलिए वह एक चट्टान पर लेट गया। जल्दी ही उसे नींद आ गई।

सुबह जब उसकी नींद खुली तो उसने चारों ओर नजर दौड़ाई। उसे दूर-दूर तक रेत-

ही-रेत नजर आई। सूर्य की तेज रोशनी में रेत लोहे की भाँति चमक रही थी। ज्यों-ज्यों दिन बढ़ता गया, गरमी भी भयंकर होती गई। रेत धूप में बुरी तरह से तप रही थी। चारों ओर सन्नाटा छाया था। हताश होकर सैनिक खजूर के पेड़ से इस तरह लिपट गया जैसे वह उसका कोई मित्र हो। फिर वह उस पेड़ की छाया में बैठ गया और अपनी स्थिति पर खूब रोया, मानो वह अपना दुःख उस पेड़ को ही सुनाकर दिल हलका करना चाहता हो। वह जोर से चिल्लाया, लेकिन इतने बड़े रेगिस्तान में उसकी आवाज गूँजी तक नहीं।

वह कभी आसमान को देखता तो कभी मीलों तक फैली रेत को। वह मन-ही-मन फ्रांस के बारे में सोच रहा था। उसके दिमाग में पेरिस व फ्रांस के अन्य शहरों की तसवीर घूम रही थी। उसे रह-रहकर अपने मित्रों के चेहरे याद आ रहे थे। पर रेगिस्तान की तपती दोपहरी में वह अपने देश के बारे में अधिक देर तक नहीं सोच सका। वह अपने स्थान से उठा और चट्टान के दूसरी ओर चल पड़ा। वहाँ पहुँचने पर उसकी खुशी का ठिकाना न रहा। वहाँ चट्टान में एक गुफा बनी हुई थी। गुफा के सामने खजूर का एक पेड़ था, जिसपर ढेरों खजूर लगे थे।

खजूर के पेड़ों को देखकर उसके मन में जीने की इच्छा प्रबल हो उठी। उसने सोचा, जब तक मिस्र के लोग वहाँ से नहीं गुजरते, तब तक वह खजूर खाकर व चट्टान की तलहटी में बने एक छोटे से चश्मे का पानी पीकर आराम से रह सकता है। दूसरे,

उसका मनोबल इसलिए भी ऊँचा था कि नेपोलियन बोनापार्ट मिस्र में ही था। उसे आशा थी कि फ्रांसीसी मिस्र पर विजय प्राप्त कर लेंगे। भविष्य की चिंता छोड़कर उसने खजूर तोड़े और खाने लगा।

एकाएक उसके मन में खयाल आया कि रेगिस्तानी पशु इस चश्मे पर पानी पीने जरूर आते होंगे। गुफा-द्वार को सुरक्षित बनाने का उसे एक उपाय सूझा। वह चट्टान के ऊपर गया। चट्टान के ऊपर खजूर का एक सूखा पेड़ था। उसने पेड़ को काट दिया। उसके तने को गुफा के द्वार पर लगाकर वह अपने आपको सुरक्षित महसूस करने लगा। जंगली पशुओं के भय से मुक्त होकर वह आराम से गुफा में सो गया।

आधी रात के करीब एक जोरदार आवाज से उसकी नींद खुल गई। वह उठकर बैठ गया। निर्जन व शांत वातावरण में इस भयंकर आवाज से वह भय के मारे काँपने लगा। गुफा के बाहर घोर अँधेरा था। उसने बाहर कुछ देखने की कोशिश की। अँधेरे में उसे दो पीली रोशनियाँ चमकती नजर आईं। पहले तो उसने सोचा कि यह उसकी आँखों का ही प्रतिबिंब है, पर ज्यों ही उसकी आँखें अँधेरे में देखने की अभ्यस्त हुईं तो उसने देखा कि उसके पाँवों से कुछ ही दूरी पर कोई जानवर लेटा हुआ है।

सैनिक की समझ में नहीं आया कि वह कौन-सा पशु है। शेर है या चीता, या कहीं मगरमच्छ तो नहीं है ? वह केवल किसी के तेज साँस लेने की आवाज सुन रहा था। पूरी गुफा एक अजीब प्रकार की गंध से भर गई थी। भय के मारे उसके रोंगटे खड़े हो गए। अब उसे विश्वास हो गया कि वह किसी रेगिस्तानी पशु की माँद में है।

चाँद धीरे-धीरे अस्ताचल की ओर जा रहा था। उसकी रोशनी अब गुफा तक आ रही थी। सैनिक ने देखा, एक तेंदुआ आराम से सोया हुआ है। वह ऐसे सोया हुआ था मानो कोई पालतू कुत्ता अपने मालिक के घर के बाहर सोया हुआ हो। उसने एक-दो क्षण के लिए अपनी आँखें खोलीं, सैनिक की तरफ देखा और फिर सो गया।

सैनिक के मन में हजारों विचार आ-जा रहे थे। एक बार उसने सोचा कि वह तेंदुए को गोली मार दे। परंतु तेंदुए और सैनिक के बीच में इतना कम फासला था कि वह बंदूक की दोनाली भी उसकी ओर नहीं कर सकता था। बंदूक उठाने के प्रयास में तेंदुआ जाग भी सकता था।

वह अपने स्थान पर स्थिर बैठा हुआ था। उसके दिल की धड़कन तेज होती जा रही थी। दो बार उसका हाथ अपने खाँडे की मूठ पर आया। खाँडे के प्रहार से वह तेंदुए का अंत कर देना चाहता था। परंतु तेंदुए जैसे मोटी चमड़ीवाले व भारी रोएँदार पशु को खाँडे से मारना भी कोई आसान काम नहीं था।

ऐसे जानवर के ऊपर प्रहार करना खतरे से खाली नहीं है—ऐसा सोचकर सैनिक ने कुछ भी नहीं किया। वह दिन निकलने की प्रतीक्षा करने लगा।

सुबह क़े हलके प्रकाश में उसने देखा कि तेंदुए के जबड़े पर खून के धब्बे लगे हुए हैं। सैनिक ने सोचा कि यह अपनी पूरी खुराक खा चुका है, जब यह सोकर उठेगा तो भूखा नहीं होगा।

वह एक मादा तेंदुआ थी। उसके पेट और जाँघ पर सफेद रोएँ थे। उसके पंजों के इर्द-गिर्द गहरे रंग के मखमली धब्बे थे। उसकी पूँछ सफेद थी। पूँछ के छोर पर काले रंग का एक गोल निशान था। उसकी पीठ सुनहरे रंग की, परंतु चिकनी व नरम थी।

भयंकर लेकिन शांत मादा तेंदुआ आराम से सोई हुई थी। उसका सिर उसके अगले पंजों पर टिका हुआ था। अगर यही सुंदरी तेंदुआ किसी पिंजरे में बंद होती तो सैनिक उसकी शारीरिक सुंदरता की प्रशंसा किए बिना नहीं रहता। परंतु इस समय गुफा में उसकी उपस्थिति से सैनिक भयभीत था। जिस प्रकार साँप की आँखों से मनुष्य एक सम्मोहन में बँध जाता है, उसी प्रकार वह भी उस मादा तेंदुए को देखने मात्र से ही सम्मोहन की अवस्था में था। इस खतरे से सैनिक का साहस बिखर-सा गया।

अचानक उसके मन में एक खयाल आया, जिससे उसके माथे का पसीना तक सूख गया। उसने सोचा कि यह एक ऐसा दु:ख-भरा नाटक है, जिसमें उसे अपनी भूमिका सम्मानपूर्वक अदा करनी है। मरना ही है, तो हिम्मत बाँधकर मुकाबला करना ही होगा।

उसने सोच लिया कि मौत तो निश्चित है, अत: वह बहादुरी से तेंदुए के जागने की प्रतीक्षा करने लगा। सूर्य की किरणों के गुफा में पहुँचते ही मादा तेंदुए ने अपनी आँखें खोलीं।

उसने अपने पंजे फैलाए, जम्हाई ली और पलटा खाया। फिर पंजों पर लगे खून को चाटा और अपना सिर खुजाने लगी।

सैनिक मन-ही-मन मादा तेंदुए की तुलना एक नारी से करने लगा। उसका साहस बढ़ता जा रहा था। खाँडे की मूठ पर उसकी पकड़ मजबूत हो गई।

अब मादा तेंदुए ने अपनी गरदन सैनिक की ओर घुमाई और उसे घूरकर देखा। उसकी आँखों की चमक से वह काँप-सा गया, विशेषकर जब मादा तेंदुए ने उसकी ओर चलना शुरू किया। सैनिक चुपचाप बैठा रहा तथा उसकी आँखों में आँखें डालकर देखता रहा, मानो वह भी उसे सम्मोहित करना चाहता हो।

जैसे ही मादा तेंदुआ उसके पास पहुँची, सैनिक ने प्यार से हौले-हौले उसके शरीर पर हाथ फेरना शुरू किया। सिर से लेकर पूँछ तक उसने उसकी पीठ पर हाथ फेरकर उसकी रीढ़ की हड्डी का अनुमान भी लगा लिया। मादा तेंदुए ने अपनी पूँछ ऊपर उठा ली। उसकी आँखों में भी नम्र भाव आ गया।

जब सैनिक ने तीसरी बार उसकी पीठ पर हाथ फेरा तो उसने पालतू बिल्ली की तरह घुरघुराना शुरू कर दिया। परंतु उसकी आवाज अब भी इतनी तेज थी कि गुफा

गूँजने लगी। सैनिक ने उसके शरीर पर और भी ज्यादा प्यार से हाथ फेरा। जब उसे विश्वास हो गया कि तृप्त मादा तेंदुआ उसे कुछ नहीं कहेगी तो वह उठा और गुफा से बाहर निकल गया। मादा तेंदुए ने उसे बाहर जाने दिया। ज्यों ही वह चट्टान के ऊपर पहुँचा, तेंदुआ भी निकलकर उसके पीछे-पीछे चल पड़ी। वह अपनी पीठ सैनिक की टाँगों से रगड़ने लगी और अपने मेहमान को प्यार से देखने लगी। साथ ही वह अपने जंगली स्वर में चिल्लाई।

सैनिक मन-ही-मन मुसकराया। वह समझ गया कि यह और प्यार चाहती है।

सैनिक कभी उसके कान मरोड़ता, कभी पेट पर हाथ फेरता तो कभी अपने नाखूनों से उसका-सिर खुजाता। मादा तेंदुआ भी आराम से यह सब करवा रही थी। सैनिक का साहस बढ़ गया। उसने अपने खाँडे की नोक से उसकी खोपड़ी पर गुदगुदी की। वह जानना चाहता था कि उसकी हड्डियाँ कितनी मजबूत हैं।

मादा तेंदुए ने अपना सिर उठाया और गरदन आगे बढ़ा दी, मानो प्यार की स्वीकृति दे दी हो। सैनिक के मन में एकाएक विचार कौंधा कि इसकी गरदन में खाँडा घुसाकर इसे मारा जा सकता है। वह अपना खाँडा उठाने ही वाला था कि मादा तेंदुआ उसके पैरों के पास लेट गई। वह सैनिक की तरफ बहुत नम्र भाव से देख रही थी।

फ्रांसीसी सैनिक खजूर के एक पेड़ के साथ पीठ टिकाकर बैठ गया और खजूर

खाने लगा। साथ ही साथ वह चारों ओर नजरें दौड़ाकर अपने बचाव का रास्ता भी ढूँढ़ रहा था। लेकिन अपनी मित्र की संदिग्ध दयालुता पर भी वह निरंतर नजर रखे हुए था। मादा तेंदुआ उस स्थान को देख रही थी, जहाँ वह खजूर की गुठलियाँ फेंक रहा था। अब उसकी आँखों में संदेह उभर रहा था। उसने सैनिक का एक बार जायजा लिया। फिर वह आश्वस्त होकर सैनिक के जूते चाटने लगी।

सैनिक ने सोचा कि जब इसे भूख लगेगी तो वह निस्संदेह उसे खा जाएगी। इस विचार मात्र से ही उसकी कँपकँपी छूट गई। उसने मादा तेंदुए के शरीर का जायजा लेना शुरू कर दिया। अपनी जाति में वह निस्संदेह सबसे खूबसूरत थी। वह तीन फीट ऊँची और चार फीट लंबी थी। उसकी घुमावदार पूँछ लगभग तीन फीट लंबी थी। उसका सिर शेर के सिर की भाँति बड़ा था। बाघ जैसी भयानकता तो उसके परंपरागत गुणों में एक थी ही, लेकिन उसकी आँखों को देखकर नारीत्व का भुलावा-सा भी होता था।

सैनिक अब कभी ऊपर जाता तो कभी नीचे आता। मादा तेंदुआ उसे ध्यान से देखती रही। सैनिक ने देखा कि झरने के पास घोड़े के शरीर का कुछ अधखाया मांस पड़ा हुआ था। मादा तेंदुए ने उस घोड़े का लगभग आधा भाग खा लिया था। वह पुनः आश्वस्त हो गया। अब सैनिक की समझ में आ गया कि मादा तेंदुआ अपनी गुफा में क्यों नहीं थी और उसका इतना सम्मान क्यों कर रही थी। पूरा एक दिन वह निडर होकर तेंदुए के साथ रह सकता था।

वह लौटकर आया तो मादा तेंदुआ अपनी पूँछ हिलाने लगी। वह उसके पास बैठ गया। उन दोनों ने खेलना शुरू कर दिया। सैनिक ने उसका मुँह और पंजे पकड़े, उसके कान मरोड़े और उसे ऊपर-नीचे भी घुमाया। वह उसके रेशमी रोयों पर हाथ फेरने लगा। मादा तेंदुए ने कोई विरोध नहीं किया। जैसे ही सैनिक ने उसके पाँवों पर हाथ फेरा, उसने सावधानी से अपने पैर पंजों में समेट लिये। सैनिक के हाथ में अभी तक खाँडा था। तेंदुए के पेट में खाँडा घुसाने का विचार अब भी उसके दिमाग में था। उसे डर लग रहा था कि कहीं वह मृत्यु के पंजे में न जकड़ा जाए।

दूसरी ओर वह इस निर्दोष प्राणी को मारने में हिचकिचा भी रहा था। उसे लग रहा था कि इस विशाल रेगिस्तान में एक वही उसकी मित्र है। उसे देखकर सैनिक को अपनी पहली प्रेमिका की याद आई। उसकी प्रेमिका बहुत ही ईर्ष्यालु थी। उसने उसका नाम 'मिगनोने' रखा था। इस मादा तेंदुए को भी वह अपनी प्रेयसी के नाम से पुकारना चाहता था।

दिन समाप्त होते-होते वह इस खतरनाक स्थिति का अभ्यस्त हो गया। अब उसे थोड़ा आनंद आने लगा। जब भी वह मादा तेंदुए को 'मिगनोने' के नाम से पुकारता, वह उसकी ओर देखती।

सैनिक सोच रहा था कि जैसे ही यह सो जाएगी, वह किसी स्थान पर चला जाएगा। वह बेचैनी से उसके सोने की प्रतीक्षा कर रहा था। जैसे ही मादा तेंदुआ सोई, सैनिक तेजी से नील नदी की ओर चल पड़ा। पर वह मुश्किल से एक किलोमीटर ही चला होगा कि उसे तेंदुए की खूँखार आवाज सुनाई दी। इस आवाज से वह भयभीत हो गया।

सैनिक ने सोचा कि मादा तेंदुआ उसे चाहने लगी है। इससे पहले शायद वह कभी किसी को नहीं मिली। यह उसका प्रथम प्यार लगता है।

उसी क्षण सैनिक का पैर रेगिस्तानी दलदल में पड़ गया और वह अंदर धँसने लगा। रेगिस्तानी दलदल में एक बार व्यक्ति फँस जाता है तो उसमें से निकलना कठिन हो जाता है। वह जोर से चिल्लाया। उसी समय मादा तेंदुआ वहाँ पहुँच गई। उसने सैनिक की कमीज का कॉलर कसकर अपने दाँतों में दबा लिया। फिर वह पीछे की ओर उछली तथा उसे बाहर खींच लाई।

वह चिल्लाया, "मिगनोने!" फिर उसने प्यार से उसे पुचकारा और बोला, "हम फिर से मिल गए हैं। पता नहीं, इसमें भलाई है या बुराई। बस, तुम कोई मूर्खता मत कर बैठना।" और वह गुफा में वापस चला गया।

रेगिस्तान बिल्कुल निर्जन था। लेकिन सैनिक के लिए इसमें एक ऐसा प्राणी रहता था, जिससे वह बोल सकता था। तेंदुए का हिंसक स्वभाव आश्चर्यजनक रूप से मित्रता में बदल गया था।

सैनिक पूरी रात जागकर बिताना चाहता था। लेकिन अंत में उसे नींद आ ही गई। जब उसकी नींद खुली तो मादा तेंदुआ वहाँ नहीं थी। वह चट्टान के शिखर पर पहुँचा। उसने देखा, मादा तेंदुआ दूर से उसी ओर चली आ रही है। जब वह समीप पहुँची तो उसके मुँह से खून टपक रहा था। अपने मित्र की प्यार-भरी पुचकार को उसने पूँछ हिलाकर और घुरघुराकर स्वीकार किया। उसकी आँखों में अब कल से अधिक नरमाई थी। सैनिक ने उसे पालतू पशुओं की तरह पुचकारना शुरू कर दिया और उससे बातें करने लगा।

इसी प्रकार दिन गुजरते गए। अब सैनिक रेगिस्तान में अकेला नहीं था। वह रेगिस्तान की मन-ही-मन प्रशंसा करने लगा था। कभी वह भयभीत हो जाता, कभी शांत रहता।

वह अपना अधिकतर समय सोने में व्यतीत करता था। वह यह ध्यान भी रखता था कि कोई भूले-भटके यहाँ से निकले तो उसके साथ चला जाए। उसने अपनी कमीज को झंडे का आकार देकर एक ऊँचे पेड़ पर बाँध दिया था, ताकि कभी किसी यात्री की नजर इसपर पड़ जाए तो वह यहाँ आ जाए।

एक दिन न जाने कहाँ से एक पक्षी आकर खजूर के पेड़ पर बैठकर चहचहाने

लगा। सैनिक ने पक्षी को देखने के लिए तेंदुए पर से अपनी दृष्टि हटाई और ऊपर देखा। मादा तेंदुए को लगा कि वह उसे अनदेखा कर रहा है। वह जोर से गरजी तो सैनिक का ध्यान उसकी ओर गया। उसने देखा कि उसकी आँखों में ईर्ष्या का भाव है।

तेंदुए के गरजते ही पक्षी उड़ गया। सैनिक तेंदुए के सुंदर शरीर की ओर प्रशंसापूर्ण निगाहों से देख रहा था। दोनों की नजरें एक-दूसरे से मिलीं। उनकी आँखों में एक-दूसरे को समझने के भाव थे। सैनिक ने अपने नाखूनों से उसका सिर खुजलाया। उसकी आँखों में चमक उभर आई और उसने अपनी आँखें बंद कर लीं।

एक दिन रोज की तरह सैनिक और तेंदुआ बैठे खिलवाड़ कर रहे थे। तेंदुए को न जाने क्या हुआ कि वह एकाएक पलटी और उसने सैनिक की टाँग में काट खाया। सैनिक ने भी एक पल गँवाए बिना खाँडा निकाला और उसकी गरदन में घुसेड़ दिया। तेंदुए ने चीख मारकर पलटा खाया। सैनिक के दिल की धड़कन रुक गई। सैनिक ने देखा, तेंदुए की आँखों में घृणा या हिंसा का भाव नहीं था। उसकी हालत देखकर सैनिक का दिल बैठा जा रहा था। वह किसी भी कीमत पर उसकी जान बचाना चाहता था। उसे लगा कि उसने किसी मनुष्य का कत्ल कर दिया है। उसके बाद वह फूट-फूटकर रोया।

उसी दिन उसकी कमीज को पेड़ पर फहरता देखकर एक सैनिक वहाँ आया तथा उसे अपने साथ ले गया। परंतु आजीवन वह सैनिक तेंदुए के गम से छुटकारा न पा सका।

□

क्रिसमस का उपहार

—ओ' हेनरी

एक डॉलर और सत्तासी सेंट। डेला के पास बस इतनी ही रकम थी। उसने रसोई का सामान खरीदते समय एक-एक, दो-दो सेंट बचाकर यह धन जोड़ा था।

डेला ने तीन बार उन सिक्कों को गिना। वे एक डॉलर और सत्तासी सेंट ही थे। अगले दिन क्रिसमस था।

डेला धम्म से अपने फटे-पुराने छोटे से पलंग पर बैठ गई और रोने लगी। उसकी जिंदगी में मुसकराने के कम और रोने के अवसर ज्यादा आए थे।

अब एक नजर उसके मकान पर भी डाल ली जाए। यह आठ डॉलर प्रति सप्ताह के किराएवाला एक छोटा-सा मकान था। इसके आँगन में एक लेटर-बॉक्स लगा था, जिसमें डाकिया कभी कोई पत्र डालकर नहीं जाता था। प्रवेश-द्वार के पास बिजली की घंटी का बटन लगा था, लेकिन वह घंटी खराब थी, इसलिए कभी नहीं बजती थी। वहीं नाम की एक तख्ती लगी थी, जिसपर लिखा था—'जेम्स डिलिंघम यंग'। लेकिन जेम्स डिलिंघम यंग की पत्नी डेला उसे जिम कहकर ही पुकारती थी।

डेला ने रोना बंद किया और एक फटे हुए कपड़े से अपने आँसू पोंछे। फिर वह खिड़की के पास जाकर खड़ी हो गई और पिछले अहाते में घूम रही एक सफेद बिल्ली को देखने लगी। अगले दिन क्रिसमस था और उसके पास क्रिसमस का उपहार खरीदने के लिए केवल एक डॉलर और सत्तासी सेंट ही थे। उसने महीनों पहले से एक-एक सेंट की बचत की थी, तब जाकर इतनी रकम जुड़ पाई थी। जिम को एक सप्ताह में बीस डॉलर मिलते थे। खर्चा बहुत ज्यादा था। जितना डेला सोचती थी, खर्चा हमेशा उससे ज्यादा ही होता था।

उसे अपने प्यारे जिम के लिए क्रिसमस का उपहार खरीदना था। डेला सोच रही थी कि वह क्या खरीदे। वह जिम के लिए कोई बढ़िया उपहार खरीदना चाहती थी। वह उसके लिए कोई ऐसी चीज खरीदना चाहती थी, जो सुंदर, दुर्लभ और शानदार

हो—कोई ऐसी चीज, जिसे पाकर जिम को गर्व महसूस हो। वह घंटों सोचती रही, पर कोई निश्चय नहीं कर पाई।

कमरे की दो खिड़कियों के बीच एक दर्पण लगा था। वह दर्पण वैसा ही था जैसा आठ डॉलर प्रति सप्ताह के किराएवाले मकान में हो सकता था। अचानक डेला खिड़की के पास से हटकर उस दर्पण के सामने खड़ी हो गई। उसकी आँखें चमक रही थीं, लेकिन उसके चेहरे का रंग उतरा हुआ था। उसने जल्दी से अपने बाल खोलकर कमर तक फैलाए।

जिम और डेला के पास उस दरिद्रता की हालत में भी दो चीजें ऐसी थीं, जिनपर उन्हें बहुत गर्व था। उनमें से एक थी—जिम की सोने की कलाई घड़ी और दूसरी चीज थी—डेला के खूबसूरत सुनहरे बाल। डेला के बाल जहाँ किसी रानी के आभूषणों से भी ज्यादा खूबसूरत थे, वहाँ जिम की घड़ी किसी राजा के खजाने को भी मात देती थी।

डेला के बाल सुनहरे पानी के गिरते हुए झरने के समान चमकीले और लहरदार थे। वे डेला के घुटनों तक लंबे थे।

डेला ने अपने बाल जल्दी से ऊपर बाँधे। एक क्षण के लिए वह हिचकिचाई और सीधी खड़ी रही। उसकी आँखों से आँसू की बूँदें टपककर फटे-पुराने लाल कालीन पर गिर पड़ीं।

उसने अपनी पुरानी भूरे रंग की जैकेट पहनी, पुराना भूरा हैट पहना। फिर वह तेजी से घूमी और सीढ़ियों से नीचे उतरकर बाजार की तरफ चल दी। वह तेजी से चलती हुई एक दुकान के सामने रुकी। उस दुकान पर बोर्ड लगा था : 'मैडम साफरोनी—हर तरह के बालों की बिक्री का केंद्र'।

डेला तेजी से उस दुकान में घुस गई। वहाँ मैडम साफरोनी खड़ी थी। मैडम साफरोनी का शरीर भारी, रंग गोरा था और वह स्वभाव से रूखी दिखाई देती थी।

"क्या तुम मेरे बाल खरीदोगी?" डेला ने पूछा।

"मैं बाल ही तो खरीदती हूँ," मैडम साफरोनी ने कहा, "पर पहले अपना हैट उतारो, मैं तुम्हारे बाल देख लूँ।"

हैट उतारते ही डेला के शानदार सुनहरे बालों को अपने अनुभवी हाथों से हिला-डुलाकर देखते हुए मैडम साफरोनी बोली, "इन बालों के बीस डॉलर मिलेंगे।"

"मंजूर है, मुझे बीस डॉलर जल्दी दे दो," डेला तेजी से बोली।

अपने खूबसूरत बाल बीस डॉलर में बेचकर डेला जिम के लिए उपहार खरीदने के लिए तेजी से एक दुकान से दूसरी दुकान पर चीजें देखने लगी।

आखिरकार उसे एक चीज दिखाई दे ही गई। 'यह केवल जिम के लिए ही बनी है, किसी और के लिए नहीं,' डेला उस चीज को देखकर सोचने लगी। वैसी चीज किसी भी अन्य दुकान पर दिखाई नहीं दी थी। वह घड़ी की एक चेन थी, जो प्लेटिनम की बनी थी। उसका डिजाइन बहुत साधारण-सा था। लेकिन वह बहुत चमक रही थी और बहुत कीमती धातु की बनी थी। वह जिम की घड़ी के लायक थी।

जैसे ही डेला ने उस चेन को देखा वैसे ही उसे लगा कि यह जिम को देनी चाहिए। यही उसके लिए सबसे बढ़िया उपहार होगा। यह चेन इक्कीस डॉलर की थी। डेला ने दुकानदार को इक्कीस डॉलर दिए और चेन लेकर घर की ओर चल दी। अब उसके पास केवल सत्तासी सेंट ही बचे थे।

'जिम इस चेन को घड़ी में लगवाकर गर्व महसूस करेगा। इतनी बढ़िया घड़ी होने के बावजूद चमड़े के पुराने फीते की वजह से जिम घड़ी में समय भी बहुत कम बार देखता है,' डेला रास्ते-भर यही सोचती रही।

जब डेला घर पहुँची तो उसे एक उपाय सूझा, जिससे उसके बाकी बचे बाल और खूबसूरत दिखाई दे सकते थे। उसने बालों को घुँघराला करनेवाली मशीन ली और अपने बचे हुए छोटे-छोटे बालों को उस मशीन से ठीक करने लगी। लगभग आधा घंटे की मेहनत के बाद उसके बाल स्कूल के किसी लड़के के बालों की तरह घुँघराले और खूबसूरत दिखने लगे। उसने दर्पण में अपने आपको ध्यान से देखा।

'कहीं जिम मेरे कटे बाल देखकर नाराज न हो जाए।' डेला भीतर-ही-भीतर

थोड़ी भयभीत हो रही थी, 'लेकिन एक डॉलर और सत्तासी सेंट से मैं जिम के लिए खरीद भी क्या सकती थी?'

उसने सात बजे कॉफी बनाई। फिर कटलेट बनाने के लिए तवे को स्टोव पर रख दिया।

जिम कभी घर देर से नहीं लौटता था। डेला ने चेन हाथ में ली और दरवाजे के पास रखी एक मेज के किनारे पर बैठ गई। जिम हमेशा इसी दरवाजे से घर में घुसता था।

उसे जिम के सीढ़ियों पर चढ़ने की आवाज सुनाई दी। एक बार तो भय की वजह से डेला का चेहरा पीला पड़ गया। वह मन-ही-मन सोचने लगी कि वह जिम को अब भी पहले की तरह ही सुंदर दिखाई दे तो अच्छा होगा।

तभी दरवाजा खुला और जिम अंदर आया। फिर जिम ने दरवाजा भीतर से बंद कर दिया। वह कुछ थका हुआ तथा गंभीर नजर आ रहा था। बाईस साल की उम्र में ही जिम पर एक परिवार का बोझ पड़ गया था। उसे नए ओवरकोट की जरूरत थी, लेकिन उसके पास हाथों में पहनने के दस्ताने तक नहीं थे।

जिम दरवाजे के पास ही रुक गया। उसकी आँखें डेला पर जमी थीं। डेला उसकी आँखों के भावों को पढ़ नहीं पा रही थी। डेला उसे इस तरह अपनी ओर घूरता देखकर डर गई। जिम गुस्से में नहीं दिख रहा था, न वह हैरान था और न ही ऐसा लग रहा था कि डेला द्वारा बाल कटवा लेना उसे अच्छा नहीं लगा। उसकी आँखों में ऐसा कोई भाव भी नहीं था, जो डेला सोच रही थी। वह केवल बिना पलक झपकाए लगातार डेला को घूर रहा था।

डेला धीरे से मेज से उठकर उसकी ओर बढ़ी।

"प्रिय जिम, मुझे इस तरह मत घूरो," वह बोली, "मैंने अपने बाल कटवा लिये हैं और उन्हें बेच दिया है। मैं क्रिसमस के दिन तुम्हें कोई बढ़िया उपहार दिए बिना नहीं रह सकती थी। मेरे बाल तो फिर बढ़ जाएँगे। तुम बुरा मत मानना। मुझे मजबूर होकर यह करना पड़ा। मेरे बाल बहुत जल्दी बढ़ते हैं।...जिम, मुझे क्रिसमस की बधाई दो। चलो, दोनों क्रिसमस के मौके पर खुशियाँ मनाएँ। तुम नहीं जानते, मैंने तुम्हारे लिए कितना शानदार उपहार खरीदा है!"

"तुमने अपने बाल कटवा लिये?" जिम ने बड़ी मुश्किल से इतना ही कहा। उसका चेहरा देखकर लग रहा था जैसे उसे विश्वास न हो रहा हो कि डेला ने अपने बाल कटवा लिये हैं।

"मैंने अपने बाल कटवाकर बेच दिए," डेला फिर बोली, "क्या मैं बाल कटवाने के बाद अच्छी नहीं लगती? देखो, मैं अब भी वही डेला हूँ। मैं अब भी वैसी ही दिखती हूँ जैसी बाल कटवाने से पहले दिखती थी।"

तब जिम ने उत्सुक होकर कमरे में चारों तरफ देखा।

''तुम कहती हो कि तुम्हारे बाल अब नहीं रहे ?'' वह बोला। वह एकदम हतप्रभ-सा हो गया था।

''तुम बालों को कमरे में ढूँढ़ रहे हो ? इसकी जरूरत नहीं है,'' डेला बोली, ''मैंने अपने बाल बेच दिए हैं। मैंने पहले ही कहा कि मैंने अपने बाल कटवाकर बेच दिए हैं। यह क्रिसमस की पूर्व संध्या है। तुम मुझसे नाराज मत होओ, क्योंकि मैंने अपने बाल तुम्हारी ही खातिर कटवाए हैं। हो सकता है कि मेरे सिर के बाल कोई गिन सकता, पर तुम्हारे प्रति मेरे असीम प्यार को कभी कोई नहीं माप सकता। अब क्या मैं तुम्हारे लिए कटलेट बनाकर ले आऊँ, जिम ?''

जिम की तन्मयता अचानक टूटी। उसने अपने कोट की जेब में से एक पैकेट निकाला और उसे मेज पर रख दिया।

''डेल, मुझे ग़लत मत समझना,'' वह बोला, ''बाल कटवाने से या ऐसी ही किसी दूसरी बात से मेरा तुम्हारे प्रति प्यार कभी कम नहीं होगा। लेकिन तुम इस पैकेट को खोलकर देखोगी तो तुम्हें मेरी उदासी का कारण मालूम पड़ जाएगा।''

डेला ने धीरे से पैकेट का धागा तोड़ा और पैकेट खोलकर देखा। पैकेट के भीतर रखी वस्तु को देखकर एक बार तो वह खुशी से उछल पड़ी, लेकिन फौरन ही वह निराश

हो गई। उसकी आँखों में आँसू आ गए। पैकेट में बालों में लगाने के पिनों का एक सेट रखा था, जिन्हें डेला बहुत दिनों से खरीदना चाहती थी। पिन बहुत सुंदर थे और वह जानती थी कि वे बहुत महँगे भी हैं। उसका दिल पिनों को खरीदने के लिए तरस गया था। उन पिनों को पाने की उसकी बहुत इच्छा थी, पर उसके पास पैसे नहीं थे।

जब उसके बाल लंबे थे, तब वे पिन उसे नहीं मिल पाए। अब वे पिन उसके थे, पर अब उन पिनों से सजने-सँवरनेवाले बाल नहीं रहे थे। फिर भी उसने उन पिनों को अपने सीने से लगा लिया। वह आँसुओं से भरी आँखों से पिनों को देखती हुई मुसकराने की कोशिश करते हुए बोली, ''जिम, मेरे बाल बहुत जल्दी बढ़ जाते हैं।...'' कहते-कहते डेला के मुँह से एक जोर की चीत्कार निकल पड़ी।

जिम ने अभी तक डेला द्वारा लाया हुआ अपना उपहार नहीं देखा था। डेला ने उत्सुकतापूर्वक अपना हाथ जिम की ओर बढ़ा दिया।

उसके हाथ में घड़ी की एक शानदार सुनहरी चेन थी, जो बहुत चमक रही थी।

''जिम, यह चेन बहुत सुंदर है न?'' डेला ने पूछा, ''मैंने इसे पाने के लिए सारा शहर छान मारा। अब तुम्हें घड़ी में समय देखते वक्त शरमाने की जरूरत नहीं पड़ेगी। अब तुम चाहे दिन में सौ बार घड़ी में समय देखना। लाओ, अपनी घड़ी मुझे दो। मैं देखना चाहती हूँ कि यह चेन घड़ी के साथ कैसी लगती है।''

डेला को घड़ी देने के बजाय जिम एकाएक कुरसी पर गिर पड़ा। उसने अपना सिर पकड़ लिया। फिर वह धीरे से मुसकराया और बोला, ''डेल, चलो अपने क्रिसमस के उपहार एक तरफ रख दें। ये इतने अच्छे हैं कि इनका इस समय इस्तेमाल नहीं करना चाहिए। मैंने पिनों का उपहार खरीदने के लिए अपनी घड़ी बेच दी है। अब तुम कटलेट बनाकर ले आओ।''

□

बीस साल बाद

—ओ' हेनरी

एक पुलिस अधिकारी बड़ी फुरती से सड़क पर गश्त लगा रहा था। रात के अभी मुश्किल से दस बजे थे, लेकिन हलकी-हलकी बारिश तथा ठंडी हवा के कारण सड़क पर बहुत कम आदमी नजर आ रहे थे।

सड़क के एक छोर पर एक गोदाम था।

जब पुलिस अधिकारी उस गोदाम के करीब पहुँचा तो उसके दरवाजे के पास उसने एक आदमी को देखा। वह आदमी मुँह में बिना जला हुआ सिगार दबाए झुककर खड़ा था।

पुलिस अधिकारी उसके पास गया तो उस आदमी ने कहा, ''मैं यहाँ अपने एक दोस्त का इंतजार कर रहा हूँ। हमने बीस वर्ष पहले यहाँ मिलने का वादा किया था। आपको मेरी यह बात कुछ अजीब लग रही होगी, लेकिन यह सच है।''—यह कहकर उस आदमी ने दियासलाई की तीली जलाकर सिगार सुलगाया। उस जलती हुई तीली के उजाले में पुलिस अधिकारी ने उस आदमी का चेहरा देखा। उसका चेहरा पीला था, आँखों में चमक थी तथा दाहिनी भौं के पास एक छोटा-सा सफेद दाग था। उसके टाई-पिन में एक बड़ा-सा हीरा कुछ अजीब तरह से जड़ा हुआ था।

उस आदमी ने दोबारा कहना शुरू किया, ''बीस वर्ष पहले इस गोदाम की जगह 'बिग जो' नाम का एक रेस्तराँ हुआ करता था।

''आज से ठीक बीस वर्ष पहले ऐसी ही एक रात को मैंने अपने सबसे अच्छे मित्र जिमी के साथ उस रेस्तराँ में खाना खाया था।

''उस रात हमने निश्चय किया था कि अगली सुबह अगले बीस वर्षों के लिए हम एक-दूसरे से अलग हो जाएँगे। इन वर्षों में हम जीवन में कुछ बनने के लिए संघर्ष करेंगे और जो कुछ बन पाएँगे, बनेंगे। ठीक बीस वर्ष बाद इसी समय हम फिर यहीं मिलेंगे, चाहे इसके लिए हमें कितनी ही दूर से क्यों न आना पड़े तथा हमारी कैसी भी परिस्थिति क्यों न हो।''

यह सुनकर उस पुलिस अधिकारी ने कहा, "यह तो बड़ी दिलचस्प बात है। वैसे, जब से आप जिमी से अलग हुए, क्या उसके बारे में आपको कुछ पता नहीं चला?"

"कुछ समय तक तो हम एक-दूसरे को पत्र भेजते रहे, लेकिन यह पत्र-व्यवहार केवल एक-डेढ़ साल तक ही चल सका, उसके बाद बंद हो गया। पर मुझे पूरा विश्वास है कि यदि जिमी जीवित होगा तो मुझसे मिलने जरूर आएगा। मैं एक हजार किलोमीटर दूर से उससे मिलने के लिए यहाँ आया हूँ।" कहकर उस आदमी ने अपनी घड़ी देखी। घड़ी में छोटे-छोटे हीरे जड़े हुए थे।

पुलिस अधिकारी ने अपना डंडा घुमाया और वहाँ से चला गया।

करीब बीस मिनट बाद एक लंबा आदमी उस आदमी के पास आया। वह ओवरकोट पहने हुए था तथा कॉलर से कानों को ढके हुए था। उसने पूछा, "क्या तुम बॉब हो?"

"क्या तुम जिमी वेल्स हो?" इंतजार करनेवाले आदमी ने खुशी से लगभग चिल्लाते हुए कहा।

उस लंबे आदमी ने खुशी से उसके हाथों को अपने हाथों में थाम लिया और बोला, "हाँ, बॉब, चलो। अब किसी अच्छी जगह पर बैठें और बीते दिनों की बातें करें।"

दोनों एक-दूसरे का हाथ थामे हुए चल पड़े। एक दवाइयों की दुकान के सामने से गुजरते हुए उस दुकान की रोशनी में उन्होंने एक-दूसरे का चेहरा गौर से देखा।

बॉब को उस लंबे आदमी का चेहरा देखकर कुछ संदेह हुआ। फिर वह अचानक गुस्से में भड़ककर बोला, ''तुम जिमी वेल्स नहीं हो। मैं मानता हूँ कि बीस वर्षों का समय बहुत अधिक होता है, लेकिन इतना अधिक भी नहीं कि एक आदमी की नाक चौड़ी से पतली हो जाए।''

इसके जवाब में उस लंबे आदमी ने कहा, ''ऐसा होता है कि नहीं, मुझे नहीं पता; लेकिन बीस वर्षों में एक अच्छा आदमी बुरा आदमी बन जाता है। बीस वर्ष पहले तुम एक अच्छे आदमी थे, लेकिन आज एक बुरे आदमी बन गए हो। खैर, यह कागज लो और पढ़ो।''

बॉब ने कागज का वह टुकड़ा उसके हाथ से ले लिया और पढ़ने लगा।

जब उसने कागज को पूरा पढ़ लिया तो उसके हाथ काँपने लगे।

कागज में लिखा था : 'बॉब, हमने जहाँ मिलने का वादा किया था, वहाँ मैं बिल्कुल ठीक समय पर पहुँच गया था। पर जब तुमने सिगार सुलगाने के लिए दियासलाई जलाई तो मैंने तुम्हारा चेहरा देखा और मुझे यह देखकर बहुत आश्चर्य हुआ कि तुम वही आदमी हो, जिसकी तलाश शिकागो पुलिस कर रही है। मुझे तुम्हें उसी वक्त गिरफ्तार कर लेना चाहिए था, लेकिन मैं तुम्हारा दोस्त होने के कारण यह काम नहीं कर सका। अब मैंने पुलिस के ही एक दूसरे आदमी को सादे कपड़ों में तुम्हें गिरफ्तार करने के लिए भेजा है।

—जिमी'

□

आखिरी पत्ता

—ओ' हेनरी

वाशिंगटन स्क्वेयर के पश्चिमी भाग में एक छोटी-सी बस्ती थी। इस बस्ती में छोटी-छोटी घुमावदार गलियाँ थीं। ये गलियाँ ऐसी थीं कि नया आदमी तो इनमें एक बार चक्कर ही खा जाए। प्रत्येक गली में अजीब तरह के मोड़ थे।

इसी बस्ती के एक मोहल्ले में कलाकार लोग रहते थे।

इसी मोहल्ले की एक तिमंजिली इमारत में सबसे ऊपर सू तथा जानसी का स्टूडियो था। सू मेन राज्य की तथा जानसी कैलिफोर्निया की रहनेवाली थी। एक दिन अचानक वे दोनों एक होटल में मिली थीं। उनकी कला से संबंधित तथा अन्य रुचियाँ बहुत मिलती-जुलती थीं। जल्दी ही वे आपस में काफी घुल-मिल गईं और एक दिन उन दोनों ने मिलकर एक स्टूडियो खोल लिया। वह मई का महीना था।

नवंबर के महीने में उस मोहल्ले में न्यूमोनिया बहुत तेजी से फैल गया। धीरे-धीरे पूरे मोहल्ले में लोग न्यूमोनिया से पीड़ित होने लगे। पूर्वी इलाके में इस न्यूमोनिया का जोर बहुत ज्यादा था।

बहुत सावधानी बरतने के बावजूद जानसी भी न्यूमोनिया की लपेट में आ गई। फेफड़ों में बलगम जम जाने से वह इतनी अधिक कमजोर हो गई कि उसके लिए बिस्तर से हिलना-डुलना भी मुश्किल हो गया। वह अपने बिस्तर पर लेटी-लेटी छोटी-सी खिड़की से बाहर देखती रहती। हालाँकि एक डॉक्टर उसका इलाज कर रहा था, पर उसकी तबीयत दिन-प्रतिदिन खराब होती गई।

एक दिन सुबह डॉक्टर ने सू को बुलाकर कहा, "जानसी के बचने की उम्मीद मुश्किल से दस प्रतिशत है और वह भी तब, जबकि वह जीने की इच्छा रखे। अगर वह हिम्मत हार गई तो उसके बचने की उम्मीद न के बराबर रह जाएगी। मैं यह सब इसलिए कह रहा हूँ, क्योंकि बीमार होकर लोग इतने मायूस हो जाते हैं कि वे मौत के अलावा कुछ सोचते ही नहीं। उनके मन की इस स्थिति के कारण ही दवाइयों का भी

उनपर बहुत कम असर होता है। तुम्हारी सहेली के मन में भी यह बात बैठ गई है कि वह अब कभी ठीक नहीं होगी और उसकी मृत्यु निकट ही है। क्या उसके दिमाग में कोई और बात भी है?''

''हाँ, कुछ दिन पहले वह नेपल्स की खाड़ी का चित्र बनाना चाहती थी,'' सू ने बताया।

''चित्र! नहीं-नहीं, मेरा मतलब यह नहीं।...क्या इसके अलावा भी उसके दिमाग में कोई बात है? जैसे—क्या वह किसी पुरुष को चाहती है?''

''किसी पुरुष से लगाव? नहीं,'' सू ने थोड़े गुस्से से उत्तर दिया, ''नहीं, डॉक्टर, उसके दिमाग में ऐसी कोई बात नहीं है।''

''ठीक है, फिर तो यह केवल कमजोरी है,'' डॉक्टर ने कहा, ''मैं अपनी तरफ से पूरी कोशिश करूँगा, पर जब मरीज अपनी मृत्यु की घड़ियाँ गिननी शुरू कर देता है तो दवाई का आधा असर तो वैसे ही कम हो जाता है। तुम उससे तरह-तरह की बातें करके उसका मनोबल बढ़ाने की कोशिश करो। अगर तुम उसका मनोबल बढ़ा दोगी तो मैं वादा करता हूँ कि उसके बचने की उम्मीद बजाय दस के बीस प्रतिशत हो जाएगी।''

डॉक्टर के जाने के बाद सू अपने कमरे में जाकर बहुत देर तक रोती रही। थोड़ी देर बाद वह उठी। उसने अपना मुँह धोया। फिर वह अपना ड्राइंग-बोर्ड लेकर मुँह से सीटी बजाती हुई जानसी के कमरे में गई।

जानसी चादर ओढ़कर खिड़की की ओर मुँह किए लेटी थी। सू ने सोचा कि जानसी सो रही है, इसलिए उसने सीटी बजाना बंद कर दिया। फिर उसने अपने ड्राइंग-बोर्ड पर कागज लगाकर एक पत्रिका की कहानी का चित्र बनाना शुरू कर दिया।

सू चित्र बनाने में मगन थी। अचानक धीमी-धीमी आवाज उसके कानों में पड़ी। वह आवाज कई बार हुई। वह उठकर तेजी से जानसी के पलंग के पास गई। उसने देखा कि जानसी की आँखें खुली हुई हैं। वह लगातार खिड़की से बाहर देख रही थी और उलटी गिनती गिन रही थी।

''बारह,'' थोड़ी देर बाद जानसी ने कहा, ''ग्यारह, दस, नौ, आठ, सात,'' उसने लगभग एक साथ कहा।

सू ने बड़ी बेचैनी से खिड़की से बाहर देखा। वह जानना चाहती थी कि आखिर जानसी इस तरह गिनती क्यों कर रही है। बाहर केवल सुनसान बरामदा था और ईंट की दीवार पर अंगूर की एक अधसूखी बेल थी। उसकी जड़ें सूख चुकी थीं। पतझड़ के कारण उसके लगभग सारे पत्ते झड़ चुके थे। एक-दो शाखाओं पर कुछ पत्ते बचे थे। बाकी बिना पत्तों की शाखाएँ ही दिखाई दे रही थीं। सू ने पूछा, ''यह क्या कर रही हो?''

''छः,'' जानसी ने उसकी बात की ओर ध्यान न देते हुए फुसफुसाते हुए कहा, ''अब वे जल्दी-जल्दी गिर रहे हैं। तीन दिन पहले ये सौ थे। गिनती करते-करते मेरे सिर में दर्द भी हो गया था। पर अब गिनती करना आसान है। लो, छठा भी गिर गया। अब केवल पाँच रह गए हैं।''

''पाँच क्या? तुम क्या गिन रही हो? बताओ तो सही?''

''अंगूर की बेल के पत्ते। जब इस अंगूर की बेल का आखिरी पत्ता गिर जाएगा तो मैं भी मर जाऊँगी। मुझे तीन दिन से मालूम है। क्या डॉक्टर ने तुम्हें नहीं बताया?''

''ओह, मैंने ऐसी बेवकूफी-भरी बातें पहले कभी नहीं सुनीं,'' सू ने उसे प्यार से झिड़कते हुए कहा, ''अंगूर की इस पुरानी बेल के पत्तों के गिरने से तुम्हारे ठीक होने या न होने का भला क्या संबंध हो सकता है? तुम अंगूर की इस बेल को बहुत प्यार करती हो, इसीलिए तुम्हारे दिमाग में ऐसी उलटी-सीधी बातें आ रही हैं। तुम्हें ऐसा नहीं सोचना चाहिए। आज सुबह डॉक्टर ने मुझे बताया था कि तुम जल्दी ही ठीक हो जाओगी। अब तुम्हारे ठीक होने की संभावना काफी बढ़ गई है। अब तुम थोड़ा-सा शोरबा पीने की कोशिश करो तथा मुझे चित्र बना लेने दो, ताकि मैं यह चित्र पत्रिका के संपादक को दे आऊँ और कुछ रकम पा सकूँ। उस रकम से मैं तुम्हारे लिए दवा और अपने लिए खाने की कुछ चीजें खरीदकर लाऊँगी।''

जानसी की नजरें अभी तक खिड़की से बाहर अंगूर की बेल पर जमी हुई थीं। उसने कहा, ''तुम्हें और दवा लाने की कोई जरूरत नहीं है। अंगूर की बेल पर से एक

पत्ता और गिर गया है। अब केवल चार पत्ते बाकी रह गए हैं। अब मुझे शोरबा पीने की भी जरूरत नहीं है। अब तो अँधेरा होने से पहले मैं इस बेल के आखिरी पत्ते को गिरते हुए देखना चाहती हूँ, ताकि उसके गिरते ही मैं भी मर जाऊँ।''

सू ने उसके ऊपर झुकते हुए प्यार से कहा, ''मेरी प्रिय जानसी, तुम मेरी खातिर तब तक अपनी आँखें बंद रखो, जब तक मैं अपना काम पूरा नहीं कर लेती। और तब तक तुम खिड़की से बाहर भी नहीं देखोगी। मुझे यह चित्र बनाकर कल तक जरूर दे देना है। मैं अँधेरा होने से पहले ही इसे पूरा कर लेना चाहती हूँ।''

जानसी ने बहुत शांत भाव से पूछा, ''क्या तुम इसे दूसरे कमरे में नहीं बना सकतीं?''

''नहीं, मैं इसी कमरे में तुम्हारे पास बैठकर इसे बनाना चाहती हूँ। मैं नहीं चाहती कि तुम खिड़की से बाहर लगी अंगूर की बेल को देखो।''

छत की तरफ देखते हुए जानसी ने कहा, ''अच्छा, जब तुम इस चित्र को बना लो तो मुझे बता देना।''

जानसी का चेहरा सफेद पड़ चुका था। वह चेतनाहीन-सी बिस्तर पर लेटी थी।

उसने कहा, ''मैं इंतजार करते-करते थक गई हूँ। मैं सोचते-सोचते ऊब गई हूँ। मैं आखिरी पत्ते को गिरते हुए देखना चाहती हूँ। अब मैं हर चीज से छुटकारा पाना चाहती हूँ। मैं भी उस बेचारे आखिरी पत्ते की तरह इस दुनिया से बिदा हो जाना चाहती हूँ।''

''प्रिय जानसी, बेकार की बातें छोड़ो और सोने की कोशिश करो। मैं नीचे से बहरमन को बुलाने जा रही हूँ। मुझे उसे अपने चित्र का मॉडल बनाना है। जब तक मैं न लौटूँ, तब तक तुम अपनी जगह से मत हिलना।''

बहरमन भी एक चित्रकार था। उसकी उम्र साठ से भी अधिक हो गई थी। वह जानसी और सू वाले मकान में ही सबसे नीचे की मंजिल पर रहता था। उसकी माइकल एंजिलो जैसी लहरिएदार दाढ़ी थी। वह कला के क्षेत्र में असफल रहा था। चालीस बरस तक वह अपना ब्रश चलाने की कोशिश करता रहा। वह सदा एक अनोखी कलाकृति बनाना चाहता था, परंतु उसने कभी इसकी शुरुआत ही नहीं की। वह केवल विज्ञापनों आदि के लिए ही चित्र बनाता रहा। इसके अलावा मोहल्ले के युवा कलाकारों के लिए वह मॉडल का भी काम करता था। वह शराब बहुत पीता था और अब भी उस अनोखी कलाकृति को बनाने की बात किया करता था, जिसे वह इतने वर्षों में नहीं बना पाया था। वह गुस्सैल स्वभाव का व्यक्ति था। वह विनम्र लोगों का बहुत मजाक उड़ाता था। वह अपने आपको सू और जानसी का संरक्षक समझता था।

सू जब बहरमन की कोठरी में घुसी तो उसने देखा कि बहरमन एक ओर बैठा है। उसकी कोठरी में मंद-मंद रोशनी हो रही थी। कोठरी के एक कोने में स्टैंड रखा था,

जिसपर खाली कैनवस लगा था। वह कैनवस पच्चीस वर्षों से ऐसे ही उस कोने में रखे स्टैंड पर लगा हुआ था। बहरमन उसपर अपनी अनोखी कलाकृति बनाना चाहता था।

सू ने बहरमन को अपने चित्र का मॉडल बनने के अलावा जानसी के मन में बैठे वहम के बारे में बताया और यह भी बताया कि वह स्वयं भी पत्ते की भाँति हलकी और कमजोर होती जा रही है, और अगर उसकी यही हालत रही तो वह जल्दी ही इस दुनिया से चली जाएगी।

बूढ़े बहरमन ने जब यह सब सुना तो वह गुस्से से चिल्लाया, ''क्या संसार में ऐसे लोग भी हैं, जो मरने की मूर्खतापूर्ण बात इसलिए सोचते हैं, क्योंकि अंगूर की बेल से पत्ते गिर रहे हैं? मैंने अपने जीवन में ऐसी बातें कभी नहीं सुनीं। तुम उसके दिमाग में ऐसी बातें आने ही क्यों देती हो?''

सू ने कहा, ''वह बहुत बीमार है तथा कमजोर भी बहुत हो गई है। बीमारी की वजह से उसके दिमाग में ऐसी उलटी-सीधी बातें आने लगी हैं।''

''तुम भी अन्य साधारण महिलाओं जैसी ही हो, इसीलिए तुम जानसी के दिमाग से इतनी-सी बात भी नहीं निकाल सकीं,'' बहरमन चिल्लाया, ''चलो, मैं देखता हूँ। मेरे होते हुए जानसी ज्यादा दिन तक बीमार नहीं रह सकती। वह जल्दी ही ठीक हो जाएगी। तब किसी दिन मैं एक अनोखी कलाकृति बनाऊँगा। फिर हम सब मजे से रहेंगे।''

जब वे दोनों ऊपर जानसी के कमरे में गए तो जानसी सो रही थी। सू ने खिड़की का परदा गिरा दिया तथा वह और बहरमन दूसरे कमरे में चले गए। वहाँ से उन्होंने भयभीत नजरों से अंगूर की बेल की ओर देखा। फिर उन्होंने बिना कुछ बोले ही एक-दूसरे की तरफ देखा। बाहर जोर-जोर से बर्फीली हवा चल रही थी और तेज बारिश हो रही थी। बहरमन अपनी नीली कमीज पहने हुए पोज बनाकर बैठ गया। सू उसे देखकर चित्र बनाने लगी। चित्र पूरा होने के बाद बहरमन चला गया।

अगली सुबह जब सू सोकर उठी तो उसने पाया कि जानसी की आँखें खुली हुई थीं और वह लगातार खिड़की पर लगे हरे परदे की ओर देखे जा रही थी।

''इसे हटा दो, मैं बाहर देखना चाहती हूँ।'' उसने धीरे से, लेकिन आज्ञा-भरे स्वर में सू से कहा।

सू ने खिड़की से परदा हटा दिया। मूसलधार बारिश और तेज हवा के बावजूद अंगूर की बेल पर एक पत्ता अभी तक लगा हुआ था। वह बेल दीवार के साथ चिपकी थी। बेल का वह आखिरी पत्ता था। वह टहनी के साथ चिपका हुआ था और उसका रंग गहरा हरा था। पर उसके किनारे पीले होकर थोड़े मुड़ गए थे। वह जमीन से लगभग पच्चीस फीट की ऊँचाई पर अब भी बेल पर लगा हुआ था।

जानसी ने कहा, ''यह आखिरी गत्ता है। मैंने सोचा था कि रात में यह जरूर गिर

गया होगा। खिड़की बंद होने के बावजूद मुझे तेज हवा के चलने की आवाज साफ सुनाई दे रही थी। यह कल नहीं गिरा तो क्या हुआ, आज तो यह जरूर गिर जाएगा और जैसे ही यह गिरेगा, मैं भी इस दुनिया में नहीं रहूँगी।''

सू ने अपना चेहरा तकिए पर रगड़ते हुए कहा, ''मेरी प्रिय जानसी, तुम अपनी नहीं तो कम-से-कम मेरी तो सोचो। तुम नहीं रहोगी तो मैं अकेली कैसे जिंदगी बिताऊँगी?''

लेकिन जानसी ने इसका कोई जवाब नहीं दिया। उसपर मित्रता के बंधन की अपेक्षा वहम का प्रभाव धीरे-धीरे बढ़ता जा रहा था।

पूरा दिन गुजर गया। शाम होने तक भी वह एकमात्र पत्ता बेल पर ज्यों-का-त्यों लगा हुआ था। रात होते ही तेज हवा फिर से चलने लगी और बारिश भी बहुत जोरों से होने लगी थी।

सवेरा होते ही जानसी ने फिर सू से कहा, ''खिड़की का परदा हटा दो।''

सू ने जब परदा हटाया तो जानसी ने देखा कि अंगूर की बेल पर लगा एकमात्र पत्ता अभी तक ज्यों-का-त्यों लगा है। जानसी बहुत देर तक उस पत्ते को देखती रही। तब उसने सू को आवाज लगाई। सू उसके लिए रसोईघर में शोरबा बना रही थी।

जानसी ने कहा, ''सू, मैं बहुत ही खराब लड़की हूँ। पता नहीं क्या कारण है कि वह आखिरी पत्ता अब तक बेल से लगा हुआ है। अब मैं जान गई हूँ कि मरने की इच्छा करना बुरी बात है। अब तुम मेरे लिए शोरबा और दूध ले आओ। और मेरे लिए एक

शीशा ले आओ। फिर मेरे पलंग पर कुछ तकिए लगा दो, ताकि मैं बैठकर तुम्हें शोरबा बनाते हुए देख सकूँ।''

कुछ घंटों के बाद जानसी ने कहा, ''सू, किसी दिन मैं नेपल्स की खाड़ी का चित्र बनाऊँगी।''

दोपहर के समय डॉक्टर जानसी को देखने आया। जब डॉक्टर उसे देखकर जाने लगा तो सू बहाना बनाकर डॉक्टर के पीछे-पीछे कमरे से बाहर आ गई। डॉक्टर ने सू का हाथ पकड़ते हुए कहा, ''अब इसके बचने की बहुत उम्मीद है। ठीक से देखभाल करने से तुम इसे बचाने में सफल हो जाओगी। अच्छा, अब मैं चलता हूँ। मुझे नीचे जाकर दूसरे मरीज को देखना है। तुम्हारे इस मकान की निचली मंजिल पर बहरमन नाम का जो कलाकार रहता है, उसे भी न्यूमोनिया हो गया है। वह बूढ़ा व्यक्ति है और रोग को बरदाश्त नहीं कर पा रहा है। उसके बचने की कोई उम्मीद नहीं है। आज उसे अस्पताल ले जाया जाएगा।''

अगले दिन डॉक्टर फिर आया। उसने जानसी की जाँच करने के बाद सू से कहा, ''अब जानसी ख़तरे से बाहर है। तुम्हारी सेवा व देखभाल से वह ठीक हो गई है।''

उसी दिन दोपहर को सू जानसी के बिस्तर के पास जाकर बैठ गई और स्कार्फ बुनने लगी।

उसने अपनी एक बाँह जानसी के गिर्द लपेटते हुए कहा, ''जानसी, मैं तुम्हें कुछ बताना चाहती हूँ। बहरमन की आज अस्पताल में न्यूमोनिया के कारण मृत्यु हो गई। वह केवल दो दिन पहले ही बीमार हुआ था। चौकीदारों ने परसों सुबह बहरमन को दर्द से छटपटाते देखा था। उसके जूते व कपड़े गीले थे। लोगों को पता भी नहीं लगा कि वह सारी रात कहाँ रहा और कैसे इतना भीग गया। लेकिन आज सुबह चौकीदारों को बरामदे में एक लालटेन और एक सीढ़ी मिली तथा एक प्लेट भी मिली, जिसमें हरा और पीला रंग लगा था। इसके अलावा कुछ ब्रश भी मिले। तुम खिड़की से बाहर लटकी अंगूर की बेल पर लगे आखिरी पत्ते को जरा ध्यान से देखो। क्या यह देखकर तुम्हें हैरानी नहीं होती कि इतनी तेज हवा के बावजूद यह पत्ता क्यों नहीं हिला, क्यों नहीं कँपकँपाया?''

एक ठंडी साँस भरकर सू ने बताया, ''ओह, जानसी, यह बहरमन की अनोखी कलाकृति है। शायद यही वह कलाकृति है, जिसे वह वर्षों से बनाने की सोच रहा था। जिस रात आखिरी पत्ता गिर गया था, उसी रात को बहरमन ने तेज हवा और मूसलधार बारिश के बावजूद सारी रात जागकर बड़ी मेहनत से तुम्हारा मनोबल बढ़ाने के लिए बिल्कुल असली लगनेवाला यह पत्ता बनाया था।''

□

परी ले गई

—चार्ल्स किंग्सले

उसका नाम था टाम। वह अनाथ था। छोटी उम्र में ही उसे मजदूरी करनी पड़ती थी। वह मकानों की चिमनियाँ साफ करने का काम करता था।

टाम के मालिक का नाम था ग्राइम्स। वह बहुत ही क्रूर और कठोर स्वभाव का था। बेचारे टाम को प्राय: मारता रहता। टाम उदास रहता था, लेकिन करता क्या!

जहाँ वह रहता था, वहाँ कड़ी ठंड पड़ती थी, लेकिन टाम के पास ढंग के कपड़े भी नहीं थे। सफाई का काम करने के कारण उसका बदन हर समय गंदा, मैला-कुचैला बना रहता था।

एक बार टाम मालिक के साथ एक हवेली की सफाई करने गया। ग्राइम्स गधे पर यात्रा कर रहा था। टाम को नंगे पैर ऊबड़-खाबड़ सड़क पर चलना पड़ रहा था। हमेशा ऐसा ही होता था।

सूरज अभी ठीक ढंग से उगा नहीं था। टाम ओस से भीगी ठंडी धरती पर छोटे-छोटे कदम रखता हुआ चला जा रहा था। रास्ते में उसे एक औरत मिली। वह भी नंगे पैर थी। टाम ने उसे देखा तो वह मुसकरा दी। टाम को बहुत अच्छा लगा। वह टाम के साथ चलती रही और टाम से उसके बारे में पूछती रही।

टाम के पूछने पर उसने बताया, वह समुद्र के किनारे रहती है। टाम ने कभी समुद्र नहीं देखा था। औरत ने उसे समुद्र के बारे में बताया। टाम का मन समुद्र की उछलती लहरों पर तैरने को मचल उठा।

रास्ते में वे लोग एक झरने के पास रुके। ग्राइम्स टाम से नाराज था। उसने बिना बात टाम को पीटना शुरू कर दिया। वह चीखने लगा। तभी वह औरत वहाँ आई। उसने कहा, ''ग्राइम्स, क्या तुम्हें अपने व्यवहार पर लज्जा नहीं आती?''

ग्राइम्स को आश्चर्य हुआ कि वह औरत उसका नाम कैसे जानती है। वह कुछ डर गया। उस औरत ने कहा, ''आज के बाद इस बच्चे को हाथ मत लगाना। मैं तुम दोनों

को फिर मिलूँगी।'' इतना कहकर वह न जाने कहाँ गायब हो गई।

कुछ देर बाद दोनों हवेली में पहुँचे। टाम जाते ही चिमनियों की सफाई में जुट गया। न जाने कितना समय बीत गया। टाम का सारा बदन धूल और कालिख से भर गया। सफाई करता हुआ वह एक कमरे में पहुँचा तो ठगा-सा खड़ा रह गया। वहाँ फर्श पर गुदगुदे कालीन बिछे थे और खिड़कियों पर थे रेशमी परदे। कमरे के बीचोबीच पलंग पर एक लड़की सो रही थी। टाम उसे देखता रह गया। तभी उसने शीशे में अपनी सूरत देखी, जैसे कोई काला-कलूटा हब्शी खड़ा हो।

उसी समय सोई हुई लड़की जाग गई। उसने टाम को देखा तो डर के मारे चीख उठी। नौकरानी कमरे में घुसी तो वह भी 'चोर-चोर' चिल्लाने लगी। टाम एकदम डर गया। तुरंत वहाँ से भाग निकला। उसे लग रहा था—अगर पकड़ा गया तो बुरी तरह पिटाई होगी।

कई लोग टाम का पीछा कर रहे थे। हवेलीवालों का खयाल था, वह कोई कीमती चीज चुराकर भागा है। टाम भागता हुआ जंगल में जा पहुँचा। चारों ओर ऊँचे-ऊँचे पेड़ थे। हवा में विचित्र स्वर गूँज रहे थे। उसका पीछा करनेवाले न जाने कहाँ रह गए थे।

सूरज आकाश में ऊपर चढ़ आया था। टाम को प्यास लग रही थी। दूर-दूर तक कोई मकान नहीं था। फिर उसे नदी की चमकती धारा दिखाई दी। उसकी प्यास और भी तेज हो गई। वह गिरता-पड़ता नदी किनारे पहुँचा। ठंडी हवा बह रही थी। नदी

के निर्मल जल में न जाने कितनी मछलियाँ उछल रही थीं। तभी वही औरत आई और नदी में कूद गई।

उसके नदी में कूदते ही अनेक परियाँ तैरती हुई उसके पास आईं। वह दरअसल परियों की रानी थी। उसने परियों से कहा, ''मैं तुम्हारे लिए एक छोटा भाई लेकर आई हूँ। उसका मन दुखी है। उसे प्यार देना।'' तभी टाम भी पानी में कूद पड़ा। परी रानी की बात सुनकर सभी परियाँ मुसकराने लगीं।

उधर हवेली के मालिक जॉन दूसरे लोगों के साथ टाम को ढूँढ़ रहे थे। उन्हें टाम के बारे में सब कुछ पता चल गया था। वह ग्राइम्स से बार-बार कह रहे थे, ''उस बच्चे को जैसे भी हो, ढूँढ़कर लाओ।''

टाम की आँखें खुलीं। उसने अपने को पानी में तैरते पाया। अब उसका शरीर बहुत छोटा हो गया था। परियों ने उसे जल-शिशु बना दिया था। टाम को अब कोई कष्ट नहीं था। पानी के भीतर की दुनिया उसके लिए नई और निराली थी। वह हर कहीं तैरता फिरता था। परियाँ अदृश्य रहकर उसका ध्यान रखती थीं; क्योंकि अभी रानी ने सामने आने से मना किया था।

जल्दी ही टाम ने जलचरों की भाषा सीख ली। अब वह पानी की दुनिया में होनेवाली हर बात समझ सकता था। सब उसके दोस्त बन गए थे। पर टाम था शरारती। वह जलचरों को परेशान करता था। इसलिए सब उससे दूर भागने लगे। जल्दी ही टाम फिर से अकेला रह गया। अब उसे अपनी भूल पता चली। लेकिन कोई भी जलचर उसके पास आने के लिए तैयार नहीं था। काफी समय तक वह अकेलेपन से परेशान रहा। धीरे-धीरे उसने शरारत करना बंद कर दिया। वह जान गया, नई दुनिया में दोस्ती के बिना रहना कठिन है।

उसी रात आकाश में बादल घिर आए। बिजली कौंधने लगी। नदी में ऊँची-ऊँची लहरें उठने लगीं। तभी टाम ने बिजली की तेज चमक में तीन परियों को देखा। वे नदी में तैरती हुई आ रही थीं और कह रही थीं, ''चलो, सागर की ओर।''

पानी के बहाव के साथ टाम सागर की ओर चल दिया। और भी बहुत से जलचर थे उसके साथ।

टाम समुद्र के किनारे-किनारे तैर रहा था। जिधर नजर जाती, पानी-ही-पानी दिखाई देता था। धीरे-धीरे रात हो गई। आकाश में चाँद चमकने लगा। बहुत चाहने पर भी उसे नींद नहीं आई। टाम एक चट्टान पर जा बैठा। तभी उसने अँधेरे में चमकती लाल रोशनी देखी। उसे जानने की उत्सुकता हुई कि क्या बात है। वह तैरता हुआ उस दिशा में गया तो उसने कुछ मछलियों को देखा।

तभी टाम ने तट पर तीन आदमियों को देखा। वे मछलियों के बारे में बातें कर रहे

थे। उनमें एक आवाज को टाम ने पहचान लिया। वह उसका पुराना मालिक ग्राइम्स था। टाम समझ गया कि वे लोग मछलियाँ पकड़ने के लिए घात लगाए बैठे हैं।

तभी छपाक की आवाज हुई—तीन में से एक आदमी पानी में गिर पड़ा। उसके हाथ की मशाल बुझ गई। वह डूब गया। वह था ग्राइम्स।

उसे देखते ही टाम वहाँ से भाग खड़ा हुआ। वह समझ गया, ग्राइम्स भी अब उसी की तरह जल-शिशु बन जाएगा और उसे परेशान करेगा। वह ग्राइम्स की सूरत से भी नफरत करता था। थोड़ी देर इधर-उधर तैरने के बाद टाम फिर वहाँ लौटा। उसने देखा, ग्राइम्स अभी पानी में वैसे ही पड़ा था। वह जल-शिशु नहीं बना था।

इसके बाद टाम तैरता हुआ दूर निकल गया। रास्ते में उसे मछलियाँ मिलीं, जिन्होंने उसे नई-नई कहानियाँ सुनाईं।

टाम को जल-शिशु बने काफी समय बीत चुका था। एक दिन सर जॉन की लड़की इली अपने प्रोफेसर के साथ सागर-तट पर घूमने आई। यह वही इली थी, जो अपने कमरे में मैले-कुचैले टाम को देखकर डर गई थी। वह प्रोफेसर से जल-शिशुओं के बारे में पूछ रही थी। तभी उसका पैर फिसला और वह पानी में गिर गई। उसके सिर में चोट लगी। प्रोफेसर उसे उठाकर ले गए। इली का इलाज किया गया। एक रात जब सब सो रहे थे तो परियाँ इली के कमरे में आ गईं। उन्होंने इली को पंख दिए। पंख लगाकर इली परियों के साथ उड़ गई। बाद में इली भी जल-शिशु बन गई।

टाम समुद्र में तैरता हुआ बढ़ा तो उसे अनेक जल-शिशु दिखाई दिए। परियों ने उन्हें टाम के बारे में बता दिया था। वे सभी उत्सुक होकर टाम की प्रतीक्षा कर रहे थे। उनके बीच पहुँचकर टाम का अकेलापन दूर हो गया। वह खुश था। अनाथ, दुखी, बेसहारा बच्चों को ही परियाँ जल-शिशु बनाकर अपने संसार में ले आती थीं, जहाँ उन्हें कोई कष्ट नहीं था।

एक दिन चश्मा लगाए एक परी जल-शिशुओं के पास आई। वह बच्चों के लिए मिठाइयाँ लाई थी। टाम ने डरते-डरते ग्राइम्स के बारे में पूछा तो परी ने कहा, "मैं जानती हूँ, वह कैसा आदमी है। लेकिन तुम्हें अपना व्यवहार सुधारना चाहिए।" परी की बात सुनकर टाम शरमा गया।

चश्मेवाली परी रोज ही जल-शिशुओं के लिए मिठाई लाती थी। एक दिन टाम चुपचाप वहाँ जा पहुँचा, जहाँ परी मिठाई रखती थी। अलमारी खुली पड़ी थी। टाम ने जी-भर मिठाइयाँ खाईं। वह खुश था कि अब वह जितनी चाहे उतनी मिठाई बिना माँगे खा सकता था। लेकिन परियों ने अदृश्य रहकर टाम की शरारत देख ली थी। अगली बार जब वह मिठाई चुराने आया तो मिठाई मिट्टी की बन गई। टाम की देह पर बड़े-बड़े काँटे उग आए।

वह जोर-जोर से रोने लगा। सब बच्चे उसे देख-देखकर हँस रहे थे। एक सप्ताह तक वह उसी हालत में रहा। उसके बाद परी रानी ने उसे क्षमा किया तो वह फिर पहले जैसा हो गया। अब इली भी उसके पास आने लगी थी। वह टाम को अच्छी-अच्छी बातें बताया करती थी।

एक दिन परी ने टाम से कहा, "अगर तुम कुछ बनना चाहते हो तो तुम्हें अकेले ही दुनिया की सैर करनी चाहिए!" उसने टाम को बताया, "रास्ते में एक चमचमाती दीवार है। वहीं एक सफेद दरवाजा है। वहीं तुम्हें ग्राइम्स दिखाई देगा। तुम्हें उससे डरना नहीं चाहिए। हिम्मत से काम लेना सीखो। क्या तुम हमेशा बच्चे ही बने रहोगे?"

इली और परी से बिदा लेकर टाम यात्रा पर चल दिया।

सब समुद्रों का चक्कर लगाने के बाद आखिर उसे चमचमाती दीवार मिली। वहीं था बंद सफेद दरवाजा, जो कभी नहीं खुलता था। टाम पानी में गोता मारकर दीवार के दूसरी तरफ चला गया। वहाँ एक विचित्र नगर था। उसी नगर में उसने ग्राइम्स को देखा। ग्राइम्स एक ऊँची चिमनी में फँसा हुआ था। उसे अपने किए पर पछतावा था। टाम को देखकर वह क्षमा माँगने लगा। ग्राइम्स ने टाम को बहुत दुःख दिया था, फिर भी टाम को ग्राइम्स पर तरस आ रहा था; क्योंकि उसकी दशा बहुत खराब थी। यह सजा ग्राइम्स को परी ने दी थी। फिर वही परी रानी उनके सामने प्रकट हुई। उसे देखकर ग्राइम्स ने सिर नीचा कर लिया। वह अपने व्यवहार पर लज्जित था।

अब टाम को लगा, परी ने उसे ग्राइम्स की खोज में क्यों भेजा था? वह उसे दिखाना चाहती थी, बुरे काम की सजा कैसी होती है। यह टाम ने अच्छी तरह समझ लिया था।

परी ने ग्राइम्स को क्षमा कर दिया। कहा, "ग्राइम्स, अब पछताने से कोई लाभ नहीं। अपने व्यवहार को सुधारने की कोशिश करो। अच्छे आदमी बन जाओ।"

टाम के सामने से वह दृश्य गायब हो गया। वह मन-ही-मन सोचता हुआ लौट चला। तभी उसे इली की आवाज सुनाई दी। वह उसे ही पुकार रही थी।

अब वह छोटी नहीं, एक युवती थी। "अरे, तुम तो काफी बड़ी हो गई हो!" टाम ने अचरज से कहा।

"हाँ, और तुम्हीं कौन छोटे रह गए हो!" कहकर इली हँसने लगी।

टाम ने अपने को देखा तो चौंक पड़ा। सचमुच अब वह जल-शिशु नहीं, एक युवक बन चुका था।

टाम और इली पानी से बाहर निकल आए। उन दोनों ने साथ-साथ जीवन बिताने का निश्चय कर लिया था।

□

लालची व्यापारी

—जियोवान बातिस्ता जिराल्डी सिंथियो

बहुत पुरानी बात है। इटली के मंतुआ गाँव में फिलारगिरो नाम का एक व्यापारी रहता था। वह बहुत धनी था, पर लालची भी बहुत था।

एक दिन फिलारगिरो चार सौ क्राउन (इटली की मुद्रा) में अपना माल बेचकर घर पहुँचा। घर पहुँचकर उसने जैसे ही क्राउन निकालने के लिए जेब में हाथ डाला तो वह यह देखकर हैरान रह गया कि क्राउन की थैली गायब थी। उसने जल्दी-जल्दी अपनी सारी जेबें टटोलीं, पर थैली नहीं मिली।

अब तो वह बहुत घबरा गया और उसी रास्ते पर भागा-भागा गया, जिस रास्ते से वह आया था। वह रास्ते में मिलनेवाले हर आदमी से पूछता जा रहा था कि किसी को उसकी चार सौ क्राउन से भरी थैली तो नहीं मिली। इस तरह पूछता-पूछता वह उस जगह तक जा पहुँचा, जहाँ उसने माल बेचा था, लेकिन थैली का कहीं पता न चला। वह निराश हो गया।

अब उसके पास एक ही उपाय बचा था कि जमींदार से कहकर वह पूरे गाँव में ढिंढोरा पिटवा दे। वह जमींदार के पास गया और उससे प्रार्थना की, ''श्रीमान, मेरी चार सौ क्राउन से भरी एक थैली खो गई है। आप पूरे गाँव में यह ढिंढोरा पिटवा दीजिए कि जिस किसी को वह थैली मिली हो वह थैली को लौटा दे। उसे चालीस क्राउन का इनाम दिया जाएगा।''

जमींदार ने तुरंत सारे गाँव में ढिंढोरा पिटवा दिया।

संयोग से वह थैली एक बुढ़िया को मिली। बुढ़िया बहुत घबराई कि कोई उसे चोर न समझे। वह समझ नहीं पा रही थी कि इस थैली का क्या करे, कहाँ जमा कराए। तभी उसने ढिंढोरा पीटनेवालों की घोषणा सुनी।

बुढ़िया थैली लेकर तुरंत जमींदार के पास पहुँची और उसे थैली सौंपते हुए बोली, ''श्रीमान, गिरजाघर से लौटते हुए रास्ते में मुझे यह थैली पड़ी मिली थी। मैंने इसे खोलकर

भी नहीं देखा है। जब मैंने ढिंढोरा सुना तो थैली लेकर आपके पास चली आई। अब आप इस थैली को इसके असली मालिक तक पहुँचा दीजिए।''

फिर बुढ़िया ने कहा, ''श्रीमान, इस दुनिया में एक बेटी के सिवा मेरा कोई नहीं है। हम दोनों माँ-बेटी सूत कातकर धागा बनाती हैं और उसे बेचने पर जो कुछ मिलता है, उसी से अपना गुजारा चलाती हैं। अब मेरी बेटी विवाह के लायक हो गई है। मैं मरने से पहले उसका विवाह करना चाहती हूँ, पर उसे देने के लिए मेरे पास कुछ भी नहीं है।''

जमींदार को बुढ़िया की हालत पर तरस आया। उसने फिलारगिरो के पास यह खबर भिजवा दी कि उसका खोया धन मिल गया है। वह तुरंत आ जाए और इनाम की राशि देकर अपना धन ले जाए।

यह खबर पाकर फिलारगिरो की खुशी का ठिकाना न रहा। वह दौड़ा-दौड़ा जमींदार के पास जा पहुँचा। जमींदार ने थैली उसको देते हुए कहा, ''इस बुढ़िया को घोषित इनाम की राशि के चालीस क्राउन दे दो।''

यह सुनकर कंजूस फिलारगिरो का माथा ठनका। उसका खोया हुआ धन तो मिल ही गया था। अब वह सोचने लगा कि किसी तरह इस इनाम की राशि को भी बचा लिया जाए। अचानक उसके दिमाग में एक उपाय आया।

वह थैली में से क्राउन निकालकर गिनने लगा। उसने दो-तीन बार क्राउन गिने। वे पूरे चार सौ थे। फिर उसने जमींदार से कहा, "श्रीमान, इस थैली में चार सौ क्राउन के अलावा चौंतीस शिलिंग भी थे। वे शिलिंग इस बुढ़िया ने निकाल लिये हैं। चलिए, कोई बात नहीं, यह उन्हें ही इनाम के रूप में रख सकती है।"

दुष्ट व्यापारी के इस झूठे आरोप को सुनकर बुढ़िया हक्की-बक्की रह गई। उसने दुखी होकर जमींदार से कहा, "श्रीमान, क्या यह हो सकता है ? क्या कोई भी इस बात को मान सकता है ? यदि मुझे रखने ही होते तो भला चौंतीस शिलिंग ही क्यों रखती, सारे क्राउन ही न रख लेती ?"

जमींदार को फिलारगिरो की नीयत पर शक हुआ। वह ताड़ गया कि इनाम की राशि बचाने के चक्कर में फिलारगिरो झूठ बोल रहा है। एक बार तो जमींदार के मन में आया कि धोखेबाज फिलारगिरो को जेल भिजवा दे। लेकिन जमींदार ने अपने ऊपर काबू किया और मन में सोचा कि इस धूर्त को ऐसा सबक सिखाता हूँ कि यह भी जिंदगी-भर याद रखे।

यह सोचकर जमींदार ने फिलारगिरो से कहा, "जब तुम पहली बार मेरे पास आए थे, तब तो तुमने यही बताया था कि तुम्हारे चार सौ क्राउन खो गए हैं। तब तुमने चौंतीस शिलिंग का जिक्र क्यों नहीं किया था ?"

फिलारगिरो ने कहा, ''श्रीमान, क्राउन ज्यादा थे, शिलिंग बहुत कम थे। इसलिए मुझे क्राउन का ही ध्यान रहा। शिलिंग का ध्यान नहीं रहा।''

जमींदार ने अब गुस्से से चिल्लाते हुए कहा, ''मैं नहीं मानता कि तुम जैसा कंजूस आदमी चौंतीस शिलिंग की बात भूल भी सकता है। असल में तुम बुढ़िया को इसका इनाम नहीं देना चाहते। खैर! तुम्हारी थैली में तो चार सौ क्राउन और चौंतीस शिलिंग थे, जबकि इस थैली में केवल चार सौ क्राउन हैं। इसलिए यह थैली तुम्हारी नहीं हो सकती। इस थैली का असली मालिक मैं हूँ। जिस दिन तुम्हारा धन खोया था, उसी दिन मेरे नौकर से भी मेरी चार सौ क्राउन की थैली कहीं गिर गई थी।''

जमींदार ने अब बुढ़िया की तरफ देखकर कहा, ''यह थैली मेरी है। मैं तुम्हारी सचाई और ईमानदारी से बहुत खुश हूँ। तुम इसे अपनी बेटी के विवाह में उसे मेरी तरफ से भेंट कर देना और फिलारगिरो की चार सौ क्राउन और चौंतीस शिलिंग से भरी थैली तुम्हें कहीं मिले तो बिना इनाम लिये फिलारगिरो को लौटा देना।'' बुढ़िया थैली लेकर खुशी-खुशी चली गई, पर फिलारगिरो जमींदार के सामने गिड़गिड़ाने लगा।

लेकिन जमींदार ने उसकी बात पर कोई ध्यान नहीं दिया; बल्कि उसे डाँटते हुए कहा, ''तुम मुझे धोखा देना चाहते थे! तुम एक ईमानदार बुढ़िया पर झूठा इलजाम लगाना चाहते थे! जाओ, यहाँ से चले जाओ, वरना मैं तुम्हें जेल भिजवा दूँगा।''

मजबूर होकर फिलारगिरो वहाँ से बिना थैली लिये चला आया और अफसोस करने लगा कि यदि उसने लालच न किया होता और बुढ़िया को इनाम की राशि दे दी होती, तो उसे अपने चार सौ क्राउन से हाथ न धोना पड़ता।

□

जिद्दी

—जूला चाक

डाकखाने का वरिष्ठ अफसर बेला जेलेनाक आरामकुरसी पर बैठा पढ़ने में व्यस्त था। खुले अखबार से उसका सिर ढका हुआ था। पास की मेज से चाय की भाप और उपहार में पाए सिगार की सुगंध वातावरण को महका रही थी।

उसकी बीवी क्रोशिए से बुनाई कर रही थी। वह बिना दृष्टि हटाए पूरे दिन यह काम कर सकती थी। उसका बेटा छोटे से स्टूल पर बैठा उसे ताक रहा था। वह बुनाई नहीं देख रहा था, बल्कि अपनी माँ का चेहरा देख रहा था। जब कभी उन दोनों की आँखें आपस में टकरातीं तो वह थोड़ा संकोच में गिड़गिड़ाता-सा प्रतीत होता। उसकी माँ गहरी साँस लेती, फिर कभी-कभी अपने पति की ओर ताकती। लेकिन पति था कि अखबार में ही डूबा हुआ था।

"माँ, मेहरबानी करके उनसे बातचीत करो न!" बेटा फुसफुसाकर बोला। उसने अपने हाथ ठुड्डी तक प्रार्थना के रूप में उठा लिये थे।

उसकी माँ ने फिर गहरी साँस ली और बुनने में लग गई।

"सुनो, बच्चे को चालीस रुपए की जरूरत है। उसे पास होने की खुशी में दावत के पैसे देने हैं। सुना तुमने...भगवान् के लिए देखो...मैं तुमसे ही कह रही हूँ।"

उस आदमी ने अखबार नीचे किया और अपनी पत्नी को देखने लगा, "क्या कहा तुमने?"

"चालीस रुपए बेटे को दे दो। उसे दावत की रकम देनी है।"

"तो अभी आसमान तो नहीं फट गया।" उत्तर मिला, "खैर...लाओ मेरा कोट।"

पीले रंगवाले लंबे कद के बेटे ने अलमारी से कोट निकाला और पिता को सौंप दिया।

"तो जनाबेआली महज एक दावत दे रहे हैं!" बेला जेलेनाक कोट की जेब से पचास रुपए का एक नोट निकालते हुए बुदबुदाया।

"जीवन में एक बार ही तो ऐसा मौका आता है, पापा!" लड़के ने मंद स्वर में कहा।

"हाँ···हाँ, ठीक ही कहते हो तुम।" और उसने फिर अपने को अखबार में डुबो लिया।

लड़के ने पैसे लिये और कोट उठाए आगे की तरफ झुका हुआ ऐसे स्तब्ध-सा खड़ा रहा, जैसे नाप देते वक्त दर्जी के सामने खड़ा हुआ जाता है। अपनी माँ को देख, थोड़ा परेशान होकर वह बोला, "मुझे बीस रुपए और चाहिए, क्योंकि वे लोग हमारी तसवीरें भी उतारेंगे।"

पिता थोड़े से नाराज नजर आए, पर बिना कुछ बोले उन्होंने अपना बटुआ खोला और पैसे बाहर निकाले।

"और एक पोशाक भी···" बेटे ने ऐसी मंद आवाज में कहा कि उसके पिता न सुन सकें। बहरहाल पिता ने भी ऐसे ही दिखाया जैसे कुछ न सुना हो।

"अगर तुम बुरा न मानो तो मेरे जूते···" पिता ने अखबार में डूबते हुए कहा।

जल्दी से कोट टाँगकर बेटा नीचे झुका और पिता के जूतों के तस्मे खोलने लगा। यह भी एक तरह की रस्म-सी बन गई थी—जैसे बेला की इच्छा दूसरों को गुलाम रखने की हो।

तस्मे खोलते-खोलते बेटे की उँगलियाँ काँपने लगीं। गाँठ सख्त थी। इतनी सख्त कि उसके जी में आया कि रो पड़े। अब बातें खत्म हो गई थीं। दावत और तसवीर की बातें जाएँ भाड़ में—असल में तो पोशाक का मामला था। उसे तो पहले ही कहना चाहिए था। अब तो जैसे आशा ही खत्म समझो...तभी उसकी माँ दोनों हाथ गोद में रखकर कुछ सोचते हुए बोली, "आपका क्या खयाल है, जी? बच्चे के लिए हमें एक पोशाक सिलवा देनी चाहिए थी। क्या आप यह बासी अखबार अब नीचे नहीं फेंक सकते?"

पिता का चेहरा अखबार के पीछे से उभरा। उन्होंने अपनी ऐनक की सुनहरी कमानी माथे पर टिकाई और जोर-जोर से चाय सुड़कने लगे।

"सुन रहा हूँ, भई।"

"तो देखो, मैं कह रही थी कि बेटे के लिए एक पोशाक सिलवा दो। उसे एक सूट तो हर हालत में चाहिए ही। वह अब लंबा हो गया है।"

पिता ने तिरस्कार से देखा, "तुम सूट कह रही हो?...सूट?"

बेटे ने जूते के तस्मे खोले। उसके चेहरे पर ऐसी उत्तेजना झलकी, जो पहले कभी न दिखाई दी थी। उसके दिल में धुकधुकी मची हुई थी। धीमे से उसने पिता के एक पाँव में चप्पल पहनाई और बोला, "हाँ पापा, हर कोई नई पोशाक में आएगा।"

"कोई बात नहीं, तुम पुरानी पोशाक में ही जाना।"

"क्यों?"

"मैंने कहा न! उन सबसे अलग ही दिखना।"

लड़के की आवाज में कँपकँपाहट आई, "अब मुझे नहीं पता कि क्या कहना चाहिए, पर आपने भी तो परीक्षा के बाद सूट पहना था!"

"वह तो बहुत पुरानी बात है।...पर मैं अपनी शादी में तो माँगी हुई जैकेट पहनकर गया था।" यह बात एकदम सच थी। जब-जब वह अपनी गाथा कहते तो यह जरूर उल्लेख करते कि उनकी शादी माँगी हुई जैकेट में हुई थी। "और फिर मेरे पिता को एक मामूली डाक-क्लर्क के वेतन पर परिवार नहीं पालना पड़ता था।"

"यह मेरी गलती तो नहीं कि आप कुछ बन नहीं पाए?" उसकी जबान से यह बात बिना सोचे निकल आई थी। पिता ने बेटे को ऐसे घूरा जैसे वे दूर किसी शोर को सुन रहे हों, फिर लाल-पीले चेहरे में उठे और चीखे, "निकल जाओ यहाँ से, निकलो बाहर!"

वे इधर-उधर लँगड़ाते हुए चक्कर लगाने लगे, क्योंकि उन्होंने अभी पाँव में एक जूता पहना हुआ था। उनकी बीवी भी डरकर उठ खड़ी हुई और उन्हें ताकने लगी।

"सुनो जी, बच्चे से बात करने का यह तरीका तो नहीं है।" साहस करके उसने कहा।

"मुझे मत सिखाओ। उसे सिखाओ बात करने का तरीका। बस, यही कुछ सिखाया है तुमने उसे! बच्चे को बाप के सामने पेश होने का तरीका तो आना चाहिए। आखिर मैं उसका बाप हूँ··· अभागा!" वह इस तरह विचलित हो गए थे कि जोर से बोलने लगे और शब्दों के उच्चारण में भी तालमेल न रख पाए। बेटा सहम गया था। उसने पीछे हटते अपने पिता को एक निश्चयवाली नजर से देखा—अब वह सूट नहीं मिलेगा, पर बटुए से कुछ और तो उसे मिलना ही चाहिए।

"आप मुझसे थोड़ा भी आदर नहीं चाहते, आप तो ज्यादा-से-ज्यादा गुलामी चाहते हैं। अगर मैं किसी को बताऊँ कि अठारह बरस का होने पर भी मैं नियमित रूप से आपके जूते साफ करता हूँ, तो सब लोग हँसेंगे। आप तो बस, इस परिवार में डिक्टेटर हैं···"

"अपना मुँह बंद रखो!" पिता चिल्लाए।

"हाँ, हाँ, डिक्टेटर!···माँ को भी आपके सामने दासी की तरह झुकना पड़ता है, ताकि घर-खर्च की रकम मिलती रहे।" जो कुछ उसे सूझा, वह बोलता गया।

एकाएक पिता ने ऐसा जोरदार थप्पड़ मारा कि वह दरवाजे पर जा गिरा।

वह जल्दी से बाहर की ओर भागा, दरवाजा खोला और जितनी जल्दी हो सकता था, सीढ़ियाँ उतरने लगा। दरवाजा इतनी जोर से बंद हुआ कि सीढ़ियों में भी कंपन फैल गया।

बाहर आँधी चल रही थी। बारिश होने लगी थी। अपनी बाँहों में सिर छिपाकर वह नीचे उतरा।

मई की बारिश ने कँपकँपी पैदा कर दी थी। उसने सोचा, घातक निमोनिया रोग उसे जकड़ लेगा और उसके पिता बेचैनी से उसके शव पर रो रहे होंगे।

इसी उद्‌देश्य से वह सड़क के कोनों पर चला और खुद को उसने खूब भीगने दिया। उसने खयालों में वह दिन भी देखा—जब सब विद्यार्थी नई-नई पोशाकों को पहने खड़े थे, किंतु गुरुजन उसके तार-तार हुए कपड़ों के बारे में एक-दूसरे से व्यंग्य-भरा-सा कुछ कह रहे थे।

काफी देर तक वह घूमता रहा। जब उसे बहुत ठंड लगने लगी तो वह लौट आया। उसने खिड़की से झाँका। अभी सब लोग जाग रहे थे। कोई परवाह नहीं, यह सोचता हुआ वह ऊपर चढ़ा।

उसकी माँ ने दरवाजा खोला। उसने नम आँखों से उसे परखा और फिर स्नानघर की ओर धकेला। उसे अच्छी तरह पोंछकर उसने लंबा चोगा पहनाया।

"तुम दोनों जिद्‌दी हो!...हे भगवान्..." उसने लंबी साँस भरी, "जाओ, अपने पिता से माफी माँगो। जाओ।"

पहले तो बेटे ने आनाकानी की, फिर कुछ सोचकर आगे बढ़ा।

पिता खिड़की की ओर खड़े थे। दरवाजे की तरफ उनकी पीठ थी। उन्होंने बेटे के आने की आहट सुनी, पर अपनी जगह से हिले नहीं।

"पापा...मुझे क्षमा करें..."

"ठीक है, तुम्हें सूट के लिए पैसे मिल जाएँगे। इन गरमियों में तुम काम करके कमाओगे और मुझे पैसे लौटाओगे। और हाँ, अब से तुम कभी मेरे जूते नहीं खोलोगे।"

वह अभी भी पीछे नहीं मुड़े थे। ऐसे ठिठके खड़े थे जैसे सम्राट् नेपोलियन सेंट हेलेना के द्वीप में खड़े हों।

□

टॉफियाँ

—झाऊ मि

जो महिला मेरी दुकान के प्रवेश-द्वार पर खड़ी थीं, मेरी प्राइमरी स्कूल की टीचर श्रीमती लिन की तरह लगीं…अरे नहीं, ये तो वही थीं।

मैंने तुरंत अपना सिर नीचे कर लिया और अपना चेहरा ग्राहकों के पीछे छिपाने की कोशिश की। वे वहाँ किसलिए थीं? टॉफियाँ तो नहीं खरीद रहीं? मैंने सोचा, वे फिर मेरी ओर देखेंगी। दस वर्षों के बाद उनसे मिलने पर मैं घबरा-सी गई थी और उनसे मिलने के विचार पर स्वयं को अपराधी-सा अनुभव कर रही थी। वह भी केवल एक टॉफी की घटना के कारण।

'सांस्कृतिक क्रांति' को प्रारंभ हुए अभी अधिक दिन नहीं हुए थे। तब मैं पाँचवीं कक्षा में थी। एक दिन मैं तड़के ही स्कूल पहुँची, क्योंकि पिछले दिन अपना पेन एक 'डेस्क' के पीछे भूल गई थी। कक्षा के बाहर कोने में मैंने देखा—श्रीमती लिन खिड़की के नीचे, जमीन पर खिसकती हुई एक कूड़ेदान में टूटे हुए शीशे को बटोर रही थीं। पहले वही हमारी क्लास टीचर हुआ करती थीं। वे हम लोगों के लिए माँ के समान थीं। पर अब न जाने क्यों, बड़े अधिकारियों ने उन्हें पढ़ाने से रोक दिया था। किसी के निरीक्षण में उन्हें शारीरिक श्रम का—सफाई का कार्य सौंपा गया था। उस दिन भयानक ठंड थी। बर्फीली तेज हवा में उनके लाल हुए हाथ, बर्फ की मार से फट-से गए थे। मैंने सोचा, काश! मैं उनको एक जोड़ी दस्ताने देने योग्य होती।

तभी मुझे याद आया कि मेरी जेब में एक टॉफी थी, जो फेंटी ने मुझे कल दोपहर बाद दी थी।

श्रीमती लिन प्रत्येक सुबह सूर्योदय से पहले ही सफाई के लिए आ जाती थीं। उन्हें अवश्य ही बहुत ठंड और भूख लगती होगी। मैंने सोचा कि मैं उन्हें अपनी टॉफी दे दूँ। लोग कहते हैं, मीठी वस्तुओं के खाने से गरमी आती है।

मैं श्रीमती लिन के पास पहुँची और चुपचाप उनके पीछे खड़ी हो गई। वे धीरे

से पीछे मुड़ीं और जैसे ही उन्होंने मुझे देखा, उनका मायूस-सा चेहरा खिल गया।

"क्या आज बहुत ठंड है, श्रीमती लिन ?" मैंने पूछा। उन्होंने अपना सिर झाड़ा, अपनी जैकेट के अगले भाग से अपना हाथ पोंछा और फिर अपने कपड़ों को थोड़ा इधर-उधर किया। वे मुसकराईं, पर मैंने अनुमान लगाया कि थोड़ी देर पहले वे रो रही थीं। चिंताओं से भरा उनका चेहरा बहुत कुछ कह रहा था, जिसे मैं मुश्किल से सह पाई। मैं तुरंत आगे बढ़ी, उनके खुरदरे हाथ पर टॉफी रखी और धीरे से फुसफुसाई, "इससे आपको गरमी मिलेगी।"

इसके बाद मैं तुरंत चल पड़ी, पर मैंने अनुभव किया कि वे वहाँ खड़ी मेरी सुंदर-सी टॉफी को हाथ में पकड़े, मुझे एकटक देखे जा रही थीं।

यह बात मैं उस दोपहर तक नहीं जान पाई थी कि जो टॉफी फेंटी ने मुझे दी थी, वह टॉफी नहीं बल्कि एक सुंदर-से कागज में लपेटा हुआ साबुन का एक टुकड़ा था। मैं बहुत देर तक रोती रही, अपनी उस अनजानी गलती के बारे में सोच-सोचकर। श्रीमती लिन को मैं कैसे समझा सकती थी ? जो मैंने उनके साथ किया है, उनके लिए वे मुझे कभी माफ नहीं करेंगी और मैं उनसे पुनः बात करने की हिम्मत भी कभी नहीं कर सकती।

"बेटी, आधा किलो मटर की नमकीन और एक किलो अच्छी-सी टॉफियाँ देना।"

यह तो वे ही थीं! मैंने घबराहट में अपना सिर उठाया—वे अभी भी कोने में

पड़ी टॉफियों की ओर देखे जा रही थीं। वे मुझे नहीं पहचान पाई थीं। मैंने तुरंत ही, उन्हें पहले से ही तैयार दो पैकेट थमा दिए। जैसे ही उन्होंने अपना स्थान छोड़ा, मैंने उनपर एक लंबी दृष्टि डाली। वे पहले से अधिक बूढ़ी हो गई थीं, बाल भी कुछ सफेद हो गए थे। उनके चेहरे पर झुर्रियाँ-सी खिंच आई थीं; लेकिन उनके होंठों के कोनों पर ठहरी मुसकान में एक खुशहाल-सी शांति थिरक रही थी।

उन्होंने टॉफियाँ और मटर की नमकीन थैली झोले में रखी और मुझे बिना पहचाने ही जाने के लिए मुड़ पड़ीं। तभी मेरे अंदर एक इच्छा पैदा हुई—उनको सब बात बताने की, क्षमा माँगने की।

"श्रीमती लिन!" बिना सोचे-समझे मैं चिल्ला पड़ी। उन्होंने कंधे के ऊपर से विस्मय से मुझे देखा और अचानक ही काउंटर को कसकर पकड़ के झुक गईं, "क्या तुम टिंगटिंग हो? मैं मुश्किल से पहचान पाई।"

जिस तरह उन्होंने मेरी घबराई हुई दृष्टि को पकड़ा—लगा, उन्हें बहुत कुछ कहना है। पर उन्होंने तुरंत कुछ टॉफियाँ निकालीं, जिन्हें उन्होंने मुझसे ही खरीदा था और मुझे उपहारस्वरूप थमा दीं।

फिर बोलीं, "मैं तुम्हारे काम में बाधा नहीं बनना चाहती, पर तुम अवश्य आना, जब काम खत्म हो जाए तो मुझसे मिलना।"

"ओह! मैं इन्हें नहीं ले सकती।" मैं अवाक्-सी हो गई कि क्या किया जाए इन टॉफियों का।

"क्यों? अपनी टीचर की दी हुई टॉफियाँ नहीं खा सकतीं?" उन्होंने प्यार से मुझे झिड़का।

मैं निरुत्तर हो गई। वे यह सब क्यों कह रही थीं? क्या मुझे मेरी पुरानी भूल का अहसास दिलाने के लिए?

इन तमाम वर्षों के बाद मुझे अभी भी याद है—श्रीमती लिन बिना मेरी स्थिति और उस घटना की सचाई को समझे कहे जा रही थीं, "वे मेरे सबसे संकट के दिन थे और उसे मैं कभी नहीं भूल सकती। वह एक बहुत प्यारा-सा उपहार था। मगर उस टॉफी को तभी कुछ प्यारे-प्यारे शरारती बच्चों ने मुझसे झपट लिया था। पर मुझे यकीन है कि वह इतनी सुंदर टॉफी स्वाद में भी बहुत मधुर और स्वादिष्ट रही होगी!" वे मुसकराईं।

मैंने एक गहरी साँस ली, जिससे मेरे अंदर वर्षों से इकट्ठी पीड़ा क्षण-भर में समाप्त हो गई। मैंने अपने आपको बहुत हलका अनुभव किया।

मैंने तय किया कि मैं उन्हें टॉफी की सच्ची कहानी नहीं बताऊँगी। बीते हुए दिनों को बीता ही रहने दिया जाए। तभी मेरे मन में यह खयाल भी आया कि लोगों में ऐसी कड़वाहट नहीं बाँटनी चाहिए, जो लंबे समय तक किसी के मन की पीड़ा बन जाए।

□

अनोखा बदला

—टामस मैलोरी

बहुत पुरानी बात है। इंग्लैंड की महारानी गेनेवर ने अपने यहाँ एक पार्टी दी, जिसमें देश के बीस बड़े योद्धाओं को बुलाया गया। इन योद्धाओं में बोर्स, गेवैन, पैट्रिस, मादोर आदि प्रमुख थे।

गेवैन को फलों का बहुत शौक था। वह दोपहर के भोजन में, शाम के भोजन में और जब कभी किसी पार्टी में जाता था, तो फल बहुत खाता था। उसके सब दोस्तों को इस बात का पता था। इसलिए वे जब कभी उसे अपने यहाँ खाने पर बुलाते तो भोजन के साथ फलों का इंतजाम जरूर करते।

रानी गेनेवर को भी गेवैन के इस शौक का पता था। इसलिए उसने भोजन में अन्य चीजों के अलावा सब तरह के फलों का इंतजाम भी कर रखा था।

पार्टी में शामिल पिनेल नाम का एक योद्धा गेवैन से नफरत करता था। वह गेवैन को मार डालना चाहता था, इसलिए उसने कुछ सेबों को जहरीला कर दिया।

उन जहरीले सेबों में से एक सेब पैट्रिस ने खा लिया। पैट्रिस का चचेरा भाई मादोर भी पार्टी में था। सेब खाते ही पैट्रिस को उलटी हो गई और वह वहीं जमीन पर गिरकर छटपटाने लगा। थोड़ी देर बाद ही उसकी मृत्यु हो गई। यह देखकर वहाँ इकट्ठे हुए सारे योद्धा हैरान रह गए। उन्होंने सोचा कि रानी ने यह पार्टी दी है, इसलिए उसी ने सेबों को जहरीला किया होगा। फिर वे सब रानी को बुरा-भला कहने लगे। मादोर को सबसे ज्यादा गुस्सा आया। वह बोला, ''रानी साहिबा, मैंने अपना जवान भाई खोया है। मैं इसका बदला जरूर लूँगा।''

रानी भौंचक्की-सी होकर वहाँ खड़ी थी। उसकी समझ में नहीं आ रहा था कि वह क्या करे। परेशान होकर वह जोर-जोर से रोने लगी। शोर-शराबे और रानी के रोने की आवाज को सुनकर राजा आर्थर तेजी से वहाँ पहुँचा। जब उसे पैट्रिस की अचानक हुई मृत्यु का पता लगा, तो वह भी बहुत दुखी हुआ।

फिर मादोर ने राजा से प्रार्थना की कि वह उसके साथ न्याय करे और उसके भाई के हत्यारे को कड़ी-से-कड़ी सजा दे।

उन दिनों इंग्लैंड में यह प्रथा थी कि जब किसी की हत्या हो जाती थी तो हत्यारे की तरफ का कोई योद्धा मरनेवाले की तरफ के किसी योद्धा से लड़ता था। अगर लड़ाई में हत्यारे की तरफ का योद्धा जीत जाता था तो हत्यारे की सजा माफ कर दी जाती थी, वरना उसे जिंदा जला दिया जाता था।

राजा बोला, ''साथियो, मुझे खेद है कि हमने एक अच्छा योद्धा खो दिया। मैं निष्पक्ष न्यायाधीश की तरह इस बात का फैसला करूँगा कि कसूरवार कौन है। अगर रानी कसूरवार हुई तो मैं उसे भी वही सजा दूँगा, जो मैं किसी दूसरे अपराधी को ऐसा अपराध करने पर देता। पर रानी को भी दूसरे अपराधियों की तरह मौका मिलना चाहिए, ताकि उसकी तरफ से भी कोई योद्धा लड़ने के लिए तैयार हो।''

मादोर बोला, ''महाराज, मुझे इसपर कोई एतराज नहीं है। अगर रानी की तरफ से कोई योद्धा लड़ने को तैयार होगा, तो मैं उससे लड़ूँगा। पर मुझे नहीं लगता कि यहाँ जमा योद्धाओं में से कोई भी रानी की तरफ से लड़ेगा।''

राजा मादोर से बोला, ''ठीक है। मैं रानी को पंद्रह दिन का समय देता हूँ। ठीक पंद्रह दिन बाद तुम वेस्टमिंस्टर के पासवाले मैदान में हथियारों से लैस होकर पहुँच जाना। अगर रानी की तरफ से कोई तुमसे लड़ने आया तो उसका तुमसे मुकाबला होगा,

वरना रानी को मौत की सजा दे दी जाएगी।''

मादोर ने यह बात मान ली। फिर पार्टी में आए सब लोग अपने-अपने घर चले गए। राजा और रानी वहाँ अकेले रह गए। राजा ने रानी से कहा, ''तुम्हें मरने से अब एक ही आदमी बचा सकता है, और वह है लोंसेलोट। वह बहुत बहादुर है और अगर वह तुम्हारी तरफ से मादोर से लड़े तो अवश्य जीत जाएगा। इस तरह तुम मौत की सजा से बरी हो जाओगी।''

''पर उसे तो हमने अपमानित करके देश से निकाल दिया है,'' रानी बोली, ''वह हमारी सहायता क्यों करेगा?''

सुनकर राजा सोच में पड़ गया। फिर बोला, ''अच्छा, तुम लोंसेलोट के शिष्य बोर्स के पास जाओ और उससे सहायता माँगो। वह भी बहुत बड़ा योद्धा है और लोंसेलोट की बहुत इज्जत करता है। उससे कहो कि अगर लोंसेलोट होता तो वह इस स्थिति में तुम्हारी जरूर मदद करता। हो सकता है, लोंसेलोट का नाम लेने पर वह तुम्हारी तरफ से लड़ने को तैयार हो जाए।''

रानी बोर्स के पास गई। जैसे ही उसने लोंसेलोट का नाम लिया, बोर्स भड़ककर बोला, ''पहले तो आपने लोंसेलोट को बुरी तरह बेइज्जत करके देश से निकाल दिया, और अब आप उसी के नाम से सहायता माँगने आई हैं!''

लेकिन रानी के बहुत अनुनय-विनय करने पर बोर्स रानी की तरफ से लड़ने के लिए तैयार हो गया। रानी उसे धन्यवाद देकर महल में लौट आई।

जल्दी ही सारे देश में यह खबर फैल गई कि बोर्स रानी की तरफ से लड़ाई करेगा। इसपर बोर्स के साथी योद्धा उससे नाराज हो गए। वे नहीं चाहते थे कि रानी की तरफ से कोई लड़े।

बोर्स ने उन लोगों से कहा, ''यह हमारे लिए बहुत शर्म की बात है कि हम एक नेकदिल रानी को इस तरह बदनाम कर रहे हैं। तुम लोग यह क्यों भूलते हो कि वह हमारे न्यायप्रिय राजा की रानी है?''

योद्धा बोले, ''यह ठीक है कि हमारे राजा बहुत अच्छे हैं, न्यायप्रिय हैं। हम राजा को चाहते हैं। पर रानी ने एक अच्छे योद्धा की हत्या की है, इसलिए हम उसे नहीं चाहते।''

बोर्स बोला, ''मैं नहीं मानता कि रानी ने पैट्रिस की हत्या की है। इसमें जरूर किसी दूसरे व्यक्ति का हाथ है। रानी का तो पैट्रिस से कभी कोई झगड़ा नहीं हुआ, और न रानी की पैट्रिस से कोई दुश्मनी ही थी। रानी ने तो स्नेह की वजह से हमें भोजन पर बुलाया था।''

कुछ योद्धाओं को बोर्स की बात ठीक लगी और वे उसके पक्ष में हो गए।

आखिरकार लड़ाई का दिन भी आ पहुँचा। उस दिन राजा और रानी तथा बाकी लोग उस मैदान में इकट्ठे हो गए, जहाँ लड़ाई होनी थी। रानी को वहाँ एक तरफ खड़ा कर दिया गया। उससे थोड़ी ही दूर लोहे के एक खंभे के पास आग जलाई गई, ताकि अगर लड़ाई में मादोर जीत जाए तो रानी को जलाकर तुरंत मौत के घाट उतार दिया जाए।

तभी वहाँ मादोर घोड़े पर सवार होकर आ पहुँचा। उसने राजा के सामने शपथ ली कि वह अपने हाथों की ताकत से यह साबित कर देगा कि रानी कसूरवार है।

थोड़ी ही देर बाद बोर्स भी वहाँ पहुँच गया। उसने राजा के सामने शपथ ली कि वह अपने हाथों की ताकत से रानी को बेकसूर साबित करेगा।

फिर जैसे ही वे दोनों अपने-अपने घोड़े पर बैठकर लड़ाई के लिए तैयार हुए, तभी वहाँ सफेद घोड़े पर सवार एक व्यक्ति तेजी से आ पहुँचा। उसने घोड़े से उतरकर राजा को प्रणाम किया और बोला, ''महाराज, रानी साहिबा की तरफ से मैं लड़ूँगा।''

राजा ने बोर्स की तरफ देखा। बोर्स बोला, ''महाराज, मैं लड़ाई से अपना नाम वापस लेता हूँ। आप कृपा करके इस योद्धा को मादोर से लड़ने की इजाजत दे दें।''

राजा ने उस अजनबी घुड़सवार को रानी की तरफ से लड़ने की इजाजत दे दी।

वह अजनबी योद्धा घोड़े पर बैठकर मादोर से लड़ने लगा। दोनों अपनी-अपनी तलवारों से एक-दूसरे पर वार करने लगे।

अचानक उस अजनबी योद्धा के वार से मादोर घोड़े से गिर पड़ा। यह देखकर वह अजनबी योद्धा भी अपने घोड़े से उतर गया। फिर वे दोनों पैदल ही लड़ने लगे।

तभी मादोर ने अपनी तलवार उस अजनबी योद्धा की जाँघ में घुसा दी। उस अजनबी योद्धा की जाँघ से खून निकलने लगा। अपने शरीर से खून निकलते देखकर वह अनजबी योद्धा घायल शेर की तरह मादोर पर झपटा। फिर उसने मादोर पर ताबड़तोड़ कई हमले किए। मादोर जमीन पर गिर गया। उस अजनबी योद्धा ने मादोर की गरदन पर तलवार की नोक रख दी। मादोर उससे क्षमा माँगने लगा।

तब वह अजनबी योद्धा बोला, ''मैं एक शर्त पर तुम्हारी जान बख्श सकता हूँ कि तुम रानी को अपने भाई की हत्या के इलजाम से बरी कर दो।''

मादोर बोला, ''मुझे तुम्हारी यह शर्त मंजूर है। मैं रानी को पैट्रिस की हत्या के आरोप से बरी करता हूँ।''

यह सुनते ही उस अजनबी योद्धा ने मादोर की गरदन से तलवार हटा ली।

राजा और रानी उस अजनबी योद्धा के पास आए और उसकी बहादुरी की प्रशंसा करने लगे। फिर राजा बोला, ''अजनबी योद्धा, आपने रानी की तरफ से लड़कर और उनकी जान बचाकर हमपर बहुत बड़ा एहसान किया है। हम दोनों आपके बहुत आभारी हैं। पर हम आपके बारे में जानना चाहते हैं।''

यह सुनकर उस अज़नबी योद्धा ने जैसे ही अपने चेहरे से नकाब हटाया तो राजा और रानी के साथ-साथ वहाँ इकट्ठे बाकी लोग भी चौंक पड़े। वह लोंसेलोट था।

लोंसेलोट ने झुककर राजा और रानी को प्रणाम किया, फिर बोला, ''महाराज, जब मुझे बोर्स से पता लगा कि रानी साहिबा मुसीबत में हैं, तभी मैं पिछली सारी बातें भुलाकर उनके लिए लड़ने को तैयार हो गया था; क्योंकि मैं यह जानता हूँ कि मुसीबत में पड़े लोगों की सहायता करना ही बहादुरों का कर्तव्य है।''

राजा और रानी लोंसेलोट की बात सुनकर बहुत खुश हुए और उसे अपनी सेना में बड़ा ओहदा दे दिया।

बाद में जब राजा को पता लगा कि पिनेल नाम के योद्धा ने सेबों को जहरीला कर दिया था तो उसे बहुत दुःख हुआ कि पिनेल की वजह से एक योद्धा की जान तो गई ही, साथ ही बहुत से लोगों को परेशान भी होना पड़ा। उसने पिनेल को मृत्युदंड दिया। इस प्रकार रानी के माथे पर लगा हत्या का कलंक मिट गया।

□

अनजाने द्वीप में

—डेनियल डिफो

मेरा जन्म सन् 1622 में यार्क नगर में हुआ था। जब मैं पहली समुद्री यात्रा पर गया, भारी तूफान में फँस गया। मैं बुरी तरह भयभीत था। जहाज में पानी भरना शुरू हो गया था। किसी तरह एक नाव में बैठकर हम काफी कठिनाइयों के बाद किनारे पर पहुँचे। वहाँ से मैं स्थल-मार्ग से लंदन पहुँचा। मेरी मुलाकात एक जहाज के मालिक से हुई, जो गुयाना जा रहा था। उसने मुझे साथ चलने के लिए कहा। मैंने कप्तान का निमंत्रण स्वीकार कर लिया। इस यात्रा के लिए मैंने कुछ सामान खरीदा, ताकि उसको बेचकर कुछ मुनाफा कमा सकूँ।

गुयाना की यात्रा से लौटने के बाद कप्तान की मृत्यु हो गई। जहाज़ फिर अपनी यात्रा के लिए तैयार हुआ। मैंने इस यात्रा में भी साथ जाने का निश्चय किया, लेकिन इस बार बहुत परेशानी हुई। समुद्री डाकुओं ने हमपर हमला बोल दिया। हमने डाकुओं का पूरी हिम्मत से सामना किया, परंतु वे संख्या में अधिक थे।

हमारे कई साथी मारे गए। अंत में हम सब कैदी बना लिये गए। मुझे डाकुओं के सरदार ने अपना दास बना लिया था। कभी-कभी मुझे अपने मालिक के लिए मछलियाँ पकड़ने समुद्र में जाना पड़ता। इस काम के लिए हमारे पास एक अच्छी नाव थी। एक दिन मैं मछलियाँ पकड़ने के बहाने समुद्र में दूर निकल गया। अँधेरा होने पर मैंने नाव का रुख बदल दिया और बढ़ता रहा। रास्ते में बिना कहीं रुके, मैं कई दिन तक समुद्र में यात्रा करता रहा। कुछ दिनों बाद मुझे एक जहाज मिला। जहाज ब्राजील जा रहा था। उसके कप्तान ने मुझे अपने जहाज में यात्रा करने की अनुमति दे दी। बाईस दिनों के बाद हम सुरक्षित ब्राजील पहुँच गए।

मैं ब्राजील में चार वर्ष तक रहा। वहाँ मैंने खेतीबारी का काम आरंभ कर दिया था। परंतु मुझे समुद्र का मोह सदा बना रहा। समुद्र जैसे मुझे बार-बार बुलाता था। मैंने एक बार फिर गुयाना की यात्रा पर जाने का फैसला किया।

हमारा जहाज एक सौ बीस टन का था। उसमें काफी सामान भरा था। शुरू में मौसम अच्छा रहा, परंतु कुछ दिनों की यात्रा के बाद अचानक समुद्र में तूफान आ गया। तूफान कई दिनों तक चलता रहा। हम जिंदगी और मौत के बीच झूलते रहे। तभी जहाज में पानी भरने लगा। कुछ लोगों की मृत्यु हो गई। तेज हवा जहाज को पश्चिम की ओर धकेल रही थी। जहाज उन द्वीपों की ओर बढ़ रहा था, जहाँ जंगली लोग रहते थे। इसी बीच जहाज समुद्री रेत में फँस गया।

पासवाला टापू हमारे लिए अनजान था। हमें अपनी जान बचाने की फिक्र हो रही थी। हम लोग एक नाव पर सवार हो गए। तूफान का वेग कुछ कम हो गया था, पर किनारे पर पहुँचना अब भी असंभव प्रतीत होता था। समुद्री लहरें हमारी नाव को जैसे टुकड़े-टुकड़े कर देना चाहती थीं।

इसी बीच एक भयंकर लहर ने हमारी नाव उलट दी। हम सभी एक-दूसरे से अलग हो गए। इस बड़ी लहर के नीचे मैं दब-सा गया। कोई बड़ी ताकत मुझे किनारे की ओर ले जा रही थी। धरती अब बिल्कुल पास थी। मुझे समुद्र का कोई खतरा न था।

सुनसान तट पर एक पेड़ था। उसपर बैठकर मैंने रात काटने का निश्चय किया।

जब मैं जागा तो मौसम साफ हो चुका था। समुद्र शांत था। मुझे दूर समुद्र में अपना जहाज खड़ा नजर आया। इस द्वीप पर जिंदा रहने के लिए मैंने जहाज से कुछ सामान लाने का निश्चय किया। मैं तैरकर वहाँ पहुँचा। जहाज पर एक रस्सा लटका हुआ था। मैं उसकी सहायता से जहाज पर चढ़ गया। मैंने वहाँ खाने का कुछ सामान इकट्ठा किया।

मैंने लकड़ी के कुछ लट्ठे और तख्ते जोड़कर उनको बाँध दिया। इस तरह एक छोटी-सी नाव बना ली। उसपर खाने की सामग्री, औजार और कपड़े लाद लिये। साथ में वहाँ से मैंने कुछ हथियार भी ले लिये। मैं इस सारे सामान को खींचकर किनारे पर ले आया।

मैंने पहाड़ी की चोटी पर चढ़कर अपने चारों ओर दृष्टि दौड़ाई। चारों तरफ समुद्र फैला हुआ था और चट्टानें नजर आ रही थीं। कहीं कोई व्यक्ति नहीं दिखाई दिया। तभी मैंने एक चिड़िया पर गोली चला दी। चारों ओर पक्षियों का शोर गूँजने लगा।

मुझे द्वीप पर आए तेरह दिन बीत गए। हमारा जहाज अब दिखाई नहीं देता था। शायद कहीं बह गया था। मेरी सबसे बड़ी चिंता नरभक्षियों और खतरनाक जानवरों से अपनी रक्षा करने की थी। मैंने अपने रहने के लिए तंबू और गुफा, दोनों का प्रबंध कर लिया। अपने निवास के आगे लकड़ी के खूँटों और तारों की एक मजबूत दीवार-सी बना ली थी। मैंने दरवाजा नहीं बनाया। एक सीढ़ी रखी थी। दीवार लाँघने के बाद मैं सीढ़ी उठा लेता था। जहाज से दो बिल्लियाँ और एक कुत्ता मेरे साथ इस टापू पर आ गए थे।

दिनों का हिसाब रखने के लिए मैंने एक विचित्र तरीका खोजा। मैंने लकड़ी का

लट्ठा गाड़ दिया। एक दिन बीतता तो मैं लकड़ी पर निशान बना देता।

धीरे-धीरे एक साल पूरा हो चुका था। छोटी-छोटी टहनियों से मैंने कई प्रकार की टोकरियाँ बना लीं। ये टोकरियाँ अनाज रखने के काम आती थीं। मैंने एक तोता पाल लिया, जिसका नाम पाल था। वह मेरा नाम लेकर मुझे बुलाता था।

मेरे पास खाना बनाने के बरतन बहुत कम थे। मैंने मिट्टी से कई बरतन बनाए और उनको आग में पका लिया। इस बीच मैंने जंगली बकरियों को पालना शुरू कर दिया था।

एक दिन द्वीप पर मुझे किसी व्यक्ति के पाँवों के निशान नजर आए। आखिर यह कौन हो सकता है? कहीं ये किसी दैत्य के पाँवों के निशान न हों! यही सोचकर मैं परेशान हो गया।

मुझे चिंता सताने लगी कि यदि जंगली लोग मुझे देख लेंगे तो मार डालेंगे।

एक दिन समुद्र के किनारे घूमते हुए अजीब दृश्य देखा। वहाँ मनुष्यों की हड्डियाँ बिखरी पड़ी थीं। वहाँ नरभक्षियों ने आग जलाई थी और अपने साथ लाए बंदियों को मार डाला था। इससे मेरी चिंता और भी बढ़ गई।

एक सुबह मैंने समुद्र की ओर आती पाँच नावें देखीं। नावों में काफी लोग बैठे थे। इतनी बड़ी संख्या में लोगों को किनारे पर आते देखकर मैं डर गया। सोचने लगा, 'यदि युद्ध होता है तो मैं अकेला उनका सामना कैसे कर पाऊँगा?' नावें रुकीं। वे लोग उतरे, उन्होंने आग जलाई और नाचना शुरू कर दिया। वे भयंकर मुद्राएँ बनाकर नाच रहे

थे। उनके साथ कुछ कैदी भी थे। उनमें से एक कैदी मौका पाकर वहाँ से भाग निकला। वह उसी तरफ भाग रहा था, जिधर मेरा घर था। उसके पीछे दो जंगली भागे। मैंने उस व्यक्ति की जान बचाने का निश्चय किया।

जंगलियों ने मुझे नहीं देखा था। मैंने उन दोनों को मार गिराया। भागता हुआ कैदी रुक गया। वह मेरा कृतज्ञ था कि मैंने उसकी जान बचाई थी। उसने जमीन चूमी और मेरे पाँव पर अपना सिर रख दिया। यह मेरे प्रति उसकी वफादारी का सबूत था।

कुछ देर बाद मैंने उसे खाने के लिए रोटी और सूखे अंगूरों का गुच्छा दिया और उसके रहने के लिए अपने घर के पास ही प्रबंध कर दिया। वह मुझे मालिक कहकर बुलाता। काफी समय मेरे साथ रहते-रहते वह मेरी भाषा के कुछ शब्द बोलना भी सीख गया था। मैंने उसका नाम फ्राइडे रख दिया, क्योंकि वह इसी दिन मुझे मिला था।

अब हम एक से दो हो गए थे। वह मेरी बात समझने लगा था। मेरी भाषा के कुछ-कुछ शब्द बोल लेता। तब मैंने उसे बताया कि मैं इस द्वीप पर कैसे आया था।

एक दिन सुबह-सुबह फ्राइडे मेरे पास आया। बोला, ''वे आ गए हैं।''

मैं दूरबीन लेकर पहाड़ी की चोटी पर पहुँचा। मैंने समुद्र की ओर देखा। लगभग दो मील के फासले पर एक जहाज लंगर

डाले खड़ा था। वह इंग्लैंड का जहाज लगता था। जहाज के कुछ लोग एक नाव द्वारा किनारे पर चले आए। उनकी संख्या ग्यारह थी। उनमें से तीन व्यक्ति कैदी थे। जब उन कैदियों के आसपास कोई नहीं था, मैं पेड़ों की ओट में छिपता-छिपाता उनके निकट पहुँचा। अचानक उनसे बोला, "आप लोग यहाँ कैसे?"

उनमें से एक व्यक्ति ने जवाब दिया, "मैं जहाज का कप्तान हूँ। मेरे नाविकों ने विद्रोह कर दिया है। वे मुझे तथा मेरे साथ इन दो व्यक्तियों को बंदी बनाकर यहाँ ले आए हैं।"

मैंने उनको इस मुसीबत से बचाने का भरोसा दिया। अपने बारे में बताया। फिर कप्तान से पूछा कि क्या इस विपदा से छुटकारा पाने के बाद वह मुझे और फ्राइडे को इंग्लैंड वापस ले जाएगा?

कप्तान ने वादा कर लिया।

हमने उन तीनों को लड़ने के लिए हथियार दिए।

जब एक विद्रोही ने उनके हाथों में बंदूक देखी तो वह अपने दूसरे साथियों को बुलाने के लिए चिल्लाया। उसी बीच कप्तान और उसके साथियों ने विद्रोहियों पर गोलियाँ दाग दीं। उनमें से एक की मृत्यु हो गई। बाकी जख्मी हो गए। और कोई चारा न देखकर विद्रोहियों ने हमारे आगे आत्मसमर्पण कर दिया। कप्तान के सामने समस्या थी कि जहाज पर दोबारा कैसे अधिकार किया जाए। अभी तक जहाज विद्रोहियों के हाथों में था।

जहाज पर बैठे विद्रोहियों ने अपने साथियों को वापस आते न देखा तो एक नाव में कुछ लोग तट की ओर चले। वे दस थे। सात आदमी किनारे पर आ गए। शेष तीन नाव में बैठे रहे।

सातों व्यक्ति आगे बढ़ रहे थे, लेकिन वे हमें देख नहीं पा रहे थे। हम छिपे हुए थे। फ्राइडे और कप्तान के एक साथी को दूसरी तरफ से भेजा गया, ताकि विद्रोही धोखा खा जाएँ। वही हुआ। हमने दुश्मन को अलग-थलग कर दिया था। फिर उनपर हमला बोल दिया। अपनी पराजय सामने देखकर विद्रोहियों में से कुछ लोग हमारे साथ शामिल हो गए। इस बीच फ्राइडे व उसका साथी दोनों विद्रोहियों की दूसरी टोली को परेशान कर रहे थे। वे एक पहाड़ी पर पहुँचकर आवाज लगाकर छिप जाते और फिर दूसरी पहाड़ी पर पहुँचकर आवाज लगाते। इसके बाद दौड़कर वन में चले जाते।

विद्रोही उनका पीछा करते-करते बुरी तरह थक गए। हम अँधेरे में अन्य विद्रोहियों की प्रतीक्षा कर रहे थे। हमले से वे एकदम घबरा गए। कोई चारा न देखकर उन्होंने अपने हथियार डाल दिए।

मैंने कप्तान से पूछा, "क्या अपने जहाज पर जाना चाहोगे?"

उसने कहा, "हाँ," और दो नावों में अपने साथियों के साथ जहाज की ओर चल पड़ा।

आधी रात के समय वे जहाज पर पहुँच गए। उन्हें देखकर सभी विद्रोही घबरा गए। उन्हें अपनी पराजय स्वीकार करनी पड़ी। कप्तान ने सात बार गोली चलाकर संकेत दिया। इसका अर्थ था कि वह जीत गया था।

सुबह जब मैं जागा तो कप्तान लौट आया था।

मैंने द्वीप से बिदा ली और कप्तान के साथ जहाज पर आ गया। फ्राइडे भी मेरे साथ था। इस तरह अट्ठाईस वर्ष उस द्वीप पर बिताकर मैं अपने देश की ओर चल दिया।

□

जुड़वाँ सितारे की खोज

—दूशिका लूकिस

पृथ्वी-यू-2017 रॉकेट जुड़वाँ सितारे 'लीरा' की ओर छोड़ा गया। इस रॉकेट का उद्देश्य इस जुड़वाँ सितारे की पूरी खोज करना था।

मनुष्य अपनी आँखों से तारों को पूरी तरह नहीं देख सकता। कम-से-कम अकेले तारों के बीच जुड़वाँ तारों को तो नहीं ही देख सकता। हाँ, शक्तिशाली एवं विशाल दूरबीन के द्वारा हम जुड़वाँ ग्रह को देख सकते हैं। वास्तव में लीरा जुड़वाँ तारे का ही जुड़वाँ ग्रह है। तारों के दो जोड़े एक-दूसरे के चारों ओर चक्कर लगा रहे हैं और फिर वे साथ मिलकर एक ही गुरुत्वाकर्षण केंद्र के चारों ओर चक्कर लगाने लगते हैं। इन चार तारों में जो सबसे अधिक चमकदार तारा है, उसका एक उपग्रह भी है जो अंधकार से भरा हुआ है। इसके रहस्य का पता पृथ्वी के सबसे अधिक शक्तिशाली उपकरण भी नहीं लगा सके। अंतरिक्ष यान पृथ्वी-यू-2017 का लक्ष्य इसी उपग्रह की खोज करना था, और वह उसी ओर बढ़ रहा था।

हालाँकि ऐसा प्रतीत होता था कि अंतरिक्ष यान स्थिर है, किंतु उसकी गति कल्पना से भी अधिक थी, क्योंकि विशाल अंतरिक्ष में यान की गति तारों की स्थिति से ही मापी जा सकती है। यान के निकट पहुँचने पर लीरा तारों का पहला जोड़ा ऐसा लगा, जैसे वे दो दमकते सूर्य हों। दूसरा जोड़ा दूर था और उसकी रोशनी धीरे-धीरे बढ़ती जा रही थी।

वैज्ञानिकों ने आशा व्यक्त की थी कि इस उपग्रह पर मानव जीवन बहुत कष्टदायी होगा और वही देखने के लिए वे जा रहे थे। लीरा के निकट पहुँचते ही अंतरिक्ष यान के उपकरण आश्चर्यजनक आँकड़े दर्शाने लगे, जिनका अर्थ था : वहाँ पृथ्वी से कुछ अधिक मात्रा में द्रव्य है। वातावरण में ऑक्सीजन है। हवा पृथ्वी के समान है। बस, ऑक्सीजन कुछ अधिक मात्रा में है। वातावरण का दाब पृथ्वी पर सागर-तट के बराबर है। उपग्रह अपने चारों ओर लगभग तैंतीस घंटे में एक चक्कर पूरा करता है। तापमान अनिश्चित है। वातावरण पर ओजोन की परत रहती है।...शायद इसी कारण सूर्य की रोशनी नीली

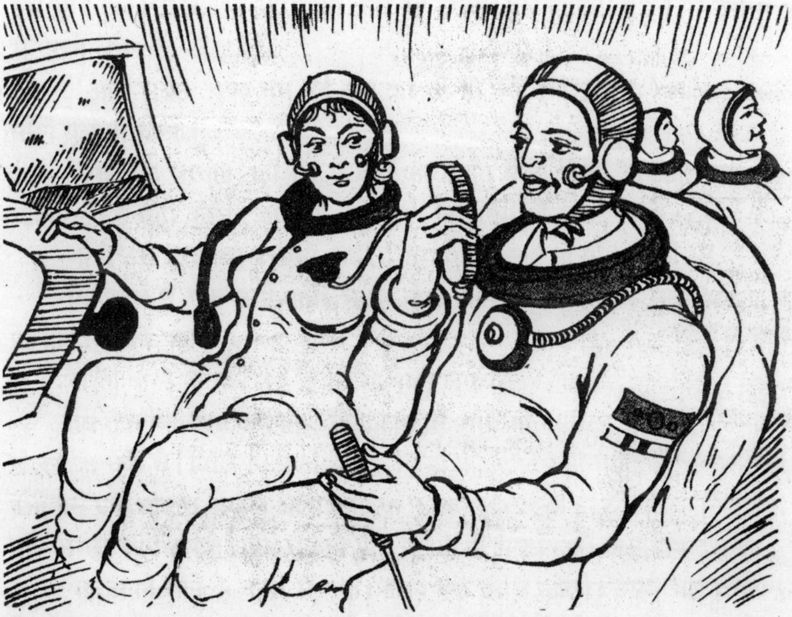

होकर ग्रह पर बिखर रही थी। हमें सावधानी यही रखनी थी कि इस वातावरण में प्रवेश करने से पहले चुंबकीय नली का प्रयोग आरंभ करना था—ऐसी चेतावनी कंप्यूटर पर आ जाती थी।

नक्षत्र विज्ञान की युवा डॉक्टर वेरा ने कहा, "यह ओजोन की परत इस उपग्रह को चारों सूर्यों की तेज रोशनी और गरमी से बचाती है। इसलिए हम यहाँ पर जीवन के कुछ रूप भी देख सकते हैं।"

"हाँ, किंतु किस प्रकार का जीवन?"

"यह तो हम जब उपग्रह पर उतरेंगे तभी देखेंगे। फिलहाल यान की गति धीमी करो और परिक्रमा-पथ पर प्रवेश करने के लिए तैयार हो जाओ।" कप्तान ने आदेश दिया।

यात्रा का सबसे अधिक जोशीला एवं भयानक हिस्सा परिक्रमा-पथ में प्रवेश का था।

जिस कोण पर यान को परिक्रमा-पथ में प्रवेश करना चाहिए, उसमें जरा-सी गलती हुई नहीं कि यान ऐसी जगह पहुँच जाएगा, जहाँ से लौटकर नहीं आ सकता। बहरहाल, कंप्यूटर ने कोई गलती नहीं की और यान परिक्रमा-पथ में प्रवेश कर गया। ओजोन परत पर धँसने से धमाका कुछ अधिक ही महसूस हुआ। अब वे ग्रह के चारों ओर चक्कर काट रहे थे और छायाचित्र भी ले रहे थे।

उन्हें लाउडस्पीकर पर मनुष्यों की आवाजें सुनाई दीं, जिससे वे बहुत हैरान हुए। परदों पर अद्‌भुत ढंग के नगर भी दिखाई दिए। नगर कुछ अधिक नहीं थे, ग्रह के एक तरफ केवल दो नगर थे।

'यहाँ के भवन किसी धातु से बने हैं।...इन भवनों से जो किरणें निकलती हैं, उन्हें परदे पर भी हम बिना रक्षक ऐनकों के नहीं देख सकते।...स्पष्ट है कि ग्रह पर बुद्धिजीवी रहते हैं, किंतु किस तरह के—हमें नहीं मालूम। वहाँ से कोई संकेत नहीं आ रहे हैं। हम जो संकेत भेजते हैं, उनके भी उत्तर नहीं आ रहे हैं। पता नहीं, इसका क्या अर्थ निकाला जाए।' कप्तान यही सोच रहा था।

आबादी के पास ही एक सपाट मैदान था, उसे ही रॉकेट उतारने के लिए चुना गया। यह पृथ्वी पर बने अंतरिक्ष पोर्ट जैसा ही था।

'उनके नगर अद्‌भुत हैं! विशाल नलिकाओं जैसी मीनारें हैं। इन्हें बनाने के लिए उच्च कोटि के तकनीकी ज्ञान का होना अनिवार्य है। उनके पास अंतरिक्ष पोर्ट भी हैं, लेकिन वे हमारे संकेतों का उत्तर नहीं दे पा रहे हैं। बड़ी पेचीदा समस्या है।' कप्तान ऐसे ही संदेहयुक्त विचारों में डूबा हुआ था।

दार्शनिक एवं अंतरिक्ष-ज्ञाता डॉ. इबार ने कहा, "यह अंतरिक्ष पोर्ट नहीं है, क्योंकि यहाँ पर तो फूल इत्यादि भी हैं। हम भाग्यवान् हैं कि हमें ऐसी अच्छी जगह उतरने के लिए मिल गई है।"

"कौन जाने यह अंतरिक्ष पोर्ट ही हो? बिल्कुल उसी ढंग का बना है।" वेरा बोली।

जो आँकड़े प्राप्त हुए थे, उनसे साफ लगता था कि आदमियों के लिए किसी प्रकार के रक्षक उपकरणों की आवश्यकता नहीं है। फिर भी ऐसी परिस्थितियों में यह नियम था कि पहले चिंपी बंदर को ही भेजा जाए। चिंपी यों तो स्वस्थ था, पर थोड़ा-सा परेशान अवश्य था, क्योंकि वह यान की लंबी कैद के बाद बाहर निकला था और उसे थोड़ा गरम वातावरण मिला था।

डॉ. इबार चिंपी को गौर से परख रहा था। चिंपी धूप में खेल रहा था और वहाँ की अच्छी हवा, खुशबू आदि की ओर आकर्षित हो रहा था।

यान के पास अपने उपकरण रखकर वेरा कह रही थी, "पता नहीं, यहाँ के प्राणी कैसे लगेंगे?"

रेडियो अंतरिक्ष वैज्ञानिक ने कहा, "बेहतर होगा, हम पूछ लें कि प्राणियों के मिलने पर हमें क्या करना चाहिए?"

डॉ. मार्को ने कहा, "शायद वे जानते ही नहीं कि हम यहाँ हैं। जब हम उड़ रहे थे, वे हमें देख सकते थे। शायद उन्होंने हमें देखा भी हो और सोच लिया हो कि हम यहाँ से जा चुके हैं।"

मशीनें अपना-अपना काम कर रही थीं। वे प्रयोगशाला के लिए मिट्टी की भिन्न-भिन्न परतें ले रही थीं और पंप वहाँ की वायु को परीक्षण नलिकाओं में एकत्रित कर रहे थे। वहाँ के वनस्पति नमूने लिये जा रहे थे। कुछ ही देर में नीला सूर्य, जिसकी किरणें उन्हें गरमी पहुँचा रही थीं, क्षितिज पर पहुँच गया और नीलिमा के साए लंबे होते गए। फिर भी अँधेरा नहीं छा रहा था। अन्य दो सूर्य बेशक उस ग्रह से दूर थे और वे स्थिर थे। उनकी हलकी रोशनी ग्रह पर आ रही थी। कुछ देर बाद क्षितिज के पूर्वी भाग पर एक चमकदार पीला तारा प्रकट हुआ, जो हमारी पृथ्वी के सूर्य से मिलता-जुलता था। उसकी रोशनी जिस वस्तु पर पड़ती, वही सुनहरी लगने लगती।

इसी दौरान डॉ. इबार टहलते-टहलते कुछ दूर निकल गए। चिंपी उनके पीछे-पीछे था। उन्होंने पौधों को गौर से देखा। उनकी शक्ल चाहे कैसी भी रही हो, पर उनका रंग सुनहरा ही था।

इबार अपने विचारों में ही खोए हुए थे कि अचानक उन्हें लगा, जैसे बहुत से घुड़सवार आ रहे हों। फिर अचानक पंखों की सरसराहट हुई और इसके बाद एक दुःख-भरी चीख सुनाई दी। उन्होंने जैसे ही बड़े-बड़े पंखों के कारण तेज हवा का झोंका अनुभव किया, वह तेजी से मुड़े और देखा कि एक विशाल शिकारी पक्षी ने अपनी पीली चोंच में चिंपी को जकड़ लिया है। वे बेचारे बंदर को बचा नहीं पाए, बस उस पक्षी पर एक घृणित दृष्टि ही डाल सके। उसी समय उन्हें अपने पीछे से एक नया खतरा और महसूस हुआ। अद्‌भुत घुड़सवारों का एक जत्था उनकी ओर बढ़ रहा था। उनके हाथों में सुलगती तलवारें

थीं और घोड़ों के नथुनों से चिनगारियाँ फूट रही थीं। उनके ऊपर उसी प्रकार के पक्षी मँडरा रहे थे, जिस प्रकार के एक पक्षी ने चिंपी को जकड़ लिया था।

डॉ. इबार ने महसूस किया कि अब बचने का कोई रास्ता नहीं है, और इसलिए उन्होंने बचने की कोशिश भी नहीं की। घुड़सवारों ने उन्हें घेर लिया। डॉक्टर ने देखा कि वे सब पृथ्वी के लोगों की तरह ही लगते थे—एशिया के लोगों की तरह। वे शायद असीरिया की सभ्यता समझते हों, यह सोचकर डॉ. इबार एक कदम पीछे हटे और उन्हें झुककर सलाम करके असीरिया के देवता का नाम जोर-जोर से पुकारा, "अशुर, अशुर!"

सुलगती तलवारें रुक गईं। सभी स्थिर हो गए। घुड़सवार अपने पूर्वज का नाम सुनकर पीछे हट गए। डॉ. इबार सम्मान के साथ अपने बाजू फैलाकर अंतरिक्ष यान की ओर बढ़े। वह मुँह में कुछ बुदबुदा रहे थे, "डरो नहीं! शांत रहो! यान के चारों ओर जो चुंबकीय क्षेत्र है, उसी ओर तुरंत चलो!"

'यू' अंतरिक्ष यात्रियों के सूट में एक बटन होता है, जो वास्तव में एक नन्हा-सा रेडियो है। साथ ही उसमें छोटे-छोटे माइक्रोफोन भी लगे थे, जो बुदबुदाहट का स्वर भी पकड़ लेते थे। यह आवाज मात्र अंतरिक्ष यात्री ही सुन सकते हैं।

"रोगर! हम तुम्हें देख सकते हैं। चुंबकीय क्षेत्र तुम्हारे सामने केवल सौ गज की दूरी पर है।" संदेश मिला।

"ठीक है। हर वस्तु की छवि उतारो और कंप्यूटर की ओर तुरंत मुड़ो। मैं हर चीज टेप की हुई चाहता हूँ।" डॉ. इबार सूर्य की ओर अपने हाथ उठाए धीरे-धीरे चलता रहा और आदेश देता रहा। कुछ फासले पर घुड़सवार उसका पीछा कर रहे थे।

डॉ. इबार ने अदृश्य चुंबकीय दीवार के निकट पहुँचते-पहुँचते अपनी पेटी कसकर लपेट ली और पहले एक सूर्य की ओर तथा फिर दूसरे सूर्य की ओर झुकना शुरू कर दिया। इस बार उसने जोर-जोर से प्राचीनतम बेबीलॉन के बड़े देवता का नाम पुकारना प्रारंभ किया, "मार्दूक! मार्दूक!" यह देवता असीरिया में सूर्य देवता था।

घुड़सवार परेशान थे और उसे पूरे सम्मान के साथ देख रहे थे। यान पर टेप उनके शब्द अंकित कर रहा था और कंप्यूटर उन्हें तुरंत पकड़ रहा था।

"वह देवता है। वह अशुर और मार्दूक का दूत है। उसने पवित्र क्षेत्र को भ्रष्ट नहीं किया, क्योंकि उसपर तो सिर्फ देवता ही कदम रख सकते हैं! अशुर! अशुर! मार्दूक! मार्दूक!"

अपनी चुंबक विरोधी पेटी से लैस डॉ. इबार चुंबकीय क्षेत्रं से आसानी से निकल आए। अचानक उन्होंने दौड़ना शुरू किया। घुड़सवारों ने इसे घोड़ा दौड़ाने का संकेत समझा और वे भी दौड़ने लगे। किंतु तुरंत ही वे किसी अदृश्य, मजबूत दीवार से टकराए, जिसका रहस्य वे नहीं जान सके। परेशान थे, अब क्या करें? उन्होंने अपनी सुलगती

तलवारों से आक्रमण किया। ज्यों ही वे चुंबक विरोधी क्षेत्र से टकराते, बिजली कौंधती और बादल गरजते।

इबार के साथियों ने उनकी बुद्धिमत्ता की सराहना की और पूछा, ''क्या हम संसार के अंत तक आ पहुँचे हैं?''

''नहीं, हम ऐसे ग्रह पर हैं, जहाँ असीरिया के लोग आकर बस गए हैं। पृथ्वी छोड़ने से पहले मैं असीरिया के लोगों के बारे में प्राचीनतम पुस्तकों का अध्ययन कर रहा था और मैंने पढ़ा कि वे सितारों में विश्वास करते थे और उनके देवता अशुर ने पृथ्वी पर अपने यान भेजे थे; जो कुछ वफादार योद्धा मार्दूक के लिए ले गए थे, जहाँ उन्हें चार चमकदार सूर्यों से गरम रखा गया था। मेरे विचार में, हम अभी उनसे ही मिले हैं।''

कप्तान ने कान में लगा 'इयरफोन' उतारा और कहा, ''हमें पृथ्वी से यह संदेश मिला है कि पृथ्वी के अंतरिक्ष केंद्र से कुछ समय से मिलनेवाले संकेतों को समझ लिया गया है, जिसका उन्होंने यह अर्थ निकाला है—'चार सूर्य के नीचे तुम्हारे बीज उपजते हैं।' संदेश का पिछला भाग कुछ अस्पष्ट है। वैज्ञानिकों ने उसका यह अर्थ निकाला है—'तुम्हारी तलाश है।' कुछ अन्य वैज्ञानिकों ने यह अर्थ निकाला है—'उन्हें खोज निकालो।' संकेत हमें आकाश गंगा से आ रहे हैं, लीरा से नहीं। उनकी जाँच-पड़ताल करो और पता लगाओ कि यदि वे लीरा से ही हैं तो उनका क्या अर्थ है?''

डॉ. इबार ने कहा, ''कप्तान, यह संदेश भेज दो—'रोगर! हर चीज की जाँच कर ली गई है। हमें ऐसे लोग मिल गए हैं, जो पहले असीरियन के नाम से पृथ्वी पर रहते थे और उनकी सभ्यता अब भी वही है, किंतु वे हमसे भिन्न हैं। पृथ्वी के लोगों ने तो उसे युद्ध द्वारा जीतकर बस्तियों में बदल दिया है। आपके संदेश की प्रतीक्षा है'।''

उन्हें बहुत देर तक प्रतीक्षा नहीं करनी पड़ी। उत्तर संक्षिप्त था—''पृथ्वी-यू-2017 के लिए संदेश—केवल वैज्ञानिक तथ्य एकत्रित करो और पृथ्वी पर लौट आओ। हम दोहराते हैं कि...पृथ्वी पर लौट आओ। महान् सभ्यताएँ—जिनमें से एक हमारी भी है—दूसरों को नहीं जीततीं। संदेश समाप्त।''

□

जंगली गुलाब

—नइमी नानकिची

एक बड़ा देश था और दूसरा छोटा, मगर दोनों में ही सामान्य संबंध थे। शहर से दूर जहाँ उनकी सीमाएँ मिलती थीं, वहाँ दोनों तरफ से एक-एक सिपाही तैनात था। बड़े देश का सिपाही अधिक उम्र का था, जबकि छोटे देश का सिपाही एक नवयुवक था। दोनों सीमा के दाईं व बाईं ओर अपनी-अपनी जगह पर पहरा देते थे। आसपास सुनसान पर्वतों के अलावा कुछ भी नहीं था। कभी भूले से ही कोई यात्री उस ओर आता था। शुरू-शुरू में दोनों ही एक-दूसरे को जानते हुए भी अनजान बने रहे। बस, मन में यही सोचते रहे कि यह जो उस ओर पहरा दे रहा है, इससे बात करनी चाहिए···परंतु पहले कौन बात करे!

इसी सोच में कुछ दिन बीत गए। आखिर कोई साथी पाने के इच्छुक उन दोनों में जाने कब और कैसे मित्रता हो गई।

शुरू में युवा सिपाही को शतरंज खेलना नहीं आता था। परंतु बूढ़े सिपाही के साथ रहकर वह भी धीरे-धीरे शतरंज सीख गया। बस फिर क्या था, वसंत की लंबी दोपहर शतरंज के खेल में निकल जाती। दोनों ही नेक और ईमानदार इनसान थे। खेल में संघर्ष करते हुए भी उनके मन में कोई मैल नहीं रहता था।

लेकिन सर्दी का मौसम आते ही बूढ़े सिपाही को गरम दक्षिण की ओर स्थित अपने घर की याद सताने लगी। उसके पुत्र व पोते भी वहीं रहते थे।

"सोच रहा हूँ, छुट्टी लेकर कुछ दिनों के लिए घर चला जाऊँ।" उसने कहा।

"यदि आप चले गए तो आपकी जगह कोई और आ जाएगा। संभव है कि वह भी आप ही की तरह हो। पर यदि उसमें मेरे प्रति अपनेपन की भावना न हुई तो मैं मुश्किल में पड़ जाऊँगा। कैसे भी हो, आप जाने का विचार तो मन से निकाल ही दें।" युवा सिपाही ने आग्रह किया।

उसके इस आग्रह को बूढ़े सिपाही ने स्वीकार कर लिया। समय का चक्र चलता

रहा। सर्दी समाप्त हुई और फिर सुहावना वसंत आ गया। ठीक उन्हीं दिनों किन्हीं कारणों से दोनों देशों में अनबन हो गई और लड़ाई छिड़ गई। फलस्वरूप दोनों सिपाहियों के मन में कोई द्वेषभाव न होने पर भी नियमानुसार उनका संबंध एक शत्रु का हो गया। इस कटु सत्य को जानकर दोनों ही मन में एक अजीब-सी घुटन महसूस करने लगे।

एक दिन बूढ़े सिपाही ने उसे बुलाकर कहा, "देखो, अब हम एक-दूसरे के मित्र नहीं कहलाए जा सकते। मैं बड़ी उम्र का होने पर भी सेना में अध्यक्ष के पद पर हूँ। तुम ऐसा करो कि मेरा गला काटकर अपने अधिकारियों के पास ले जाओ। इससे निश्चय ही तुम्हें पदोन्नति मिलेगी। तुम्हें इस मौके को हाथ से नहीं गँवाना चाहिए।"

युवक यह सुनकर भौंचक्का रह गया। फिर कुछ सँभलकर बोला, "यह आप क्या कह रहे हैं ? मैं तो ऐसा सोच भी नहीं सकता। हम कैसे शत्रु हो गए ? शत्रु तो उत्तर की तरफ हैं, जहाँ अभी लड़ाई जारी है। मैं वहीं जाकर उनका सामना करूँगा।"

यह कहकर युवक वहाँ से निकल पड़ा। बूढ़ा वहाँ अकेला रह गया, अपनी सीमा की रक्षा करता हुआ। अपने साथी के बिना उसका मन बिल्कुल नहीं लगता था।

गुलाब के फूलों पर फिर से बहार आई। उनपर सुबह से शाम तक मधुमक्खियों के झुंड मँडराते रहते। लड़ाई के मैदान से कोसों दूर, वहाँ चारों ओर शांति थी। युद्ध का कहीं नामोनिशान तक नहीं था। परंतु बूढ़ा हमेशा अपने साथी के लिए चिंतित रहता।

इसी तरह समय बीतता गया। एक दिन एक यात्री उस तरफ से गुजरा। बूढ़े ने उत्सुकता से उससे लड़ाई के विषय में पूछा। यात्री ने बताया कि लड़ाई तो कब की खत्म हो गई। युद्ध में दुश्मन की हार हुई और उसके सभी साथी मारे गए।

यह सुनकर बूढ़ा सोच में डूब गया। कहीं उसका साथी भी तो नहीं मारा गया? इसी सोच में डूबा वह पास के पत्थर पर बैठ गया। बैठे-बैठे न जाने कब उसकी आँख

झपक गई। एकाएक ऐसे लगा कि जैसे बहुत से लोग उसकी ओर चले आ रहे हों। उसने ध्यान से देखा तो पाया कि फौज की एक टुकड़ी चली आ रही थी। वे सब चुपचाप बिना आवाज किए चल रहे थे। सबसे आगे घोड़े पर सवार, जो उनका संचालन कर रहा था, उसका साथी युवा सिपाही था। वे सब बूढ़े के पास से गुजरे तो गुलाब के फूलों को सूँघते हुए उस युवा ने बूढ़े की ओर धीरे से गरदन झुकाकर सलाम किया।

बूढ़े ने उसे जवाब देने के लिए मुँह खोला ही था कि उसकी आँख खुल गई। आँखें मलते हुए उसने चारों ओर देखा, पर वहाँ तो कोई भी नहीं था।

इस बात को हुए कुछ ही दिन बीते थे कि महकते हुए गुलाब के फूल असमय ही झड़ गए।

उसी वर्ष बूढ़ा सिपाही भी अवकाश पाकर घर वापस चला गया।

□

फूलनगर के बौने

—निकोलाई नोसोव

किस्से-कहानियों के एक नगर में कुछ बौने रहते थे। उनको बौना इसलिए कहते थे कि वे बहुत ही छोटे थे। हर एक बौने की लंबाई बस खीरे के बराबर होती थी। उनके नगर में बहुत सारी सुंदर-सुंदर चीजें थीं। हर घर के चारों ओर फूल खिले रहते थे : डेजी, कैमोमाइल, डैंडेलियन। यहाँ तक कि उस नगर की सड़कों के नाम भी फूलों के नाम पर ही रखे गए थे; जैसे ब्लूबेल्स सड़क, कैमोमाइल वीथिका, कार्नफ्लार तरुपथ और नगर का भी नाम था फूलनगर। यह नगर एक छोटी-सी नदी के तट पर बसा हुआ था। बौनों ने इस नदी का नाम रखा था खीरेवाली नदी; क्योंकि इसके किनारे पर बहुत से खीरे उगते थे।

नदी के उस पार एक जंगल था। बौने भूर्ज की छाल से छोटी-छोटी नावें बनाते और उनपर बैठकर नदी को पार करके जंगल में जाते थे। वहाँ वे जंगली फल, खुंबियाँ और अखरोट इकट्ठा करते थे। जंगली फलों को जमा करना बहुत कठिन था, क्योंकि बौने बहुत ही छोटे-छोटे थे। अखरोट को तोड़ने के लिए उन्हें ऊँची-ऊँची झाड़ियों पर चढ़ना पड़ता था और अपने साथ आरी भी ले जानी पड़ती थी। कोई भी बौना अपने हाथों से अखरोट नहीं तोड़ पाता था। उन्हें रेती से रगड़ने की जरूरत होती थी। इसी प्रकार खुंबियों को भी आरी से काटना पड़ता था। बौने पहले खुंबियों को बिल्कुल जड़ के पास से काटते, फिर उनके छोटे-छोटे टुकड़े करते। उसके बाद एक-एक टुकड़े को अलग-अलग घसीटकर, उन्हें घर ले जाते।

सब-के-सब बौने एक ही प्रकार के नहीं थे। बौनों में से कुछ छुटकियाँ थीं तो कुछ छुटके। छुटके ज्यादातर या तो लंबी पतलूनें पहनते, जिनके पाँयचे वे अपने जूतों में घुसा लेते थे या फिर गेलिस लगी छोटी-छोटी निकरें पहनते थे। छुटकियों को रंग-बिरंगी और चटकीले कपड़ों से बनी फ्रॉकें पहनना अच्छा लगता था। छुटके बाल बढ़ाने के झंझट में नहीं पड़ना चाहते थे। इसलिए उनके बाल छोटे-छोटे होते थे, जबकि

छुटकियों के बाल लंबे होते—इतने लंबे कि उनकी कमर तक पहुँचते थे। छुटकियों को अपने बाल तरह-तरह से सजाना-सँवारना अच्छा लगता था। वे अपने बालों की चोटियाँ बाँधतीं। चोटियों में रिबन लगातीं। सिर पर तितली-सी बनाती थीं। बहुत से छुटकों को इसपर बड़ा गर्व था कि वे छुटके हैं। वे ज्यादातर छुटकियों से मेलजोल नहीं रखते थे। छुटकियों को भी इसपर घमंड था कि वे छुटकियाँ हैं। वे भी छुटकों के साथ दोस्ती करना पसंद नहीं करती थीं। अगर सड़क पर किसी छुटकी की भेंट किसी छुटके से हो जाती तो छुटकी दूर से ही उसे देखकर सड़क पार करके दूसरी ओर चली जाती। वह ठीक ही करती थी, क्योंकि छुटकों में से ज्यादातर छेड़छाड़ किए बिना नहीं रहते थे। वे उन्हें देखकर फिकरे कसते, उन्हें धक्का मार देते, उनकी चोटियाँ खींच लेते या फिर इससे भी बुरा व्यवहार कर डालते। सब छुटके तो इस तरह के नहीं थे, मगर किसी के माथे पर तो लिखा नहीं होता कि वह कैसा है, इसलिए छुटकियों ने यह सोच लिया था कि पहले से ही सड़क की दूसरी ओर चले जाना छुटकों के बीच में फँसने से ज्यादा ठीक है। इसलिए बहुत से छुटकों ने छुटकियों को नकचढ़ी नाम दे रखा था—क्या खूब बेहूदा नाम चुना था उन्होंने! बहुत-सी छुटकियों ने छुटकों को छेड़खोर तथा कई दूसरे अपमानजनक नाम दे रखे थे।

हमारी कहानी पढ़नेवाले लोग फौरन कहेंगे कि ये सब मनगढ़ंत बातें हैं। जीवन

में ऐसे छुटके नहीं पाए जाते। पर यह तो कोई भी नहीं कह रहा है कि वे जीवन में पाए जाते हैं। मगर जीवन की बात और है, किस्से-कहानियों के नगर की बात और। किस्से-कहानियों के नगरों में सबकुछ पाया जा सकता है।

ब्लूबेल्स सड़क के एक छोटे से घर में सोलह छुटके बौने रहते थे। इनमें सबसे प्रमुख था एक छुटका बौना, जिसका नाम था जानू। उसको जानू नाम इसलिए दिया गया था कि वह हर चीज के बारे में जानता था। उसको सब चीजों के बारे में ज्यादा जानकारी इसलिए थी कि वह तरह-तरह की किताबें पढ़ता रहता था। ये किताबें उसके यहाँ मेज पर, मेज के नीचे, पलंग पर, पलंग के नीचे—हर जगह बिखरी पड़ी रहती थीं। उसके कमरे में कोई भी जगह ऐसी नहीं थी, जहाँ किताबें न पड़ी हों। किताबें पढ़-पढ़कर जानू बहुत समझदार बन गया था और इस कारण सब लोग उसकी बात मानते थे और उससे बहुत प्रेम करते थे। वह हमेशा काले कपड़े पहनता था और जब वह मेज के पास बैठता और अपनी नाक पर ऐनक चढ़ाकर कोई किताब पढ़ने लगता तो बिल्कुल प्रोफेसर लगता था।

इसी घर में एक प्रसिद्ध डॉक्टर भी रहते थे, जिनका नाम था टिकियावाला। वह बौनों की सारी बीमारियों का इलाज करते थे। वह हमेशा डॉक्टरोंवाला सफेद कोट और सिर पर फुँदने लगी सफेद टोपी पहने रहते थे। इस घर में एक बहुत योग्य मिस्तरी पेंचू भी खाँचू नाम के अपने दोस्त के साथ रहता था। और इसी घर में रहते थे शक्कर शरबतिया, जिनका यह नाम इसलिए मशहूर हो गया था कि उनको सोडे के पानी में शरबत मिलाकर पीना बहुत पसंद था। वे बहुत ही तमीजदार बौने थे। जब उन्हें शक्कर शरबतिया नाम से पुकारा जाता तो उन्हें बहुत भाता था, मगर यदि उन्हें सिर्फ शरबतिया कहकर संबोधित किया जाता तो उनको अच्छा नहीं लगता था। इसी घर में एक शिकारी भी रहता था, जिसका नाम था गोलीबाज। शिकारी के पास एक छोटा-सा कुत्ता था, जिसका नाम था गुर्रा; और एक बंदूक भी थी जो सिर्फ काग दाग सकती थी। इन सभी के साथ रहता था एक कलाकार, जिसका नाम था ट्यूबेश, एक संगीतकार जिसका नाम था बाजाबाज। और कई बौने भी इसी घर में रहते थे : जल्दबाज, श्रीमान बड़बड़िया, खामोशू, गुलगुला, खाऊ तथा दो भाई—अगर-कहीं और हों-शायद। मगर इन सब में सबसे ज्यादा मशहूर था एक बौना, जिसका नाम था नजानू। उसको नजानू इसलिए कहा जाता था कि वह किसी भी चीज के बारे में कुछ नहीं जानता था।

नजानू बहुत ही चटक नीली टोपी पहनता था और उसके साथ कनेरी चिड़िया जैसे पीले रंग का पतलून और नारंगी रंग की कमीज, जिसपर वह हरी टाई बाँधता था। उसको चटक रंग बहुत पसंद थे। एक तोते की तरह सज-धजकर नजानू पूरे दिन सारे नगर में मटरगश्ती करता फिरता था और बेसिर-पैर की कहानियाँ गढ़कर सब को सुनाता रहता

था। इसके अलावा वह छुटकियों को सताता भी था। इसी कारण छुटकियाँ अगर दूर से ही उसकी नारंगी कमीज देख लेतीं तो फौरन घूमकर दूसरी ओर चलने लगतीं और घर में जाकर छिप जातीं। नजानू का एक दोस्त था, जिसका नाम था चिथड़िया। वह डेजी सड़क पर रहता था। चिथड़िया के साथ नजानू घंटों गपशप कर सकता था। वे दोनों दिन में बीस बार झगड़ते और दिन में बीस बार उनमें मेल हो जाता।

नजानू की शोहरत एक घटना के बाद खासतौर से बढ़ गई।

एक बार नजानू नगर में चक्कर लगा रहा था कि अचानक वह एक खेत में जा पहुँचा। उस खेत के आसपास कोई नहीं था। उस समय वहाँ एक भौंरा उड़ रहा था। अनजाने में वह भौंरा सीधे नजानू की ओर उड़ आया और उसकी गुद्दी से टकरा गया। नजानू उसके वार से धरती पर मुँह के बल गिर पड़ा। उसी क्षण भौंरा उड़कर चला गया और ओझल हो गया। नजानू उठ खड़ा हुआ और चारों तरफ यह देखने का प्रयत्न करने लगा कि उसको किसने टक्कर मारी थी। मगर चारों ओर कोई भी नहीं था।

'मुझे टक्कर किसने मारी?' नजानू ने सोचा, 'हो सकता है कि ऊपर से कोई चीज नीचे गिरी हो।'

उसने अपना सिर उठाकर ऊपर देखा, मगर वहाँ भी कुछ नहीं था। सिर्फ सूरज बड़ी तेजी से नजानू के सिर के ऊपर चमक रहा था।

'इसका मतलब है कि सूरज से ही कोई चीज गिरकर मेरे ऊपर वार कर गई,' नजानू ने सोचा, 'मेरे खयाल में सूरज का ही एक टुकड़ा टूटकर मेरे सिर पर आ गिरा होगा।'

नजानू घर लौट पड़ा। रास्ते में उसकी मुलाकात अपने जान-पहचान के एक बौने से हुई, जिसका नाम था शीशू।

शीशू बहुत प्रसिद्ध खगोलज्ञ था, जो टूटी हुई बोतलों की किरचों से चीजों को बड़ा दिखानेवाला शीशा बना सकता था। जब वह इस शीशे से अलग-अलग चीजों को देखता तो वे चीजें बहुत बड़ी दिखाई देती थीं। ऐसे ही कई शीशों से शीशू ने एक दूरबीन बनाई, जिससे चाँद और सितारों को देखा जा सकता था। इसी तरह शीशू खगोलज्ञ बन गया।

''सुनो शीशू,'' नजानू ने खगोलज्ञ से कहा, ''जानते हो, मेरे साथ कैसी घटना घटी है—सूरज का एक टुकड़ा गिरकर मेरे सिर पर आ टकराया।''

''क्या कह रहे हो, नजानू?'' शीशू हँसकर बोला, ''अगर सूरज से कोई टुकड़ा गिरता तो वह तुमको चपाती बना देता। सूरज तो बहुत बड़ा है। वह तो हमारी पूरी धरती से भी बहुत ज्यादा बड़ा है।''

''यह हो ही नहीं सकता,'' नजानू ने जवाब दिया, ''मुझे तो लगता है कि सूरज एक तश्तरी से ज्यादा बड़ा नहीं है।''

''ऐसा सिर्फ लगता ही है, क्योंकि सूरज हमारी धरती से बहुत दूर है। असल में

वह एक बहुत बड़ा, दहकता गोला है। मैंने अपनी दूरबीन से ऐसा ही देखा है। अगर सूरज का एक छोटा-सा टुकड़ा भी गिर पड़े तो वह हमारे पूरे नगर को बरबाद कर सकता है।''

"बाप रे बाप!" नजानू के मुँह से निकला, "मैं यह नहीं जानता था कि सूरज इतना बड़ा है। मैं अभी जाकर सबको बताता हूँ। हो सकता है, उन्होंने सूरज के बारे में यह बात कभी न सुनी हो। फिर भी तुम अपनी दूरबीन से सूरज को एक बार फिर से देख लेना। हो सकता है, सचमुच उसका एक कोना टूट गया हो!"

खगोलज्ञ शीशू को यह सलाह देकर नजानू अपने घर की ओर चल दिया। रास्ते में उसे जो भी लोग मिलते, उनसे वह कहता, "भाइयो, आप जानते हैं, सूरज कैसा है? वह हमारी धरती से भी बहुत ज्यादा बड़ा है। हाँ, ऐसा है सूरज! और सुनो, भाइयो, सूरज में से एक टुकड़ा टूट गया है और वह सीधा हमारी ओर आ रहा है। बहुत जल्द ही वह हमारे ऊपर गिर पड़ेगा और हम सबको कुचल डालेगा। बड़ी भयंकर घटना घटेगी! यकीन न हो तो जाकर शीशू से पूछ लो।"

सब नजानू की बात पर हँसते, क्योंकि सब जानते थे कि नजानू कितना गप्पी है। मगर नजानू, जितनी जल्दी उससे हो सका, सब लोगों के पास दौड़कर गया और उनसे चिल्ला-चिल्लाकर कहने लगा, "भाइयो, बचो! टुकड़ा गिरने ही वाला है!"

"कैसा टुकड़ा?" लोगों ने उससे पूछा।

"टुकड़ा, भाइयो! सूरज में से एक टुकड़ा टूट गया है। बहुत जल्द ही वह टुकड़ा

बड़े धमाके से गिरेगा और उससे सब दब जाएँगे। आप जानते हैं, सूरज कैसा है? वह हमारी पूरी धरती से भी बहुत बड़ा है!"

"तुम यह क्या मनगढ़ंत उड़ा रहे हो!"

"मैं मनगढ़ंत बात नहीं कह रहा। मुझे यह सब शीशू ने बताया है। उसने अपनी दूरबीन से सूरज को देखा है।"

सब आँगन में निकल आए और सूरज की ओर देखने लगे। जब तक उनकी आँखों से पानी नहीं निकलने लगा, तब तक वे सूरज को घूरते ही रहे। आँखें चौंधिया जाने के कारण सब लोगों को ऐसा लगा, जैसे सचमुच सूरज में से एक टुकड़ा टूट गया है। नजानू तो चीखे ही जा रहा था, "अगर बच सकते हो तो बचो! सर्वनाश होने ही वाला है!"

सब लोगों ने अपनी-अपनी चीजें जल्दी-जल्दी बटोरनी शुरू कर दीं। ट्यूबेश ने अपने रंग और ब्रश इकट्ठे किए और बाजाबाज ने अपने बाजे--वायलिन, हारमोनियम, बिगुल वगैरह। डॉक्टर टिकियावाला घर में इधर-उधर दौड़कर दवाइयों का सफरी बैग ढूँढ़ने लगे, जो पता नहीं उन्होंने कहाँ रख दिया था। गुलगुले ने अपने बरसाती जूते और छतरी उठा ली और फाटक की ओर दौड़ पड़ा, मगर वहाँ जानू की आवाज सुनाई दी, "भाइयो, शांति से काम लो! डरने की कोई बात नहीं है। आप क्या यह नहीं जानते कि नजानू बड़ा गप्पी है? उसने यह बात खुद ही गढ़ी है।"

"खुद गढ़ी है?" नजानू चिल्लाकर बोला, "जाओ, जाकर शीशू से पूछ लो।"

सब लोग दौड़कर शीशू के पास पहुँचे और तब बात साफ हुई कि नजानू ने वाकई सारी कहानी खुद ही तैयार कर ली थी। खूब हँसे सब लोग। सब नजानू पर हँस रहे थे और कह रहे थे, "हमें ताज्जुब है कि हमने तुम पर विश्वास कैसे कर लिया!"

"और मुझे क्या खुद ताज्जुब नहीं है!" नजानू ने जवाब दिया, "मुझे भी तो अपनी बात पर कितना विश्वास था।"

कैसा अनोखा था यह नजानू!

□

भाई-बहन

—नोएल स्ट्रीटफील्ड

पीटर और सांता दो अनाथ भाई-बहन थे। उनके माता-पिता एक रेल-दुर्घटना में मारे गए थे। तब वे दोनों बहुत ही छोटे थे। इसके बाद वे अपनी चाची के पास रहने लगे। चाची का नाम था रेबेका पोसिट। दोनों भाई-बहन उसे रेबेका चाची कहते थे।

रेबेका ने जागीरदार की पत्नी के यहाँ नौकरी की थी। बड़े घर में नौकरी करने से रेबेका के मन में अहंकार समा गया। वह दूसरे लोगों को अपने से छोटा समझने लगी थी। दोनों बच्चों से भी वह बहुत कठोर व्यवहार करती थी। पीटर और सांता का मन दुखी रहता था, पर वे और किसके पास जाते? कोई भी तो नहीं था उनका अपना। रेबेका का अपना कोई बच्चा नहीं था।

जागीरदार की पत्नी मरते समय रेबेका के लिए कुछ धन छोड़ गई थी, इसीलिए जैसे-तैसे रेबेका और बच्चों का जीवन चल रहा था। दोनों उम्र से बच्चे थे, पर दूसरे बच्चों जैसा जीवन नहीं था उनका। जब-जब वे दूसरे बच्चों को हँसते-खिलखिलाते देखते तो उनका मन रो उठता।

और फिर एक दिन चाची रेबेका भी चल बसीं। अब तो पीटर और सांता बिल्कुल ही अकेले रह गए इतनी बड़ी दुनिया में। हाँ, रेबेका के कुछ मित्र अवश्य थे, जिन्होंने तय किया कि पीटर और सांता के लिए अनाथालय ही सबसे अच्छी जगह है।

लेकिन दोनों को अलग-अलग अनाथालय में जाना था। क्योंकि लड़के-लड़कियाँ अलग-अलग रहते थे। जब पीटर और सांता को यह बताया गया तो वे बहुत परेशान हो उठे। उन्होंने सोचा, चाहे जो हो, वे साथ-साथ रहेंगे। कभी अलग नहीं होंगे।

तभी पीटर को याद आया, चाची रेबेका के एक रिश्तेदार सर्कस में काम करते हैं। उनका नाम था गस। पीटर को उनका कार्ड मिल गया था।

"हम उनके पास जाएँगे। शायद वहाँ हमें रहने की जगह मिल जाए।" उसने कहा।

"पर हम उनसे कभी नहीं मिले हैं। अगर उन्होंने मना कर दिया तो क्या होगा?" सांता ने आशंका जताई।

पीटर बोला, "तो फिर हमें अलग-अलग अनाथालय में रहना होगा।"

"नहीं, नहीं, मैं तुमसे अलग होकर कहीं नहीं रहूँगी।" सांता की आवाज में डर झाँक रहा था।

और फिर एक रात दोनों भाई-बहन अनजान सफर पर चल दिए। वे कुछ नहीं जानते थे कि कहाँ जाना है, और जिसके पास जा रहे हैं, वह कैसा आदमी है। पर एक नन्ही-सी आशा भी थी—शायद रास्ता मिल जाए, गस अंकल उन्हें अपना लें। तब तो उन्हें अनाथालय में नहीं जाना पड़ेगा। इस तरह अँधेरी सड़कों पर नहीं भटकना पड़ेगा।

रात बीतने लगी। दोनों भाई-बहन चले जा रहे थे। सड़क के दोनों ओर मकानों में लोग आराम की नींद में डूबे थे। पर अभागे पीटर और सांता आश्रय की खोज में भटक रहे थे। नींद सताने लगी तो दोनों एक मकान की सीढ़ियों पर लेट गए। फिर न जाने कब उन्हें नींद आ गई।

एकाएक पीटर की आँख खुली। एक आदमी पास खड़ा उसे झकझोर रहा था। वह उस मकान में रहता था।

अब तक सांता की नींद भी टूट गई थी। उस आदमी को, दो बच्चों को इस तरह खुले में सोते देखकर, हैरानी हो रही थी। उसने पूछा तो पीटर ने सारी बात कह सुनाई। बता दिया कि उनके गस अंकल काब्स सर्कस में काम करते हैं।

उस आदमी ने बताया कि काब्स सर्कस ब्राइडलिंटन में खेल दिखा रहा है। उसने कहा, ''बच्चो, रात को मेरे घर में आराम करो। सुबह चले जाना।''

बाकी रात दोनों ने नरम बिस्तर पर आराम से बिताई। सुबह वे अंकल गस की खोज में चल दिए। वे पूछ-ताछकर बढ़ते रहे। जब पीटर और सांता ब्राइडलिंटन में पहुँचे तो काब्स सर्कस अभी वहाँ नहीं पहुँचा था।

कुछ देर बाद सर्कस की गाड़ियाँ एक मैदान में आकर खड़ी होने लगीं। उनमें हाथी, घोड़े और सींखचेदार बड़े-बड़े पिंजरों में शेर भी थे। वे वहाँ खड़े-खड़े देखते और रोमांचित होते रहे। किसी सर्कस को इतने निकट से देखने का दोनों भाई-बहनों के लिए यह पहला मौका था।

उन्होंने गस के बारे में पूछा तो एक आदमी दोनों को अपने साथ ले गया। गस अधेड़ उम्र का, गंभीर चेहरेवाला आदमी था। जब उसे पता चला कि उसके भतीजा-भतीजी आए हैं, तो वह हैरान हुआ और अपने तंबू से बाहर आ गया।

पीटर और सांता ने उसे नमस्कार किया। चाची रेबेका के बारे में बताया। कहा, ''अब हमारे पास कोई स्थान नहीं है रहने के लिए। इसीलिए हम आपके पास आए हैं। हम अलग-अलग अनाथालय में जाकर नहीं रहना चाहते।''

गस अकेला रहता था। उसे दोनों बच्चों का आना अच्छा नहीं लगा। वह रेबेका का दूर का रिश्तेदार था। उसने कभी यह कल्पना नहीं की थी कि इस तरह दो अनाथ बच्चे उसे ढूँढ़ते हुए यहाँ तक आ जाएँगे। पर पीटर और सांता को एकदम दुत्कार भी नहीं सकता था, क्योंकि सारे सर्कस में गस के रिश्तेदारों की चर्चा होने लगी थी।

गस ने कठोर स्वर में कहा, ''तुम दोनों मेरे पास क्यों आए? अनाथालय में चले जाते तो अच्छा रहता। खैर, जब तक सर्कस खेल दिखा रहा है, तब तक मैं तुम लोगों को साथ रखूँगा। उसके बाद तुम जानो, तुम्हारा काम!''

पीटर और सांता गस के रूखे व्यवहार से सहम गए। वे जाते भी तो कहाँ? वे जानना चाहते थे कि सर्कस कब तक खेल दिखाएगा, पर कुछ भी पूछने की हिम्मत न हुई। इस तरह सांता और पीटर काब्स सर्कस के साथ रहने लगे। वहाँ की दुनिया उनके लिए अनोखी थी। दिन में सर्कस के कलाकारों को अभ्यास करते देखते तो विचित्र लगता।

सर्कस जिस कस्बे में जाता—कलाकारों के बच्चे वहाँ के स्कूल में पढ़ने के लिए जाते। हर कस्बे में सर्कस चार-पाँच दिन तक रुकता था। पीटर सोचता था, 'विचित्र है

यह पढ़ाई! ऐसे में कोई क्या पढ़ सकता है भला!' पर वे दोनों तो उस दिन तक एक बार भी स्कूल नहीं गए थे।

गस के कहने पर वे बच्चों के साथ एक स्कूल में गए। वहाँ के छात्रों ने उनका खूब स्वागत किया। छात्रों ने पीटर और सांता का परिचय पूछा, तो पीटर ने संकोच से कहा, ''हम सर्कसवाले नहीं हैं। हम तो थोड़े समय के लिए आए हैं।'' फिर भी वे इस प्रश्न का उत्तर नहीं दे सके कि वे कहाँ से आए हैं।

सर्कस के कलाकारों के बच्चे स्कूल में करतब दिखाने लगे, पर सांता और पीटर के पास दिखाने के लिए कुछ नहीं था। सच तो यह था कि रेबेका चाची ने उन्हें कुछ भी नहीं सिखाया था।

दोनों भाई-बहन सर्कसवाले बच्चों से अलग खड़े थे। सांता ने कहा, ''मैं सर्कस के करतब तो नहीं जानती, पर बहुत अच्छा वायलिन बजा सकती हूँ।''

''और मैं लैटिन जानता हूँ।'' पीटर ने गर्व से कहा। वे दोनों झूठ बोल रहे थे।

गस ने यह सुना, तो उसने सांता से कहा, ''मैंने सुना, तुम बहुत अच्छा वायलिन बजाती हो। सबको कोई धुन सुनाओ।'' उस समय गस के आसपास कई लोग बैठे थे। अब तो सांता के काटो तो खून नहीं।

वायलिन लाया गया, पर सांता ठीक से न बजा सकी। सब उसकी हँसी उड़ाने लगे। पीटर डर रहा था कि अंकल कहीं उसके लैटिन-ज्ञान की भी परीक्षा न लेने लगें।

एक रात पीटर और सांता को नींद नहीं आ रही थी। सर्कस का शोर शांत हो चुका था। कलाकार दर्शकों की भीड़ के सामने अपना कौशल दिखाकर आराम से सो रहे थे। पशुओं के बाड़े में भी शांति थी। तभी सांता ने कहा, ''पीटर, हम यहाँ रहते हुए भी यहाँ के नहीं हैं।''

''हाँ, सांता! यहाँ हमें कोई नहीं चाहता। गस अंकल तो हमें जरा भी पसंद नहीं करते। आखिर हम क्या करें?''

''हमें गस अंकल का मन जीतना चाहिए।'' सांता ने पीटर से कहा, ''तभी हम यहाँ रह सकेंगे।''

वे गस अंकल को कैसे खुश कर सकते हैं, इसी पर सोचते-सोचते सो गए।

सुबह हुई तो सांता ने डेरे की सफाई करके नाश्ता बनाना शुरू कर दिया। उसे आशा थी, नाश्ता करके गस उसकी तारीफ करेगा। पर उसे निराश होना पड़ा। गस ने कहा, ''सांता, तुम्हें नाश्ता बनाना नहीं आता। आगे कभी मत बनाना।''

दुःख और अपमान के कारण सांता रो पड़ी।

उधर पीटर गस की कार को चमकाने में लगा था। उसे लग रहा था, गस अंकल उसकी मेहनत से प्रसन्न होकर उसे शाबाशी देंगे, पर गस ने देखकर मुँह चढ़ा लिया।

कहा, "यह सब तुम्हारा काम नहीं। जाकर बच्चों के साथ खेलो।"

पीटर और सांता का मन रो उठा। उन्हें लगा कि वे कभी गस का मन नहीं जीत सकेंगे। पीटर ने सांता से कहा, "बहन, मैं सोचता हूँ, हमें कोई और रास्ता अपनाना होगा।"

"हाँ, मेरा भी यही खयाल है।" सांता बोली।

उस दिन से उन्होंने गस को प्रसन्न करने की कोशिश छोड़ दी। सांता लड़कियों को सर्कस के करतब सिखानेवाली महिला के पास गई और उससे कुछ सीखने की इच्छा प्रकट की। महिला मान गई। उधर पीटर, बेन नामक व्यक्ति के पास गया। बेन घुड़सवारी का प्रशिक्षण देता था। वह भी पीटर को प्रशिक्षण देने के लिए तैयार हो गया।

पीटर और सांता चुपचाप सीखने लगे। यह सब वे गस से छिपाकर कर रहे थे। वे उसे चौंका देना चाहते थे। पीटर सुबह मुँहअँधेरे सीखने के लिए निकल जाता। इसी तरह दिन बीत रहे थे।

गस को पीटर और सांता के बारे में सचमुच कुछ पता नहीं था। वह उन्हें अपने पर बोझ मान रहा था। चाहता था कि सर्कस का सीजन खत्म हो तो वह दोनों से छुट्टी पा ले।

एक सुबह सर्कस में हड़कंप मच गया। सब इधर-उधर भाग-दौड़ कर रहे थे। पीटर भी बाहर आकर देखने लगा। सब हाथियों के बाड़े की तरफ दौड़े जा रहे थे। पता चला—रानी नामक हथिनी गुस्से में है। उसने महावत को उठाकर परे फेंक दिया था।

न जाने क्या कर बैठे! पीटर जाकर बाड़े के बाहर खड़ा हो गया। रानी बार-बार सूँड़ उठाती और इधर-से-उधर हिलती। सब कह रहे थे, ''परे रहो! दूर रहो!'' पर पीटर न जाने कब रानी के पास जा पहुँचा। वह हथेली से रानी की सूँड़ थपथपाने लगा। वहाँ खड़े लोगों में सन्नाटा छा गया। सब साँस रोके देख रहे थे। वे पीटर के लिए चिंतित थे। सोच रहे थे, 'रानी अब उसे पैरों से कुचल देगी।'

पर ऐसा कुछ न हुआ। पीटर द्वारा इस तरह सूँड़ थपथपाने से रानी की उत्तेजना शांत होती गई। पीटर की जेब में गाजरें थीं। उसने गाजरें दीं तो रानी खाने लगी। कुछ ही देर में वह सामान्य हो गई। पीटर बहुत देर तक रानी के पास खड़ा उसे दुलारता रहा। पूरे सर्कस में पीटर के साहस की चर्चा थी।

लोग कह रहे थे, ''अगर पीटर न होता तो रानी न जाने क्या कर डालती।''

पीटर सोच रहा था, 'क्या गस अंकल ने भी यह बात सुनी होगी?'

वह सर्कस का आखिरी दिन था। गस ने पीटर और सांता से कहा, ''अब मैं तुमसे बिदा लूँगा। मैंने तुम दोनों के लिए एक स्कूल में व्यवस्था कर दी है। तुम्हारी रेबेका चाची के मित्र तुम्हारी देखभाल करेंगे।''

रेबेका चाची के मित्रों के पास जाने की बात सुनकर दोनों परेशान हो उठे। उन्हीं के पास से भागकर तो पीटर और सांता यहाँ आए थे। अब वे सर्कस की जिंदगी स्वीकार कर चुके थे तो उन्हें फिर से निकालने की तैयारी हो रही थी।

उसी रात सर्कस के तंबू में आग लग गई। घोड़े उसमें फँस गए। पीटर ने देखा तो फिर दौड़ता हुआ तंबू में घुस गया और घोड़ों के बंधन खोलकर बाहर ले आया। इस काम में उसे कुछ चोट भी आई, पर उसने परवाह नहीं की। उसे खुशी थी कि उसने घोड़ों को जलने से बचा लिया था।

अगली सुबह सब बिदा हो रहे थे। सर्कस का सामान गाड़ियों में लादा जा रहा था। पीटर और सांता एक तरफ खड़े थे। वे किसी के नहीं थे, कोई उनका नहीं था।

तभी सर्कस के मालिक ने गस से कहा, ''मैंने सुना है, तुम दोनों बच्चों को दूर के स्कूल में भेज रहे हो। यह तो ठीक नहीं है। अब ये हमारे हैं। ये कहीं नहीं जाएँगे। हमारे साथ रहेंगे।''

पीटर और सांता ने गस अंकल को पहली बार हँसते देखा, ''बच्चे जैसा चाहें।''

अब दोनों भाई-बहन अनाथ नहीं रह गए थे। उन्हें अपना सर्कस का परिवार मिल गया था। वे मुसकरा रहे थे।

□

इलजाम

—फ्रांस्वा कोपी

जीन फ्रांसवा लेतूर एक गरीब महिला का इकलौता बेटा था। जब वह बहुत छोटा था, तभी उसके पिता की मृत्यु हो गई थी। उसकी माँ दूसरे लोगों के कपड़े धोने का काम करके बहुत मुश्किल से अपना और अपने बेटे का पेट भरती थी। वह उसे स्कूल में पढ़ने के लिए भी भेजती थी।

जब जीन लगभग दस वर्ष का था तो उसकी माँ की भी मृत्यु हो गई। अब वह इस दुनिया में बिल्कुल अकेला रह गया था।

जीन कुछ दिन ब्रुश बेचनेवाले एक आदमी के साथ रहा, जो उसे थोड़े-बहुत पैसे दे देता था। फिर वह एक बाजा बजानेवाले के साथ रहने लगा। वह उसके साथ पेरिस की गलियों में घूम-घूमकर गाता था। इससे उन्हें थोड़ी-बहुत आमदनी हो जाती थी। पर उस बाजा बजानेवाले को शराब पीने की लत थी और वह शराब के नशे में अकसर जीन को मारता-पीटता था। इसलिए कुछ दिन बाद जॉन ने उसका भी साथ छोड़ दिया।

अब वह गली के आवारा और बदमाश लड़कों के साथ रहने लगा और खुद भी उन जैसा हो गया। उन लड़कों की तरह वह भी चोरी करने लगा, लोगों की जेबें काटने लगा।

एक बार पुलिस ने उसे पकड़कर बाल सुधार गृह में भेज दिया। वहाँ उसने लकड़ी की कुरसियाँ बनाने का काम सीखा। सात साल तक वह वहाँ रहा, लेकिन सात साल बाद वह फिर पेरिस की गलियों में अपने उन्हीं पुराने आवारा और बदमाश साथियों के बीच पहुँच गया। अब वह फिर बुरे काम करने लगा।

एक बार उसने एक दुकान की अलमारी में से जूतों का एक जोड़ा चुराया। लेकिन वह पकड़ा गया। उसे एक साल की कैद हुई। दूसरी बार वह एक डकैती के जुर्म में पकड़ा गया। इस डकैती में उसके अन्य कई साथी भी शामिल थे। उसे उन सबके साथ पाँच साल की कठोर कैद की सजा दी गई।

जब वह सजा काटकर जेल से बाहर आया, उस समय उसके पास छप्पन फ्रैंक

(फ्रांस का सिक्का) थे। वह घूमता हुआ एक बुढ़िया के पास पहुँचा। उसने अपने आपको एक यात्री बताया और कहा कि उसका जहाज एक तूफान में फँसकर डूब गया। वह बहुत मुश्किल से अपनी जान बचाकर आया है। उसे रहने के लिए जगह चाहिए। बुढ़िया ने उसकी बातों पर विश्वास कर उसे अपना मकान किराए पर दे दिया।

एक बार वह घूमते-घूमते मांमार्त्र नामक उस स्थान पर जा पहुँचा, जहाँ उसका जन्म हुआ था। जैसे ही वह ले फरेरे स्कूल के दरवाजे के पास पहुँचा, उसे याद आया कि बचपन में वह इसी स्कूल में पढ़ा करता था।

गरमी के दिन थे। स्कूल का दरवाजा खुला था। वह दरवाजे के भीतर चला गया। वहाँ उसने वह कमरा देखा, जिसमें उसकी कक्षा लगती थी। इस समय भी वहाँ एक अध्यापक बैठकर पढ़ा रहा था। उसके सामने बहुत से बच्चे बैठे थे। शायद वह अध्यापक उन्हें कोई कहानी सुना रहा था। अचानक जीन की नजर ब्लैकबोर्ड पर गई। उसपर लिखा था : 'बुरा काम करने के बाद अगर कोई मनुष्य उसके लिए पछताता है तो वह भविष्य में बुरे काम करने छोड़ देता है। इससे उसके मन को शांति और सुख मिलता है।'

जीन ने ब्लैकबोर्ड पर लिखे ये वाक्य पढ़े। वह स्कूल को देखकर बहुत भावुक हो रहा था। उसे अपना बचपन याद आ रहा था।

जीन कुछ देर चुपचाप खड़ा उन बच्चों को देखता रहा। पहली बार उसके भीतर

एक अजीब भावना पैदा हो रही थी। उस दृश्य को देखकर उसकी आँखें भर आईं। उसने दुखी होकर अपनी आँखें बंद कर लीं। फिर वह चुपचाप वहाँ से चला आया। ब्लैकबोर्ड पर लिखे शब्द बराबर उसके दिमाग में गूँज रहे थे।

'शायद अब भी देर नहीं हुई है,' वह मन-ही-मन बुदबुदाया, 'अब भी मैं दूसरों की तरह इज्जत और ईमानदारी से रह सकता हूँ। ईमानदारी से खा सकता हूँ। निडर होकर सो सकता हूँ।' उसने मन-ही-मन तय कर लिया कि अब वह चोरी-डकैती का धंधा छोड़ देगा, मेहनत-मजदूरी करेगा और ईमानदार आदमी की तरह जिंदगी गुजारेगा।

तभी उसे ध्यान आया कि शहर में एक स्थान पर कई बड़े-बड़े भवन बन रहे हैं। वह वहाँ गया और ईंट-पत्थर ढोने का काम करने लगा। उसे प्रतिदिन तीन फ्रैंक के हिसाब से मजदूरी मिलती थी। वह बहुत मेहनत करता था। उसका ठेकेदार उससे बहुत खुश था।

जीन सारा दिन पत्थर उठाता, शाम को ढाबे में जाकर भोजन करता और फिर आराम से सो जाता। पत्थर उठाने से उसके हाथ सख्त और खुरदरे हो गए थे। उसकी आँखें भीतर धँस गई थीं और वह थोड़ा कमजोर भी हो गया था। फिर भी वह खुश था, संतुष्ट था। अब वह बिना किसी डर के सब तरफ घूम-फिर सकता था और आराम से सो सकता था।

फिर उसका एक दोस्त बना, जिसका नाम सेविनिआँ था। वह अपने गाँव से पेरिस में मजदूरी करने आया था।

धीरे-धीरे जीन की उससे अच्छी दोस्ती हो गई। जीन उसके सरल स्वभाव और ईमानदारी से बहुत प्रभावित हुआ। वह मन-ही-मन सेविनिआँ को अपने छोटे भाई की तरह चाहने लगा। सेविनिआँ भी जीन का साथ पाकर बहुत खुश हुआ।

जीन और सेविनिआँ ने एक कमरा किराए पर ले लिया। कमरे का किराया ज्यादा होने की वजह से उन्होंने ओवरनात नाम के एक और व्यक्ति को अपने साथ रख लिया। वे तीनों एक साथ उस कमरे में रहते और मिलकर कमरे का किराया अदा कर देते थे।

जीन और सेविनिआँ साथ-साथ काम पर जाते थे। वे इकट्ठे भोजन करते और इकट्ठे ही घूमते थे। सेविनिआँ जीन को गाँव की बातें बताता था। गाँव के लोग कैसे रहते हैं, कैसे खेतीबारी करते हैं। यह सब सुनकर जीन बहुत खुश होता था।

लेकिन जीन को हरदम इस बात की चिंता रहती थी कि कहीं सेविनिआँ को उसकी पिछली जिंदगी के बारे में पता न चल जाए। उसे डर था कि यदि सेविनिआँ को पता चल गया कि वह पहले चोरी-डकैती किया करता था, तो वह उससे दोस्ती तोड़ लेगा।

कभी-कभी जीन के मुँह से भद्दे शब्द भी निकल जाते थे, जिन्हें सुनकर सेविनिआँ को बड़ी हैरानी होती थी। सेविनिआँ जब भी जीन से पेरिस के बारे में जानने की उत्सुकता प्रकट करता, तो वह बात बदलकर टाल जाता था।

धीरे-धीरे सेविनिआँ को पेरिस का शहरी जीवन अच्छा लगने लगा। अब वह पहले जितना सीधा और भोलाभाला नहीं रहा था। उसे नए-नए शौक लग गए थे। अब वह कई बार अकेला ही घूमने निकल जाता था और रात को देर से घर लौटता था। उसे पेरिस के बड़े-बड़े होटलों की चमक-दमक अपनी ओर खींचने लगी थी। अब उसका खर्च भी बढ़ गया था। वह अकसर जीन से पैसे उधार ले लेता था और फिर लौटाना भूल जाता था।

जीन ने सेविनिआँ में हो रहे परिर्वतन को ध्यान से देखा, पर वह कुछ बोला नहीं।

एक दिन शाम को जब जीन अपने कमरे के पास पहुँचा तो उसे कमरे के भीतर से जोर-जोर की आवाजें आती सुनाई दीं। वह कमरे के बाहर ही रुक गया और छिपकर उन आवाजों को सुनने लगा।

कमरे के भीतर उसका साथी ओवरनात मकान मालिक से चिल्लाकर कह रहा था, ''मैंने कल अपने संदूक में सोने के तीन सिक्के रखे थे। वे सिक्के अब उसमें नहीं हैं। मुझे शक है कि मेरे सिक्के जीन और सेविनिआँ में से किसी ने चुराए हैं। मैं आपको उन सिक्कों की पहचान बता देता हूँ। या तो आप उनसे मेरे सिक्के वापस दिलवा दें, वरना मैं पुलिस को बुलवा लूँगा।'' मकान मालिक बोला, ''पर पहले चलकर यह तो देख लो कि उन्होंने सिक्के चुराए भी हैं या नहीं।''

ओवरनात बोला, ''अच्छा, चलकर उनके सामान की तलाशी ले लेते हैं।''

फिर वे दोनों जीन और सेविनिआँ के सामान की तलाशी लेने लगे।

कमरे के बाहर खड़े जीन का डर के मारे बुरा हाल था। उसे भी सेविनिआँ पर शक हुआ, क्योंकि कुछ दिनों से सेविनिआँ का खर्च बहुत बढ़ गया था और वह बार-बार उससे कर्ज लेने लगा था।

तभी उसे कमरे के भीतर से ओवरनात की आवाज सुनाई दी, ''मिल गए, मेरे सिक्के मिल गए। देखो, मैंने सिक्कों की जो पहचान बताई थी, ये वैसे ही हैं न? अब मैं सेविनिआँ को जरूर जेल की हवा खिलाऊँगा। ये उसी के सामान में से मिले हैं।''

कमरे के बाहर खड़े जीन ने सीढ़ियों पर से किसी के आने की आवाज सुनी। वह सेविनिआँ था।

'सेविनिआँ मुसीबत में फँसने जा रहा है,' जीन ने सोचा, 'पर मैं इसे इस मुसीबत से बचाऊँगा।' यह सोचकर वह तेजी से कमरे में घुसा। उसने देखा कि मकान मालिक चुपचाप एक कोने में बैठा है और दूसरे कोने में बैठा ओवरनात अपने सिक्कों को चूम रहा है।

''क्यों बेचारे सेविनिआँ पर नाराज हो रहे हो?'' जीन ने कमरे में घुसते हुए कहा, ''तुम्हारे सिक्के मैंने चुराए थे और सेविनिआँ के सामान में छिपा दिए थे। मैं ही चोर हूँ। तुम पुलिस को बुला लो। मैं यही खड़ा हूँ। कहीं भागूँगा नहीं। लेकिन मैं कुछ देर अकेले में अपने मित्र सेविनिआँ से बात करना चाहता हूँ। देखो, वह भी आ गया है।''

तभी सबने देखा कि सेविनिआँ धीरे-धीरे कमरे में दाखिल हो रहा है। जब उसने देखा कि उसकी चोरी पकड़ी गई है तो वह चुपचाप गरदन झुकाकर एक ओर खड़ा हो गया। जीन ने सेविनिआँ को धीरे से अपनी तरफ खींचा और उसके कान में कहा, ''तुम चुप रहना। कुछ मत बोलना।''

फिर जीन ओवरनात और मकान मालिक की तरफ मुड़कर बोला, ''मुझे थोड़ी देर के लिए सेविनिआँ के साथ अकेला छोड़ दो। यदि आप लोगों को मुझपर विश्वास न हो तो कमरे को बाहर से ताला लगा दो।'' वे उन दोनों को कमरे में अकेला छोड़कर बाहर चले गए।

उनके जाते ही सेविनिआँ माथा पकड़कर बिस्तर पर बैठ गया।

''सेविनिआँ, मेरी बात ध्यान से सुनो,'' जीन उसके कंधे पर हाथ रखते हुए बोला, ''मैं जानता हूँ कि चोरी तुम्हीं ने की है। मैं यह भी जानता हूँ कि इस चोरी के जुर्म में तुम्हें छः महीने की कैद की सजा हो सकती है। पर मैं नहीं चाहता कि तुम जेल जाओ। एक बार जेल जाने से आदमी पक्का अपराधी बन जाता है। वह पुलिस की नजरों में आ जाता है। मैं यह सब जानता हूँ, क्योंकि मैं कई बार जेल जा चुका हूँ।''

सेविनिआँ हैरान होकर उसकी तरफ देखने लगा।

"हाँ, सेविनिआँ, मैं सचमुच कई बार जेल जा चुका हूँ। मैंने जेल में देखा है कि किस तरह पुराने खूँखार कैदी नए अपराधियों को पक्का बदमाश बना देते हैं। मैं नहीं चाहता कि तुम जेल जाओ, इसलिए चोरी का यह इलजाम मैं अपने ऊपर ले लेता हूँ। पर तुम्हें एक वादा करना होगा कि तुम भविष्य में कभी चोरी नहीं करोगे।"

यह सुनकर सेविनिआँ की आँखों में आँसू आ गए और वह फूट-फूटकर रोने लगा। उसने जीन से माफी माँगी और वादा किया कि वह फिर कभी चोरी नहीं करेगा।

तभी कमरे का दरवाजा खुला और ओवरनात तथा मकान मालिक के साथ एक पुलिस इंस्पेक्टर कमरे के भीतर आया।

जीन तुरंत अपने हाथ आगे बढ़ाते हुए बोला, "इंस्पेक्टर साहब, मैं ही चोर हूँ। मैंने ही ओवरनात के सोने के सिक्के चुराए थे। मैं अपना अपराध कबूल करता हूँ। मैं पहले भी कई बार इस तरह के अपराध में जेल जा चुका हूँ। आप मुझे हथकड़ी लगा लीजिए।"

इंस्पेक्टर ने उसे हथकड़ी पहना दी और अपने साथ ले जाने लगा। जीन ने एक बार मुड़कर सेविनिआँ की तरफ देखा। सेविनिआँ की आँखों में पश्चात्ताप के आँसू थे। वह जीन को तब तक देखता रहा, जब तक वह उसकी आँखों से ओझल नहीं हो गया।

□

हृदय परिवर्तन

—फ्रांस्वा कोपी

मरकादिए फ्रांस की सेना में कप्तान था। वह छत्तीस साल तक सेना में नौकरी करने के बाद सेवामुक्त हुआ। फिर उसने उस गाँव में जाकर रहने का फैसला किया, जहाँ उसका जन्म हुआ था।

जब मरकादिए गाँव में पहुँचा तो उसे न तो उसका कोई दोस्त मिला, न ही कोई रिश्तेदार। जो लोग मिले, उन्होंने उससे बात तक नहीं की; क्योंकि मरकादिए का स्वभाव अच्छा नहीं था। सेना में भरती होने से पहले उसने गाँववालों को खूब तंग किया था।

सेना में भरती होने के बाद भी उसकी हरकतें कम नहीं हुई थीं। अनुशासन भंग करने के कारण उसे कई दिन तक फौजी जेल में रहना पड़ा था। वह अकसर हाजिरी के समय उपस्थित नहीं होता था। वह बैरक में रात को देर तक हो-हल्ला करता रहता था।

इसीलिए कई बार उसका पद घटा दिया गया। लेकिन कई लड़ाइयों में बहादुरी दिखाने के कारण वह अंत में कप्तान हो गया था।

सेवामुक्त होने के बाद उसे करीब दो हजार फ्रैंक उपदान (ग्रेच्यूइटी) में मिले थे तथा दो सौ पचास फ्रैंक इनाम के तौर पर। उसे हर तीन महीने बाद पेंशन भी मिला करती थी। पर इतने धन से उसका केवल गुजारा ही चल पाता था, क्योंकि वह बहुत फुजूलखर्ची था। उसे महँगा भोजन करने की आदत थी।

उसने गाँव में एक कमरा किराए पर लिया था, पर वह अपना अधिकतर समय गाँव के एक होटल में बिताता था। वह सारा दिन उस होटल में बैठा सिगरेट और शराब पीता और जुआ खेलता रहता। वह होटल के बैरों को लड़ाई के दौरान के किस्से सुनाया करता। होटल के सब बैरे उसमें बहुत रुचि लेने लगे थे। मरकादिए भी उस होटल को अपने घर जैसा समझने लगा था।

उस दिन सोमवार था। जब मरकादिए होटल में गया तो वहाँ बहुत भीड़ थी। सब कुरसियाँ भरी हुई थीं। बैठने के लिए कोई स्थान नहीं बचा था। यह देखकर वह अपने कमरे में चला गया।

अगले सोमवार को भी मरकादिए यह सोचकर होटल नहीं गया कि वहाँ बहुत भीड़ होगी। वह अपने कमरे के बाहर एक चबूतरे पर बैठ गया।

तभी उसने देखा कि नौ-दस साल की एक लड़की बतखों के एक झुंड को डंडे से हाँककर ले जा रही है। उस लड़की की एक टाँग लकड़ी की थी।

मरकादिए दिल का बड़ा कठोर था। उस दिन से पहले वह कभी भावुक नहीं हुआ था।

जब भी कोई भिखारी उसके पास आता था तो वह उसे डाँटकर भगा देता था। पर उस लड़की को देखकर उसका हृदय पसीज गया। उस लड़की की हालत देखकर उसे उसपर दया आने लगी। वह बहुत भावुक हो उठा।

जैसे ही बतखें अपने बाड़े को पहचानकर उसमें घुसने लगीं और वह लड़की भी उनके पीछे-पीछे बढ़ी, मरकादिए ने उसे आवाज देकर अपने पास बुलाया। वह हिचकिचाती हुई उसके पास आई। मरकादिए ने उससे पूछा, "तुम्हारा नाम क्या है, बेटी?"

"साहब, मेरा नाम पियरे है," वह मरकादिए की तरफ देखती हुई धीरे से बोली।

"क्या तुम यहीं आसपास रहती हो?" मरकादिए ने पूछा।

"हाँ, साहब, आपके पड़ोस में ही रहती हूँ?" वह बोली।

"पर मैंने तो तुम्हें पहले कभी नहीं देखा," मरकादिए बोला।

"साहब, आपने मुझे देखा है। मैं भी आपको जानती हूँ। मैं आपके कमरे की

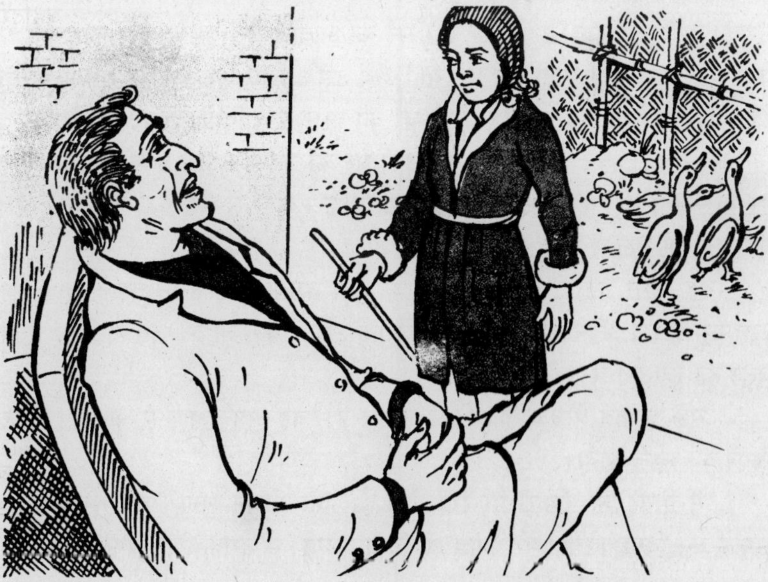

सीढ़ियों के नीचे ही सोती हूँ और जब शाम को आप कमरे में लौटते हैं तो मुझे उठाकर दूसरी जगह भेज देते हैं।'' वह बोली।

''अच्छा! आगे से मैं ध्यान रखूँगा,'' मरकादिए हैरान होकर बोला। फिर उसने पूछा, ''क्या तुम्हारी माँ इन बतखों को पालती है?''

''नहीं, साहब, मेरी माँ नहीं है। मैं तो अनाथालय से आई हूँ और यहाँ नौकरी करती हूँ,'' वह बोली।

''पर ये लोग तुम्हें कितनी तनख्वाह देते हैं?'' मरकादिए ने पूछा।

''तनख्वाह नहीं, साहब, सिर्फ खाने को भोजन और सोने को सीढ़ियों के नीचे की जगह।'' वह बोली।

''तुम्हारी टाँग कैसे खराब हो गई?'' मरकादिए ने उससे प्यार से पूछा।

''साहब, जब मैं पाँच साल की थी, तब एक गाय मेरे पैर पर चढ़ गई थी। तभी से मैं इस लकड़ी की टाँग के सहारे चल रही हूँ।'' पियरे ने जवाब दिया।

फिर उसने मरकादिए को झुककर सलाम किया और वहाँ से चली गई।

'यह तो ठीक नहीं है,' पियरे के जाने के बाद मरकादिए मन-ही-मन बुदबुदाया, 'मैं सिगरेट, शराब और जुए में कितना धन बिगाड़ देता हूँ, जबकि पियरे जैसे सैकड़ों अनाथ बच्चे अनेक मुसीबतें झेलते हुए अपना जीवन बिता रहे हैं।' यह सोचते हुए वह होटल की तरफ चल दिया।

होटल की भीड़ में उसका मन नहीं लगा। वहाँ बैठे लोगों की सिगरेटों के धुएँ में उसका दम घुटने लगा। उन लोगों के हँसने की आवाज जैसे उसके कान फाड़ रही थी। जहाँ पहले वह घंटों बिता देता था, वहाँ अब उसके लिए एक पल भी बैठना भारी हो रहा था। वह तेजी से उठा और अपने घर की तरफ चल दिया। शायद पहली बार वह दिन का समय अपने घर में बिता रहा था। घर की गंदगी ने उसे झकझोरा। सब परदों पर धूल जमी थी। कूड़ेदान जली हुई सिगरेटों के टुकड़ों से भरा पड़ा था। सारी मेज-कुरसियाँ भी धूल में सनी थीं।

वह कमरे की दीवार पर टँगी एक बड़ी तसवीर की तरफ देखने लगा। फिर अलमारी में रखे अपने कपड़े देखे तो पाया कि उसकी कमीजों की जेबें फटी हुई हैं और बटन टूटे हुए हैं। जुराबों में छेद हैं।

'मुझे वास्तव में एक नौकर की जरूरत है,' वह अपने आप से बोला। तभी उसे पियरे का ध्यान आया।

'मैं पियरे को नौकरी पर रख लेता हूँ,' वह सोचने लगा, 'वह मेरे कमरे की सफाई कर दिया करेगी। मेरे कपड़े धो दिया करेगी। मैं उसके लिए बगलवाला कमरा

किराए पर ले लूँगा। सर्दियाँ आ रही हैं। वह सीढ़ियों के नीचेवाली जगह पर सोएगी तो बीमार पड़ जाएगी।'

तभी मरकादिए को ध्यान आया कि उसकी पेंशन मिलने में तो अभी देर है। वह पिछले तीन महीनों की पेंशन लेकर खर्च कर चुका है। फिर उसे होटल का बिल भी चुकाना है।

'मैं पियरे को तनख्वाह कहाँ से दूँगा?' मरकादिए सोचने लगा।

'ये होटलवाले मुझे लूट रहे हैं,' वह गुस्से में बुदबुदाया, 'मैं वहाँ बहुत खर्च कर देता हूँ। वहाँ के जुआरी ताश खेलने में कुशल हैं। वे हर बार मुझे हरा देते हैं। मुझे उनकी शराब आदि का खर्च भी उठाना पड़ता है।'

'यदि पियरे मेरा भोजन भी बना दिया करे तो मैं होटल में जाना भी छोड़ दूँगा,' उसने सोचा।

फिर उसने पियरे को नौकरी पर रख लिया। उसने पियरे के लिए एक जोड़ी कपड़े भी खरीद दिए।

'अब मैं अपना सिगरेट और शराब का खर्च कम कर दूँगा,' मरकादिए ने फैसला किया, 'और जुआ भी नहीं खेला करूँगा।' मरकादिए अपने में परिवर्तन लाने लगा।

उसने सिगरेट और शराब पीना बहुत कम कर दिया और जुआ खेलना तो बिल्कुल ही बंद कर दिया। अब वह महँगा भोजन भी नहीं करता था। वह हर तरह से अपना खर्च कम करने लगा।

मरकादिए के होटल के साथी उसे डरपोक और लालची कहने लगे, पर वह उनकी बातों की परवाह नहीं करता था। उसे तो बस एक ही चिंता थी कि अपना खर्च कम करके किसी तरह पियरे के लिए सुख-सुविधाएँ जुटाए। वह पियरे की खुशी में ही अपनी खुशी समझने लगा।

पियरे भी बहुत उत्साह से मरकादिए का सारा काम करती थी। अब मरकादिए का कमरा बड़ा साफ-सुथरा दिखाई देता था और उसमें सब चीजें करीने से लगी होती थीं। अब मेज-कुरसियों पर धूल भी दिखाई नहीं देती थी। खिड़कियों के शीशे चमक रहे होते थे। मरकादिए को अपना कमरा एकदम नया लगने लगा था।

पियरे मरकादिए के लिए भोजन भी बनाने लगी। यह देखकर मरकादिए बहुत खुश हुआ।

उसने रसोईघर के लिए जरूरी सामान भी खरीदकर पियरे को दे दिया। मरकादिए को पहली बार ऐसा लगा, जैसे वह घर में रह रहा है।

मरकादिए धीरे-धीरे अपने सारे ऐब छोड़ता जा रहा था। अब उसे कोई जुआ खेलने को कहता तो वह गुस्सा हो जाता। उसने धीरे-धीरे होटल जाना भी छोड़ दिया।

अब वह ज्यादातर घर में ही रहता। वास्तव में उसे पियरे से बहुत लगाव हो गया था।

एक दिन जब पियरे ने उसे 'साहब' कहा तो वह उसे बीच में ही रोककर बोला, "तुम मुझे साहब मत कहा करो।" फिर उसने पियरे को अपने पास बैठाकर प्यार से उसका माथा चूमा। वह उसे नौकरानी न मानकर बेटी के समान समझने लगा था।

फिर वह पियरे को पढ़ना-लिखना भी सिखाने लगा।

अब मरकादिए को यह चिंता सताने लगी थी कि उसके बाद पियरे की देखभाल कौन करेगा। वह खुद बहुत बूढ़ा हो चुका था।

मरकादिए ने सोचा कि यदि वह पियरे को कपड़ों की एक छोटी-सी दुकान खुलवा दे तो वह उसकी मृत्यु के बाद भी आराम से रह सकेगी। पर दुकान खरीदने के लिए बहुत धन की जरूरत थी। मरकादिए ने सिगरेट और शराब पीना बिल्कुल ही छोड़ दिया। वह ज्यादा-से-ज्यादा धन बचाने लगा।

वह तब तक धन बचाता रहा, जब तक उसके पास पियरे के लिए दुकान खरीदने लायक धन इकट्ठा नहीं हो गया।

इसके बाद जब कभी मरकादिए अपनी इस मुँहबोली बेटी के साथ बगीचे में टहलने जाता तो लोग उन दोनों को देखकर कहते, "इस बूढ़े सैनिक ने पियरे जैसी अनाथ बच्ची का जीवन खुशियों से भर दिया है। अब यह सारी जिंदगी आराम से रह सकेगी।"

जब मरकादिए यह बात सुनता तो उसकी आँखों में खुशी के आँसू छलक आते। □

सही फैसला

—फ्रांस्वा रेबले

बहुत पुरानी बात है। फ्रांस के पेरिस शहर में भुना हुआ मांस बेचनेवाला एक दुकानदार रहता था। वह बहुत लालची था। उसने अपनी दुकान के बाहर एक भट्ठी लगा रखी थी।

वह लोहे की सीखों में मांस लगाकर उस भट्ठी पर लटका देता था और मांस के भुन जाने पर उसे बेचकर अपना गुजारा करता था।

एक दिन एक भार ढोनेवाला मजदूर उस दुकान के पास बैठा डबलरोटियाँ खा रहा था।

उसके सामने ही भुना मांस बेचनेवाले दुकानदार की भट्ठी जल रही थी, जिसपर सीखों में लगा हुआ मांस लटक रहा था।

अचानक उस मजदूर ने सोचा कि क्यों न इस भट्ठी में से निकलनेवाली भाप पर अपनी डबलरोटियाँ सेंक लूँ, क्योंकि सिंकने के बाद डबलरोटियाँ ज्यादा स्वादिष्ट लगेंगी।

यह सोचकर वह अपनी जगह से उठा और भट्ठी के पास जाकर अपनी डबलरोटियाँ भट्ठी में से निकलनेवाली भाप से सेंकने लगा।

दुकानदार ने उसे यह करते हुए देख लिया, पर वह उस समय कुछ नहीं बोला। जब मजदूर ने सारी डबलरोटियाँ खा लीं और वहाँ से जाने लगा तो दुकानदार उठकर दुकान से बाहर आया और उस मजदूर का हाथ पकड़ते हुए बोला, ''जाते कहाँ हो? तुमने मेरी भट्ठी में से निकलनेवाली भाप पर अपनी डबलरोटियाँ सेंकी हैं। पहले तुम मुझे उस भाप की कीमत अदा करो, तब मैं तुम्हें यहाँ से जाने दूँगा।''

यह सुनकर मजदूर बहुत हैरान हुआ और उसने कहा, ''मैंने तुम्हारी भट्ठी में से निकलनेवाली भाप से डबलरोटियाँ सेंक लीं तो इससे तुम्हें क्या नुकसान हुआ है? मैंने तुम्हारा कुछ नहीं लिया है। न ही मेरे डबलरोटियाँ सेंकने से भट्ठी पर लटके मांस की मात्रा कम हुई है। यदि मैं यहाँ न आता और भट्ठी में से निकलनेवाली भाप पर डबलरोटियाँ

न सेंकता, तो भी यह भाप तो हवा में ऊपर ही उड़ जाती। तुम तो इसका कोई इस्तेमाल कर नहीं सकते थे। इसलिए मैं तुम्हारा किसी भी तरह से कर्जदार नहीं हूँ।'' कहकर उसने दुकानदार से पूछा, ''क्या तुमने कभी किसी को भाप बेचते या खरीदते देखा है?''

लेकिन दुकानदार ने उसकी एक न सुनी। वह अपनी जिद पर अड़ा रहा और बोला, ''मैं न तो तुम्हें जानता हूँ और न ही मेरा तुमसे कोई रिश्ता है। फिर मैं क्यों अपने पैसे छोड़ दूँ?''

यह देखकर मजदूर को गुस्सा आ गया। वह जोर-जोर से चिल्लाने लगा।

झगड़ा बढ़ता जा रहा था। दोनों एक-दूसरे पर जोर-जोर से चिल्ला रहे थे। उनके झगड़े की आवाज सुनकर आसपास के लोग वहाँ इकट्ठे होने लगे।

थोड़ी ही देर में वहाँ काफी भीड़ जमा हो गई।

उस भीड़ में सीनी जॉन नाम का एक आदमी भी था।

वह उस इलाके का एक बहुत मशहूर व्यक्ति था। लोग उसे 'चौधरी' कहते थे और उसके पास अपने झगड़े लेकर जाते थे। वह उनके झगड़े निबटाता था।

मजदूर और दुकानदार ने भी उससे अपना झगड़ा निबटाने की प्रार्थना की।

चौधरी ने उन दोनों की बातें अलग-अलग सुनीं।

वह समझ गया कि दुकानदार उस मजदूर को ठगना चाहता है और उससे धन ऐंठना चाहता है।

कुछ देर सोचकर चौधरी ने मजदूर से पूछा, "क्या तुम्हारे पास एक सिक्का है ?"

मजदूर ने झट से अपनी जेब से एक सिक्का निकालकर चौधरी को दे दिया।

चौधरी उस सिक्के को लेकर हाथ में उछालने लगा, जैसे सिक्के के वजन का अंदाजा लगा रहा हो।

फिर वह उस सिक्के को बहुत ध्यान से देखते हुए सिक्के पर खुदे अक्षरों को पढ़ने लगा।

वहाँ इकट्ठा लोग उसे यह सब करते चुपचाप देख रहे थे। दुकानदार यह सोचकर खुश हो रहा था कि वह सिक्का उसे ही दिया जाएगा।

तभी चौधरी ने एक बरतन मँगवाया। उसने वह सिक्का उस बरतन में डाल दिया और सिक्के को बरतन में खनखनाने लगा। फिर उसने वह बरतन मजदूर के हाथ में दिया और बोला, "तुम इस बरतन को दुकानदार के कान के पास ले जाओ और इसमें पड़े हुए सिक्के को उसी तरह खनखनाओ जैसे मैंने खनखनाया था। फिर सिक्के को बरतन में से निकालकर अपनी जेब में रख लो।"

जैसा चौधरी ने कहा था मजदूर ने वैसा ही किया।

फिर चौधरी ने भीड़ की तरफ पलटकर कहा, "सज्जनो, अब मैं आप लोगों के सामने इन दोनों के झगड़े का फैसला सुनाता हूँ।"

थोड़ी देर रुककर चौधरी बोला, "इस मजदूर ने इस दुकानदार की भट्ठी में से निकलती भाप पर अपनी डबलरोटियाँ सेंकी थीं। उसकी कीमत इस मजदूर ने सिक्के की खनखनाहट के रूप में दुकानदार को चुका दी है। इसलिए अब यह मजदूर दुकानदार का कर्जदार नहीं रहा।"

चौधरी का फैसला सुनकर मजदूर बहुत खुश हुआ और उसने चौधरी को धन्यवाद दिया। वहाँ इकट्ठे सब लोगों ने भी चौधरी के फैसले की भूरि-भूरि प्रशंसा की।

□

सिगनल

—फ्सिएवुलुत गारशिन

सेम्योन इवानोव रेल की पटरी की मरम्मत का काम करता था। उसकी झोंपड़ी एक रेलवे स्टेशन से कुछ किलोमीटर दूर थी। उसकी झोंपड़ी से लगभग चार किलोमीटर दूर रुई की एक मिल थी। उस मिल के पास ही एक घना जंगल था। वहीं पानी रोकने के लिए बाँध बना हुआ था, जिससे रेल की पटरी गुजरती थी। सेम्योन की झोंपड़ी के आसपास दूसरे मजदूरों की झोंपड़ियाँ भी थीं।

सेम्योन इवानोव रेल की नौकरी करने से पहले एक लड़ाई के दौरान एक सैनिक अधिकारी के यहाँ काम करता था। तेज धूप और कड़ाके की सर्दी में भी वह अपने मालिक के लिए दिन में तीन बार नाश्ता व खाना लेकर मोरचे पर जाता था। वह दूसरे अफसरों के लिए भी चाय तैयार करता था। गोलियों की बौछारों के बीच भी वह अपना काम करता रहता था। सब अफसर उससे बहुत खुश थे।

लड़ाई खत्म होने के साथ ही सेम्योन की नौकरी भी छूट गई। फिर वह अपने गाँव लौट आया। गाँव पहुँचने पर उसे पता लगा कि उसके पिता तथा उसके चार साल के पुत्र की मृत्यु हो चुकी है। सेम्योन और उसकी पत्नी अकेले रह गए।

सेम्योन कुछ काम-धंधा करने की सोचने लगा। लेकिन उसके हाथ-पैरों में दर्द रहने लगा था, इसलिए वह खेतीबारी नहीं कर सकता था। एक दिन वह किसी हलके काम की तलाश में अपनी पत्नी के साथ गाँव से निकल पड़ा।

लेकिन सेम्योन की पत्नी को कुर्स्क में एक व्यापारी के यहाँ नौकरी मिल गई। सेम्योन काम की तलाश में आगे बढ़ गया।

सेम्योन जब एक स्टेशन पर पहुँचा तो उसकी नजर स्टेशन मास्टर पर पड़ी। उसको स्टेशन मास्टर का चेहरा जाना-पहचाना-सा लगा।

वह स्टेशन मास्टर की तरफ देखने लगा। स्टेशन मास्टर भी उसकी तरफ बड़े ध्यान से देख रहा था और उसे पहचानने की कोशिश कर रहा था। मस्तिष्क पर थोड़ा

जोर डालने के बाद दोनों ही एक-दूसरे को पहचान गए। असल में वह स्टेशन मास्टर भी उस सैनिक टुकड़ी के अफसरों में से था, जिनके लिए सेम्योन कुछ-न-कुछ काम कर दिया करता था।

''तुम सेम्योन इवानोव हो न?'' स्टेशन मास्टर ने पूछा।

''जी,'' सेम्योन बोला।

''तुम यहाँ कैसे आए?'' स्टेशन मास्टर ने उससे पूछा।

सेम्योन ने उसे अपने बारे में सबकुछ बता दिया।

''अच्छा, अब तुम कहाँ जा रहे हो?''

''कोई निश्चित नहीं,'' सेम्योन ने जवाब दिया, ''जहाँ भी नौकरी मिल जाए।''

स्टेशन मास्टर थोड़ी देर सोचने के बाद बोला, ''देखो, दोस्त, तुम कुछ समय यहाँ मेरे साथ रह सकते हो। यहाँ रेल की पटरी की मरम्मत का काम करनेवाले मजदूर की जगह खाली है। मैं तुम्हारी सिफारिश कर दूँगा, ताकि वह नौकरी तुम्हें मिल जाए।''

''मैं आपका बहुत एहसानमंद रहूँगा, श्रीमान,'' सेम्योन बोला।

फिर सेम्योन उस स्टेशन मास्टर के साथ स्टेशन पर ही रहने लगा। सेम्योन रसोई के काम में उसकी मदद करता, उसके लिए जंगल से लकड़ियाँ काटकर लाता, यार्ड साफ करता, प्लेटफॉर्म पर झाड़ू लगाता।

कुछ दिन बाद ही सेम्योन को वह नौकरी मिल गई। तब उसने अपनी पत्नी को भी वहाँ बुला लिया।

सेम्योन को उसकी जरूरत का सब सामान दे दिया गया, जिसमें हरी और लाल झंडी, लालटेन, सीटी, हथौड़ा, पेचकस, आरी और अन्य औजार थे। इनके अलावा उसे गाड़ियों के आने-जाने का समय बतानेवाली किताब भी दी गई। उसने गाड़ियों के आने-जाने के समय जबानी याद कर लिये।

गरमी का मौसम था। सेम्योन दिन में दो बार अपने काम पर जाता था। वह पटरी के जोड़ों में लगे काबलों को कसता, यदि पटरी पर कहीं बर्फ जमी होती तो उसे साफ करता, पानी के पाइपों की जाँच करता और फिर घर लौट जाता।

इस तरह कई महीने बीत गए। सेम्योन की अपने पड़ोसी मजदूरों से जान-पहचान बढ़ने लगी। उनमें एक वैसिली भी था, जो बहुत हट्टा-कट्टा था, पर जरा गरममिजाज था। वह अकसर अपने अधिकारियों की बुराई करता रहता था, उन्हें गालियाँ देता रहता था। सेम्योन उसे बहुत समझाता, पर वह उसकी एक न सुनता।

एक दिन वे दोनों पटरी के साथ लगे एक पाइप पर बैठे बातें कर रहे थे। तभी वैसिली बोला, ''देखो, सेम्योन, हमें रहने के लिए कैसी छोटी-छोटी झोंपड़ियाँ दी हुई हैं। हम इन झोंपड़ियों में जानवरों की तरह रहते हैं। ये अफसर लोग हमें सताते हैं, हमारा

खून चूसते हैं और जब हम बूढ़े और बेकार हो जाते हैं, तब हमें निकाल बाहर करते हैं।"

फिर कुछ पल रुकने के बाद वैसिली ने पूछा, "अच्छा, सेम्योन, तुम्हें कितनी तनख्वाह मिलती है ?"

"ज्यादा नहीं, केवल बारह रूबल," सेम्योन बोला।

"और मुझे साढ़े तेरह रूबल मिलते हैं," वैसिली बोला, "अब तुम ही बताओ, क्या इतनी थोड़ी तनख्वाह में हम अपना और अपने परिवार का गुजारा कर सकते हैं ? इसपर भी ये अफसर हमपर जुल्म करते हैं, छोटी-छोटी बातों पर जुरमाना कर देते हैं। पिछले वसंत के मौसम में मैंने अपनी झोंपड़ी के पास की जमीन पर कुछ सब्जियाँ बो दी थीं, बस, मुझपर सब्जियाँ बोने के जुर्म में तीन रूबल जुरमाना कर दिया गया था।"

"पर तुम भी बहुत गरममिजाज हो," सेम्योन बोला।

"नहीं, मैं गरममिजाज नहीं हूँ। मैं तो सच बात कहता हूँ। मैं इस मामले को ऊपर तक ले जाऊँगा," वैसिली बोला।

एक दिन रेलवे का बड़ा अधिकारी उस लाइन को देखने आया, जिसपर सेम्योन और दूसरे मजदूर काम करते थे। कुछ दिन बाद कुछ और बड़े अधिकारी उस लाइन पर से गुजरने वाले थे।

उस अधिकारी के आने से पहले पटरी पर रोड़े बिछा दिए गए। पटरी के नीचे के

लट्ठे ठीक कर दिए गए। पटरियों के पेच कस दिए गए, खंभों पर रोगन कर दिया गया, कूड़ा-करकट हटाकर जगह-जगह पीली मिट्टी बिछा दी गई।

रेलवे का अधिकारी एक ट्राली में बैठकर वहाँ आया। वह वहाँ का निरीक्षण करने लगा। फिर वह मजदूरों की झोंपड़ियों को देखने लगा। जब वह सेम्योन की झोंपड़ी के पास गया तो सेम्योन ने उसे सलाम किया।

''क्या तुम यहाँ बहुत दिनों से रहते हो?'' अधिकारी ने सेम्योन से पूछा।

''जी,'' सेम्योन ने जवाब दिया।

फिर अधिकारी ने पूछा, ''एक सौ चौंसठ नंबर की झोंपड़ी में कौन रहता है?''

''जी, वैसिली,'' अधिकारी के साथ-साथ चल रहे निरीक्षक ने जवाब दिया।

''क्या यह वही वैसिली है, जिसकी तुमने पिछले साल शिकायत की थी?'' अधिकारी ने निरीक्षक से पूछा।

''जी,'' निरीक्षक ने जवाब दिया।

''अच्छा, चलो उसे भी देखते हैं,'' अधिकारी बोला। फिर वह निरीक्षक के साथ वैसिली की झोंपड़ी की तरफ चल दिया।

दो घंटे बाद सेम्योन जब अपनी झोंपड़ी के बाहर घूम रहा था तो उसने देखा कि वैसिली कहीं जा रहा है। वैसिली के हाथ में एक छड़ी तथा कंधे पर रूमाल बँधा था।

''तुम कहाँ जा रहे हो, वैसिली?'' सेम्योन ने उससे पूछा।

''मैं मास्को जा रहा हूँ, रेल के बड़े दफ्तर में,'' वैसिली बोला।

''बड़े दफ्तर! किसलिए?'' सेम्योन ने पूछा।

''साहब की शिकायत करने,'' वैसिली बोला।

''मत जाओ, मेरे दोस्त। कोई फायदा नहीं होगा,'' सेम्योन ने उसे समझाया।

''नहीं, मैं जरूर जाऊँगा। अब मैं और जुल्म बरदाश्त नहीं कर सकता। उसने मेरे मुँह पर तमाचा मारा है। देखो, मेरे मुँह से खून निकल आया है। मैं उसकी शिकायत जरूर करूँगा,'' वैसिली बोला।

''पर यह सब हुआ कैसे?'' सेम्योन ने पूछा।

''उसने मेरी झोंपड़ी में आकर सब चीजों को गौर से देखा। मैं पहले से ही जानता था कि वह मुझसे नाराज है। इसलिए मैंने सब चीजें ठीक ढंग से रखी हुई थीं। जब वह वापस जाने लगा, तब मैंने उससे निरीक्षक की शिकायत की। इसपर साहब आगबबूला होकर बोला, ''हाँ, इतने बड़े-बड़े अफसर जाँच-पड़ताल के लिए आने वाले हैं और तुम सब्जियाँ न लगाने देने की शिकायत कर रहे हो!'' सुनकर मुझे गुस्सा आ गया और मैंने भी गुस्से में कुछ कह दिया। इसपर साहब ने मेरे मुँह पर थप्पड़ मारा और मेरे मुँह से खून निकलने लगा। अब मैं मास्को जाकर इन दोनों की शिकायत करूँगा,'' यह

कहकर वैसिली वहाँ से चला गया।

वैसिली कई दिन तक वापस नहीं आया।

एक दिन सेम्योन जंगल से लकड़ियाँ लाने गया। वह लकड़ियाँ लेकर पटरी के साथ-साथ लौट रहा था। सूरज डूबने वाला था। चारों तरफ सन्नाटा छाया हुआ था। केवल कभी-कभी चिड़ियों की आवाज सुनाई दे रही थी।

अचानक उसे 'ठुक-ठुक' की आवाज सुनाई दी। यह आवाज बाँध की तरफ से आ रही थी। सेम्योन को मालूम था कि उस तरफ मरम्मत का काम नहीं हो रहा है, इसलिए आवाज सुनकर उसे बहुत हैरानी हुई। वह तेजी से बाँध की तरफ चल दिया।

बाँध काफी ऊँचा था। थोड़ा आगे बढ़ने पर सेम्योन ने देखा कि एक आदमी बाँध पर बैठा कुछ कर रहा है। सेम्योन चुपचाप उसकी तरफ बढ़ने लगा।

जब सेम्योन बाँध के ऊपर पहुँचा तो उसने देखा कि वह आदमी और कोई नहीं, वैसिली है। वैसिली ने रेल की तरफ की कुछ पटरी उखाड़ दी थी और फिर वह बाँध के दूसरी तरफ उतर रहा था। उसके हाथ में शायद औजारों का थैला था।

सेम्योन को मालूम था कि उस लाइन पर छ: बजे एक सवारी गाड़ी आती है, इसलिए वह चिल्लाकर बोला, "वैसिली, यह तुमने क्या किया? गाड़ी के पटरी से उतर जाने से न जाने कितने लोग बेमौत मारे जाएँगे। लाओ, औजारों का थैला मुझे दे दो।···और आओ, हम दोनों मिलकर इस पटरी को दोबारा

ठीक कर दें। किसी को पता भी नहीं चलेगा।''

पर वैसिली ने मुड़कर भी नहीं देखा और वह जंगल में गायब हो गया।

अब सेम्योन उस उखड़ी हुई पटरी के सामने घबराया हुआ खड़ा था। उसकी समझ में नहीं आ रहा था कि वह क्या करे। उसके पास उस पटरी को ठीक करने के लिए औजार भी नहीं थे।

सेम्योन ने लकड़ी का गट्ठर वहीं फेंका और औजार लाने के लिए अपनी झोंपड़ी की तरफ दौड़ा। एक जगह ठोकर लगने से वह गिरते-गिरते बचा, फिर भी वह दौड़ता रहा।

सेम्योन की घबराहट बढ़ गई। फिर वह रुक गया। झोंपड़ी पर जाने में ज्यादा समय लगेगा, यह सोचकर वह वापस बाँध की तरफ दौड़ा।

तभी उसे गाड़ी की सीटी की आवाज सुनाई दी। गाड़ी अभी दूर थी। सेम्योन इस समय उस जगह से छः-सात सौ फीट दूर था, जहाँ पटरी उखड़ी पड़ी थी।

सेम्योन के दिमाग में अचानक एक विचार कौंधा। उसने अपने सिर की टोपी में रखा रूमाल निकाला और चाकू से अपने हाथ की कुहनी के ऊपरी हिस्से में घाव किया, जिससे खून बहने लगा। उसने रूमाल को उस खून में डुबोया, जिससे वह लाल रंग का हो गया। फिर वह उस रूमाल को एक लकड़ी पर बाँधकर उसे लाल झंडी की तरह हवा में लहराने लगा। दूसरे हाथ से उसने अपने घाव को दबाए रखा। गाड़ी अब दिखाई देने लगी थी।

सेम्योन की बाँह से बहुत खून बह चुका था। उसका सिर चकराने लगा था और उसकी आँखों के सामने अँधेरा छा रहा था। वह बेहोश होकर गिरने ही वाला था कि किसी ने उसे सँभाल लिया और उसके हाथ से लाल झंडी लेकर हवा में लहराने लगा।

ड्राइवर ने लाल झंडी देखकर गाड़ी धीमी कर दी।

यात्री गाड़ी के डब्बों से निकलकर बाहर इकट्ठे होने लगे। उन्होंने देखा कि एक आदमी जमीन पर बेहोश पड़ा है और उसकी बाँह से खून बह रहा है। दूसरा आदमी डंडे पर बँधे खून से रँगे कपड़े को हाथ में लिये उसके पास खड़ा है।

दूसरा आदमी और कोई नहीं, वैसिली था। उसकी आँखों से पश्चात्ताप के आँसू बह रहे थे और वह चिल्ला-चिल्लाकर कह रहा था, ''मुझे पकड़ लो। मैंने ही वह पटरी उखाड़ी है। अपने दोस्त सेम्योन की इस हालत के लिए भी मैं ही जिम्मेदार हूँ।''

□

आधा कपड़ा

—बर्नियर

बहुत पुरानी बात है। फ्रांस के आबेविले नाम के शहर में एक व्यापारी अपनी पत्नी और लड़के के साथ रहता था।

वह बहुत धनी था।

एक बार उस शहर के कुछ लोगों से उसकी लड़ाई हो गई। वे सब उसके दुश्मन बन गए।

व्यापारी ने सोचा, 'यदि मेरी इनसे दोबारा कभी लड़ाई हुई, तो ये लोग मुझे मार डालेंगे और मेरा सारा माल हड़प लेंगे। इससे तो अच्छा है कि मैं वक्त रहते यह शहर छोड़ दूँ और कहीं दूसरी जगह जाकर बस जाऊँ।'

यह सोचकर उसने अपनी सारी संपत्ति इकट्ठी की और अपनी पत्नी तथा लड़के के साथ पेरिस जाकर रहने लगा।

उसे पेरिस में रहते सात साल बीत गए। उसका व्यापार ठीक चल रहा था और वह अपनी पत्नी और लड़के के साथ सुख-चैन से रह रहा था।

तभी अचानक एक दिन उसकी पत्नी बीमार पड़ गई। व्यापारी ने उसका बहुत इलाज करवाया, पर वह बच न सकी। व्यापारी को उसकी मृत्यु का बहुत दुःख हुआ।

वह उदास रहने लगा।

समय बीतता गया। व्यापारी का लड़का अब बड़ा हो गया था। व्यापारी ने एक सामंत की पुत्री से अपने लड़के का विवाह तय करने का निर्णय किया, पर सामंत ने उससे कहा, ''यदि तुम अपनी सारी संपत्ति अपने लड़के के नाम कर दो तो मैं अपनी पुत्री का विवाह उसके साथ कर दूँगा, वरना नहीं।''

व्यापारी ने उसकी शर्त मान ली और अपनी सारी संपत्ति अपने लड़के के नाम कर दी।

कुछ दिनों बाद सामंत की पुत्री के साथ उसके लड़के का विवाह बहुत धूमधाम से हो गया।

दो वर्ष बाद व्यापारी के लड़के के यहाँ पुत्र पैदा हुआ।

धीरे-धीरे वह बड़ा होने लगा।

उधर व्यापारी अब बूढ़ा हो चुका था। उससे चला भी नहीं जाता था।

व्यापारी का लड़का तथा लड़के की पत्नी उसका ज्यादा ध्यान नहीं रखते थे और उसे बोझ समझने लगे थे।

आखिरकार एक दिन व्यापारी का लड़का उससे बोला, ''पिताजी, आप यह घर छोड़ दीजिए, क्योंकि मेरी पत्नी नहीं चाहती कि आप यहाँ रहें। हमने आपको बारह साल तक अपने साथ रखा, लेकिन अब नहीं रख सकते। आप कहीं और चले जाइए।''

यह सुनकर व्यापारी को बहुत धक्का लगा।

वह बोला, ''बेटा, यह तुम क्या क़ह रहे हो? मुझे घर से मत निकालो। मुझे रहने के लिए बड़ा कमरा नहीं चाहिए। न ही अच्छा भोजन चाहिए। मुझे तो कोई छोटी-मोटी कोठरी दे दो। मैं उसी में रहकर और रूखी-सूखी खाकर अपना गुजारा कर लूँगा। मुझे अब कुछ ही दिन तो और जीना है। ऐसे में यह बूढ़ा शरीर लेकर मैं कहाँ जाऊँगा?''

''पिताजी, मैं कुछ नहीं जानता। आप कहीं भी जाइए, कैसे भी अपना गुजारा कीजिए; पर यह घर छोड़ दीजिए।'' लड़के ने जवाब दिया।

व्यापारी बहुत दुखी हुआ। उसकी आँखों में आँसू आ गए। वह बहुत मुश्किल

से खड़ा हुआ और घर से बाहर जाते हुए बोला, "बेटा, बाहर बहुत ठंड है। मैं बूढ़ा और कमजोर आदमी हूँ। मुझे ठंड लग जाएगी। मैं बीमार पड़ जाऊँगा। तुम मुझे और कुछ नहीं तो ओढ़ने के लिए एक कपड़ा ही दे दो।"

यह सुनकर उसका लड़का खीज-भरे स्वर में बोला, "पिताजी, मेरे पास आपको देने लायक कोई कपड़ा नहीं है।"

इसपर व्यापारी ने कहा, "बेटा, मैं ठंड के कारण काँप रहा हूँ। यदि और कोई नहीं, तो अपने घोड़े को ओढ़ानेवाला कपड़ा दे दो।"

तब व्यापारी के लड़के ने अपने पुत्र से कहा, "बेटा, अपने दादाजी को अस्तबल ले जाओ और इन्हें घोड़े को ओढ़ानेवाला कपड़ा दे दो।"

व्यापारी का पोता हालाँकि उम्र में अभी छोटा था, पर था बहुत समझदार। वह पहले रसोईघर गया, फिर अपने दादाजी को अस्तबल ले गया। वहाँ उसने घोड़े को ओढ़ानेवाला कपड़ा लिया और अपनी जेब से चाकू निकालकर उस कपड़े के दो टुकड़े कर दिए।

उनमें से एक टुकड़ा उसने अपने दादाजी को पकड़ा दिया।

व्यापारी बोला, "बेटा, यह तुम क्या कर रहे हो? तुम्हारे पिताजी ने तो मुझे पूरा कपड़ा देने के लिए कहा था, फिर तुम मुझे आधा कपड़ा क्यों दे रहे हो?"

"मैं आपको आधा कपड़ा ही दूँगा। आधे से ज्यादा नहीं दूँगा," बच्चे ने जवाब दिया।

व्यापारी लौटकर अपने लड़के के पास आया और बोला, ''बेटा, तुम्हारा पुत्र तो मुझे आधा कपड़ा दे रहा है, जबकि तुमने पूरा कपड़ा देने के लिए कहा था।''

''क्यों बेटा, तुम इन्हें आधा कपड़ा क्यों दे रहे हो, पूरा क्यों नहीं दे रहे ?'' व्यापारी के लड़के ने अपने पुत्र से पूछा।

''पिताजी, यदि मैंने दादाजी को पूरा कपड़ा दे दिया तो फिर मैं आपको क्या दूँगा ?'' बच्चे ने जवाब दिया।

''क्या मतलब ? मैं कुछ समझा नहीं ?'' व्यापारी का लड़का हैरान होकर बोला।

''मतलब यह है कि मैं आधा कपड़ा अपने पास रखूँगा और जब मैं बड़ा हो जाऊँगा और आप बूढ़े हो जाएँगे, तब वह आधा कपड़ा मैं आपको दूँगा। और जैसे आप अपने पिताजी की सारी संपत्ति लेकर उन्हें घर से निकाल रहे हैं, वैसे ही बड़ा होने पर मैं भी आपकी सारी संपत्ति लेकर आपको घर से निकाल दूँगा,'' बच्चे ने जवाब दिया।

अपने पुत्र के मुँह से यह सुनकर व्यापारी का लड़का सकपका गया। वह अपने किए पर बहुत शर्मिंदा हुआ। फिर व्यापारी की तरफ मुड़कर बोला, ''पिताजी, मुझे माफ कर दीजिए। मुझसे गलती हो गई। घर के भीतर आ जाइए। यह आप ही का घर है। आप ही इसके मालिक हैं। मैं वह सारी संपत्ति आपको लौटाता हूँ, जो मैंने आपसे ली थी। आप इस घर में आराम से रहिए।''

व्यापारी बहुत खुश हुआ और अपने लड़के, लड़के की पत्नी और पोते के साथ आराम से रहने लगा।

□

दो भाई

—बायअर्नस्टाएरने बायअर्नसन

एक नगर में एक स्कूल मास्टर रहता था। उसका नाम बार्ड था। उसका एक भाई था एंडर्स। दोनों भाइयों में बहुत प्रेम था। वे एक ही मकान में साथ-साथ रहते थे। जब युद्ध छिड़ा तो दोनों भाई सेना में भरती हो गए। वे दोनों एक ही पल्टन में थे। दोनों ने तरक्की की और हवलदार के पद पर पहुँच गए।

युद्ध समाप्त होने पर दोनों भाई अपने नगर वापस आ गए। नगर के लोग दोनों भाइयों की बहुत प्रशंसा करते थे।

तभी एक दिन उनके पिता की मृत्यु हो गई। उन्होंने फैसला किया कि वे सारी संपत्ति को नीलाम कर दें और जिस भाई को जिस चीज की जरूरत हो, वह बोली देकर उसे खरीद ले। नीलामी में मिलनेवाला धन वे आपस में आधा-आधा बाँट लें।

ऐसा ही किया गया। और सब चीजों का निबटारा तो हो गया, पर उनके पिता की सोने की एक घड़ी रह गई। वह घड़ी आसपास के इलाके में बहुत प्रसिद्ध थी। उस नगर में वह अपने किस्म की एक ही घड़ी थी।

उसके लिए नगर के कई अमीर व्यक्ति बोली लगाने को तैयार थे। साथ ही दोनों भाई भी उस घड़ी को चाहते थे। बार्ड सोच रहा था कि एंडर्स बोली नहीं लगाएगा और घड़ी उसके पास रहने देगा। उधर एंडर्स भी यही सोच रहा था।

पर जब बोली लगनी शुरू हुई तो दोनों ने बोली लगाई। जब एंडर्स ने बीस डॉलर की बोली लगाई तो बार्ड सोचने लगा कि उसके भाई ने यह ठीक नहीं किया। उसने एकदम तीस डॉलर की बोली लगा दी। पर एंडर्स ने और अधिक बोली लगा दी।

नीलामी के कमरे में एकदम सन्नाटा छा गया। तभी एंडर्स ने पचास डॉलर की बोली लगा दी।

बार्ड को लगा कि उसका इतना अपमान कभी नहीं हुआ। उसने और ऊँची बोली लगाई। वहाँ कई लोग मौजूद थे, इसलिए एंडर्स भी सबके सामने अपना सिर

नहीं झुकाना चाहता था। उसने बार्ड से भी बढ़कर बोली लगाई।

फिर अचानक बार्ड जोर से हँसा और सौ डॉलर की बोली लगाकर कमरे से बाहर चला गया। वह अपने घोड़े पर चढ़ने ही वाला था कि नीलाम करनेवाले का एक आदमी दौड़ा-दौड़ा बाहर आया और बोला, ''घड़ी तुम्हारी हो गई है। एंडर्स ने हथियार डाल दिए हैं।''

बार्ड ने यह सुना तो उसे अफसोस हुआ। उसे अपने भाई का खयाल आ रहा था। इतने में कई लोग बाहर आ गए। उनमें एंडर्स भी था। वह बोला, ''अब ऐसा दिन कभी नहीं आएगा, जब तुम्हारा भाई तुम्हारे साथ होगा।''

बार्ड ने भी उसी लहजे में उत्तर दिया, ''मैं भी कभी तुम्हारे दरवाजे पर नहीं आऊँगा।'' और यह कहकर वह घोड़े पर चढ़कर वहाँ से चला गया।

इसके बाद दोनों अलग-अलग रहने लगे। उन्होंने फिर कभी अपने पुराने घर का रुख नहीं किया।

कुछ दिनों बाद एंडर्स ने विवाह कर लिया। बार्ड को विवाह के अवसर पर न बुलाया गया और न ही वह गया।

विवाह के करीब एक वर्ष के बाद एंडर्स की गाय अचानक मर गई। उसके बाद एंडर्स पर और भी कई मुसीबतें आईं और उसकी हालत दिन-पर-दिन खस्ता होती गई।

एक दिन बार्ड अपने भाई के घर पहुँचा। एंडर्स अपने बिस्तर पर लेटा था। उसकी आँखों में आँसू थे। पर बार्ड को देखकर वह अपने आँसू पोंछ एकदम खड़ा हो गया।

''तुम यहाँ किसलिए आए हो ?'' एंडर्स ने उससे पूछा।

''मैं तुम्हारी सहायता करना चाहता हूँ, एंडर्स,'' बार्ड ने उत्तर दिया।

''तुम यहाँ से चले जाओ, नहीं तो पता नहीं क्या हो जाएगा!''

बार्ड एक कदम पीछे हट गया और काँपती आवाज में बोला, ''अगर तुम वह घड़ी चाहते हो तो ले सकते हो।'' यह सुनकर एंडर्स और भी जोर से चिल्लाया, ''बार्ड, यहाँ से चले जाओ!''

बार्ड वहाँ से चला गया।

इसके बाद भी बार्ड कई बार अपने भाई के घर के सामने से गुजरा, पर अंदर नहीं गया। हर बार कोई-न-कोई अड़चन आ जाती थी और बार्ड को एंडर्स से बात करने का मौका नहीं मिल पाता था।

एक रविवार को बार्ड गिरजाघर गया। वहाँ एंडर्स और उसकी पत्नी पहले से मौजूद थे। बार्ड प्रार्थना के दौरान अपने छोटे भाई के चेहरे की ओर देखता रहा। उसे एंडर्स के साथ बिताए गए बचपन के दिन याद आ गए।

बार्ड के मन में आया कि वह अपने भाई के साथ जाकर बैठ जाए, पर हर बार कोई-न-कोई बीच में आ जाता था। वहाँ बहुत से लोग थे। उसने फैसला किया कि वह एंडर्स के घर जाकर आराम से बात करेगा।

जब शाम हुई तो बार्ड अपने भाई के घर पहुँचा। बाहर से ही उसने सुना, एंडर्स की पत्नी कह रही थी, ''आज तुम्हारे भाई को गिरजाघर में देखा था। मुझे विश्वास है कि वह तुम्हारे बारे में ही सोच रहा था।''

एंडर्स ने जवाब दिया, ''नहीं, वह और किसी के बारे में सोच ही नहीं सकता। वह हमेशा अपने बारे में ही सोचता है।''

फिर कुछ देर घर के अंदर चुप्पी रही। बार्ड अब भी बाहर खड़ा था। कुछ देर बाद एंडर्स की पत्नी बोली, ''मैं जानती हूँ कि तुम दोनों एक-दूसरे के बारे में सोचते हो, पर तुम इसे स्वीकार नहीं करते।''

एंडर्स ने गहरी साँस ली और कहा, ''कुछ और बात करो।''

फिर कुछ ही देर बाद एंडर्स घर से बाहर निकला। बार्ड को एकदम छिप जाना

पड़ा। एंडर्स खलिहान से जलाने के लिए लकड़ी लेकर अंदर चला गया।

बार्ड उसकी हालत देखकर करीब दस मिनट बुत की तरह वहीं खड़ा रहा। वह अंदर जाने का साहस न कर सका।

उसने इधर-उधर देखा और चुपके से खलिहान का दरवाजा खोला। फिर उसने लालटेन जलाई और सोने की घड़ी उसी कील पर टाँग दी, जिसपर लालटेन टँगी थी। तभी उसे कुछ आहट सुनाई दी। जल्दी में लालटेन को वैसे ही जलता छोड़कर वह खलिहान से बाहर आ गया।

उसका जी इतना हलका हो गया था कि वह बच्चों की तरह उछलता-कूदता अपने घर पहुँच गया। पर अगले दिन उसने सुना कि एंडर्स का खलिहान जलकर राख हो गया है। शायद जलती लालटेन से कोई चिनगारी भूसे को लग गई थी।

बार्ड को बहुत दु:ख हुआ। वह सारा दिन घर पर ही रहा। शाम को वह घर से निकला और अपने भाई के घर जा पहुँचा। खलिहान की जगह पर जली हुई लकड़ियाँ और राख थी। वह लकड़ियाँ और राख हटाकर कुछ ढूँढ़ने लगा। दस-पंद्रह मिनट

में उसे वह चीज मिल गई, जिसे वह ढूँढ़ रहा था। पर उस घड़ी के बदले वहाँ सोने का एक बेडौल-सा टुकड़ा ही बचा था।

सोने के उस टुकड़े को लेकर वह अपने भाई के घर जाना चाहता था, उसे सारी बात बताकर उसके साथ सुलह करना चाहता था। पर फिर उसे अपने भाई के साथ पिछली मुलाकात के समय हुई कड़वी बातें याद हो आईं। वह फैसला नहीं कर पा रहा था कि वह घर के अंदर जाए या नहीं।

जब वह वहाँ खड़ा था तो आते-जाते कुछ लड़के-लड़कियों ने उसे वहाँ राख को उलटते-पलटते देखा था। पिछले दिन शाम को भी उसे कई लोगों ने एंडर्स के घर आते देखा था। सबको पता था कि दोनों भाइयों में दुश्मनी है। किसी ने पुलिस में बार्ड के विरुद्ध रिपोर्ट कर दी।

पुलिस ने जाँच की। पर बार्ड के विरुद्ध कुछ भी साबित नहीं हो पाया। पुलिस ने एंडर्स से पूछा कि क्या उसे किसी पर शक है, तो उसने अपने भाई की ओर देखा।

वह जान गया कि उसका भाई जानता है कि वह कुछ न कहे और एंडर्स ने कह दिया, ''नहीं।''

इस घटना के बाद एंडर्स ने बहुत अधिक मात्रा में शराब पीना शुरू कर दिया। उसकी सेहत खराब हो गई।

कुछ दिनों बाद एक औरत बार्ड के पास आई। उसने बार्ड से साथ चलने के लिए कहा। बार्ड पहचान गया कि वह उसके भाई की पत्नी है। वह समझ गया कि मामला क्या है। वह चुपचाप उसके साथ चल दिया।

वे एंडर्स के घर पहुँचे। वहाँ दीये की हलकी रोशनी थी। एंडर्स बहुत कमजोर हो गया था और बिस्तर पर लेटा हुआ था।

दोनों भाई बात करने लगे। दोनों ने एक-दूसरे को अपनी-अपनी पूरी कहानी सुना दी। बार्ड ने सोने का वह बेडौल टुकड़ा निकालकर बिस्तर पर रख दिया। दोनों ने महसूस किया कि इन वर्षों में उन दोनों का एक भी दिन ऐसा नहीं बीता था, जब उन्होंने खुशी महसूस की हो।

उस दिन के बाद बार्ड ने एंडर्स की देखभाल शुरू कर दी। एक दिन एंडर्स बोला, ''अब मैं ठीक हूँ। अब हम पहले की तरह ही इकट्ठे रहेंगे। एक-दूसरे से कभी अलग नहीं होंगे।''

पर दुर्भाग्य से उसी दिन एंडर्स की मृत्यु हो गई।

बार्ड अपने भाई की विधवा और बच्चे को अपने घर ले गया।

दोनों भाइयों के बीच जो बात हुई थी, धीरे-धीरे पूरे नगर को इसका पता चल गया। सब लोग बार्ड का बहुत आदर करने लगे। मित्रता की इन भावनाओं से बार्ड

को भी मानसिक शक्ति मिली। वह सब लोगों का हितैषी बन गया। उसकी यह इच्छा रहती कि वह दूसरों के किसी काम आ सके। हवलदार से वह स्कूल मास्टर बन गया।

स्कूल में छोटे बच्चों को वह एक बात मुख्य रूप से सिखाता था कि हमेशा प्रेमपूर्वक रहना चाहिए। उसने अपने जीवन में भी इसे व्यावहारिक रूप से अपनाया। बच्चे भी उसकी प्रेम-भावना से प्रभावित थे और उसे अपने मित्र और पिता के समान समझकर उससे बहुत प्यार करते।

□

सफेद हाथी की चोरी

—मार्क ट्वेन

यह कहानी मुझे मेरे एक जान-पहचानवाले हसन अली ने सुनाई थी। वह सत्तर साल का बूढ़ा था। उस बूढ़े शरीफ आदमी ने मुझे यह कहानी इतनी गंभीरता से सुनाई थी कि उसकी हर बात ने मेरे मन पर गहरी छाप छोड़ दी थी। हसन अली ने कहा था—

"आप जानते हैं कि स्याम के देश, जिसे आजकल थाईलैंड कहा जाता है, के लोग शाही सफेद हाथी का कितना आदर करते हैं। उस हाथी को वहाँ केवल राजा ही रख सकता है। एक तरह से वह राजा से भी महान् होता है। क्योंकि उसका केवल सम्मान ही नहीं, पूजा भी की जाती है।"

पाँच साल पहले स्याम और इंग्लैंड के बीच जब सीमा-विवाद उठ खड़ा हुआ तो उसमें स्याम का पक्ष गलत साबित हो गया। इसपर स्याम ने नाराज इंग्लैंड को खुश करने के लिए बहुत कुछ किया। इंग्लैंड की नाराजगी को पूरी तरह दूर करने और अपना आभार जाहिर करने के लिए महारानी को एक भेंट देने का फैसला किया। भला महारानी के लिए एक शाही सफेद हाथी से अच्छी भेंट और क्या हो सकती थी?

मैं उस समय स्याम की सिविल-सेवा में था। मुझे इस भेंट को इंग्लैंड की महारानी तक पहुँचाने के लिए सबसे योग्य समझा गया। इसलिए यह काम मुझे सौंप दिया गया। कुछ ही दिनों बाद मैं एक जहाज पर हाथी, उसके नौकर-चाकर और अपने मातहत अफसरों के साथ स्याम से रवाना हो गया। मगर रास्ते में मेरा जलपोत एक तूफान में घिरकर काफी टूट-फूट गया। उस अवस्था में आगे सफर करना असंभव हो गया। जहाज की मरम्मत के लिए मुझे बीच में ही रुकना पड़ा। इस तरह मैं न्यूयॉर्क बंदरगाह पहुँच गया। जर्सी नगर में शाही मेहमान, यानी हाथी को ठहराया गया था। जहाज की मरम्मत में कम-से-कम एक महीने का समय लगना था।

एक पखवाड़े तक सबकुछ ठीकठाक चलता रहा था। लेकिन उसके बाद मेरी मुसीबतों का दौर शुरू हो गया था। मेरा सफेद हाथी चोरी चला गया था।

रात में बुलाकर जब मुझे यह सूचना दी गई थी तो मैं सन्न रह गया था। कुछ होश आने पर मैं दौड़ा-दौड़ा न्यूयॉर्क में जासूसों के मुख्यालय में जा पहुँचा था। जासूसों के प्रमुख, इंस्पेक्टर ब्लंट घर जाने वाले थे। लेकिन वह मुझे देखकर रुक गए थे। उनसे बात करके हाथी के फिर से मिल जाने के बारे में मुझमें आशा और विश्वास बढ़ गया था। तब मैंने उन्हें सारी घटनाएँ कह सुनाईं।

ब्लंट एक कुरसी पर मुझे बैठने का इशारा करके कुछ सोचने लगे। फिर बोले, ''जरा मुझे थोड़ी देर सोचने दीजिए।''

अगले कुछ मिनट तक दफ्तर में काम करनेवाले क्लर्कों की कलम के चलने की आवाज के अलावा मुझे कुछ नहीं सुनाई पड़ा था। आखिरकार ब्लंट ने सिर उठाया। तब मैंने समझा कि उन्होंने कुछ उपाय सोच लिया है। वह धीर-गंभीर आवाज में बोले, ''यह कोई मामूली चोरी का मामला नहीं है। हर कदम बहुत सोच-समझकर उठाना होगा। साथ-ही-साथ उस कार्यवाही के बारे में पूरी गोपनीयता भी बरतनी होगी। किसी को भी कुछ नहीं बताना होगा। यहाँ तक कि पत्रकारों से भी राजदारी बरतनी होगी। उन्हें तो मैं सँभाल लूँगा और उन्हें बस वही जानकारी दूँगा, जिससे मेरे काम में कोई रुकावट न आए।''

ब्लंट ने घंटी बजाई। एक युवक अंदर आया। वह उससे बोला, ''एलरिक, पत्रकारों से रुके रहने के लिए कहो।''

एलरिक बाहर चला गया। ब्लंट मुझसे कहने लगे, "अच्छा, अब काम की बात करें। हमारे पेशे में हर चीज बहुत तरीके से होती है।"

ब्लंट ने कलम और कागज ले लिये, "अब अपना नाम बताइए।"

"हसन बिन अली बिन सलीम अब्दुल्ला मुहम्मद मोइसे अल्लामल जामसेटजीजी बिन दलीप सुलतान आबू भुडपूर।"

"बहुत खूब, बड़ा अजीब नाम है! अच्छा, हाथी को किस नाम से बुलाते हो?"

"जंबो।"

"उसका जन्म-स्थान?"

"स्याम की राजधानी।"

"जंबो के माँ-बाप जीवित हैं?"

"नहीं।"

"जंबो के माँ-बाप की और कोई संतान थी?"

"नहीं, वह इकलौता था।"

"ठीक है, अब हाथी का पूरा हुलिया बताइए। कोई भी बात छोड़िएगा नहीं। हमारे लिए कोई चीज गैरजरूरी या महत्त्वहीन नहीं होती।"

मैंने जंबो का हुलिया बताया, "ऊँचाई उन्नीस फीट। सिर से पूँछ तक लंबाई छब्बीस फीट। सूँड़ की लंबाई सोलह फीट। पूँछ की लंबाई छह फीट, सूँड़ और पूँछ मिलाकर कुल लंबाई अड़तालीस फीट। दाँतों की लंबाई साढ़े नौ फीट। रंग सफेद, कान में आभूषण पहनाने के लिए तश्तरी जितना सूराख। देखनेवालों पर पानी फेंकने और सूँड़ से न केवल परिचितों बल्कि अपरिचितों से भी छेड़छाड़ करने की बुरी आदत। पिछले दाहिने पैर से थोड़ा लँगड़ाता है। जब चोरी गया था तो उसपर एक हौदा भी था।"

हुलिया लिखने के बाद इंस्पेक्टर ब्लंट ने घंटी बजाई और हुलिया एलरिक के हवाले करते हुए कहा, "इसकी पचास हजार प्रतियाँ छपवाकर अमेरिका के हर जासूस और दुकानदारों के पास भेज दो।"

एलरिक चला गया। ब्लंट ने मुझसे कहा, "मुझे जंबो का एक फोटो भी चाहिए।"

मैंने जेब से निकालकर फोटो दे दिया। उसे जाँचने-परखने के बाद ब्लंट ने कहा, "इससे काम चल जाएगा। लेकिन जंबो के लिए इनाम की राशि का ऐलान करना भी जरूरी है। इसलिए आप इनाम की रकम बताइए।"

"आपके खयाल से कितनी रकम ठीक रहेगी?"

"शुरू में पच्चीस हजार डॉलर, क्योंकि यह एक बहुत ही मुश्किल काम है। हाथी को चुराने और छिपाने के हजारों तरीके होते हैं। हाथी-चोरों के क्या, मामूली चोरों तक के हर जगह दोस्त होते हैं।"

''क्या आप बता सकते हैं कि चोर कौन हो सकते हैं?''

ब्लंट ने कहा, ''उनकी फिकर आप मत कीजिए। हमें किसी जेबकतरे या मामूली चोर से तो निबटना नहीं है। इतनी भारी संपत्ति किसी नौसिखिए चोर ने नहीं उड़ाई है। उसका पता लगाने के लिए जितनी भागदौड़ करनी पड़ेगी, उसके हिसाब से यह रकम बहुत कम पड़ेगी। फिर भी काम शुरू करने के लिए इतने पैसे ठीक हैं। खैर, जासूसी के इतिहास में कई ऐसे उदाहरण हैं, जब भोजन संबंधी विशेषता के कारण अपराधियों का पता चला है। अब आप यह बताइए कि जंबो क्या-क्या और कितना खाता है?''

''वह कुछ भी खा सकता है, आदमी से लेकर ईंट-पत्थर तक।''

''बड़ा अजीब हाथी है! लेकिन पूरी तफसील चाहिए। ऐसा हमारे पेशे में बहुत जरूरी है। मिसाल के तौर पर, जंबो आदमी खाता है तो बताइए कि वह एक बार में कितने आदमी खा सकता है?''

''पाँच आदमी।''

''बहुत अच्छे! लेकिन किस देश के लोगों को वह बड़े शौक से खाना पसंद करता है?''

''इस बारे में वह बहुत समझदार है। वह जान-पहचानवालों को पहले खाता है। लेकिन अजनबियों को भी नहीं छोड़ता है, अगर वे पहले सामने आ जाएँ।''

''वह ईंट के लिए पत्थर, बोतल के लिए ईंट, कपड़ों के लिए बोतल, बिल्लियों के लिए कपड़े, घोंघे के लिए बिल्ली, वनस्पति के लिए घोंघे, चीनी के लिए वनस्पति, आलू के लिए चीनी, धान की भूसी के लिए आलू, घास के लिए भूसी, जई के लिए घास, चावल के लिए जई खाना छोड़ सकता है। यूरोप के मक्खन के अलावा कोई ऐसी चीज नहीं है, जिसे वह न खा सकता हो।''

''बहुत बढ़िया! उसे एक बार में कितनी खुराक चाहिए?''

''पाँच क्विंटल से लेकर दस क्विंटल तक।''

''वह पीता क्या है?''

''हर पीनेवाली चीज। दूध, पानी, शीरा, अरंडी का तेल, कैफीन, कार्बोलिक एसिड वगैरह-वगैरह। विस्तार में जाना व्यर्थ होगा, वह कॉफी छोड़कर सब पी सकता है।''

''मात्रा कितनी होगी?''

''पाँच बैरल से लेकर पंद्रह बैरल तक।''

''गजब करता है। जंबो की सारी आदतें असामान्य हैं। उसका पता लगाने में बहुत मजा आएगा। किसी ने आज तक इतना खाने-पीनेवाला हाथी नहीं देखा होगा।''

ब्लंट ने कप्तान बर्न्स को बुलाकर सारा विवरण दिया और कहा कि जासूस जोंस, डेविस, हैल्सी, बेट्स और हैकेट को जरूरी जानकारी दे दो और उन्हें हाथी का पता

लगाने के लिए रवाना कर दो।

"जी, बेहतर है।" बर्न्स ने कहा।

"जासूस मोजेज, डाकिन, मर्फी, रोजर्स, टपर, हिगिंस और बार्थोलोम्यू को भी चोरों का पता लगाने के आदेश दे दो।"

"जी, अच्छा!"

उस जगह पर तीस व्यक्तियों का रात-दिन कड़ा पहरा बैठा दो, जहाँ जंबो की चोरी हुई है। पहरे पर रहनेवालों की सेवा-टहल के लिए तीस आदमी और होने चाहिए। वहाँ मेरी लिखित इजाजत के बिना पत्रकारों के अलावा कोई न जाने पाए।

इंस्पेक्टर ब्लंट ने रेलवे स्टेशन, बंदरगाह, हवाई अड्डे और न्यूजर्सी से बाहर जानेवाली सभी सड़कों पर सादे वेश में जासूस तैनात करने और संदेहास्पद आदमियों की तलाशी लेने के आदेश भी जारी कर दिए। उन्होंने जासूसों को यह भी हिदायत की कि जैसे ही हाथी या उसके पैर के निशान या अन्य कोई सुराग मिलें, उसकी सूचना तार से उनके पास भेज दी जाए।

ब्लंट ने रेल की पटरियों पर भी अपने जासूस तैनात कर दिए। उन्होंने अपने विशेषज्ञ तारघरों में तैनात करवा दिए और कहा, "यह सब काम पूरी राजदारी से होना चाहिए।"

कप्तान बर्न्स वहाँ से फौरन चला गया। थोड़ी देर तक खामोश रहने के बाद ब्लंट ने मुझसे कहा, "मैं अपने बारे में बढ़-चढ़कर दावे नहीं करता, लेकिन इतना जरूर यकीन दिलाता हूँ कि हम जंबो का पता जरूर लगा लेंगे।"

मैंने ब्लंट को धन्यवाद दिया और उनसे हाथ मिलाकर चला आया।

अगले दिन अखबार में चोरी गए हाथी के संबंध में पूरा विवरण छपा था। हर जासूस ने अपने-अपने ढंग से चोरी की घटना का विश्लेषण किया था। सभी विश्लेषणों में संभावित चोरों का नाम दिया गया था। कुल सैंतीस लोगों पर शक किया गया था। सभी अखबारों ने विवरण का समापन इंस्पेक्टर ब्लंट के विचारों के साथ किया। इसका एक अंश इस प्रकार था :

''इंस्पेक्टर ब्लंट को मालूम है कि इस चोरी में लिप्त दो मुख्य लोग कौन हैं। वे हैं—ब्रिक डफी और रेड मैकफेडेन। घटना से दस दिन पहले ही उन्हें पता था कि चोरी होने वाली है और वह इन चोरों का चुपचाप पीछा भी करते रहे हैं। लेकिन वारदातवाली रात को उन दोनों का सुराग छूट गया। बस, उसी का लाभ उठाकर वे हाथी को उड़ा ले गए।''

यह पढ़कर मैं ब्लंट की बुद्धि पर हैरान रह गया। कैसा जबरदस्त दिमाग पाया था उसने, जिसने न केवल सबकुछ वर्तमान में स्पष्ट देख लिया था, बल्कि जिससे भविष्य भी छिपाया नहीं जा सकता था।

मैंने ब्लंट के दफ्तर में पहुँचकर कहा, ''जब आपको पहले ही चोरी के बारे में मालूम था तो क्यों नहीं आपने चोरों को पहले ही गिरफ्तार करके इस परेशानी और नुकसान से हमें बचा लिया?''

लेकिन ब्लंट ने मुझे यह लाजवाब उत्तर दिया, ''हमारा काम अपराध रोकना नहीं है, बल्कि अपराधी को सजा देना है। हम सजा तब तक नहीं दे सकते, जब तक अपराध किया न जाए।''

मैंने कहा, ''जिस राजदारी से हम लोगों ने काम शुरू किया था, वह तो रही नहीं। अखबारों में सबकुछ छप गया है। इससे सभी चोर भेस बदल लेंगे या छिप जाएँगे।''

''चोरों को जो करना है, करने दीजिए। अगर मैं उन्हें पकड़ने पर आ गया तो उन्हें चूहे के बिल से भी ढूँढ़ निकालूँगा।

''असल में शोहरत, इज्जत, लोगों में चर्चा का विषय बनने ही से जासूसों की रोजी-रोटी है। हम लोगों को जानबूझकर अपनी बातें छपवानी पड़ती हैं। वरना लोग समझेंगे कि हमें कुछ नहीं मालूम।''

मैंने ब्लंट का लोहा मान लिया और उनके पास काफी पैसा जमा करा दिया। फिर जासूसों की सूचना की प्रतीक्षा करने लगा, क्योंकि किसी भी क्षण तार आने शुरू हो सकते थे। इसी बीच मैंने अखबार फिर पढ़ा। यह मैं अब जान सका कि अखबार में जासूसों को पच्चीस हजार डॉलर का पुरस्कार देने की घोषणा की गई थी। मैंने इंस्पेक्टर ब्लंट से कहा, ''मेरे खयाल से यह रकम जासूसों को नहीं, बल्कि हाथी को खोज निकालनेवाले

व्यक्ति को दी जानी चाहिए।''

ब्लंट ने कहा, ''जासूस ही हाथी का पता लगाएँगे। इसलिए आप बेफिक्र रहिए। इनाम उसके हकदार को ही मिलेगा। अगर कोई दूसरा आदमी जंबो का पता लगाएगा भी, तो जासूसों की गतिविधियों के कारण ही।''

इसी बीच कोने में रखी तार मशीन हरकत में आई और पहला तार यह आया :

'फ्लावर स्टेशन।

एक सूत्र मिला। एक फार्म में गहरे-गहरे निशान मिले। पूरब में दो किलोमीटर तक उन निशानों का पीछा किया गया। कोई नतीजा नहीं निकला। मेरे खयाल से हाथी पश्चिम में गया है। अब उसका पीछा उसी दिशा में करूँगा।

—जासूस डार्ली'

''डार्ली हमारा सबसे काबिल जासूस है।'' इंस्पेक्टर ब्लंट ने कहा, ''जल्दी ही वह हमें और भी सूचना देगा।''

दूसरा तार आया :

'बेकर्स, एन.जे.।

अभी-अभी पहुँचा हूँ। यहाँ रात में किसी ने शीशे का कारखाना तोड़कर आठ सौ बोतलें गायब कर दीं। यहाँ अधिक मात्रा में पानी पाँच किलोमीटर की दूरी पर है। मैं वहाँ जा रहा हूँ। जंबो प्यासा होगा, क्योंकि बोतलें खाली थीं।

—जासूस बेकर'

''यह हुई न काम की खबर।'' इंस्पेक्टर ने कहा।

तीसरा तार आया :

'टेलरविल, एल.आई.।

यहाँ करीब के फार्म से भूसे की ढेरी लापता हो गई। शायद खा ली गई। सुराग मिल गया है।

—जासूस ह्यूबार्ड'

''मैं जानता हूँ कि काम बहुत मुश्किल है, फिर भी जंबो हमसे बचकर नहीं निकल सकता।'' ब्लंट ने हँसकर कहा।

चौथा तार आया :

'फ्लावर स्टेशन, एन.वाई.।

तीन किलोमीटर पश्चिम तक निशानों के पीछे गया। अभी एक किसान ने बताया है कि ये निशान हाथियों के नहीं हैं। कहता है कि पिछली सर्दियों में जब बर्फ जम गई थी, तब उसने पौधों के लिए ये गड्ढे खोदे थे। आदेश दें कि अब क्या करूँ?

—जासूस डार्ली'

ब्लंट ने निम्नलिखित तार डार्ली के लिए लिखवाया :

'किसान को फौरन गिरफ्तार करके उसे अपने साथियों का नाम बताने पर मजबूर करो। जंबो को उड़ाने में उसका हाथ हो सकता है। निशानों का पीछा अगर जरूरी हो तो प्रशांत महासागर तक करो।

—प्रमुख ब्लंट'

एक और तार आया :

'कोनी 4 इंट, पी.ए. 8.45 बजे।

रात में गैस-दफ्तर तोड़कर तीन महीने के गैस के बिल ले जाए गए। एक सूत्र मिला है। उसी के पीछे जा रहा हूँ।

—जासूस मर्की'

इंस्पेक्टर ने हैरानी से कहा, "क्या जंबो अब गैस के बिल खाकर अपनी भूख मिटाएगा?"

उसके बाद जासूस हैवेस की तरफ से सबसे ज्यादा उम्मीद दिलानेवाला तार आया :

'आयरनबिल, एन.वाई.।

अभी पहुँचा हूँ। इस गाँव से सुबह पाँच बजे हाथी गुजरा है। कुछ लोग पूरब, कुछ पश्चिम, कुछ उत्तर और कुछ दक्षिण की दिशा में गया बताते हैं। लेकिन किसी ने वास्तव में यह नहीं देखा कि वह किधर गया है। उसने एक घोड़े को मार डाला है। सूत्र के लिए घोड़े के मांस का एक टुकड़ा मेरे पास है। उसने घोड़े को सूँड़ से मारा है। घोड़ा जिस तरह पड़ा हुआ था, उससे लगा था कि हाथी उत्तर की ओर बर्कज़ा रेलवे लाइन के किनारे-किनारे गया है। यह घटना साढ़े चार घंटे पहले की है। मैं तुरंत उसके पीछे जा रहा हूँ।

—जासूस हैवेस'

ब्लंट ने घंटी बजाकर एलरिक को बुलाया और कप्तान बर्न्स को भेजने को कहा। बर्न्स के आने के बाद उन्होंने पूछा कि इस समय कितने आदमी आदेश पर जाने के लिए तैयार हैं।

"छियानबे।" बर्न्स ने उत्तर दिया।

"उन्हें तुरंत उत्तर दिशा में भेज दो।" ब्लंट ने आदेश दिया।

उसके बाद और भी कई तार आए। एक तार देखकर ब्लंट ने कहा, "अब जंबो हमारे आदमियों के घेरे में है। वह किसी तरह बचकर नहीं जा सकता।"

तारों का सिलसिला जारी रहा। उन तारों से हाथी की गतिविधियों की जानकारी मिलती रही। यह भी पता चलता रहा कि कौन जासूस कहाँ उसका पीछा कर रहा है।

एक तार और आया, जिसने मेरी उगगीदों गर गानी फेर दिया :

'बोलिविया, एन.वाई., 12.50।

हाथी यहाँ उत्तर से आया और 11.50 बजे जंगल की तरफ गया। एक शवयात्रा में जाते हुए लोगों में उसने भगदड़ मचा दी और उनमें से दो आदमियों को मार दिया। लोगों ने उसपर तोप से छोटे गोले चलाए, जिससे वह वहाँ से भाग गया।

जासूस बर्क के साथ मैं यहाँ दस मिनट बाद उत्तर से आया। वहाँ की गई खुदाई को हमने हाथी के पाँवों के निशान समझकर काफी समय गँवाया। लेकिन इसी कोशिश में हमें सही निशान मिल गए और हम हाथी के पीछे-पीछे जंगल में पहुँचे। उसके बाद हमने अपने हाथों और घुटनों के बल झुककर उन निशानों पर नजर रखनी शुरू की। झाड़ी तक उनका पीछा किया। बर्क आगे-आगे था।

शायद हाथी आराम करने के लिए रुक गया था। बर्क सिर झुकाए निशानों पर नजर रखते हुए आगे बढ़ रहा था कि वह बेध्यानी में उसके पिछले पैरों से टकरा गया।

बर्क हाथी की पूँछ पकड़कर खुशी से चीखा, ''मैं इनाम···''

लेकिन उसके आगे बर्क कुछ नहीं कह सका, क्योंकि हाथी की सूँड़ के एक ही वार ने उसे हमेशा-हमेशा के लिए खामोश कर दिया।

मैं जान बचाकर, पलटकर भागा। हाथी ने मुड़कर किनारे तक बड़ी तेज गति से मेरा पीछा किया। इसी बीच शवयात्रा में भाग लेकर लौटते हुए लोग हाथी को दिखाई पड़ गए और वह उनके पीछे लपका। मुझे वहाँ से भाग निकलने का मौका मिल गया। फिर मैंने हाथी को लाख खोजना चाहा, पर उसका कोई पता नहीं चला।

—जासूस मुलरोनी'

दिन में दो बजे के बाद एक तार और आया, जो कुछ इस प्रकार था :

'बैक्सियर सेंटर, 2.15।

हाथी यहाँ था। उसने बहुत नुकसान पहुँचाया। मैं हाथी तक पहुँचा और जासूस ब्राउन के साथ हाथी की फोटो से उसका मिलान करने लगा। सबकुछ वही था। अचानक हाथी भागा। उसने बाएँ और दाएँ दोनों ओर जोरदार हमले किए। इसपर तोपों से गोले दागे गए। वह भाग गया है, लेकिन तोप के गोलों के घावों से खून के बड़े-बड़े निशान छोड़ गया है। उसे फिर से खोज निकाला जाएगा। वह दक्षिण की तरफ घने जंगलों में गया है।

—जासूस ब्रेंट'

यह आखिरी तार था। अचानक रात में जबरदस्त कुहरा छा गया था। कुहरा इतना घना था कि तीन फीट दूर की चीज भी दिखाई नहीं देती थी। नावों और बसों का चलना भी बंद हो गया था।

अगले दिन समाचार-पत्रों में तरह-तरह की खबरें छपी थीं। इन खबरों का सारांश यह था :

"सफेद हाथी जंबो लापता है। उसके आगे-आगे आतंक है और पीछे-पीछे मौत और तबाही। इनके पीछे जासूसों की टोली। जंबो के कारण कारखाने नष्ट, फसलें बरबाद, जनसभाओं में भगदड़ और बेमिसाल तबाही : चौंतीस जाने-माने जासूसों की धारणा, प्रमुख ब्लंट का खयाल।"

इंस्पेक्टर ब्लंट ने कहा, "कितनी खुशी की बात है! धरती पर आज तक किसी जासूसी संगठन को इतना पैसा और शोहरत नहीं मिली। यह प्रसिद्धि धरती के कोने-कोने में अनंत काल तक रहेगी और उसी के साथ रहेगा मेरा नाम भी।"

लेकिन मेरे लिए खुशी की कोई बात नहीं थी, क्योंकि मुझे लग रहा था कि सारे अपराध जंबो ने नहीं, मैंने ही किए हैं और हाथी मेरा लापरवाह एजेंट है। जंबो द्वारा मचाई गई तबाहियों के बारे में सुन-सुनकर दिल टूटता जा रहा था। अब तक जंबो द्वारा साठ लोग मारे जा चुके थे और दो सौ चालीस जख्मी किए गए थे। यह संख्या और भी ज्यादा हो सकती थी, मगर जासूसों की गतिविधियों और निष्ठा से पीछा करने से ऐसा नहीं हुआ था। जल्दी ही यह स्पष्ट हो गया था कि जंबो के सभी सूत्र लापता हो गए हैं। कुहरे के कारण उसने छिपने की कोई जगह ढूँढ़ ली होगी। उसके बाद विशालकाय जंबो न्यू हेवन, न्यूजर्सी, पेंसिलवेनिया, न्यूयॉर्क के भीतरी भाग बुकलिन और न्यूयॉर्क नगर में देखा गया, लेकिन हर जगह वह चकमा देकर लापता हो जाता था और पीछे अपना कोई निशान भी नहीं छोड़ता था।

दिन बीतते गए। कोई नतीजा नहीं निकला। अखबारों की खबरों में कोई नई बात नहीं आ रही थी।

इंस्पेक्टर ब्लंट की सलाह पर मैंने इनाम की रकम दोगुनी कर दी। चार दिन और बीत गए। अखबारों ने जासूसों के विचारों को छापने से इनकार करना शुरू कर दिया।

जंबो के लापता होने के दो सप्ताह बाद मैंने पुरस्कार की रकम बढ़ाकर पचहत्तर हजार डॉलर कर दी। यह बहुत बड़ी रकम थी, लेकिन मैं अपना सबकुछ लुटाकर भी अपने स्याम देश की सरकार में अपनी साख बचाना चाहता था। उसके बाद अखबारों ने जासूसों की आलोचना शुरू कर दी थी। लेकिन तमाम व्यंग्य के बावजूद ब्लंट इंस्पेक्टर का आत्मविश्वास नहीं डिगा था।

जंबो के लापता होने के तीन सप्ताह बाद मैं एक सुबह ब्लंट को मामला खत्म करने की सलाह देनेवाला था कि उसने एक उस्तादी चाल चलने का प्रस्ताव किया। वह चोरों से समझौते का प्रस्ताव था। ब्लंट का दिमाग मेरी समझ से परे था। विश्व के सबसे बढ़िया दिमागों से मेरा पाला पड़ा था। इंस्पेक्टर ने कहा कि वे एक लाख डॉलर पर समझौता कर सकते हैं और हाथी वापस ला सकते हैं। मैंने पूछा कि उन जासूसों का क्या होगा, जिन्होंने अब तक इतनी ईमानदारी से काम किया है।

इंस्पेक्टर ने कहा, "समझौतों में उन्हें हमेशा आधा मिलता है।"

अब मैंने कोई एतराज नहीं किया।

इंस्पेक्टर ब्लंट ने इस आशय की दो चिट्ठियाँ लिखीं :

'प्रिय मैडम,

आपके पति मुझसे तुरंत मिलकर कानून से सुरक्षित रहते हुए भारी रकम पा सकते हैं।

—जासूस प्रमुख, ब्लंट'

उन्होंने विशेष दूतों के जरिए ये पत्र ब्रिक डफी और रेड मैकफेडन की पत्नियों को भिजवा दिए।

थोड़ी ही देर में जवाब भी आ गए। जवाब में ब्लंट को बहुत भला-बुरा कहा गया था।

लेकिन एक चाल असफल होने के बाद ब्लंट दूसरी चाल तैयार कर लेते थे। उन्होंने सुबह प्रकाशित होनेवाले अखबारों में एक अजीबोगरीब विज्ञापन छपवाया और उसकी एक प्रति अपने पास रख ली।

उन्होंने कहा कि अगर चोर जिंदा होगा तो उस विज्ञापन को पढ़कर वह उनसे मिलने आ जाएगा। यह बैठक कल रात बारह बजे होगी।

तब तक हमारे पास कोई काम नहीं था। मैंने दफ्तर से बाहर निकलने में बिल्कुल समय नहीं गँवाया।

अगली रात ग्यारह बजे मैं एक लाख डॉलर के बैंक-नोट लेकर ब्लंट के पास गया और उनके हाथों में रख दिए। उसके बाद वह चले गए। किसी तरह एक घंटा और बीता। तभी मुझे उनकी आवाज सुनाई पड़ी। उनकी आँखों में जीत की चमक थी। उन्होंने कहा, "हमने समझौता कर लिया है। मेरे साथ आइए।"

उन्होंने एक मोमबत्ती ली और मुझे उस तहखाने में ले गए, जहाँ साठ जासूस हमेशा सोते थे। लेकिन उस समय उनमें से बहुत से समय काटने के लिए ताश खेल रहे थे। ब्लंट मुझे एक अँधेरे कोने की ओर ले गए। मुझे घुटन महसूस होने लगी। अचानक वह किसी ऊँची चीज से टकराकर गिर पड़े। मैंने उनके मुँह से यह आवाज सुनी :

"हमारे पेशे का सम्मान बरकरार है। आपका हाथी यहाँ है।"

थोड़ी देर बाद मुझे ऊपर दफ्तर में ले जाया गया और कारबोलिक एसिड दिया गया। जासूसों की पूरी टोली ऊपर आ गई और माहौल खुशी से भर उठा। पत्रकारों को भी बुलाया गया। खाने-पीने, बधाइयों और हाथ मिलाने का सिलसिला जारी रहा। उस समारोह का नायक ब्लंट था। उसने यह खुशी इतने धीरज और बहादुरी के साथ हासिल की थी कि उसे देखकर मैं भी खुश हो गया।

हालाँकि मैं वहाँ बेघर भिखारी की तरह खड़ा था। मेरी बेशकीमती चीज एक-एक

करके खत्म हो चुकी थी और देश की नागरिक सेवा में मेरी प्रतिष्ठा मिट्टी में मिल चुकी थी। फिर भी जासूसों को पचास हजार डॉलर बाँटने का सुख मुझे मिल रहा था।

तभी एक तार आया, जिसमें लिखा था :

'मोनरी मिशी, दस बजे रात।

तीन सप्ताह में पहली बार मैं तारघर में आया हूँ। घोड़े पर सवार होकर कदमों के निशानों का जंगलों में पीछा करता रहा। एक हजार मील तक निशान दिनोंदिन गहरे, बड़े और ताजा होते जा रहे हैं। एक सप्ताह के भीतर मैं हाथी का पता जरूर लगा लूँगा। यह निश्चित है।

—जासूस डार्ली'

प्रमुख ने डार्ली के नाम पर खुशियाँ मनाने को कहा। उसके बाद उसे तार से यह सूचना देने के लिए कहा कि वापस आकर अपने इनाम का हिस्सा ले ले।

इस प्रकार चोरी गए जंबो की आश्चर्यजनक कहानी खत्म हो गई।

बेचारा जंबो मुझसे हमेशा के लिए अलग हो चुका था। तोप के गोलों से उसे घातक चोटें लगी थीं। वह कुहरे में फँस गया था और तब तक भूख और दर्द से तड़पता रहा था, जब तक मौत ने उसे शांति नहीं दी। जासूसों के हाथ उसकी लाश लगी थी।

मुझे समझौते की कीमत एक लाख डॉलर चुकानी पड़ी थी और जासूसों का खर्च बयालीस हजार डॉलर देना पड़ा था। मैंने अपनी सरकार में काम के लिए फिर आवेदन नहीं किया था।

आज मैं एक बरबाद आदमी हूँ और दर-दर भटक रहा हूँ। लेकिन ब्लंट के प्रति, जिसे मैं दुनिया का सबसे बड़ा जासूस मानता हूँ, मेरे मन में प्रशंसा आज भी कम नहीं हुई है और आखिरी दिन तक ऐसी ही बनी रहेगी; क्योंकि उसने जंबो को खोज निकाला था, मुरदा ही सही।

□

हीरे का हार

—मोपासाँ

मैथीड एक बहुत सुंदर युवती थी। वह बहुत शान से रहना चाहती थी, लेकिन उसके पास पैसा नहीं था। उसका पति मोजेल एक दफ्तर में क्लर्क था। उसे जो वेतन मिलता था उससे बस किसी तरह घर का खर्च ही चल पाता था।

एक दिन शाम को मोजेल दफ्तर से लौटा तो वह बहुत खुश था। उसके हाथ में एक निमंत्रण-पत्र था। उसने मुसकराकर वह निमंत्रण-पत्र मैथीड को देकर कहा, "देखो, यह क्या है ?"

लेकिन मैथीड निमंत्रण-पत्र देखकर खुश नहीं हुई। उसने उपेक्षा से उसे फेंककर कहा, "इसका मैं क्या करूँगी ?"

मोजेल आश्चर्य से बोला, "मैथीड, मैंने सोचा था कि तुम इसे पाकर बहुत खुश होगी। जिस नृत्य-समारोह का यह निमंत्रण-पत्र है, उसमें सिर्फ बड़े-बड़े अधिकारी और गिने-चुने क्लर्क ही बुलाए गए हैं। मैं बड़ी मुश्किल से यह निमंत्रण-पत्र प्राप्त कर पाया हूँ।"

मैथीड ने खीजकर कहा, "लेकिन तुम यह क्यों नहीं सोचते कि मैं इस समारोह में पहनकर क्या जाऊँगी ?"

अब मोजेल भी गंभीर हो गया, क्योंकि इस विषय में तो उसने सोचा ही नहीं था। वह कुछ देर सोचने के बाद मैथीड को समझाते हुए बोला, "तुम जो कपड़े पहनकर थिएटर चलती हो, वही पहनकर चलना। उन कपड़ों में तुम बहुत सुंदर लगती हो।"

लेकिन मैथीड को वे कपड़े पसंद नहीं थे। वह रोने लगी। मोजेल ने पूछा, "क्या बात है, तुम रो क्यों रही हो ?"

मैथीड ने अपने आँसू पोंछते हुए कहा, "मैं उन कपड़ों को पहनकर वहाँ नहीं जा सकती। मेरे पास अच्छे कपड़े नहीं हैं, इसलिए मैं वहाँ नहीं जाऊँगी।"

मोजेल निराश हो गया। उसने कहा, "तो इसमें रोने की क्या बात है ? चलो, अपने

लिए नए कपड़े खरीद लो। कितना पैसा चाहिए?''

''मुझे ठीक-ठीक अंदाजा नहीं, लेकिन कम-से-कम चार सौ फ्रैंक (फ्रांस की मुद्रा) तो लग ही जाएँगे।''

यह सुनकर मोजेल का चेहरा उतर गया। उसने बहुत मुश्किल से लगभग चार सौ फ्रैंक बंदूक खरीदने के लिए जमा कर रखे थे। उसे बंदूक बहुत पसंद थी, लेकिन फिर भी वह तैयार हो गया और बोला, ''ठीक है, मैं तुम्हें चार सौ फ्रैंक दे दूँगा। तुम अपनी पसंद के कपड़े खरीद लेना।''

जैसे-जैसे समारोह का दिन नजदीक आता जा रहा था, मैथीड परेशान होती जा रही थी। एक दिन शाम को मोजेल ने उससे पूछा, ''क्या बात है, मैथीड, आजकल तुम इतनी परेशान-सी क्यों रहती हो?''

मैथीड ने कहा, ''मेरे पास एक भी जेवर नहीं है। जेवर के बिना मैं अच्छी नहीं लगूँगी। मैं सोच रही हूँ कि नृत्य-समारोह में न जाऊँ।''

यह सुनकर मोजेल बोला, ''अरे, तो इसमें परेशान होने की क्या बात है? तुम अपनी सहेली फोरेस्तीयर से जेवर माँग लो। वह तो बहुत अमीर है। अगले दिन लौटा देना। वैसे भी वह तो तुम्हारी बहुत अच्छी सहेली है।''

मैथीड खुशी से जैसे चिल्ला पड़ी, ''अरे, यह तो मैंने सोचा ही नहीं था।''

अगले दिन वह फोरेस्तीयर के पास गई। फोरेस्तीयर ने उसके हाथ में अपने जेवर का बक्स थमाते हुए कहा, ''लो, इसमें से तुम्हें जो पसंद हो, वह ले लो।''

बक्स में सोने के कंगन, मोतियों का हार आदि बहुत से जेवर थे। मैथीड ने एक-एक करके हर जेवर को शीशे के सामने पहनकर देखा, लेकिन कोई भी जेवर उसे जँचा नहीं, उसने फोरेस्तीयर से पूछा, ''क्या इनके अतिरिक्त तुम्हारे पास कुछ और जेवर हैं?''

फोरेस्तीयर ने कहा, ''हाँ, देती हूँ।'' और उसने एक बहुत ही सुंदर बक्स लाकर मैथीड के सामने रख दिया।

मैथीड ने जब वह बक्स खोला तो आश्चर्य और खुशी से उसकी आँखें फैल गईं। उसमें हीरे का एक बहुत ही सुंदर हार था। उसने तुरंत वह हार निकाल लिया और शीशे के सामने जाकर वह हार पहन लिया। वह हार उसके गले में बहुत सुंदर लग रहा था। वह अपनी ही सुंदरता पर मुग्ध हो गई। उस हार को अगले दिन लौटाने का वादा करके मैथीड चली आई।

शाम को जब वह हार पहनकर समारोह में गई, तो बहुत सुंदर लग रही थी। वहाँ जितनी भी औरतें थीं, वह उन सबसे ज्यादा सुंदर दिख रही थी। सभी पुरुष उसके सौंदर्य की तारीफ करने लगे।

समारोह के खत्म होने के बाद मोजेल और मैथीड रात में काफी देर से घर लौटे।

जब मैथीड ने हार उतारने के लिए हाथ बढ़ाया तो चौंक गई। उसके गले में हार नहीं था। हार गायब होने के भय से वह चीख पड़ी। उसकी चीख सुनकर मोजेल भागा-भागा उसके कमरे में आया। उसने पूछा, "क्या बात है ?"

मैथीड ने लड़खड़ाती हुई जबान से कहा, "वह हार...कहीं गिर गया..."

यह सुनते ही मोजेल का चेहरा सफेद पड़ गया। उसने पूछा, "जब तुम समारोह से लौटने लगी थीं, तो क्या तुम्हारे गले में वह हार था ?"

"हाँ।"

"फिर ? शायद उस टैक्सी में गिरा हो, जिसमें हम लौटे हैं।"

"हो सकता है, लेकिन हमें उसका नंबर भी तो मालूम नहीं है।"

यह सुनकर मोजेल परेशान हो गया। उसने हार को बहुत ढूँढ़ा, लेकिन वह नहीं मिला। अंत में वह निराश होकर बोला, "तुम अपनी सहेली फोरेस्तीयर को लिख दो कि वह हार टूट गया है और हमने उसे मरम्मत के लिए दे रखा है। इस बीच हम किसी प्रकार उसी तरह का हार खरीदकर उसे लौटाने की कोशिश करेंगे।"

मैथीड ने फोरेस्तीयर को पत्र लिख दिया। इसके बाद मोजेल और मैथीड उसी तरह का हार खरीदने के लिए बाजार गए। एक-एक कर उन्होंने कई दुकानों पर उस तरह का हार ढूँढ़ा, लेकिन वैसा हार नहीं मिला। अंत में काफी कोशिश के बाद एक

दुकान में उन्हें ठीक वैसा ही हीरे का हार नजर आ गया। मोजेल ने दुकानदार से दाम पूछा तो उसने बताया कि उसका मूल्य चालीस हजार फ्रैंक है, लेकिन वे उसे छत्तीस हजार फ्रैंक में खरीद सकते हैं।

मोजेल इतनी रकम सुनकर घबरा गया। लेकिन हार तो लौटाना ही था। वह पैसे के इंतजाम में लग गया। उसके पिता उसके लिए सोलह हजार फ्रैंक छोड़ गए थे। बाकी बीस हजार फ्रैंक उसने कई जगह से उधार लिये। फिर मैथीड वह हार खरीदकर फोरेस्तीयर को दे आई।

अब मोजेल और मैथीड के सामने उधार चुकाने का सवाल था।

दस वर्षों तक लगातार मेहनत करने के बाद वे कहीं अपना कर्ज चुका पाए।

इन दस वर्षों में मेहनत के कारण मैथीड बूढ़ी-सी दिखने लगी थी।

एक दिन रास्ते में मैथीड ने फोरेस्तीयर को देखा। वह एक छोटे से बच्चे के साथ जा रही थी। वह अब भी बहुत सुंदर लग रही थी। मैथीड ने उसे आवाज देकर रोका। फोरेस्तीयर रुक गई। उसने मैथीड को देखकर पूछा, ''तुम कौन हो? मैंने तुम्हें पहचाना नहीं।''

मैथीड ने कहा, ''मैं मैथीड हूँ, फोरेस्तीयर।''

यह सुनकर फोरेस्तीयर खुशी से चिल्ला पड़ी, ''अरे मैथीड, तुम? मैंने तो तुम्हें पहचाना ही नहीं। तुम कितनी बदल गई!''

मैथीड ने कहा, ''हाँ, मुझे पिछले दस वर्षों तक बहुत दुःख के दिन बिताने पड़े। इसीलिए मेरी यह हालत हो गई। शायद तुम्हें मालूम नहीं, मेरी यह हालत तुम्हारे कारण ही हुई है।''

''मेरे कारण?'' फोरेस्तीयर ने आश्चर्य से पूछा।

''हाँ, तुम्हारे कारण। तुम्हें याद है, एक बार मैंने तुमसे हीरे का एक हार उधार लिया था?''

''हाँ, खूब याद है।''

''तुम्हारा वह हार मुझसे खो गया था। मैंने ठीक उसी तरह का दूसरा हार खरीदकर तुम्हें दिया था। हमारे पास उतना पैसा तो था नहीं, इसलिए हमने पैसा उधार लेकर हार खरीदा था और वह उधार चुकता करने के लिए हमें दस साल दिन-रात मेहनत करनी पड़ी, जिससे मेरी यह हालत हो गई।''

यह सुनकर फोरेस्तीयर मुसकराई। वह बड़े प्यार से मैथीड का हाथ अपने हाथ में लेकर बोली, ''अरे मैथीड, तुम्हें बेकार इतना परेशान होना पड़ा। मैंने तुम्हें जो हार दिया था, वह तो नकली था और उसका मूल्य तो मुश्किल से पाँच सौ फ्रैंक था। तुमने उसके बदले मुझे असली हीरे का हार दे दिया।''

□

बलिदान

—मोपासाँ

पेरिस चारों तरफ से शत्रुओं से घिर चुका था। लोग भूखों मर रहे थे। पेरिस के लोगों को अपना अंत निकट दिखने लगा था। भूख से बेहाल लोगों को जो कुछ भी मिल जाता वे उसे ही खा लेते थे।

जनवरी का महीना था। उस दिन सुबह की धूप खिली हुई थी। मारिसो जेब में हाथ डाले चौड़े रास्ते पर अपने एक मित्र सावेज का इंतजार कर रहा था। मारिसो पेशे से घड़ीसाज था, पर उसे घूमने-फिरने तथा मछलियाँ पकड़ने का बहुत शौक था।

वह युद्ध शुरू होने से पहले हर रविवार को मछली पकड़नेवाली लग्गी तथा टिन का एक डब्बा अपने कंधे पर रखकर रेलगाड़ी से कोलंबस जाता और फिर वहाँ से मरांते द्वीप के सामने की ओर एक स्थान के लिए चल देता। उस स्थान पर पहुँचकर वह शाम को देर तक मछलियाँ पकड़ता था। वह रात होने तक मछलियाँ पकड़ता रहता था।

हर रविवार को सावेज भी वहाँ होता था। सावेज कद में छोटा, पर काफी खुशमिजाज आदमी था। वह कपड़े का काम करता था। उसे भी मछलियाँ पकड़ने का उतना ही शौक था, जितना कि मारिसो को। वे दोनों नदी के किनारे-किनारे हाथ में लग्गी लिये दिन-भर टहलते रहते थे। यहीं उनमें मित्रता हुई।

वे आपस में बहुत बातचीत करते, लेकिन कभी-कभी उनमें बहुत कम बातचीत होती थी। मगर उनके सोचने-समझने और अनुभव करने का ढंग एक जैसा था। यहाँ तक कि उनके शौक भी एक जैसे ही थे। इसलिए वे शीघ्र ही एक-दूसरे के बहुत करीब आ गए थे।

वसंत के मौसम में जब तेज धूप निकलती तो दोनों मित्रों की पीठ तपने लगती थी। कई बार कोई गुलाब का फूल या पौधा नदी की मंद-मंद धारा में बहता चला जाता। तब मारिसो हलकी मुसकान के साथ सावेज से कहता, ''देखो, नदी की धारा कितनी बढ़िया लग रही है!''

सावेज उत्तर देता, ''शायद इससे अच्छी चीज मैंने कभी नहीं देखी।''

इस तरह वे दोनों एक-दूसरे की बात को समझते और सम्मान देते थे।

सर्दी के मौसम में सूर्यास्त के समय आकाश लाल हो जाता। तब लाल बादलों की छाया नदी के पानी पर पड़ने लगती। ऐसे में सावेज, मारिसो के मुँह की तरफ देखकर कहता, ''कितना शानदार दृश्य है!''

मारिसो अपने काम में तल्लीन, नदी पर तैरते अपने टिन के डब्बे से नजर हटाए बगैर जवाब देता, ''हाँ, वाकई यह दृश्य बहुत शानदार है।''

थोड़ी देर में सावेज आ गया। वे एक-दूसरे से हाथ मिलाने के लिए आगे बढ़े। हाथ मिलाते हुए सावेज ने कहा, ''हम दोनों कितने बढ़िया समय में मिले हैं! मौसम कितना सुहावना है! शायद यह इस साल का अच्छा दिन है।''

नीले आसमान में प्रकाश फैला हुआ था। मारिसो और सावेज गंभीर थे और कुछ सोचते हुए टहल रहे थे।

मारिसो ने कहा, ''हम लोगों के मछली पकड़ने के अनुभव भी याद करने लायक होते हैं।''

वे दोनों टहलते-टहलते एक कैफे के सामने पहुँचे। अचानक मारिसो के कदम रुक गए। उसने सावेज से पूछा, ''किसी दूसरे कैफे में चलें तो कैसा रहेगा?''

''चलो।'' सावेज ने कहा।

और फिर वे दोनों एक अन्य कैफे में जाकर बैठ गए।

जब वे कैफे से बाहर निकले तो उनपर हलका-हलका नशा छा रहा था। उन्होंने खाली पेट शराब पी ली थी। धीमी चलती हवा उनके चेहरों से टकरा रही थी। सावेज

रुककर बोला, ''यह कैसा रहेगा?''

''क्या कैसा रहेगा?'' मारिसो ने पूछा।

''मछली पकड़ना।''

''मगर कहाँ?''

''वहीं, जहाँ हम अकसर मछलियाँ पकड़ते हैं—कोलंबस के पास फ्रांस की चौकी है। मैं कर्नल डुमोलाँ को जानता हूँ। मुझे विश्वास है कि वह हमें वहाँ जाने देगा।''

मारिसो खुशी से काँपने लगा।

''चलो, मैं तुम्हारे साथ हूँ।'' वह बोला।

और वे अपना मछली पकड़ने का सामान लेकर चल पड़े।

एक घंटे में वे मुख्य सड़क तक पहुँचे। वहाँ से वे कर्नल के घर पहुँचे और मछलियाँ पकड़ने के लिए जाने का अनुमति-पत्र माँगने लगे। कर्नल उनकी इस विचित्र प्रार्थना को सुनकर मुसकरा उठा। फिर उसने उन्हें अनुमति-पत्र दे दिया। उसने उन्हें वह संकेत भी बता दिया, जिसे बताकर वे दोनों फ्रांस की चौकी के पार जा सकते थे और वापस आ सकते थे।

वे जल्दी ही सीमा चौकी के पास पहुँच गए। फिर उन्होंने कोलंबस के इलाके को पार किया। वे दोनों ग्यारह बजे के करीब एक ढलान पर पहुँचे, जो सीन नदी तक गई थी।

सीन नदी के दूसरे किनारे पर स्थित आरजतेंतियो गाँव बिल्कुल सुनसान दिख रहा था। नांत्रे तक फैला खुला मैदान दूर-दूर तक खाली और सुनसान पड़ा था। इस भूरे रंग की धरती पर सिर्फ चेरी के टूटे-फूटे पेड़ दिखाई दे रहे थे। सावेज एक ओर इशारा करके बुदबुदाया, ''प्रशिया के लोग वहाँ हैं।''

इस शांत माहौल में प्रशिया के लोगों का जिक्र आते ही दोनों मित्र दुखी हो उठे। उन्होंने प्रशिया के लोगों को कभी नहीं देखा था, पर वे महीनों से उनकी उपस्थिति का अहसास कर रहे थे। उन्हें मालूम था कि प्रशिया के लोगों ने पेरिस को घेर रखा है, वे फ्रांस के लोगों को दाने-दाने के लिए तरसा रहे हैं, हत्या कर रहे हैं। चारों तरफ उनका आतंक बना हुआ है।

मारिसो ने कहा, ''प्रशिया के लोगों ने हम लोगों को पकड़ लिया तो?''

''हम उन्हें तली हुई मछली पेश करेंगे।'' सावेज ने मजाक किया।

वे कुछ हिचकिचाहट से अपने चारों तरफ फैली भयानक चुप्पी को चीरते हुए आगे बढ़े।

वे सतर्क होकर और थोड़ा झुककर चलने लगे, ताकि कोई उन्हें देख न ले। नदी तक पहुँचने के लिए उन्हें एक छोटा मैदान और पार करना था। उन्होंने तेज दौड़कर वह मैदान पार किया। मारिसो तथा सावेज ने कान लगाकर आहट ली कि वहाँ कोई और

तो नहीं है। उन्होंने पाया कि वहाँ केवल वे ही हैं। उनकी हिम्मत बढ़ गई और वे वहाँ नदी में मछलियाँ पकड़ने लगे।

नदी में एक टापू था। इस टापू के कारण उन्हें नदी के दूसरे किनारे से कोई नहीं देख सकता था। टापू पर छोटा-सा रेस्तराँ था। उसकी हालत देखकर लग रहा था जैसे वह वर्षों से बंद पड़ा हो।

सबसे पहले सावेज ने मछली पकड़ी। फिर मारिसो के जाल में एक मछली फँसी। फिर उन्होंने छोटी-छोटी ढेर सारी मछलियाँ पकड़ीं। अब वे धड़ाधड़ मछलियाँ पकड़ते जा रहे थे। और उन्हें सावधानी से अपने पाँव के पास रखे जाल में रखते जा रहे थे। वे बहुत उत्साह से भरे थे। ऐसा लग रहा था जैसे उनकी खोई हुई खुशी उन्हें वापस मिल गई हो। वे सारी दुनिया को भूलकर मछलियाँ पकड़ने में लगे थे। सूर्य की तेज किरणें उनके कंधों पर पड़ रही थीं। लेकिन उन्होंने इसकी परवाह नहीं की।

अचानक धरती बहुत तेजी से काँपी और कानों के परदे फाड़ देनेवाला शोर हुआ, जो मैदान के पीछे की ओर से आता हुआ प्रतीत हुआ। तोपों ने गोलाबारी फिर शुरू कर दी थी।

मारिसो ने चारों तरफ देखा। चारों ओर धुआँ-ही-धुआँ नजर आ रहा था।

इसके जवाब में किले की तरफ़ से भी गोलाबारी हुई और धुआँ उठा। कुछ देर बाद एक और बम विस्फोट हुआ।

फिर एक के बाद एक बम विस्फोट होने लगे और वहाँ चारों तरफ मौत का धुआँ-सा फैल गया।

सावेज बोला, ''मैंने पहले ही कहा था कि वे फिर युद्ध शुरू करेंगे।''

मारिसो चिंतित होकर अपने तैरते हुए टिन के डब्बे को ध्यान से देख रहा था। उसने मछली पकड़ना बंद कर दिया। उसे बहुत गुस्सा आया। शांतिप्रिय मारिसो की शांति में युद्ध करनेवालों ने विघ्न डाल दिया था।

सावेज गुर्राया, ''लोगों की हत्या करके वे अपने को बहुत बड़ा महसूस कर रहे हैं।''

''ये जानवरों से भी बदतर हैं।'' मारिसो ने उससे सहमति व्यक्त की। उसकी आँखें गुस्से से लाल हो रही थीं। उसने फिर कहा, ''और तुम्हें मालूम होना चाहिए कि जब तक ये सरकारें रहेंगी, दुनिया में यह स्थिति बराबर बनी रहेगी।''

सावेज उसकी इस बात से सहमत नहीं हुआ। उसने मारिसो का विरोध करते हुए कहा, ''जिन देशों में लोकतंत्र प्रणाली है, वे कभी युद्ध की घोषणा नहीं करते।''

मारिसो बोला, ''जिस देश में राजतंत्र प्रणाली है, वह देश दूसरे देशों से युद्ध करता है और जिसमें लोकतंत्र प्रणाली है, उसमें गृहयुद्ध होता है।''

और फिर वे साधारण लोगों की तरह इस बात पर बहस करते हुए राजनीति पर चर्चा करने लगे। वे इस बात पर सहमत थे कि कभी भी लोगों को वास्तविक स्वतंत्रता नहीं रही। उधर माउंट वैलेरियन पर सारा समय तोपें गरजती रहीं और फ्रांसीसी मकानों को गिराती रहीं। वे मानव की जिंदगी रौंदती रहीं और उनके सपनों को खत्म करके उनके दिलों में ऐसे घाव करती रहीं, जिन्हें समय कभी नहीं भर सकता।

''तो यह है जिंदगी,'' सावेज ने कहा।

''नहीं, यह जिंदगी नहीं, बल्कि मौत है,'' मारिसो ने हँसते हुए कहा।

अचानक उन्होंने अपने पीछे कदमों की आहट सुनी। उन्होंने तेजी से पीछे मुड़कर देखा, चार बंदूकधारियों ने उन्हें घेर लिया था। दोनों मित्रों के हाथों से मछली पकड़नेवाली लग्गी छूटकर पानी में गिर गई और धीरे-धीरे बहने लगी।

कुछ ही देर में सिपाहियों ने उन्हें पकड़कर एक नाव में बैठा दिया और टापू के पार ले गए। जिस रेस्तराँ को देखकर दोनों मित्रों ने समझा था कि वह वर्षों से बंद पड़ा है, उसी के पीछे कम-से-कम बीस जर्मन सैनिक खड़े थे। वहाँ एक व्यक्ति कुरसी पर बैठा सिगरेट पी रहा था। उसने धाराप्रवाह फ्रांसीसी भाषा में उन दोनों से कहा, ''अच्छा, महाशयो, क्या तुम मछलियाँ पकड़ने में बहुत निपुण हो ?''

जो सिपाही उन्हें पकड़कर लाए थे, उनमें से एक ने कुरसी पर बैठे अधिकारी के पाँव के पास उनके द्वारा पकड़ी गई मछलियाँ रख दीं।

वह अधिकारी मुसकराया।

अधिकारी उनकी मछलियों की तरफ देखते हुए बोला, ''ओह, यह बात है! लेकिन मुझे तुम लोगों से कुछ और ही बात करनी है। मेरे खयाल से तुम दोनों फ्रांस के जासूस हो और हमपर नजर रखने के लिए आए हो। मछली पकड़ना तो एक बहाना है। लेकिन इस समय तुम हमारी कैद में हो और हम चाहें तो तुम्हें गोली मार सकते हैं। वह तुम्हारे लिए अच्छा नहीं होगा। जब तुम लोग फ्रांस की चौकी से आए होगे तो तुम्हें वापस जाने के लिए संकेत बतलाया होगा। तुम हमें वह संकेत बतला दो। हम तुम्हें जिंदा वापस जाने देंगे।''

दोनों मित्र एक-दूसरे के अगल-बगल खड़े थे। उनके हाथ धीरे से काँपे। वे कुछ भी नहीं बोले।

''इस बात का किसी को भी पता नहीं चलेगा। तुम लोग आराम से अपने-अपने घर जा सकोगे और यह भेद, भेद ही रहेगा,'' अधिकारी ने उन्हें विश्वास दिलाने की कोशिश की, ''लेकिन अगर तुम हमारी बात नहीं मानोगे तो हम तुम्हें गोली मार देंगे। यह फैसला करना तुम्हारा काम है कि तुम मौत चाहते हो या जिंदगी!''

यह सुनकर वे दोनों सन्न रह गए; पर उन्होंने अपनी जबान नहीं खोली।

जर्मन अधिकारी ने उद्दंडतापूर्वक नदी की तरफ देखा। फिर बोला, ''पाँच मिनट में तुम लोग नदी की तलहटी में होगे। तुम्हारे पास सिर्फ पाँच मिनट का समय है। मेरे खयाल से तुम लोग बाल-बच्चेदार होगे?''

वैलेरियन से तोपों की आवाजें अभी तक आ रही थीं और मारिसो तथा सावेज जर्मन सैनिकों से घिरे एकदम खामोश खड़े थे। तभी जर्मन अधिकारी ने सैनिकों को जर्मन भाषा में कुछ आदेश दिए। वे सभी करीब बीस गज की दूरी पर बंदूकें तानकर खड़े हो गए। उनका निशाना ये दोनों मित्र ही थे।

फिर जर्मन अधिकारी खुद इन दोनों मित्रों के करीब आया और बोला, ''बस, एक मिनट और बचा है। तुम्हें सोचने के लिए इससे एक पल भी ज्यादा नहीं मिलेगा।''

वह जर्मन अधिकारी मारिसो के करीब गया। उसके हाथों को शरीर के साथ कसकर बाँध दिया गया था। वह अधिकारी मारिसो को एक तरफ ले गया और धीरे से बोला, ''तुम्हारा मित्र इसके बारे में कुछ भी नहीं जानेगा। तुम मुझे वह संकेत बता दो, मैं तुम्हें इन सैनिकों से बचा लूँगा।''

मारिसो ने चिल्लाकर कहा, ''मैं अपने देश के साथ गद्दारी नहीं कर सकता। मैं अपने देश की सुरक्षा के लिए अपनी जान तक दे सकता हूँ।''

तब वह जर्मन अधिकारी सावेज को एक कोने में ले गया और वही बात उसने उससे कही। लेकिन सावेज ने भी उसे करारा जवाब दिया।

तब जर्मन अधिकारी ने कुछ और आदेश दिए। सैनिकों ने अपनी बंदूकें उठा लीं।

फिर उन्होंने मारिसो को ले जाकर वहाँ खड़ा कर दिया, जहाँ मछलियों से भरा जाल पड़ा था। मारिसो समझ गया कि उसका अंत निकट है। उसे स्वयं पर अभिमान हुआ कि उसकी जान देश की सुरक्षा की खातिर जा रही है।

फिर उसने सावेज की तरफ देखा और भावुक हो गया। उसने सावेज से 'अलविदा' कहा।

सावेज ने भी मारिसो को 'अलविदा' कहा।

उनके बँधे हाथ एक-दूसरे से मिलने के लिए फड़क उठे। उनके शरीर बेकाबू होने लगे।

तभी जर्मन अधिकारी चिल्लाया, ''गोली चलाओ!''

और गोलियों की आवाज से सारा इलाका गूँज उठा। सरसराती हुई अनेक गोलियाँ मारिसो और सावेज के सीने में लगीं। दोनों का सीना छलनी-छलनी हो गया।

गोली चलते ही सावेज नाक के बल नीचे गिरा और मारिसो पीछे की तरफ गिरा। उनके सीने से खून का फव्वारा फूट निकला। जर्मन अधिकारी का आदेश पाकर सैनिक दौड़े-दौड़े गए और पत्थर और रस्सी ले आए। उन्होंने रस्सी की सहायता से दोनों लाशों के साथ पत्थर बाँधे और फिर वे उन दोनों लाशों को नदी के किनारे ले गए।

दो सैनिकों ने मारिसो की तथा दो सैनिकों ने सावेज की लाश को उठाया और नदी में फेंक दिया।

नदी में जहाँ मारिसो और सावेज की लाशों को फेंका गया था, उस स्थान पर पानी में एक बड़ा बुलबुला उभरा, जो धीरे-धीरे बढ़ता गया। फिर जैसे-जैसे लाशें पानी में नीचे गईं, पानी का बुलबुला घटता गया। थोड़ी देर बाद पानी में बना बुलबुला बिल्कुल शांत हो गया, जैसे वहाँ कुछ हुआ ही न हो। छोटी-छोटी लहरें किनारे की तरफ दौड़ रही थीं।

दोनों मित्रों ने देश की सुरक्षा की खातिर अपना बलिदान दे दिया था।

□

वे समझ गए

—ये शङ-थाओ

मेरा जन्म इंग्लैंड के एक मशीन कारखाने में हुआ था। बाद में मैं चीनी जनता की सेवा के लिए चीन आ गया। मेरा पेट बहुत बड़ा है। चमकदार काले कोयले के बड़े-बड़े टुकड़े मेरे पेट में डालकर मजदूरों द्वारा मुझे भोजन कराया जाता है। मेरे आठ पहिए हैं, जो मेरे पैरों का काम देते हैं। जब मेरे बड़े-बड़े पहिए घूमना शुरू कर देते हैं तो उस समय सबसे तेज भागनेवाला घोड़ा भी रफ्तार में मेरी बराबरी नहीं कर सकता। मेरी एक बड़ी-सी आँख है, जिसकी मदद से मैं रात में भी दूर तक अपना रारता साफ-साफ देख सकता हूँ। मेरी आवाज तो बहुत ही ज्यादा तेज है। जब मैं सीटी बजाता हूँ तो उसे सुनकर रास्ते में पेड़-पौधे तक काँपने-थरथराने लगते हैं।

चीन में रहते हुए मुझे कई साल हो गए हैं। मैं शंघाई से नानकिंग और नानकिंग से शंघाई आता-जाता रहता हूँ। इस रास्ते से मैं इतनी अच्छी तरह परिचित हो गया हूँ कि दोनों शहरों के बीच जमीन के हर हिस्से को आँख बंद रखकर भी पहचान सकता हूँ…मैं सही-सही वह स्थान तक बता सकता हूँ, जहाँ बाँसों का एक झुरमुट है और उसके पीछे एक बूढ़ा किसान अपनी पत्नी के साथ एक छोटी-सी झोंपड़ी में रहता है। और तो और, मैं पत्थर की उस पुलिया के बारे में भी आपको बता सकता हूँ, जहाँ मछुए मछली पकड़ने के लिए अकसर आते रहते हैं। इसके अलावा, जिनकी मैं सेवा करता हूँ, वे बड़े नेक लोग हैं। इन लोगों में पढ़ने के लिए स्कूल जानेवाले विद्यार्थी तथा अपना अनाज व साग-सब्जी बेचने के लिए बाजार जानेवाले किसान शामिल हैं। इनके अलावा एक बूढ़ी स्त्री भी है, जो अपनी टोकरी में भेंट की अनेक वस्तुएँ लेकर अपनी पुत्री से मुलाकात करने के लिए अकसर जाती रहती है।

लेकिन कभी-कभी मेरे जीवन में ऐसे मौके भी आते हैं, जब मैं उदास हो जाता हूँ। कल की ही बात है। मैं स्टेशन पर खड़ा था। मेरा पेट ऊपर तक कोयले से भरा हुआ था। मैं अपनी दौड़ शुरू करने ही वाला था कि अचानक दो-तीन हजार छात्र-छात्राएँ

भागते हुए-से स्टेशन के अंदर आ पहुँचे। वे सभी स्कूली पोशाक में थे। उन्हें देखकर मुझे उन छात्रों का स्मरण हो आया, जिन्होंने जापानी आक्रमण विरोधी युद्ध में, शंघाई में, 1932 में बड़ी बहादुरी के साथ दुश्मन से लोहा लिया था। वे छात्र-छात्राएँ इतने साहसी लग रहे थे कि यदि उनके ऊपर अचानक कोई पहाड़ भी टूट पड़ता तो भी उनकी आँख न झपकती। उनकी बातचीत से मैं समझ गया कि वे राष्ट्रीय महत्त्व की किसी समस्या को लेकर चिंतित थे और चाह रहे थे कि मैं उन्हें लेकर एक विशेष स्थान पर पहुँचा दूँ—जहाँ वे कुछ लोगों के समक्ष अपनी राय प्रस्तुत कर सकें।

'आओ, आओ!' मैंने मन-ही-मन कहा और यह सोचते हुए कि जब देश खतरे में हो तो छात्र-छात्राओं को अपनी राय प्रकट करने के लिए ले जाना, सामान्य विद्यार्थियों को स्कूल ले जाने या किसानों को बाजार ले जाने से कहीं अधिक महत्त्वपूर्ण है। भला मैं उनकी मदद करने से इनकार कैसे कर सकता था! 'मैं तुम्हें वहाँ जरूर ले जाऊँगा!' मैंने निश्चय किया।

मैंने सीटी बजाई तो सब-के-सब मेरे पीछेवाले यात्री डब्बों में सवार हो गए… पर तभी अचानक अनेक पुलिस के सिपाही भागते हुए आए और धक्कम-धक्का करते हुए डब्बों में घुस गए और चीख-चीखकर आदेश देने लगे…उनका कहना था कि यह गाड़ी रवाना नहीं होगी।

मेरी समझ में नहीं आया कि माजरा क्या है?

निराश यात्रियों को डब्बों से उतरते देखकर मुझे बड़ा दुःख हुआ। मुझे लगा जैसे मुझपर कोई कर्ज चढ़ गया है।

तभी कुछ विद्यार्थियों ने चिल्लाते हुए कहा, "अपने गंतव्य स्थान तक पहुँचने के पहले हम लोग रेलगाड़ी से नीचे नहीं उतरेंगे!"

यह सुनकर मैंने खुशी से जवाब में सीटी बजाई, 'हूँ-ऊ!' मैं उन्हें बताना चाहता था कि तुम्हारे गंतव्य स्थान तक तुम्हें ले जाने की शक्ति और संकल्प मुझमें है…

एक बड़ी अजीब और कठिन परिस्थिति पैदा हो गई थी। जब पुलिस से कुछ और करते न बना तो उन्होंने रेलवे स्टेशन को चारों ओर से ऐसे घेर लिया, मानो कोई युद्ध छिड़ने वाला हो। बड़ा ही अजीब दृश्य था।

तभी कुछ लोगों का एक दल स्टेशन के अंदर आता दिखाई दिया। उनके चेहरों पर क्रोध और चिंता का भाव मौजूद था। उनमें से कुछ लोग बूढ़े थे और कुछ नौजवान। ये लोग विद्यार्थियों से बात करने के लिए उनके डब्बों के अंदर घुस गए। मैं साफ-साफ नहीं सुन सका कि उन्होंने क्या बात की, लेकिन विद्यार्थियों ने जो कुछ कहा, उसका एक-एक शब्द मुझे बिल्कुल साफ सुनाई दिया, "जब तक हम लोग अपने गंतव्य स्थान तक नहीं पहुँच जाते, तब तक गाड़ी से हरगिज नीचे नहीं उतरेंगे!"

'हूँ-ऊ!' सुनकर मैंने फिर अपनी खुशी जाहिर की, लेकिन मैं यह भी सोच रहा था कि मैं स्वयं इतना शक्तिशाली हूँ कि विद्यार्थियों को जहाँ चाहूँ, ले जा सकता हूँ। इन सिपाहियों को बीच में टाँग अड़ाने की आखिर जरूरत क्या है? कई घंटे बीत चुके हैं और मैं एक आलसी आदमी की तरह बिना किसी कामकाज के यों ही खड़ा हुआ हूँ—आखिर इसमें क्या तुक है? मैं निठल्ला नहीं बनना चाहता, निठल्लों जैसी जिंदगी से मैं ऊब जाता हूँ।

'हूँ-ऊ!' मैंने फिर सीटी बजाकर आगे बढ़ना चाहा, लेकिन मेरे पहिए हिले तक नहीं, मैं उदास हो गया...तभी अचानक ड्राइवर आ पहुँचा और उसने अपने अनुभवी हाथों से मेरी मशीन चला दी।

'वाह! अब मैं कूच कर सकता हूँ। इन विद्यार्थियों की मदद कर सकता हूँ—ऊ-हूँ!' और इसके साथ ही हवा की तेजी से मैं चल पड़ा।

"आखिर हम लोगों ने सफलता प्राप्त कर ही ली!" विद्यार्थियों का स्वर एक बार फिर मेरे कानों में पड़ा। मेरी गति और तेज हो गई। मेरे पहियों के नीचे की पटरियाँ बड़ी तेजी से पीछे सरकती जा रही थीं तथा आसपास के खेत, नदियाँ, गाँव और वृक्ष पीछे छूटते जा रहे थे...और मैं पूरे वेग से दौड़ता हुआ देशभक्ति के कार्य के लिए यात्रा करनेवाले उन साहसी और निडर विद्यार्थियों को लिये जा रहा था।

अचानक ड्राइवर ने मेरे भाप रोकनेवाले यंत्र को नीचे गिरा दिया। मुझे ऐसा लगा

जैसे कोई शक्ति मुझे आगे बढ़ने से रोक रही हो। मेरी गति क्रमश: धीमी होती गई और आखिरकार मुझे रुक जाना पड़ा। मैंने आगे की ओर देखा तो एक चौड़ी नदी थी।

विद्यार्थी भी कुछ चकरा गए थे और जोर-जोर से कह रहे थे, ''हम यहाँ क्यों रुक गए है ? जब तक हम अपने गंतव्य स्थान तक नहीं पहुँच जाते, तब तक रुकने का सवाल ही पैदा नहीं होता!''

और फिर लगभग एक दर्जन विद्यार्थी यह पता लगाने के लिए कि आखिर बात क्या है, मेरे पास आए और ड्राइवर को वहाँ न पाकर समझ गए कि माजरा क्या है। फौरन अपने अन्य साथियों को बताने के लिए सब वापस चले गए।

''ड्राइवर की तलाश करो। उसका पता लगाओ। इस स्थान से वह ज्यादा दूर नहीं जा सकता!'' उन्होंने हर डब्बे में जाकर उसकी तलाशी शुरू कर दी···और उसे ढूँढ़ निकाला। वह रसोई में छोटी-सी अलमारी के अंदर गठरी बना बैठा था। विद्यार्थी उसे पकड़कर मेरे पास ले आए और फौरन मशीन चालू करने के लिए कहा।

मेरा वह पुराना ड्राइवर-दोस्त शर्म से पानी-पानी हो रहा था। उसे इस स्थिति में मैंने पहले कभी नहीं देखा था।

''सज्जनो, मुझे दु:ख है कि मैं इस रेलगाड़ी को और आगे नहीं ले जा सकता।'' धीमी आवाज में उसने कहा।

''क्यों ?''

''मेरे अफसरों का यही आदेश है!''

''तो तुमने स्टेशन से गाड़ी रवाना ही क्यों की ?''

''वह भी मैंने अपने अफसरों के आदेश पर किया था।''

''अच्छा, तो यह बात थी! लेकिन इस समय तुम भूल जाओ कि तुम्हारे अफसरों ने क्या आदेश दिया था···तुम इंजन को चलाओ और हमें हमारे गंतव्य तक पहुँचाओ।'' विद्यार्थी उसे ढकेलते-घसीटते मेरे केबिन तक ले आए। अचानक उसकी आँखों से दो बड़े-बड़े आँसू लुढ़क पड़े और वह शोकातुर होकर बोला, ''अगर मैं गाड़ी को यहाँ से आगे ले जाऊँगा, तो मुझे गोली मार दी जाएगी और तब मेरे परिवार का क्या होगा ?''

''ओह! यह तो बुरी बात होगी।'' अनेक विद्यार्थियों ने, जो उम्र में कुछ बड़े थे, हमदर्दी जाहिर करते हुए कहा, ''हमें ऐसा कोई काम नहीं करना चाहिए, जिसके कारण उसे मौत का शिकार बनना पड़े। हममें से कुछ साथी ऐसे हैं, जो यांत्रिक इंजीनियरी का अध्ययन कर रहे हैं। उन्हें इंजनों के बारे में थोड़ी-बहुत जानकारी है। आओ, हम स्वयं इंजन चलाने की कोशिश करें।''

और फिर विद्यार्थियों ने मेरी मशीन चला दी। एक बार फिर मेरे पहियों के नीचे की पटरियाँ तेजी से सरकने लगीं। हवा तेजी से चल रही थी और मैं अपनी रफ्तार से

उन साहसी और दिलेर विद्यार्थियों को लिये भागा जा रहा था, जो किसी देशभक्तिपूर्ण कार्य के लिए यात्रा कर रहे थे।

अचानक मैंने देखा कि मेरे आगे का रास्ता टूटा हुआ था, अनेक पटरियाँ गायब थीं। मैं आनेवाले संकट से आतंकित हो उठा था, लेकिन रेलगाड़ी रोकना मेरे वश की बात नहीं थी, सो मैंने पूरी ताकत से सीटी बजाई—'हूँ-ऊँऽऽऽ।'

तभी एक ऊँचे कदवाले छात्र ने जल्दी से ब्रेक लगा दिया और टूटे हुए स्थान से कुछ ही फीट पहले मैं रुक गया। मैं बुरी तरह हाँफने लगा था।

जब विद्यार्थियों को यह पता लगा कि हम लोग एक भीषण दुर्घटना से बाल-बाल बच गए हैं, तो वे जाँच-पड़ताल करने अपने डब्बों से नीचे उतर आए। मेरी विशाल आँख की रोशनी में उन्होंने देखा कि कुछ पटरियाँ अपने स्थान से गायब थीं।

''आओ, हम लोग पटरियों की तलाश करें।'' किसी विद्यार्थी ने सुझाव दिया। फौरन ही सब इधर-उधर बिखर गए। इस तरह आधे घंटे तक दौड़धूप करते रहे, लेकिन कुछ भी हासिल नहीं हुआ''तभी नदी की तरफ से एक स्वर सुनाई दिया, ''पटरियाँ यहाँ हैं—इधर!''

सभी लोग नदी की ओर दौड़ पड़े। नदी का पानी सर्दी के कारण जमकर बर्फ बन

गया था और लोहे की कुछ काली-काली छड़ें बर्फ के ऊपर निकली हुई दिखाई दे रही थीं।

"ठीक है! चलो, पहले पटरियों को बाहर निकालें।" सभी ने ऊँची आवाज में इस सुझाव का समर्थन किया।

एक-एक करके सारी पटरियाँ निकाल ली गईं। नदी के बर्फीले पानी से उनके मोजे-जूते भीग गए और पैरों-टाँगों की हड्डियाँ तक ठंड से ठिठुर गईं, लेकिन वे सब निश्चिंत थे।

इसके बाद जब उन्होंने लकड़ी के स्लीपरों के ऊपर पटरियों को बिछाना शुरू किया, तो पता चला कि पटरियों को कसनेवाले लोहे के बड़े-बड़े कीले भी गायब थे।

"शायद वे भी नदी में मिलें। आओ, हम सब तलाश करें।"

यह सुनते ही सभी विद्यार्थी उस बर्फीली नदी में फिर से कूद गए।

"यह रहा एक कीला।" एक विद्यार्थी चिल्लाया।

"मुझे भी एक कीला मिल गया है।" दूसरा चिल्लाया···और इस तरह विद्यार्थियों ने नदी से तमाम कीले ढूँढ़ निकाले और रेलवे लाइन की मरम्मत कर दी। अब मैं फिर से उन्हें लेकर रवाना हो गया। लेकिन इस बार वे सतर्क थे। उनकी सतर्कता देखकर मेरा हृदय उनके प्रति सराहना से भर उठा···लेकिन हम लोगों ने अभी आधे घंटे से ज्यादा का सफर भी पूरा न किया होगा कि उन्हें मालूम हुआ कि आगे भी कुछ और पटरियाँ अपनी जगह से गायब थीं।

एक बार फिर मुझे रुकना पड़ा। उन सबने पटरियों की तलाश शुरू कर दी, लेकिन इस बार वे अपनी तमाम कोशिशों के बावजूद उनका पता नहीं लगा सके। वे सब बड़ी देर तक सोचते-विचारते रहे और अंत में यह तय हुआ कि आगे के रास्ते की मरम्मत के लिए पीछे की पटरियों को उखाड़कर इस्तेमाल किया जाए।

हिम्मती विद्यार्थियों का यह दल फौरन अपने काम में जुट गया। कुछ लोग पीछे की पटरियाँ उखाड़ रहे थे, कुछ लोग उन्हें उठाकर उस स्थान पर ला रहे थे, जहाँ रास्ता टूटा हुआ था; और कुछ लोग कीले ठोंककर पटरियों को स्लीपरों के ऊपर मजबूती से जमा रहे थे। सभी इतने उत्साह और संकल्प के साथ अपने काम में लगे हुए थे कि उन्हें आँख झपकने की भी फुरसत नहीं थी। मैं उन्हें देख रहा था और उनसे कहना चाहता था :

'अगर तुम लोग इन पटरियों की मरम्मत करने में सफल हो गए तो तुम्हारे रास्ते की समस्त बाधाओं का उसी तरह अंत हो जाएगा, जिस तरह शरद् ऋतु में पेड़ से गिरनेवाले पत्तों का हो जाता है। मैं तुम लोगों को यकीन दिलाता हूँ कि तुम्हें तुम्हारे गंतव्य स्थान तक अवश्य ले जाऊँगा, चाहे वह धरती के छोर पर ही क्यों न हो!'

फिर मुझे ऐसा लगा कि जो कुछ मैं कहना चाहता था, उसे वे समझ गए हैं। □

और विलियम बदल गया

—रिचमल क्रांपटन

विलियम को कई बार यह बताया गया था कि अगर वह शालीनता के सीधे व सरल रास्ते पर लगातार चले, तो उसकी जिंदगी खुशियों से भर जाएगी। लेकिन इस तरह से पाई गई खुशी में विलियम की कोई रुचि नहीं थी। उसे तो वही खुशी सही लगती थी, जिसे वह अपनी शैतानियों से रोज हासिल किया करता था। पर एक दिन अचानक जब उसके ही स्कूल में पढ़नेवाले एक वरिष्ठ छात्र ने नन्हे छात्रों को प्रेरणा देने के लिए एक भाषण दिया कि जीवन में शालीनता और सेवाभाव की जरूरत क्यों है, तो उस दिन विलियम को पहली बार लगा कि उसकी जिंदगी में अब तक शालीनता और सेवाभाव तो है ही नहीं।

उसने पूरी गंभीरता से इस विषय पर सोचना शुरू किया। उसने यह कल्पना की कि अगर वह भी शालीनता और सेवाभाव अपना ले तो लोग उसकी बहुत प्रशंसा करेंगे, उसे बहुत सराहेंगे—खासकर उसके अपने परिवार के सदस्य। हालाँकि, यह कल्पना करते हुए भी, वह यह जानता था कि अपने परिवार के लोगों को खुश करना, उनकी प्रशंसा पाना बहुत मुश्किल है।

और उसने अगले दिन से ही सेवाभाव अपनाने का निर्णय कर लिया।

अगले दिन जब विलियम सोकर उठा, सुबह हो चुकी थी और आज ही से वह अपनी सेवा भावना और शालीनता की जिंदगी की शुरुआत कर रहा था। उसने अपनी ऊँची-बेसुरी आवाज में गाना शुरू किया...पर तभी वह एकदम रुक गया, 'कहीं मैं किसी की शांति भंग तो नहीं कर रहा हूँ?' उसने कंघी करते हुए खुद से कहा। उसके पिता अकसर यह कहते थे कि सुबह-सुबह विलियम के ये गाने मुझे पागल कर देने के लिए काफी हैं...उसने एक भले बच्चे की तरह कंघा किया, फिर नाश्ता करने के लिए नीचे पहुँचा। उसके पिता अलाव के सामने बैठे अखबार पढ़ रहे थे।

"गुड मॉर्निंग, पापा!" विलियम ने शांत, विनम्र आवाज में कहा तो उसके पिता

उसे घूरने लगे। उसकी माँ और बहन-भाई भी उसके 'गुड मॉर्निंग' कहने पर उसे संदेह से देखने लगे।

"आज सुबह-सुबह तुम यह क्या कर रहे हो, बेटे विलियम?" आखिर उसकी माँ ने पूछ ही लिया।

"मुझे यह परवाह नहीं कि मैं क्या करता हूँ। मैं तो सिर्फ आपकी मदद करना चाहता हूँ। मैं वही करूँगा जो आप कहेंगी।" विलियम बोला।

माँ ने उसे हैरानी से देखकर कहा, "तुम्हारी तबीयत तो ठीक है ना?"

विलियम ने एक ठंडी साँस भरी—कुछ लोग सच्चरित्रता व सेवा भावना को पहचान ही नहीं पाते।

नाश्ता करने के बाद वह बगीचे में घूमने लगा।

तब तक विलियम के पिता अपने काम पर और बहन एथिल व भाई रॉबर्ट गोल्फ खेलने ज़ा चुके थे। विलियम दुखी था कि किसी को भी उसकी मदद की जरूरत नहीं। तभी उसे एक बढ़िया ख़याल आया कि क्यों न वह खुद घर के हर व्यक्ति के लिए एक-एक अच्छा काम कर दे। जब सबको पता चलेगा तो सब कितने खुश होंगे...

वह अपने सोने के कमरे में गया। उसने एक दराज खोली। उसमें भाई रॉबर्ट की लिखी एक कविता थी, जो किसी मारिया के बारे में लिखी गई थी।

'यह जरूर मारिया डेक्सटर ही है। वह गोरी भी है और सुंदर भी।' उसने सोचा।

कविता पूरी पढ़ लेने के बाद उसे लगा कि रॉबर्ट इस मारिया से सगाई करना चाहता है—बेचारा! शायद वह स्वयं उससे कहने में शरमाता हो या फिर उसने पूछा हो और मारिया ने मना कर दिया हो। रॉबर्ट को जरूर मेरी मदद की जरूरत है। इस संकल्प के साथ ही वह मारिया के घर की तरफ तेजी से बढ़ चला।

उसने जोर से दरवाजा खटखटाया। खुशकिस्मती से दरवाजा मारिया डेक्सटर ने ही खोला। विलियम ने तुरंत कहा, "रॉबर्ट तुमसे शादी करना चाहता है।"

मारिया झेंपती हुई बोली, "वह खुद मुझसे क्यों नहीं कहता?"

"वह शरमीला है।" विलियम बोला।

"क्या रॉबर्ट को पता है कि तुम यहाँ आए हो?" मारिया ने पूछा।

"नहीं, मैं उसे इस खबर से चौंका देना चाहता हूँ।" विलियम बोला।

"चौंकेगा तो वह अवश्य ही!" मारिया बुदबुदाई।

"तो तुम उससे शादी करोगी ना?" आशा से विलियम ने पूछा।

"अवश्य, अगर वह चाहेगा तो!"

"खैर, यह तुम मुझे एक खत में लिखकर दे दो, क्योंकि रॉबर्ट यकीन नहीं करेगा मुझपर।"

मारिया ने अपनी हँसी को मुश्किल से रोकते हुए लिखा—

प्रिय रॉबर्ट,

विलियम की जोरदार सिफारिश पर मैं तुमसे सगाई करने और शादी करने का वादा करती हूँ—जब तुम चाहो तब।

सस्नेह,

—मारिया डेक्सटर

उसने विलियम को यह खत दे दिया। विलियम ने पढ़कर उसे अपनी जेब में रख लिया, "बहुत-बहुत धन्यवाद," उसने कहा और चलते-चलते सोचने लगा, 'वह अब सेवा के इस प्यारे रास्ते पर चल चुका है। आखिर उसने रॉबर्ट के लिए यह जो कुछ किया है, इसके लिए वह उसका आभार तो मानेगा ही।…अब माँ और बहन एथिल बचे हैं। उसे घर जाना चाहिए और उनकी मदद की भी कोई बात खोजनी चाहिए।'

जब वह घर पहुँचा तो उसने देखा कि बहन एथिल, श्रीमती हेल्मस को बाहर छोड़ने आई थी। विलियम उस दुबली-पतली महिला को पहचानता था।

"मुझे बहुत दुःख है कि मैं आपके यहाँ आ नहीं सकती," एथिल खेद के साथ उनसे कह रही थी, "मुझे श्रीमती मोरिसंस के यहाँ जाना है, क्योंकि मैं उनसे वादा कर चुकी हूँ। फिर भी धन्यवाद कि आपने मुझे आमंत्रित किया। नमस्कार!"

महिला को बिदा कर वह भीतर चली गई। विलियम उसके पीछे-पीछे ही खाने के कमरे में पहुँचा, जहाँ उसकी माँ भी बैठी थीं।

"वह क्या चाहती थीं?" श्रीमती ब्राउन ने पूछा। फिर विलियम को देखकर बोलीं, "विलियम, तुम जाकर अपने हाथ-मुँह धो आओ।"

"वह मुझे शाम को बुला रही थीं, पर मैंने मना कर दिया। मुझे श्रीमती मोरिसंस के यहाँ जाना है। शुक्र है भगवान् का, मेरे पास एक अच्छा बहाना था।"

दुर्भाग्य से विलियम ने आखिरी वाक्य नहीं सुना। हाथ धोते समय ही उसे खयाल आया कि क्यों न वह उसके लिए आज की यादगार शाम श्रीमती मोरिसंस के बजाय श्रीमती हेल्मस के साथ बिताने की व्यवस्था कर दे। बेचारी कितनी दुखी थी वहाँ न जा पाने के लिए। आज दोपहर में ही वह उसके लिए यह काम कर देगा।

खाना खाने के बाद वह सीधा श्रीमती मोरिसंस के घर की तरफ चल दिया। उसे ड्राइंगरूम में बैठाया गया और फिर भारी-भरकम श्रीमती मोरिसंस ने कमरे में प्रवेश किया। विलियम को देखते ही वह चकरा गईं।

"मैं एथिल के यहाँ से आया हूँ," विलियम ने कहा, "वह माफी चाहती है कि आज रात वह आपके यहाँ नहीं आ सकेगी।"

श्रीमती मोरिसंस की सारी प्रसन्नता हवा हो गई, "अरे कितनी निराशाजनक बात है यह, पर क्यों नहीं आ रही है वह?"

कुछ सफाई तो इन्हें देनी ही होगी···विलियम इतनी दुविधा में पहले कभी नहीं पड़ा था।

"वह बीमार हो गई है।" वह बोला।

"हे भगवान्!" श्रीमती मोरिसंस चिंता से बोलीं, "कोई गंभीर बात तो नहीं?"

विलियम ने सोचा, 'अगर बीमारी गंभीर नहीं है तो यह एथिल का शाम को इंतजार करेंगी कि शायद ठीक होकर वह आ ही जाए। इसलिए उसे कोई बड़ी बीमारी होनी चाहिए।'

"कुष्ठ रोग!" विलियम अचानक बोल पड़ा।

"क्या?" श्रीमती मोरिसंस चिल्ला उठीं।

विलियम को बहुत अच्छा लगा कि उसकी बात ने इतना बढ़िया असर किया है। उसने प्रसन्नता से उठते हुए कहा, "अब मुझे चलना चाहिए!"

विलियम सड़क पर इठलाते हुए निकल आया। फिर वह श्रीमती हेल्मस की नौकरानी से कह आया कि वह श्रीमती हेल्मस को बता दे कि एथिल आज रात को आ सकती है।

फिर वह अपने कुत्ते जंबल के साथ जंगलों की तरफ चल दिया। अचानक उसे

खयाल आया कि उसने अब तक अपनी माँ के लिए तो कुछ किया ही नहीं···उसे माँ के लिए भी कुछ करना चाहिए।

जब वह घर वापस पहुँचा तो रात के खाने का समय हो चला था। उसकी माँ, एथिल और रॉबर्ट अब तक घर नहीं लौटे थे।

अब विलियम घर में एकदम अकेला था। वह रसोईघर में ही चहलकदमी कर रहा था। खाने की भीनी-भीनी सुगंध आ रही थी।

'अरे, हाँ! वह खाने की चीजों को खाने की मेज पर लगा सकता है, ताकि जब सब आएँ तब भोजन तुरंत शुरू किया जा सके!' सोचकर उसने ओवन को खोला और एक बड़े बरतन में रखी मुरगी को, अपनी उँगलियाँ जलने की परवाह न करते हुए, बाहर निकाल लिया। अभी वह बरतन हाथ में लिये हुए खड़ा ही था कि उसे अपनी माँ व रॉबर्ट के वापस आने की आहट सुनाई पड़ी। उसने हाथ का बरतन वहीं जमीन पर रख दिया और दरवाजा भेड़ते हुए बाहर निकल आया रसोई से। उसकी माँ और रॉबर्ट ड्राइंगरूम में थे। वह भी वहीं पहुँच गया।

"और विलियम," श्रीमती ब्राउन ने प्यार से पूछा, "तुम्हारा दिन तो ठीक बीता?"

बिना कुछ बोले विलियम ने मारिया डेक्सटर का पत्र रॉबर्ट की तरफ बढ़ा दिया। रॉबर्ट ने पत्र पढ़ा। पढ़ते ही पहले उसका चेहरा शर्म से लाल हो उठा। फिर उसके चेहरे का रंग एकदम उड़ गया और वह गुस्से से भर गया।

"मारिया डेक्सटर से नहीं," रॉबर्ट चिल्लाया, "वह तो मारिया हेदरली है जिसे मैं···"

"मुझे क्या पता था," विलियम ने चिड़चिड़ाते हुए कहा, "मैं तो मदद करने की कोशिश कर रहा था।"

"मैं सिखाता हूँ तुम्हें मदद करना!" रॉबर्ट ने उसकी तरफ गुस्से से बढ़ते हुए कहा। विलियम उससे बचकर भागा और भीतर आती हुई एथिल से जा टकराया। एथिल का चेहरा उतरा हुआ था और वह परेशान-सी लग रही थी।

"माँ, सारे गाँव में यह बात फैल गई है," उसने गुस्से से कहा, "विलियम ने सारे गाँव को बता दिया है कि मुझे कोढ़ है।"

"मैंने नहीं बताया," विलियम ने बेशर्मी से कहा, "मैंने सिर्फ श्रीमती मोरिसंस को बताया था।"

"पर विलियम," उसकी माँ ने कुरसी पर लगभग गिरते हुए कहा, "तुमने ऐसा क्यों किया?"

विलियम ने निराश होते हुए कहा, "मैं मदद करना चाहता था। मैंने कितनी मुसीबतें सहीं इस शालीनता और सेवाभाव की जिंदगी जीने के लिए, और तुम सब

बजाय मेरी प्रशंसा करने के, मेरा आभार मानने के…"

"मेरी समझ में नहीं आ रहा है, विलियम, कि तुमने यह सब क्यों किया?" श्रीमती ब्राउन बोलीं, "हमें, तुम्हारे पापा के आने तक रुकना होगा, फिर देखते हैं वह तुमसे क्या कहते हैं?"

"आज खाना लगने में इतनी देर क्यों हो रही है?"

"नौकरानी चली गई है।" विलियम बेचैनी से बोला।

"मैं जाकर देखती हूँ फिर…" श्रीमती ब्राउन ने रसोई में जाते हुए कहा।

विलियम भी अपनी माँ के पीछे-पीछे रसोई की तरफ चल दिया। उन दोनों भाई-बहन का गुस्सा सहने से यही बेहतर था। पर श्रीमती ब्राउन ने रसोई का दरवाजा खोला तो मुरगी का बरतन खाली था। उसके पास कुत्ता जंबल बैठा था और मजे से मुरगी की बची हड्डियाँ चबा रहा था…फिर तो कितना हंगामा हुआ होगा, आसानी से अंदाजा लगाया जा सकता है।

अपने सोने के कमरे में बिना खाना खिलाए जबरदस्ती भेजा गया विलियम बैठा था। उसने दिन-भर की घटनाओं का हिसाब लगाना शुरू किया—इसमें शक नहीं कि उसने अपनी पूरी कोशिश की शालीनता और सेवाभाव की जिंदगी अपनाने की; पर उसका परिवार ही गलत था—न उसकी प्रशंसा की और न आभार ही माना। वे लोग सच में ही इस सेवा के, मदद के हकदार नहीं थे।

□

लिफाफे में जादू

—रोल्ड डाल

जेम्स चार वर्ष का प्यारा-सा बालक था। एक दिन उसके मम्मी-पापा किसी काम से लंदन गए। दुर्भाग्य से एक दुर्घटना में उनकी मृत्यु हो गई। बस, जेम्स की विपत्तियों की कहानी शुरू हो गई। वह संसार में अकेला रह गया। समुद्र-तट के समीप बना उसका प्यारा-सा घर भी बिक गया। वह अपनी दो मौसियों के पास, जो दूसरे शहर में रहती थीं, आ गया।

स्पंज और स्पाइकर नाम की दोनों मौसियाँ अभी कुँआरी थीं। दोनों ही सुस्त, कामचोर और दुष्ट थीं। दिन-भर जेम्स को डाँटती-फटकारती और पीटती रहती थीं।

दक्षिण इंग्लैंड में शहर से दूर, एक ऊँची पहाड़ी पर उनका उजड़ा-सा घर था। जेम्स भी उनके साथ रहने लगा। ज्यों-ज्यों समय बीतता गया, जेम्स पर दुःखों की छाया गहरी होती गई।

इसी प्रकार तीन वर्ष बीत गए। गरमियों के दिन थे। मौसियाँ नन्हे जेम्स से लकड़ी कटवा रही थीं और स्वयं कुरसियों पर पसरी शरबत पी रही थीं।

"जल्दी लकड़ी काटो!" शरबत पीती हुई वे बार-बार जेम्स को धमका रही थीं।

जेम्स का पसीने से बुरा हाल था। बाँहों में जोरों का दर्द हो रहा था। तभी उसकी आँखों में आँसू छलक आए। लकड़ी काटना छोड़कर वह अपनी दशा पर सिसक-सिसककर रोने लगा। उसे रोता देखकर स्पंज चिल्लाई, "रोना बंद करो! झटपट लकड़ी काटो!"

जेम्स बोला, "मौसी, क्या मैं कभी समुद्र-तट पर बच्चों के साथ नहीं खेल सकता?"

"कामचोर, तुझे खेलने की बात सूझी कैसे? मुझे गरमी लग रही है, नहीं तो मार-मारकर तेरी खाल उधेड़ देती। चल भाग यहाँ से! जरा आराम करने दे।" स्पंज बोली।

जेम्स भागकर दूर झाड़ियों के पास बैठकर रोने लगा। सहसा उसे अपने पीछे आहट सुनाई दी। उसने मुड़कर देखा। रंगीन वस्त्र पहने एक ठिगना बूढ़ा वहाँ खड़ा

था। उसका बड़ा-सा गंजा सिर चमक रहा था। वह धीमी आवाज में बोला, "मेरे पास आओ, बच्चे! मैं तुम्हें बहुत बढ़िया चीज दूँगा।"

सहमा हुआ जेम्स वहीं बैठा रहा। तभी बूढ़ा उसके पास आया और जेब से एक लिफाफा निकालकर उसे दिया। जेम्स ने लिफाफा खोलकर देखा। उसमें रंगीन काँच के टुकड़ों जैसा कुछ चमक रहा था।

"जितना जादू इसमें है, वह पूरे संसार में कहीं नहीं। यह लिफाफा तुम्हारा है। पानी में इन टुकड़ों को घोलना। फिर इसे एक ही घूँट में पी जाना। तब देखना, तुम खुश रहोगे। अनोखी बातें दिखाई देंगी। पर इस बारे में किसी को बताना मत। लिफाफा सँभालकर ले जाना।" कहता हुआ बूढ़ा झाड़ियों में गुम हो गया।

जेम्स लिफाफा लेकर पिछवाड़े से रसोईघर की ओर मुड़ा। जब वह आड़ू के वृक्ष के नीचे से भागता हुआ जा रहा था तो उसका पाँव फिसला। वह धड़ाम से गिर गया। भूमि पर गिरते ही लिफाफा फट गया। उसमें पड़े काँच के टुकड़े चारों ओर बिखर गए। यह देख, जेम्स को रोना आ गया।

"कामचोर, यहाँ क्या कर रहा है? चल उठकर लकड़ी काट!" सहसा स्पाइकर की आवाज सुनकर वह चौंका। तभी स्पाइकर चिल्लाई, "स्पंज, आड़ू के पेड़ पर तो देखो। कितना बड़ा पका हुआ पीला आड़ू लगा है! ऊपर चढ़कर जल्दी से आड़ू तोड़ लेना चाहिए।"

सहसा हवा थम गई। तीनों ने आँखें मल-मलकर देखा, उस आड़ू का आकार बड़ा होता जा रहा था। अब आड़ू फुटबाल जितना बड़ा हो गया था। जेम्स जान गया, रंगीन काँच का जादू आड़ू पर हो गया था। कुछ ही क्षणों में आड़ू तरबूज जितना हो गया। फिर भी उसका बढ़ना न रुका। उसके वजन से टहनी नीचे झुकती गई। वह आड़ू धरती पर आकर टिक गया।

मौसियाँ उसके चारों ओर घूमती हुई चीख-चिल्ला रही थीं। कुछ देर बाद आड़ू का बढ़ना रुक गया। अब वह हाथी के पेट जैसा हो गया था। खूब पका हुआ था। स्पंज उसे काटकर खाना चाहती थी, पर स्पाइकर ने कुछ सोचकर कहा, "इसे अभी मत खाना। यह बड़ा अजीब है। हम इसे लोगों को दिखाकर बहुत-सा पैसा कमा सकते हैं।"

स्पंज को भी उसकी बात पसंद आई। इतने बड़े आड़ू की बात पलक झपकते चारों ओर फैल गई। लोगों की भीड़ उसे देखने उमड़ पड़ी। दोनों चालाक औरतें वहाँ बैठ गईं। जो भी आड़ू देखने आता, उससे एक-एक शिलिंग बटोरने लगीं। साँझ ढलते-ढलते सब लोग चले गए। उन्होंने जेम्स को आड़ू के पास, दर्शकों द्वारा बिखराए केले और मूँगफली के छिलके साफ करने को कहा।

भय और भूख से काँपता वह आड़ू के समीप आया। चारों ओर सन्नाटा छाया हुआ था। रात के अँधेरे में आड़ू और भी बड़ा लग रहा था। जेम्स ध्यान से उसे देखने लगा। फिर हाथ बढ़ाकर उसे छू लिया। आड़ू मुलायम और गरम था। तभी उसे अपने हाथ के पास आड़ू में एक छेद दिखाई दिया। जेम्स उस छेद में सिर डालकर भीतर देखने लगा। आड़ू के अंदर एक गहरी सुरंग बनी हुई थी। वह सरकता हुआ उसमें आगे बढ़ता गया। उसने मुँह खोलकर रस का एक घूँट भर लिया। बड़ा मीठा था। दाँत गड़ाकर उसने थोड़ा-सा गूदा भी खा लिया। वह आड़ू की गुफा में थोड़ा आगे बढ़ा। आगे उसे एक दरवाजा दिखाई दिया। एक दीवार भी थी, जो दरअसल आड़ू की गुठली थी। उसने दरवाजे को धकेला तो वह झट से खुल गया। कोई बारीक आवाज में बोला, "आओ, आओ, हम तुम्हारा ही इंतजार कर रहे हैं।"

जल्दी से उसने सिर उठाकर वहाँ का दृश्य देखा। भय से उसके घुटने काँपने लगे। कुरसियों और सोफों पर अजीब-सी सूरतवाले कई प्राणी बैठे थे। कुछ लेटे हुए भी थे।

इसी बीच उसने एक बहुत बड़ी मकड़ी को छत से लटकते देखा। काले चकत्तोंवाली एक लंबी-चौड़ी बीरबहूटी कुरसी पर बैठी थी। उसके पास बहुत मोटे और बड़े कनखजूरे और केंचुए बैठे थे। छत से लटका हुआ रेशम का मोटा कीड़ा मजे से सो रहा था। कमरे के बीच एक बहुत बड़ा जुगनू बैठा था। एक कोने में एक बड़ा-सा झींगुर भी बैठा था।

जेम्स ने कुत्ते जितने बड़े ऐसे झींगुर, केंचुए कभी नहीं देखे थे। ये कीड़े तो बहुत छोटे-छोटे होते हैं। कनखजूरे ने अपने बयालीस पाँवों में जूते पहन रखे थे। यह सब

देखकर जेम्स दीवार से चिपक गया। बीरबहूटी प्यार से बोली, ''डरो मत, हम सब तुम्हारे मित्र हैं।''

शीघ्र ही उसकी सबसे मित्रता हो गई। जेम्स ने उनसे पूछा, ''तुम इतने बड़े कैसे हो गए?''

''बड़ी अजीब बात हुई। हम सब आड़ू के पेड़ के नीचे बैठे थे। सहसा रंगीन काँच के टुकड़ों जैसा कुछ हमारे ऊपर गिरा। हमने वे टुकड़े खा लिये। बस, खाते ही हमारा यह हाल हो गया।'' कनखजूरा बोला।

कुछ देर बाद वे सब सो गए। सुबह शोर सुनकर उनकी आँखें खुलीं। आड़ू का घर बुरी तरह हिल रहा था।

''अब हम यहाँ नहीं रह सकते। कनखजूरे ने अपने तेज दाँतों से टहनी काट दी है। आड़ू ढलान से फिसलकर पहाड़ी से नीचे जा रहा है।'' केंचुआ बोला।

आड़ू के लुढ़कने से वे सब एक-दूसरे से टकराने लगे। सारा सामान उलट-पुलट हो गया। स्पंज और स्पाइकर ने आड़ू को लुढ़कते देखा तो उसे पकड़ने के लिए आईं। पर भारी-भरकम आड़ू उन्हें रौंदता हुआ चला गया। दोनों का कचूमर निकल गया। उनका चिल्लाना सदा के लिए बंद हो गया। तेजी से लुढ़कते आड़ू के आगे जो भी आता, वह कुचला जाता। इसी तरह लुढ़कता आड़ू छपाक से समुद्र में गिरा और पानी पर तैरने लगा।

तभी कुछ शार्क मछलियों को आते देखकर वे घबरा गए। एक मछली ने आड़ू पर मुँह मारा। उन्हें अपनी मौत सामने दिखाई देने लगी। सोचने लगे, 'आड़ू के साथ मछलियाँ हमें भी निगल जाएँगी।' सहायता के लिए सब जेम्स को पुकारने लगे। जेम्स बोला, ''ऊपर देखो, आकाश पर काफी समुद्री चिड़ियाँ उड़ रही हैं। यदि कहीं से बहुत

लंबा धागा मिल जाए तो मैं उसे इन चिड़ियों के गले में बाँध दूँ। तब ये चिड़ियाँ आड़ू को ऊपर ले उड़ेंगी।''

''पर धागा चिड़ियों के गले में डालोगे कैसे ?''

''इसके लिए हमें केंचुए की मदद लेनी होगी। इसे यहाँ लिटा देंगे। मैं धागे का फंदा बनाकर सुरंग के मुँह पर बैठा रहूँगा। जैसे ही चिड़ियाँ केंचुए को खाने के लिए आएँगी, मैं फंदा उनकी गरदनों में डाल दूँगा। मेरे पुकारने पर तुम झट केंचुए को नीचे सुरंग में खींच लेना, ताकि चिड़ियाँ इसे न खा सकें।'' जेम्स ने कहा।

उसकी बात सबने मान ली। रेशम का कीड़ा धागा बनाने लगा। उधर केंचुआ बाहर आकर लेट गया। तभी उसे खाने के लिए एक चिड़िया आ गई। जेम्स ने फुरती से धागे का फंदा चिड़िया की गरदन में डाल दिया। दूसरा सिरा आड़ू की डंडी से बाँध दिया। धागे से बँधी चिड़िया ऊपर उड़ गई। जब पाँच सौ एक चिड़ियाँ धागे से बँध गईं, तब कहीं जाकर आड़ू पानी से ऊपर उठा। वह हवा में तैरने लगा।

उड़ते-उड़ते वे अमेरिका पहुँच गए। जेम्स ने कुछ चिड़ियों के धागे काट दिए। अब आड़ू कुछ नीचे आ गया। तभी घर्र-घर्र करता एक विमान वहाँ से गुजरा। वह चिड़ियों के गले में बँधे सारे धागे काटता चला गया। आड़ू तेजी से भूमि की ओर आने लगा।

एंपायर स्टेट के ऊँचे भवन पर लोहे की सलाख लगी हुई थी। आड़ू ठीक उसी के ऊपर गिरा। वह उसमें ऐसे फँस गया जैसे सुई में मोती। नीचे यातायात रुक गया। लोग ऊपर फँसे आड़ू को किसी ग्रह से आई उड़नतश्तरी समझकर आश्चर्य से देखने लगे। दमकल और पुलिस विभाग के बड़े-बड़े अफसर भागे आए। पीं-पीं करती गाड़ियाँ सड़क पर दौड़ने लगीं। न्यूयॉर्क शहर में हंगामा मच गया।

सीढ़ी लगाकर उन सबको नीचे उतारा गया। फिर सेना के सैकड़ों जवानों ने रस्सियाँ बाँधकर आड़ू को ट्रक में लादा।

जेम्स के कहने पर शहर के सारे बच्चों को आड़ू खाने की छूट दे दी गई। सारे बच्चे आड़ू पर टूट पड़े। थोड़ी ही देर में आड़ू खत्म। बची सिर्फ उसकी गुठली। जेम्स के साथी केंचुए आदि मजे से उस देश के चिड़ियाघर में रहने लगे। जेम्स ने गुठली को एक पार्क में खड़ा कर दिया। वह स्वयं उसमें रहने लगा। वहीं बैठकर उसने यह कहानी लिखी।

□

एक आदमी को कितनी जमीन चाहिए

—लिओ टाल्सटाय

एक गाँव में पारवोम नाम का एक किसान रहता था। एक दिन उसकी पत्नी की बड़ी बहन उसके घर आई। वह शहर में रहती थी। उसका पति व्यापार करता था। उसने पारवोम की पत्नी से अपने शहरी जीवन की प्रशंसा की। उसने बताया कि वह शहर में अपने पति व बच्चों के साथ अकसर घूमने व स्केटिंग करने जाती है।

पारवोम की पत्नी को शहर की तारीफ अच्छी नहीं लगी। उसने अपने गाँव के जीवन की प्रशंसा करते हुए कहा, ''हमारा जीवन तुम लोगों के जीवन से कहीं अच्छा है। तुम लोगों के पास बहुत-सा धन है, लेकिन तुम बहुत बुरी स्थिति में भी फँस सकते हो। व्यापार का कोई ठिकाना नहीं, कब घाटा हो जाए। परंतु हम लोगों के साथ ऐसी बात नहीं है। हम किसान बहुत धनी तो नहीं हैं, लेकिन जरूरत की चीजों की कमी भी नहीं पड़ती।''

बड़ी बहन तुरंत उसकी बात काटकर बोली, ''तुम लोगों के पास गाय, बैल और बछड़ों को छोड़कर रखा ही क्या है! न पहनने के लिए अच्छे कपड़े हैं और न ही अच्छे लोगों का साथ। तुम्हारा पति चाहे जितनी मेहनत करे, लेकिन तुम लोग इस मिट्टी के घर में ही रहोगे और एक दिन इसी मिट्टी के घर में मर जाओगे।''

यह सुनकर पारवोम की पत्नी ने कहा, ''ऐसी बात नहीं है। हम लोग तुम लोगों से अधिक सुखी हैं। हमारे खेत हमारे अपने हैं। हमें किसी के आगे झुकना नहीं पड़ता। शहर का माहौल ठीक नहीं है। कभी भी तुम्हारे पति को जुए या शराब की आदत पड़ सकती है और तुम्हारा जीवन बरबाद हो सकता है।''

पारवोम उन दोनों की ये बातें सुन रहा था। उसने पास आकर अपनी पत्नी का पक्ष लेकर कहा, ''हम अपने खेतों में बचपन से ही काम में लग जाते हैं। इसीलिए बुरी आदतों के विषय में सोचने का हमें समय ही नहीं मिलता। मुझे सिर्फ एक ही बात का दुःख है कि मेरे पास जमीन थोड़ी है। यदि मेरे पास अधिक जमीन हो जाए तो फिर मुझे चिंता न रहे।''

इस बातचीत में काफी समय बीत गया था, इसलिए दोनों बहनें रसोई का काम करने चली गईं।

पारवोम के घर के पास एक महिला रहती थी। एक दिन उसने ऐलान किया कि वह अपनी जमीन बेचना चाहती है। गाँव के अन्य किसानों के साथ-साथ पारवोम ने भी उसकी थोड़ी-सी जमीन खरीदी। इसके अतिरिक्त उसने अपने एक रिश्तेदार से भी थोड़ी-सी जमीन खरीद ली।

अब पारवोम मेहनत करके काफी अनाज पैदा करने लगा और उसने काफी पैसा इकट्ठा कर लिया।

एक दिन पारवोम के घर एक किसान आया। उसने पारवोम को बताया कि रूस की प्रसिद्ध वोल्गा नदी के पास एक नई बस्ती बसाई जा रही है। वहाँ बसनेवाले हर आदमी को दस बीघे जमीन मुफ्त दी जा रही है। उस जमीन में बहुत अच्छी पैदावार होती है। कुछ समय पहले वहाँ एक गरीब आदमी आया था, जिसने उस जमीन में गेहूँ पैदा करके पाँच हजार रूबल कमा लिये हैं।

यह खबर सुनकर पारवोम की आँखें खुशी और आश्चर्य से फैल गईं। उसने सोचा कि उसे वहाँ जल्दी-से-जल्दी जाकर बस जाना चाहिए।

वह बड़े उत्साह से वहाँ पहुँचा। उसके परिवार में कुल पाँच लोग थे, इसलिए उसे

पचास बीघा जमीन मिली। यह उसके गाँव की जमीन की तुलना में दोगुनी थी। वह इस जमीन में गेहूँ पैदा करके बेचने लगा। धीरे-धीरे उसके पास काफी पैसा इकट्ठा हो गया।

लेकिन अभी भी पारवोम पूरी तरह संतुष्ट नहीं था। वह और जमीन चाहता था। एक दिन उसने एक व्यापारी से ठेके पर कुछ जमीन ले ली। उस जमीन पर भी गेहूँ की काफी अच्छी फसल हुई और उसने खूब पैसा कमाया। लेकिन वह ठेके की जमीन से खुश नहीं था। वह चाहता था कि उतनी जमीन उसके पास अपनी होनी चाहिए।

वह खरीदने के लिए जमीन ढूँढ़ने लगा। कुछ दिनों बाद उसे कुछ गरीब किसान मिले। वे बहुत कम दाम पर अपनी जमीन बेचना चाहते थे। उसने उनसे सौदा तय करके केवल एक हजार रूबल में पाँच सौ बीघा जमीन खरीद ली।

एक दिन एक व्यापारी पारवोम के घर आया। वह अपने घोड़ों के लिए चारे की तलाश में था। उसने बताया कि वह बाशकीर से आ रहा है। वहाँ उसने पिछले दिनों ही एक हजार रूबल में पाँच हजार बीघा जमीन खरीदी है।

पारवोम ने सोचा कि एक हजार रूबल में पाँच हजार बीघा जमीन तो बहुत ही सस्ती है। वह वहाँ जाकर काफी जमीन खरीद सकता है।

वह अगले दिन ही अपने नौकरों के साथ बाशकीर के लिए रवाना हो गया।

बाशकीर के लोगों ने जब पारवोम को देखा तो उसे चारों ओर से घेर लिया। जब पारवोम ने उन्हें बताया कि वह जमीन खरीदने आया है तो उनकी खुशी का ठिकाना न रहा।

गाँव के मुखिया स्तारशीना ने उससे कहा, ''हमारे पास बहुत जमीन है, जितनी चाहो, खरीद सकते हो। पर हमारी एक शर्त है। कल सूर्योदय होते ही हम एक स्थान पर खड़े हो जाएँगे और तुम्हें उस स्थान से जमीन का चक्कर लगाना शुरू करना पड़ेगा। सूर्यास्त तक तुम जितनी जमीन का चक्कर लगा लोगे, वह जमीन एक हजार रूबल में तुम्हारी हो जाएगी और यदि चक्कर पूरा नहीं कर सके तो तुम्हारा पैसा हम जब्त कर लेंगे।''

पारवोम जमीन बेचने के इस अद्भुत ढंग पर हैरान रह गया। लेकिन फिर भी उसने उनकी शर्त मान ली।

अगले दिन सुबह उसने मुखिया की टोपी में एक हजार रूबल रख दिए। तब तक वहाँ और भी लोग जमा हो चुके थे। सूर्योदय होते ही वह जमीन का चक्कर लगाने निकल पड़ा।

वह लंबे-लंबे डग भरकर चल रहा था, ताकि अधिक-से-अधिक जमीन का चक्कर लगा सके। कुछ दूर चलने पर उसे गरमी लगने लगी। पसीना बहने लगा। उसने कोट उतार दिया और सीधी दिशा में तेजी से आगे बढ़ने लगा।

चलते-चलते उसे लगा जैसे जूता पहनकर चलने में उसे परेशानी हो रही है। उसने जूता उतार दिया और आगे बढ़ गया। चलते-चलते वह सोच रहा था, 'जितना ही आगे बढ़ूँगा, मुझे उतनी ही अधिक जमीन मिलेगी।' यह सोचकर वह और तेज गति से चलने लगा।

दोपहर हो गई तो उसे भूख लगने लगी। उसने जल्दी-जल्दी खाना खाया और बिना आराम किए और अधिक जमीन पाने के लालच में तेजी से चल दिया। धूप और तेज हो गई थी। कुछ दूर और चलने पर वह थककर चूर हो गया। फिर भी वह रुका नहीं। उसने सोचा कि थोड़ी और मेहनत से और अधिक जमीन मिल जाए तो क्या बुराई है। थोड़ा और आगे बढ़ने पर उसे एक बहुत सुंदर जमीन का टुकड़ा दिखाई पड़ा। 'वह जमीन छोड़ना मूर्खता होगी', यह सोचकर उसने उस जमीन का भी चक्कर लगाने का फैसला किया और तेजी से चलने लगा। उसके पाँवों में छाले पड़ गए थे और खून निकलने लगा था।

उसने सूर्य की ओर देखा तो पता चला कि सूर्यास्त में थोड़ा ही समय बाकी रह गया है। उसने मुड़कर मुखिया की ओर देखा। वह बहुत दूर था। उसे लगा कि वह सूर्यास्त तक वहाँ नहीं पहुँच पाएगा, क्योंकि वह बुरी तरह थक गया था।

अब वह हर चीज भूल गया। यहाँ तक कि जमीन की बात भी। अब वह सिर्फ यह

सोच रहा था कि किसी तरह उसकी जान बच जाए। इसलिए मुखिया के पास पहुँचने के लिए वह चलता गया।

वह जैसे ही मुखिया के पास पहुँचा, सूर्यास्त हो गया। वह लड़खड़ाकर मूर्च्छित-सा जमीन पर गिर पड़ा। पर गिरते-गिरते भी उसने हाथ बढ़ाकर रूबल से भरी टोपी छू ली।

मुखिया ने कहा, ''शाबाश पारवोम, तुमने सचमुच काफी जमीन का चक्कर लगाया है। यह सब जमीन तुम्हारी है।''

पारवोम का नौकर उसे उठाने के लिए दौड़ा। लेकिन पारवोम के मुँह से खून निकल रहा था। वह मर चुका था।

यह देखकर मुखिया हँसा और उसने पारवोम के नौकर की ओर एक फावड़ा फेंककर कहा, ''इसे दफना दो।''

नौकर ने पारवोम के सिर से पैर तक तीन गज जमीन खोदी और उसे दफना दिया।

□

क्षमा

—लिओ टाल्सटाय

रूस का एक छोटा-सा कस्बा है—व्लादिमिर। उस कस्बे में एक व्यापारी रहता था, जिसका नाम था—इवान दमित्री एक्सीनोव। एक दिन व्यापार के सिलसिले में उसे निझनी के मेले में जाना था। वह अपनी घोड़ागाड़ी में बैठकर मेले के लिए निकल पड़ा।

रास्ते में एक्सीनोव को एक अन्य व्यापारी मिला, जिसे वह पहले से जानता था। रात हुई तो दोनों रात बिताने के लिए एक सराय में ठहर गए।

उनके कमरे पास-पास थे। उन्होंने इकट्ठे बैठकर चाय पी और फिर सोने के लिए अपने-अपने कमरे में चले गए।

एक्सीनोव को सवेरे जल्दी उठने की आदत थी, और फिर उस दिन तो उसे यात्रा पर जाना था। इसलिए वह सवेरा होने से पहले ही उठ गया। सराय के मालिक को बिल चुकाकर वह आगे की यात्रा पर चल दिया।

लगभग पच्चीस मील की यात्रा करने के बाद एक्सीनोव अपने घोड़ों को चारा खिलाने के लिए रुका। फिर एक सराय के बरामदे में बैठकर आराम करने लगा।

तभी एक घोड़ागाड़ी एक्सीनोव के पास आकर रुकी। उसमें से एक पुलिस अधिकारी उतरा। उसके पीछे दो सिपाही भी थे। पुलिस अधिकारी एक्सीनोव के पास आया और उससे पूछा, "तुम कौन हो?"

एक्सीनोव ने कहा, "मेरा नाम इवान दमित्री एक्सीनोव है और मैं व्लादिमिर का रहनेवाला हूँ।"

पुलिस अधिकारी ने फिर पूछा, "रात तुम कहाँ थे? क्या तुम अकेले थे, या तुम्हारे साथ कोई और भी था? क्या तुम उस आदमी से आज सुबह भी मिले थे? तुम सवेरा होने से पहले ही सराय से क्यों चल दिए?"

एक्सीनोव ने हैरानी से पुलिस अधिकारी की ओर देखा और फिर उससे पूछा, "आप तो मुझसे इस तरह सवाल कर रहे हैं जैसे मैं कोई चोर या डाकू हूँ। देखिए, मैं

अपने व्यापार के सिलसिले में इस यात्रा पर निकला हूँ। मुझसे इस तरह के सवाल करने की कोई जरूरत नहीं है।''

तब पुलिस अधिकारी ने कहा, ''मैं तुमसे ये सवाल इसलिए पूछ रहा हूँ, क्योंकि जिस व्यापारी के साथ तुमने सराय में रात बिताई थी, उसकी हत्या हो गई है। हम तुम्हारे सामान की तलाशी लेना चाहते हैं।''

फिर पुलिस अधिकारी और उसके दोनों सिपाहियों ने एक्सीनोव के सामान की तलाशी ली। उन्हें एक्सीनोव के एक थैले में से खून से सना एक चाकू मिला।

एक्सीनोव की समझ में कुछ नहीं आ रहा था कि यह सब क्या हो रहा है।

तब पुलिस अधिकारी ने कहा, ''आज सुबह वह व्यापारी अपने बिस्तर पर मरा पाया गया। किसी ने उसका गला काट दिया। तुम्हीं ने यह काम किया होगा; क्योंकि सराय भीतर से बंद थी और रात को वहाँ तुम दोनों के अलावा और कोई नहीं था। तुम्हारे थैले से बरामद खून से सना यह चाकू इस बात का सुबूत है कि उस व्यापारी की हत्या तुम्हीं ने की है। तुम्हारी घबराहट से भी यही प्रतीत होता है कि दोषी तुम ही हो। सच बताओ, तुमने उसे कैसे मारा और उसका कितना धन चुराया?''

एक्सीनोव गिड़गिड़ाते हुए बोला, ''मैं शपथ खाकर कहता हूँ कि व्यापारी की हत्या मैंने नहीं की है। मैंने तो रात को व्यापारी के साथ चाय पी थी। उसके बाद मैं

उस व्यापारी से मिला तक नहीं। न ही मैंने व्यापारी का धन चुराया है। मेरे पास तो मेरे दस हजार रूबल हैं, जो मैं अपने घर से लेकर चला था। यह चाकू भी मेरा नहीं है।''

पुलिस अधिकारी को एक्सीनोव की बात पर विश्वास नहीं हुआ। उसने सिपाहियों से कहा कि वे एक्सीनोव को गिरफ्तार कर लें। एक्सीनोव को पकड़कर गाड़ी में बिठा दिया गया। उसका धन तथा सामान भी पुलिस अधिकारी ने ले लिया। उसे पास के कस्बे की जेल में ले जाकर बंद कर दिया गया।

पुलिस ने एक्सीनोव के कस्बे व्लादिमिर जाकर उसके बारे में पूछताछ की। उसपर मुकदमा चलाया गया। उसपर रयाजन के व्यापारी की हत्या करने और उसके बीस हजार रूबल लूटने का आरोप लगाया गया।

एक्सीनोव को सजा दी गई कि उसको पचास कोड़े मारे जाएँ। फिर उसे दूसरे कैदियों के साथ साइबेरिया भेज दिया जाए।

साइबेरिया में एक्सीनोव ने एक अपराधी की तरह छब्बीस साल बिताए। उसकी दाढ़ी बड़ी हो गई थी। उसके बाल सफेद हो गए थे और कमर झुक गई थी। वह बहुत धीरे-धीरे चलता था। बहुत कम बोलता था। जेल के दूसरे कैदी उसकी बहुत इज्जत करते थे और उसे 'दादा' कहते थे।

एक दिन जेल में कुछ नए कैदी आए। दूसरे कैदी इन नए कैदियों से पूछने लगे, ''तुम कौन से कस्बे के हो और किस जुर्म में पकड़े गए हो?''

नए कैदियों में एक लंबा-तगड़ा आदमी था। उसकी दाढ़ी काफी बड़ी थी। वह बोला, ''दोस्तो, मैं जल्दी घर जाना चाहता था, इसलिए मैंने स्लेज से बँधा एक घोड़ा ले लिया। उस घोड़े का ड्राइवर मेरा दोस्त था। फिर भी मुझपर घोड़ा चुराने का इलजाम लगाकर मुझे गिरफ्तार कर लिया गया।''

फिर उस कैदी ने बताया कि वह व्लादिमिर का रहनेवाला है और उसका नाम माकर सेम्योनिक है।

व्लादिमिर का नाम सुनकर एक्सीनोव उससे पूछने लगा, ''सेम्योनिक, क्या तुम व्लादिमिर के एक्सीनोव नाम के व्यापारी के बारे में कुछ जानते हो?''

सेम्योनिक ने कहा, ''हाँ, जानता हूँ। उस व्यापारी के लड़के बहुत धनी हैं, पर वह व्यापारी तो हमारी ही तरह साइबेरिया में कैद है। पर, दादा, तुम यहाँ कैसे आए?''

एक्सीनोव के साथियों ने सेम्योनिक को बताया कि एक हत्यारे ने व्यापारी की हत्या करके खून से सना चाकू एक्सीनोव के सामान में छिपा दिया था और पुलिस ने एक्सीनोव को हत्यारा समझकर पकड़ लिया था। यह सुनते ही सेम्योनिक चौंक पड़ा और फिर बोला, ''ओह, यह तो बड़ी हैरानी की बात है। लेकिन, दादा, तुम कितने बदल गए हो!''

दूसरे कैदियों ने सेम्योनिक से पूछा, ''तुम इतने हैरान क्यों हो रहे हो? क्या तुमने दादा को पहले कहीं देखा है?''

पर सेम्योनिक ने इस बात का कोई जवाब नहीं दिया।

अब एक्सीनोव ने पूछा, ''सेम्योनिक, तुमने उस घटना के बारे में सुना है या मुझे पहले कहीं देखा है?''

''बहुत पहले उस घटना के बारे में कुछ सुना था। पर अब मैं सबकुछ भूल चुका हूँ,'' सेम्योनिक ने कहा।

''शायद तुमने यह भी सुना हो कि हत्या किसने की थी?'' एक्सीनोव ने पूछा।

इसपर सेम्योनिक हँसा। फिर वह बोला, ''हत्या तुम्हीं ने की होगी, क्योंकि चाकू तुम्हारे थैले में मिला था। कोई और व्यक्ति हत्या करके तुम्हारे सिर के नीचे रखे थैले में चाकू रखता तो तुम जाग नहीं जाते?''

जब एक्सीनोव ने सेम्योनिक के मुँह से यह सुना तो उसे पूरा विश्वास हो गया कि व्यापारी का हत्यारा सेम्योनिक ही है, क्योंकि थैले के सिर के नीचे रखे होने की बात एक्सीनोव के अलावा और किसी को भी मालूम नहीं थी।

एक्सीनोव वहाँ से उठकर चला गया। वह सारी रात सो नहीं सका। वह बहुत दुखी था। उसे सेम्योनिक पर बहुत गुस्सा आ रहा था। सेम्योनिक की वजह से ही उसने छब्बीस साल जेल में बिताए थे। एक बार उसके मन में आया कि वह सेम्योनिक से बदला ले। वह सारी रात प्रार्थना करता रहा; पर उसे शांति नहीं मिली।

दूसरे दिन वह सेम्योनिक के पास तक नहीं गया और न ही उससे बात की।

इस तरह पंद्रह दिन बीत गए। एक्सीनोव रात को सो भी नहीं पाता था। उसकी बहुत बुरी हालत हो रही थी।

एक रात जब एक्सीनोव जेल में टहल रहा था, तब उसने देखा कि कैदी जिन पत्थरों पर सोते हैं, उनमें से एक पत्थर के नीचे मिट्टी गिर रही थी। वह रुककर देखने लगा। अचानक उस पत्थर के नीचे से सेम्योनिक निकला। एक्सीनोव को सामने खड़ा देख वह घबरा गया।

एक्सीनोव बिना उसकी तरफ देखे आगे जाने लगा, लेकिन सेम्योनिक ने उसका हाथ पकड़ लिया और बोला, ''मैंने दीवार में एक छेद कर दिया है। मैं और तुम इसमें से बाहर निकल जाएँगे। लेकिन तुम अपना मुँह बंद रखना और किसी को भी इस छेद के बारे में मत बताना। यदि तुमने इसके बारे में किसी को बताया तो मेरी जान तो जाएगी ही; पर उसके पहले मैं तुम्हें भी मार डालूँगा।''

यह सुनकर एक्सीनोव गुस्से से काँपने लगा। उसने सेम्योनिक से अपना हाथ छुड़ाया और बोला, ''मुझे यहाँ से भागने की इच्छा नहीं है और न ही तुम मुझे मार सकते हो।

मुझे तो तुमने बहुत पहले ही मार दिया था।''

अगले दिन जब सब कैदी काम कर रहे थे, तब पहरेदारों ने देखा कि एक-दो कैदी अपने जूतों से मिट्टी निकाल रहे हैं। उन्हें शक हुआ।

तुरंत सारी जेल में खोज की गई। दीवार में एक काफी बड़ा छेद दिखाई दिया।

गवर्नर ने आकर सब कैदियों से पूछा कि छेद किसने किया है। पर किसी ने कोई उत्तर नहीं दिया। जब बार-बार पूछने पर भी कोई उत्तर नहीं मिला, तो हारकर गवर्नर एक्सीनोव के पास आया। वह जानता था कि एक्सीनोव एक शरीफ आदमी है। उसने एक्सीनोव से कहा, ''तुम हमेशा सच बोलते हो। मुझे बताओ कि दीवार में छेद किसने किया है?''

एक्सीनोव के होंठ काँपने लगे। बहुत देर तक वह कुछ भी न बोल सका। एक बार उसके मन में आया कि वह उस आदमी को क्यों बचाए, जिसकी वजह से उसे छब्बीस साल जेल में गुजारने पड़े। सेम्योनिक के बुरे काम की सजा उसे मिलनी ही चाहिए। फिर उसके मन में आया, यदि उसने बता दिया कि दीवार में छेद सेम्योनिक ने किया है, तो शायद सिपाही सेम्योनिक को जान से मार दें। परंतु सेम्योनिक को सजा मिलने से उसका क्या भला होगा?

एक्सीनोव अभी यह सोच ही रहा था कि गवर्नर ने दोबारा पूछा।

एक्सीनोव की नजर सेम्योनिक पर चली गई। वह डरा और सहमा हुआ उसकी ओर ही देख रहा था। इस बीच एक्सीनोव का मन स्थिर हो गया। वह बोला, ''मैं कुछ नहीं बता सकता, श्रीमान। आप मेरे साथ जो सुलूक करना चाहें, कर सकते हैं। मैं हाजिर हूँ।''

गवर्नर ने बहुत कोशिश की, पर एक्सीनोव ने कुछ नहीं बताया।

उस रात जब एक्सीनोव अपने बिस्तर पर लेटा था, तभी कोई चुपचाप उसके पास आकर बैठ गया। एक्सीनोव ने अँधेरे में गौर से देखा। वह सेम्योनिक था।

''अब तुम मुझसे और क्या चाहते हो?'' एक्सीनोव ने पूछा, ''तुम यहाँ क्यों आए हो?''

सेम्योनिक चुप था। एक्सीनोव खड़ा हो गया और बोला, ''तुम यहाँ से चले जाओ, वरना मैं पहरेदार को बुला लूँगा।''

सेम्योनिक झुककर धीरे से बोला, ''इवान दमित्री, मुझे क्षमा कर दो। मैंने ही उस व्यापारी की हत्या करके खून से सना चाकू तुम्हारे सामान में छिपा दिया था और खिड़की के रास्ते भाग गया था,'' सेम्योनिक ने बताया।

सेम्योनिक एक्सीनोव के पैरों के पास जमीन पर बैठ गया, ''इवान दमित्री, मुझे क्षमा कर दो। मैं अधिकारियों के सामने यह स्वीकार कर लूँगा कि व्यापारी की हत्या मैंने ही की थी। फिर तुम कैद से छूट जाओगे और अपने घर जा सकोगे।''

''बातें बनाना तुम्हारे लिए बहुत आसान है,'' एक्सीनोव ने कहा, ''लेकिन तुम्हारी वजह से मैंने अपने जीवन के छब्बीस साल जेल में यातना सहते हुए बिताए हैं। अब मैं कहाँ जा सकता हूँ? मेरे परिवार के लोग मुझे भूल चुके होंगे।''

सेम्योनिक अपना सिर जमीन पर मारने लगा। वह बोला, ''इवान दमित्री, मुझे क्षमा कर दो। कोड़ों की मार सहते हुए मुझे उतना दर्द नहीं हुआ था, जितना दर्द तुम्हें इस हालत में देखकर हो रहा है। यह जानते हुए कि मैं अपराधी हूँ, तुमने मुझपर दया की और छेद की बात गवर्नर को नहीं बताई। मुझे क्षमा कर दो। मैं पापी हूँ!'' यह कहते-कहते सेम्योनिक रोने लगा।

सेम्योनिक को रोते देख एक्सीनोव की आँखों में भी आँसू आ गए। एक्सीनोव का हृदय पसीज रहा था। उसे घर जाने की इच्छा नहीं थी। उसे जेल छोड़कर कहीं जाने की इच्छा नहीं थी। वह तो बस अपनी मृत्यु का इंतजार कर रहा था। उसने मन-ही-मन सेम्योनिक को क्षमा कर दिया था। एक्सीनोव के मना करने पर भी सेम्योनिक ने अधिकारियों के सामने कुबूल कर लिया कि रयाजन के व्यापारी की हत्या उसने की थी और एक्सीनोव निर्दोष है।

इसलिए अधिकारियों ने एक्सीनोव को रिहा करने का आदेश जारी कर दिया। जब अधिकारी यह आदेश लेकर एक्सीनोव की कोठरी में पहुँचा तो देखा कि वहाँ एक्सीनोव का शव पड़ा था। उसकी उसी रात मृत्यु हो चुकी थी।

□

रोटियाँ

—वी. दिमित्रीएव

सर्दियों के दिन थे। स्कूल की मेट्रन अन्ना मिखाइलोवना ने एक दिन स्कूल में दावत दी थी। बहुत से अतिथि आए थे। उसी स्कूल का एक गरीब लड़का माल्यूइश, दावत से एक दिन पहले ही अन्ना मिखाइलोवना के पास पहुँच गया था—दावत की तैयारियों में अपनी मेट्रन का हाथ बँटाने। गरम और ताजा रोटियों की दावत थी। माल्यूइश ने रोटियाँ बनती देखीं तो उसे अपनी माँ का खयाल आ गया। माँ ने बहुत दिनों से गरम रोटियाँ नहीं खाई थीं, हालाँकि उसे गरम-गरम रोटियाँ बहुत पसंद थीं।

दावत शुरू हुई तो माल्यूइश अपने को रोक नहीं पाया। कहीं रोटियाँ खत्म हो गईं तो···इसलिए उसने पहले ही अन्ना मिखाइलोवना से पूछ लिया, "आंटी, मैं कुछ गरम-गरम रोटियाँ माँ के लिए ले जाना चाहता हूँ। ले जा सकता हूँ न?"

"क्यों नहीं," मेट्रन ने प्यार से उसके गाल को थपथपाते हुए कहा, "लेकिन पहले तुम तो खा लो!"

दावत खत्म हुई तो माल्यूइश ने घर चलने के बारे में सोचा। तभी अन्ना मिखाइलोवना का ध्यान बाहर की तरफ गया। बाहर अचानक बर्फ गिरने लगी थी और चारों ओर अँधेरा छा गया था—जैसे रात उतर आई हो; हालाँकि अभी रात होने में देर थी। मौसम खराब होता देख अन्ना को चिंता हुई, "ओह! माल्यूइश, बाहर तो बहुत बर्फ गिर रही है। इस खराब मौसम में तुम घर कैसे जा सकोगे?"

माल्यूइश ने खिड़की से झाँककर देखा तो क्षण-भर के लिए वह निराश हो गया। मगर जैसे ही उसे अपनी माँ के लिए गरम-गरम रोटियाँ ले जाने की याद आई, वह उत्साहित होकर बोला, "आप मौसम की चिंता न करें, आंटी, मेरे पाँव अपने घर तक का रास्ता अच्छी तरह पहचानते हैं।"

अन्ना मिखाइलोवना माल्यूइश के मन की बात समझ गई थीं, इसलिए ज्यादा विरोध नहीं कर सकीं। अनमने से उन्होंने माल्यूइश को जाने की आज्ञा दे दी। किंतु जाने

से पहले उन्होंने माल्यूइश को अच्छी तरह गरम कपड़े पहना दिए, उसके सिर पर भी गरम रूमाल बाँध दिया और कुछ गरम-गरम रोटियाँ भी उसे दे दीं—उसकी माँ के लिए।

माल्यूइश जब मेट्रन से बिदा लेकर चला तो एक काले रंग का कुत्ता ब्लैकी भी माल्यूइश के साथ चल दिया। उन दोनों में अच्छी दोस्ती थी। अन्ना मिखाइलोवना उन्हें छोड़ने दरवाजे तक आईं तो उन्होंने महसूस किया कि मौसम लगातार खराब होता जा रहा है। बर्फ के बड़े-बड़े गुबार, तेज हवा में सरसराते उड़ रहे थे। धुंध इतनी अधिक बढ़ गई थी कि दो-तीन हाथ की दूरी पर भी कुछ दिखाई नहीं दे रहा था। बर्फ और कोहरे ने रोशनी को पूरी तरह ढक लिया था। अन्ना ने फिर एक बार माल्यूइश को रोकना चाहा; किंतु कुछ सोचकर वह चुप रह गईं।

माल्यूइश और ब्लैकी कुछ दूर जाकर ओझल हो गए तो अन्ना ने अपने कमरे में लौटकर एक किताब उठाई और पढ़ने बैठ गईं। लेकिन पढ़ने में उनका मन नहीं लग रहा था। वह माल्यूइश के बारे में सोच रही थीं और रह-रहकर खिड़की से बाहर झाँक लेती थीं।

बर्फ और हवा ने अब बर्फानी तूफान का रूप ले लिया था। जितनी तेजी से बर्फ की आँधी बढ़ रही थी, उससे कहीं तेजी से अन्ना की बेचैनी बढ़ रही थी। अचानक उन्होंने कुछ सोचा और तेजी से गरम कपड़े पहनकर बाहर गली में निकल आईं। किंतु जब अकेले जाने की हिम्मत नहीं पड़ी तो उन्होंने पड़ोस के एक लड़के इवान को साथ ले लिया।

बर्फीली हवा के थपेड़े और तीखे हो गए थे। दूर-दूर के मकानों में जलनेवाली रोशनी, कोहरे का सीना चीरकर कभी-कभी नजर आ जाती थी। इवान अपने साथ लाई छड़ी से रास्ता टटोलता हुआ आगे बढ़ रहा था और अन्ना बहुत सँभलकर तेजी से उसके पीछे बढ़ रही थीं। काफी देर और बड़ी कठिनाई से वे लोग माल्यूइश के घर पहुँचे, जो स्कूल से बहुत अधिक दूर भी नहीं था।

उन्होंने दरवाजा खटखटाया तो माल्यूइश की माँ फेडोशिया ने ही दरवाजा खोला। किंतु अन्ना के साथ इस मौसम में, माल्यूइश के बजाय किसी और लड़के को पाकर वह चकित रह गई। इससे पहले कि फेडोशिया कुछ पूछ पाती, अन्ना मिखाइलोवना इवान के साथ तेजी से अंदर आईं और दरवाजा बंद कर दिया। एक निगाह उसने घर में दौड़ाई और वैसा कोई संकेत न पाकर पूछ लिया, "माल्यूइश कहाँ है?"

"माल्यूइश?" फेडोशिया ने सुना तो कलेजा मुँह को आ गया, "क्यों? वह तो कल से स्कूल गया है और उसके बाद अभी तक नहीं लौटा है।"

अन्ना मिखाइलोवना को जैसे साँप सूँघ गया। उनके पैरों की शक्ति जाती रही। अपने आपको सँभाल नहीं पाईं तो पास पड़ी कुरसी पर धम्म से बैठ गईं। फेडोशिया अन्ना की ओर फटी-फटी आँखों से देख रही थी। वह कुछ समझ नहीं पा रही थी। किसी अनिष्ट की आशंका से उसका मन बैठा जा रहा था। यह सब देखकर, घर के दूसरे छोटे बच्चे भी रोने लगे थे।

किसी तरह मिखाइलोवना ने खुद को सँभाला और इवान से कहने लगीं, "अब क्या करना चाहिए, इवान? मेरा खयाल है कि सब पड़ोसियों को इकट्ठा करके उसे तुरंत ढूँढ़ना चाहिए।"

इवान दौड़ा-दौड़ा फेडोशिया के पड़ोसियों के पास गया। कुछ ही देर में काफी लोग फेडोशिया की झोंपड़ी के पास जमा हो गए। सभी को माल्यूइश की चिंता हो रही थी। निरंतर खराब होते जा रहे मौसम की वजह से तरह-तरह की आशंकाएँ उनके मन में उठ रही थीं—माल्यूइश कहाँ होगा? कैसा होगा? उसे कैसे ढूँढ़ा जाए?

सब लोग यही सोच-विचार कर रहे थे कि तभी एक लड़का वहाँ दौड़ता हुआ आया। काफी दौड़ने की वजह से वह हाँफ रहा था। उसने वहाँ जमा लोगों से लड़खड़ाते स्वर में कहा, "उस छोटी पहाड़ी के पीछे, गोदाम के पास एक कुत्ता लगातार भौंके जा रहा है। मैं वहीं से आ रहा हूँ। ऐसे मौसम में, जबकि अन्य सभी जानवर कहीं-न-कहीं दुबके-छिपे बैठे होंगे, उस कुत्ते का भौंकना मुझे आश्चर्यजनक लगा।" थोड़ा रुककर वह फिर बोला, "मुझे लगता है, वह कुछ कहना चाह रहा था।"

इसपर सभी ने खामोश होकर अपनी शक्ति, कुत्ते के उस स्वर को पकड़ने में लगा दी। अचानक अन्ना मिखाइलोवना को ध्यान आया कि जब माल्यूइश उसके घर से चला

था तो उसका काले रंग का कुत्ता ब्लैकी भी माल्यूइश के साथ उसे छोड़ने आया था। अन्ना के कान वायरलैस की तरह काम कर रहे थे। तभी उन्होंने पहचाना, ''ब्लैकी! यह ब्लैकी ही है, जो माल्यूइश के साथ-साथ आया था।'' अन्ना के चेहरे पर उत्साह की एक तरंग दौड़ गई, ''चलो! हमें बिना वक्त गँवाए माल्यूइश को खोजना चाहिए।''

लोगों ने तुरंत कुदाल, फावड़े और कंदील उठाए। ब्लैकी के लगातार भौंकने का स्वर, उनका मार्गदर्शन कर रहा था। सायँ-सायँ करती बर्फीली आँधी में उनके कदम तेजी से चल रहे थे। 'ब्लैकी!' की पुकार तेज हवा और बर्फ के टुकड़ों से छितराकर बिखर-बिखर जाती। उसी तरह ब्लैकी के भौंकने का स्वर भी हवा की सनसनाहट के साथ कभी आता, कभी रुक जाता।

धीरे-धीरे ब्लैकी का स्वर स्पष्ट हो गया। उसके भौंकने में पीड़ा के संकेत भी स्पष्ट सुनाई पड़ रहे थे। कुछ ही क्षणों में लोगों ने एक बड़ी और काली वस्तु को, बर्फ के थपेड़ों से टकराकर अपनी तरफ आते देखा। मिखाइलोवना ने पहचाना, ''ब्लैकी··· ब्लैकी!'' ब्लैकी ने जैसे पूरी ताकत लगाकर आखिरी बार दौड़ने की कोशिश की। अन्ना के पास पहुँचकर उसने एक चक्कर काटा और गिर पड़ा। अन्ना ने उसे धीरे से उठाया और गले से चिपका लिया। ऐसा करने से, ब्लैकी में जैसे नई ताकत आ गई। अन्ना की गोद से उतरकर वह तेजी से भागा और बर्फ के एक ढेर को तेजी से, अपने चारों पंजों से खोदने लगा।

उसे ऐसा करते देखकर लोगों ने बहुत फुरती के साथ बर्फ के उस ढेर को हटाया। धीरे-धीरे उस ढेर के नीचे दबा माल्यूइश दिखाई देने लगा। माल्यूइश को देखते ही फेडोशिया ने रोना शुरू कर दिया, किंतु अन्ना मिखाइलोवना ने साहस और धैर्य से काम लिया। उन्होंने सबसे पहले उसकी नब्ज देखी—वह चल रही थी। अन्ना के चेहरे पर राहत के भाव आए। मगर भयंकर सर्दी की वजह से माल्यूइश का सारा शरीर अकड़ा पड़ा था। वह मूर्च्छित था।

अन्य लोगों की मदद से अन्ना ने माल्यूइश को उठाया। वे लोग जल्दी से उसे फेडोशिया की झोंपड़ी में ले आए। उसके सब कपड़े उतार दिए गए। पास ही तेज आग जलाई गई। माल्यूइश के शरीर पर अच्छी तरह मालिश की गई। इवान इन सब कामों में काफी मेहनत कर रहा था।

फेडोशिया अब भी धीरे-धीरे सुबक रही थी। थोड़ी ही देर में माल्यूइश के शरीर में हरकत होने लगी। उसका अकड़ा हुआ शरीर धीरे-धीरे खुलने लगा। यह देखकर वहाँ उपस्थित सभी लोगों के चेहरों पर हर्ष की लहर दौड़ गई। माल्यूइश के छोटे भाई-बहनों की आँखों में खुशी के आँसू भर आए। धीरे-धीरे माल्यूइश ने आँखें खोल दीं। वह आश्चर्य से चारों तरफ देखने लगा। वह समझ नहीं पा रहा था कि यहाँ इतनी भीड़ क्यों जमा हुई है। तभी उसकी नजर अपनी माँ पर पड़ी। माँ की आँखों में खुशी के आँसू थे।

माल्यूइश उठ बैठा और अपनी माँ के चेहरे को अपने दोनों हाथों में भरकर बोला, ''रो मत माँ, देख, मैं तेरे लिए अपनी मेट्रन के घर से गरम-गरम रोटियाँ लाया हूँ।''

माँ ने कसकर माल्यूइश को अपने सीने से लगा लिया और फफक-फफककर रो उठी। अन्ना मिखाइलोवना ने आगे बढ़कर माल्यूइश के सिर पर हाथ फेरा और बड़ी मुश्किल से अपने आँसुओं को काबू किया।

वहाँ उपस्थित अन्य लोगों का भी यही हाल था।

□

तूफानी लहरों पर

—विलियम ब्लाइ

मेरा नाम है विलियम ब्लाइ। मेरा जन्म इंग्लैंड के प्लाइमाउथ नगर में हुआ था। मैं बचपन में अकसर समुद्र-तट पर खड़ा रहता, आते-जाते जहाजों को देखता। सोचता, 'कभी मैं एक जहाज में बैठकर पूरी दुनिया की सैर करूँगा।'

सोलह साल का हुआ तो मुझे नौसेना में नौकरी मिल गई। उन दिनों नाविकों का काम बहुत कठिन माना जाता था। पर मैं मन लगाकर काम करता था। जल्दी ही मैं एक कुशल नाविक बन गया।

बाद में प्रसिद्ध खोजी कप्तान जेम्स कुक के साथ मैंने प्रशांत महासागर में दूर-दूर की यात्राएँ कीं। नए-नए द्वीपों को खोजा। उसी दौरान एक अनजान द्वीप पर जेम्स कुछ आदिवासियों के हाथों मारा गया।

चार वर्ष बाद मैं इंग्लैंड लौटा। उन दिनों इंग्लैंड का दूसरे देशों से युद्ध चल रहा था। मैंने युद्ध में भाग लिया। युद्ध समाप्त हुआ तो मुझे एक जहाज पर नौकरी मिल गई। वह जहाज वेस्टइंडीज द्वीपों में व्यापार करता था। वेस्टइंडीज में अंग्रेजों के खेतों पर कई नीग्रो दास काम करते थे। उनके लिए सस्ता भोजन जुटाने की समस्या थी। यह पता चला था कि ताहिती द्वीप पर ब्रेडफ्रूट के पौधे उगते हैं। नीग्रो लोग ब्रेडफ्रूट की गिरी निकालकर चाव से खाते थे। एक अंग्रेज ने तय किया कि ताहिती से ब्रेडफ्रूट के पौधे लाकर वेस्टइंडीज के द्वीपों में लगाए जाएँ। पौधे लाने का काम मुझे सौंपा गया।

यात्रा बहुत लंबी और कठिन थी। लेकिन मैंने इसे अपने लिए एक चुनौती माना। हमने बाउंटी नामक जहाज में यात्रा शुरू की। मुझे मालूम था कि मैं एक कठिन अभियान पर जा रहा हूँ। इसके लिए जरूरी था कि सब नाविक कड़े अनुशासन में रहें। मैंने कठोर नियम बनाए और नाविकों के व्यवहार पर कड़ी नजर रखी।

शुरू में ही मुश्किलें सामने आईं। एक दिन भयंकर तूफान में जहाज पर रखा काफी सामान समुद्र गें बह गया। यह तो अभी यात्रा का आरंभ था।

मेरा इरादा था कि ताहिती तक की यात्रा बिना रुके की जाए। इसलिए हमें भोजन और पानी किफायत से खर्च करना था। मैंने सब नाविकों से कह दिया कि उन्हें कम भोजन और कम पानी से काम चलाना होगा। मेरा खयाल था कि इस तरह यात्रा जल्दी पूरी हो जाएगी।

अगर कोई नाविक आज्ञा का उल्लंघन करता था तो मैं उसे सबके सामने कोड़े लगवाता।

मैं जानता था कि इससे कुछ नाविक नाराज हो जाएँगे, पर मैं और कर भी क्या सकता था? अगर मैं लापरवाही करने पर दंड न देता, तो हमारा अभियान असफल हो जाता।

फ्लैचर क्रिश्चियन नामक नाविक से मेरी अच्छी दोस्ती हो गई थी। कई बार हम दोनों इकट्ठे भोजन करते। लेकिन अनुशासन तोड़ने पर मैं उसे भी दंड देने से नहीं चूकता था। बाद में मुझे यह बात पता चली कि क्रिश्चियन मन-ही-मन मुझसे दुश्मनी रखने लगा था।

मौसम खराब चल रहा था। कुछ नाविक बीमार हो गए। मैं समझ गया, इस रास्ते से ताहिती नहीं पहुँच सकूँगा। इसलिए मैंने फैसला किया कि हमें रास्ता बदल देना चाहिए। हम घूमकर अफ्रीका महाद्वीप के दक्षिणी छोर पर आशा अंतरीप तक जाएँ। फिर वहाँ से पूर्व में बढ़ते जाएँ और आस्ट्रेलिया के साथ-साथ चलते हुए दक्षिणी प्रशांत महासागर के द्वीपों तक जा पहुँचें।

जब मैंने नाविकों को रास्ता बदलने की बात बताई, तो वे बहुत खुश हुए। आठ लोग बीमार थे। बाकी लोग भी डरे हुए थे। हम घूमकर नए रास्ते पर बढ़ चले और इस तरह आशा अंतरीप जा पहुँचे।

आस्ट्रेलिया के रास्ते पर मैं कप्तान कुक के साथ आ चुका था, इसलिए कोई परेशानी नहीं हुई। हमें कम-से-कम इतना भरोसा था कि हम सही रास्ते पर बढ़ रहे हैं।

फिर हम ताहिती की ओर चल दिए। मैंने राशन रख लिया था, लेकिन कुछ नाविक मेरी आज्ञा नहीं मानते थे। उन्होंने सारे फल एक साथ खा लिये। इसलिए बाद में जब बहुत दिनों तक हरी सब्जियाँ और फल नहीं मिले तो वे बीमार पड़ गए।

जब बाउंटी ताहिती पहुँचा तो वह सत्ताईस हजार मील से अधिक की यात्रा कर चुका था। इसमें आठ महीने लगे थे।

ताहिती के आदिवासियों ने हमारा खूब स्वागत किया। उनके मुखिया को हमारी पिछली यात्रा की याद थी। मैंने मुखिया को अनेक उपहार दिए। मुखिया भी इंग्लैंड के राजा के लिए उपहार भेजना चाहता था। जब वह उपहारों के नाम गिनाने लगा और उसने ब्रेडफ्रूट का नाम लिया तो मैं उछल पड़ा। मैंने झट 'हाँ' कह दी। मैं नहीं चाहता

था कि वे मेरे वहाँ आने का असली कारण जान पाएँ।

वहाँ हमारे दल के डॉक्टर की मृत्यु हो गई। एक दिन तीन लोग हथियार चुराकर भाग गए। बाद में आदिवासियों की सहायता से भगोड़ों को पकड़ लिया गया। पर मैं यह नहीं समझ पाया कि वे क्यों भागे थे और कहाँ जाना चाहते थे। मैंने उन्हें कड़ी सजा दी। बाद में कुछ और शरारतें सामने आईं। असल में कुछ लोग जहाज के कड़े अनुशासन से ऊब गए थे। वे ताहिती में ही रह जाना चाहते थे।

मैं जिस काम के लिए इतनी दूर आया था, वह हो गया। हमने ब्रेडफ्रूट पौधों के सैकड़ों गमले जहाज में रख लिये थे।

वापसी यात्रा शुरू हुई, पर आसार अच्छे नहीं थे। उधर मौसम खराब था, इधर साथी नाविक सहयोग नहीं दे रहे थे। मुझे ब्रेडफ्रूट के पौधों के लिए अधिक पानी चाहिए था, इसलिए मैं नाविकों को दिन में सिर्फ दो बार पीने का पानी देता था।

वापसी यात्रा में मैंने देखा, नाविक आलसी हो गए थे। वे अकसर आराम करते दिखाई देते। मैं उन्हें कड़ा दंड देता। एक दिन जहाज पर रखे कुछ नारियल चोरी हो गए। इस बात पर क्रिश्चियन से कहा-सुनी हो गई।

बस, तभी से मुसीबत शुरू हो गई।

उस रात क्रिश्चियन कुछ साथियों को लेकर मेरे केबिन में घुस आया। मुझे घसीटकर बाहर ले जाया गया। मेरे हाथ बाँध दिए गए। मैं सहायता के लिए चिल्लाया,

पर मेरे विश्वासपात्र साथी पहले ही कैद किए जा चुके थे। क्रिश्चियन तथा उसके मित्रों ने जहाज पर विद्रोह कर दिया था।

मैंने विद्रोहियों को समझाना चाहा, पर वे मुझे मारने की धमकियाँ देने लगे। मैं समझ गया, अब चुप रहने में ही कुशल है। आखिर विद्रोहियों ने एक छोटी-सी नौका पानी में उतार दी। उसमें मेरे समेत अठारह नाविक और थे, जिन्होंने विद्रोह में भाग नहीं लिया था। उन्होंने हमें थोड़ा-सा पानी और भोजन दिया और फिर हमारी नाव की रस्सी काट दी। धीरे-धीरे हमारी नौका और बाउंटी के बीच दूरी बढ़ने लगी। तभी मैंने देखा, वे लोग बाउंटी पर रखे ब्रेडफ्रूट के पौधों को समुद्र में फेंक रहे थे। मेरी सारी मेहनत पर पानी फिर गया।

नाव खेने के अलावा और कोई चारा नहीं था। छोटी-सी नाव में हम उन्नीस आदमी बहुत कठिनाई से बैठे थे—हिलना-डुलना भी मुश्किल था। वहाँ से तीस मील दूर टोफोआ द्वीप था। मेरा इरादा था कि वहाँ से कुछ भोजन-पानी लेकर ईस्टइंडीज की तरफ बढ़ा जाए, जो वहाँ से 3600 मील की दूरी पर था। एक द्वीप पर हमें कुछ आदिवासी मिले। वे हमें वहाँ देखकर चकित थे। हमने बहाना बना दिया कि हमारा जहाज तूफान में डूब गया।

लेकिन शायद आदिवासियों को हमारी बात पर विश्वास नहीं हुआ था। जब हम लोग द्वीप से पानी तथा खाद्य सामग्री लेकर चले तो उन्होंने पत्थर बरसाने शुरू कर दिए। उससे हमारा एक साथी मारा गया। हमने किसी तरह नाव आगे बढ़ाई, पर वे नावों में ही हमारा पीछा करने लगे। मुझे लगा, आज मृत्यु निश्चित है। फिर न जाने क्या सोचकर हम लोग पानी में

अपने कपड़े फेंकने लगे। आदिवासी लोग कपड़े उठाने लगे। बस, हमें बच निकलने का मौका मिल गया। उस रात समुद्र में तूफान आ गया। हमारी नाव तिनके-सी हिलने लगी। बार-बार नाव में पानी भर जाता। लहरों के थपेड़े सहते हुए हम नाव से पानी उलीचने में लगे रहे। सब भूखे और थके हुए थे। साथ ही नाव को हलका करने के लिए हमें कुछ जरूरी सामान पानी में फेंकना पड़ा। प्राण बचाने के लिए तो कुछ भी किया जा सकता था।

इतनी कठिनाई के बाद भी मेरे साथियों को मुझपर पूरा भरोसा था। वे समझते थे, मैं उन्हें सुरक्षित इंग्लैंड ले जा सकूँगा। कुछ दिन बाद हमने नए द्वीप देखे। इन्हें आदिवासी फीजी कहते थे। हम फीजी पहुँचनेवाले प्रथम यूरोपियन थे।

मौसम खराब चलता रहा। खाना और पानी दोनों ही चीजें बहुत कम थीं हमारे पास। हम उतना ही खाते-पीते थे, जितना जीवित रहने के लिए आवश्यक था। निरंतर पानी की बौछारों से भीगने के कारण सबके बदन अकड़ गए। मैं यात्रा का विवरण लिखने की कोशिश करता था।

फिर आई तेज बारिश। नीचे से लहरें भिगो रही थीं, ऊपर से मूसलधार वर्षा हो रही थी। जो लोग नाव नहीं खे रहे थे, वे पानी उलीचने लगे। बारिश से एक फायदा जरूर हुआ। हमारे पास थोड़ा-सा पीने का पानी इकट्ठा हो गया। पानी में भीगने के कारण हमारी डबलरोटी खराब हो गई थी। हम वही खा रहे थे, क्योंकि और कुछ था ही नहीं।

दिन में बारिश कुछ थमी, पर रात को फिर तेजी से पानी पड़ने लगा। उसी बीच कुछ लोग थोड़ी-थोड़ी देर को सो लेते थे। आराम से लेटने की तो गुंजाइश ही नहीं थी। बारिश से और चाहे जो कष्ट हुआ हो, पर हम प्यासे मरने से बचे रहे। लगातार पानी उलीचने से सबको उस कम जगह में ही हाथ-पैर हिलाने का अवसर मिलता रहा।

मैं हिसाब नहीं रख पा रहा था कि बाउंटी से अलग हुए कितने दिन बीत गए थे। भोजन की कमी और निरंतर कड़ी मेहनत का असर दिखाई पड़ने लगा था। सबकी हड्डियाँ निकल आई थीं। आँखें धँस गई थीं। चेहरे पीले पड़ गए थे। फिर भी यह आश्चर्य की ही बात थी कि हम अभी तक जीवित थे।

आखिर हम आस्ट्रेलिया के निकटवर्ती द्वीपों के पास आ पहुँचे। इतने दिनों में पहली बार हमें लगा कि अब हम बच जाएँगे। एक द्वीप पर हमें पीने का पानी मिल गया। जो कुछ सड़ा-बुसा था, उसी को खाकर हमने पानी पिया और पेड़ों की छाया में पसर गए। कितने दिनों बाद इस तरह सूखी धरती पर लेटने का मौका मिला था हमें।

जब हम चलने लगे तो बहुत सारे आदिवासी हथियार लिये चीखते हुए हमारी तरफ दौड़े। इधर-उधर के टीलों पर भी काफी लोग आ गए थे। पर हम किसी तरह बचकर निकल आए।

मेरे साथी आपस में लड़ने लगे थे। वे जरा-जरा-सी बात पर उत्तेजित हो जाते, मारपीट कर बैठते। मैं अपने साथियों के साथ सख्ती से पेश आता था, क्योंकि मैं जानता था, अभी हमें बहुत कुछ झेलना है। आखिर एक दोपहर को हमने आकाश में काफी पक्षी उड़ते हुए देखे। यह इस बात का संकेत था कि जमीन कहीं पास में ही थी। उसी दिन हम टिमोर द्वीप के तट पर जा पहुँचे। सब खुशी से झूम उठे। हमने साढ़े तीन हजार मील से अधिक की दूरी तय की थी। शायद हमसे पहले एक छोटी-सी नाव में किसी ने इतनी लंबी यात्रा करने का साहस न किया होगा। और हमें भी तो यह कठिन यात्रा विवश होकर करनी पड़ी थी।

टिमोर पर डच लोगों की बस्ती थी। जल्दी ही उन्हें हमारे आने की खबर लग गई। हमें बस्ती में ले जाया गया। खूब स्वागत-सत्कार हुआ। हम सबकी आँखों में आँसू थे। सब इतना थके हुए थे कि बड़ी मुश्किल से चल पा रहे थे।

टिमोर के गवर्नर ने हमें भरपूर सहायता का वचन दिया। कुछ दिन हम लोगों ने वहाँ आराम किया, ताकि यात्रा के कष्टों से उबर सकें।

वहाँ मैंने एक बड़ी नौका खरीदी। उस नौका से हम जावा की राजधानी बटाविया गए। बटाविया से जहाजों का काफिला इंग्लैंड जाया करता था। हम एक जहाज में बैठकर इंग्लैंड की तरफ चल दिए और 13 मई, 1790 को अपने देश जा पहुँचे। जब हमें जबरदस्ती समुद्र में उतारा गया था तो हम उन्नीस आदमी थे। लेकिन इंग्लैंड पहुँचे केवल बारह।

स्वदेश पहुँचकर मैंने बाउंटी के विद्रोह और अपनी यात्रा की कहानी प्रकाशित करवाई। तब ही लोगों को पूरी बात का पता चला। सब चकित थे कि हमने तूफानी समुद्र में छोटी-सी नौका द्वारा हजारों मील की यात्रा कैसे पूरी की थी!

□

छोटा भाई

—वेस्सिलिन आंद्रेइव

किसी के हिलाने पर मैं सहसा जाग पड़ा। मैंने अपने हाथों में राइफल उठाई और आलस में गुर्राया, ''क्या हुआ?''

''चुप''चुप, शोर न मचाओ। मैं तुम्हें आधे घंटे से जगाने की कोशिश में लगा हूँ'' बात यह है कि वहाँ जाको के घर के आसपास कोई बच्चा मँडरा रहा है। जरा कल्पना करो कि अगर उसने हमें देख लिया और वह डर से चीख पड़ा तो''तो पुलिस मिनटों में यहाँ पहुँच जाएगी''''

''कल रात तो तुमने खुद देखा था कि वह घर एकदम खाली था। मुमकिन है कि वह पड़ोसी का बच्चा हो, जो गलती से यहाँ आ निकला हो''' मैंने कहा।

काठ के दरवाजों के छेदों से बाहर पड़ी घास की ढेरियाँ और लकड़ी के गट्ठे दिखाई दे रहे थे। वह आँगन पहले बहुत साफ-सुथरा नजर आता था, लेकिन अब उजाड़ दिखाई दे रहा था। तभी, नीचे कहीं से हमें मुरगियों की चख-चख और एक बच्चे की आवाज सुनाई दी। वह मुरगियों को जौ के दाने खिला रहा था।

''वह जाको का बेटा योन्को है।''

अनजाने ही मेरे हाथ मेरे साथी के कंधे से जा लगे थे। आँगन में अब सूनापन नहीं नजर आ रहा था। बच्चे की वजह से भरा-पूरा-सा लग रहा था।

बच्चा बिल्कुल पहले जैसा ही था—मुटल्ला, बड़ी, खुली आँखोंवाला। उसकी पोशाक पर थिगलियाँ थीं।

''तुमने तो बताया था कि बच्चा अपनी माँ के साथ चला गया था?'' मेरे साथी ने संदेह-भरी नजरों से देखते हुए पूछा।

''बकबक बंद करो। मैं उसे अच्छी तरह जानता हूँ। मुझे तो यही अटपटा लग रहा है कि वह यहाँ कर क्या रहा है! थोड़ा ठहरो, हमें कुछ-न-कुछ तो पता चल ही जाएगा।''

''हद हो गई!'' मेरा साथी बोला, ''यह ठहरने और मजाक करने का वक्त नहीं।

थोड़ी देर में वह चीख पड़ेगा तो सारा गाँव हमारे इर्द-गिर्द खड़ा होगा…"

मेरी आँखों में सख्ती का भाव देखकर मेरे साथी ने अपना सिर झुका लिया। यह हमारा सबसे अच्छा कामरेड है, पर थोड़ा शक्की-मिजाज है। अपनी तरफ से तो वह ठीक ही कह रहा था। भला पाँच साल के एक बच्चे पर भरोसा कैसे किया जा सकता है! फिर बच्चे ने तो मुझे भी लंबे अरसे से नहीं देखा…हमने तय किया कि हम गोधूली के वक्त बच्चे को अपने यहाँ होने की जानकारी देंगे।

मुरगियों का वह छोटा-सा मालिक कहीं इधर-उधर चला गया था। हम उसी की बातें करने लगे। पर तभी सहसा दरवाजा खुला—वह योन्को ही था। नंगे पाँव चुपके से आया था वह। उसके आने की आहट भी हमें नहीं मिली थी। तब हम छिपते भी कैसे? बस, थोड़ी-सी घास का ढेर था, जिसके पीछे हम बिना हिले-डुले बैठे थे।

बाहर धूप की चमक से एकदम अंदर आने के कारण उसकी आँखें आधे अँधेरे में कुछ भी न देख सकीं।

"प्यारे योन्को, जल्दी से घास लो और यहाँ से चले जाओ…" मैंने कहा तो लगा कि उसने सुना नहीं। उसने घास उठाई और ज्यों ही चलने को हुआ कि उसकी नजर हमपर पड़ गई। उसने चीखकर घास का ढेर धरती पर बिखेर दिया।

"लुटेरे…" डर से वह एकदम सहम गया था। वह चिल्लाया।

"योन्को…योन्को!" मैंने उसे पुचकारकर बुलाने का नाम लिया, "डरो नहीं, हम तो तुम्हारे पापा के दोस्त हैं…"

पर वह तो मेरी बात सुन ही नहीं रहा था। वह मेरी ओर देख भी नहीं रहा था। उसकी आँखें मेरे साथी पर टिकी थीं। उसके होंठ कुछ बुदबुदा रहे थे। दाँत बज रहे थे।

मेरा साथी फुसफुसाया, "देखा! अपने प्यारे योन्को की हालत…अबकी वह चीखा कि बस…मेरी मानो, इसे अब पकड़कर ही रखो।"

मेरा साथी खड़ा हुआ तो मैंने उसे रोका। पहला काम तो यह था कि हम बच्चे को डर के भाव से उबारते, पर योन्को फिर चीखा और दरवाजे की ओर लपका।

मैं भी उसकी ओर लपका। मैंने उसका सिर अपनी छाती से सटाया और कोमलता से सहलाने लगा, ताकि वह सामान्य हो सके।

"चिल्लाओ नहीं, योन्को बेटा। तुम मुझे पहचान नहीं रहे हो? मैं तुम्हारा चाचा आंद्रो हूँ। देखो न मेरी तरफ, हम तो इसलिए छिपे हैं कि कहीं लुटेरे हमें देख न लें।"

योन्को अपने हाथ-पाँव फड़फड़ा रहा था। कोशिश में था कि मेरी पकड़ से मुक्त हो जाए।

आखिरकार वह चुप हुआ। मेरे शब्द तो शायद ही उसके दिल में पहुँचे, पर मेरी मजबूरी-भरी आवाज ने उसपर असर किया। उसने अपनी आँखें ऊपर कीं। पानी से

छलछलाई आँखों से भी वह हँस रहा था।

"देखो न, मैं तुम्हारा चाचा आंद्रो हूँ।" पर सहसा उसने मेरे साथी की तरफ देखा और मुझसे चिपट गया।

"जाने दो मुझे, चाचा आंद्रो, वह तो लुटेरा है। वह तुम्हें भी पकड़वा देगा। जाने दो मुझे।"

अब मुझे ध्यान आया कि मेरे साथी ने तो पुलिस की वरदी पहन रखी है।

मैं योन्को को शांत करने के लिए जोर से हँसा, "देखो, यह तो हमारे साथी हैं—हमें आजादी दिलानेवाले। इनसे डरो नहीं। भला सोचो, हमारे दोस्त लुटेरे कैसे हो सकते हैं ?"

फिर भी उसकी आँखों में अविश्वास था। मैं धीरे-धीरे उसे उठाए अपने सहयोगी की तरफ बढ़ा, "इसके कपड़ों पर मत जाओ, ये तो माँगे हुए हैं। देखो, इसकी टूटी चप्पलें। तुम्हें तो पता है, लुटेरे लोग हमेशा बढ़िया बूट पहनते हैं।" लेकिन योन्को मुझसे और ज्यादा लिपट गया और रोने लगा। हाँ, अब उसके रोने में चीख नहीं थी।

"अच्छा, तो तुम चुप नहीं होते तो चिल्लाओ।" मैंने कहा। मुझे याद था कि इस बच्चे के बाप ने हम लोगों के लिए अपने प्राण गँवाए थे। मेरे साथी ने उसे सहलाना शुरू किया, "अरे राक्षस, चुप हो जा⋯वरना वे हत्यारे आ जाएँगे।"

एक क्षण के लिए योन्को के सामने अतीत का सारा दृश्य घूम आया। उसने देखा था—क्रूर लोगों ने उसके पिता को पीटा था। पर उसके पिता के मुँह से वे उगलवा न

सके थे कि आजादी के लिए लड़नेवालों का नेता कौन था। उसके पिता की उँगलियों से खून बह रहा था। बाद में खबर मिली थी कि उसके पिता मर गए थे। कुछ दिन बाद वे उसकी माँ को भी ले गए थे। अब वह अपनी दादी के साथ पड़ोस में ही रहता था और कभी-कभार अपने पुराने घर चला आता था।

अब योन्को हमें अपनी कहानी सुना रहा था। वह बता रहा था कि कैसे राजा की पुलिस ने उसे अपने नुकीले जूतों से पीटा था। जब वे उसे ले जा रहे थे तो अपनी रुलाई दबाने के लिए उसने मुँह हाथों से ढक लिया था।

मेरे साथी की छोटी-सी बंदूक को देखकर वह बोला, ''यह मुझे दे दो, मैं सारे बदमाशों को भून दूँगा।''

शायद वह ऐसा कर भी देता, अगर वह इसके काबिल होता। हम हँसे, पर वह गंभीर बना रहा, ''अच्छा, तुम भी जरूर उन्हें पीटना और दिन-भर खाना न देना...''

''हाँ, हाँ, जरूर!''

वह बोला, ''यह भी पता करना कि मेरे पापा को उन्होंने कहाँ दफनाया है। मैं अपनी मम्मी को बताऊँगा।''

बच्चे को यह अहसास नहीं था कि वह हमें कितना पीड़ादायक काम सौंप रहा था। उसकी दादी बूढ़ी थी, माँ न जाने कहाँ थी। फिर भी हमने उससे वादा किया, ताकि वह इस आशा में जीवित रहे।

वह देर तक रहना चाहता था, पर हमें डर था कि कहीं उसकी दादी बेचैन

न हो। एक छोटी-सी पिस्तौल ला देने का वादा कर हमने उसे बिदा किया।

''मैं बाहर चौकसी रखूँगा।'' यह कहकर वह चुपके से बाहर चला गया।

शीघ्र की हमें कुछ घरों के पीछे से जोर-जोर की आवाजें सुनाई दीं। वहाँ कुछ बच्चे सिपाही और क्रांतिकारियों का खेल खेल रहे थे। उनमें योन्को की आवाज सबसे ज्यादा तेज थी।

मुझे याद आया—जब वह अभी बच्चा ही था, दो-ढाई साल का—तभी वह हम लोगों की गुप्त बैठकों में मौजूद रहता था और खुद एक क्रांतिकारी बनने के भाव को जताता रहता था। तभी सहसा कहीं से एक पतली-सी आवाज उभरी, ''पुलिस···पुलिस दस्ते···''

हम सोच रहे थे कि बच्चे खेल-खेल में उत्तेजित हो रहे होंगे, परंतु योन्को की आवाज साफ-साफ सुनाई दे रही थी—जैसे वह तेज-से-तेज हो रही हो।

''कहीं ऐसा तो नहीं कि योन्को इधर आए और सचमुच पुलिस इधर आ जाए?'' मेरे साथी ने कहा।

''अभी तो हम कुछ नहीं कर सकते। बस, यहाँ से भाग खड़े हों यही बेहतर है। वे हमें इतनी आसानी से न पकड़ पाएँगे।''

तभी सड़क के पार से योन्को की आवाज आई, ''चाचा आंद्रो, वे अभी बहुत दूर हैं···पर आ रहे हैं।''

मैंने उत्तर दिया, ''तुम घर चले जाओ, प्यारे बेटे।''

मुझे भागने का रास्ता सूझ गया था। हम वहाँ से नदी पार कर जंगल में चले गए थे। जाते-जाते हमने देखा था कि घोड़ों पर सवार पुलिस ने योन्को के मोहल्ले को घेर लिया था।

हम गरम जंगली घास पर लेटे सोच रहे थे—छोटे से बच्चे ने हमें कैसे बचाया। कैसे वे खेल-खेल में जान पाए कि हम खतरे में हैं।···ओह! प्यारे छोटे भाई···

□

साबुन की टिकिया

—साकी

नारमेन गोट्र्सबी पार्क की एक बेंच पर बैठ गया।

उसकी दाईं तरफ वह हाइड पार्क कॉर्नर था, जहाँ हर समय ट्रैफिक का शोरगुल और हो-हल्ला होता रहता था।

मार्च का महीना था। शाम के करीब साढ़े छः बजे थे। शाम का धुँधलका धीरे-धीरे गहरा होता जा रहा था। चाँद की हलकी-हलकी रोशनी और सड़क की बत्तियाँ उस धुँधलके को कम करने की कोशिश कर रही थीं।

सड़क और पटरियों पर चहल-पहल धीरे-धीरे कम होती जा रही थी। फिर भी कुछ लोग पार्क की बेंचों और कुरसियों पर आकर बैठते जा रहे थे।

गोट्र्सबी को यह सब कुछ बहुत अच्छा लग रहा था।

उसी बेंच पर उसके साथ एक अधेड़ उम्र का आदमी बैठा हुआ था। वह उठकर जाने लगा तो गोट्र्सबी ने उसे ध्यान से देखा। वह आदमी धीरे-धीरे अँधेरे में गुम हो गयो। उसके वहाँ से जाते ही एक युवक उसकी जगह पर आ बैठा। युवक ने काफी अच्छे कपड़े पहने हुए थे।

वह युवक बेंच पर बैठने के बाद गुस्से से कुछ बड़बड़ाया।

''लगता है, तुम बहुत गुस्से में हो,'' गोट्र्सबी ने कहा। उसे लगा था जैसे वह युवक उसे सुनाने के लिए ही बड़बड़ाया हो।

''जो कुछ मेरे साथ हुआ है, अगर वह तुम्हारे साथ हुआ होता तो तुम भी मेरी ही तरह गुस्से में होते,'' उसने कहा, ''मैंने अपनी जिंदगी की सबसे ज्यादा बेवकूफी-भरी हरकत की है।''

''क्यों, क्या हुआ?'' गोट्र्सबी ने आश्चर्य से उसके चेहरे की तरफ देखते हुए पूछा।

''मैं आज दोपहर को ही इस शहर में आया हूँ। आने के बाद मैं हमेशा की तरह

बर्कशायर स्क्वायर के पेटागोनियन होटल गया। परंतु वहाँ जाने पर मुझे पता चला कि कुछ सप्ताह पहले उस होटल को तोड़कर वहाँ पर सिनेमाघर बना दिया गया है। इससे पहले कि मैं कुछ सोच पाता, टैक्सी-ड्राइवर ने एक दूसरे होटल का नाम लिया और मुझे वहाँ ठहरने की सलाह दी। कोई और चारा न देखकर मैंने उसकी राय मान ली और वहाँ जा पहुँचा। होटल पहुँचकर मैंने सबसे पहले अपने घरवालों को होटल का पता बताने के लिए पत्र लिखा और फिर साबुन खरीदने के लिए बाहर आ गया। मुझे होटलों का साबुन इस्तेमाल करने से सख्त नफरत है। इस बार मैं गलती से अपने साथ साबुन लाना भूल गया था। बाहर निकलने के बाद मैं घूमता-फिरता काफी दूर आ गया। एक जगह बैठकर कुछ ठंडा पीने के बाद मैंने एक दुकान से साबुन खरीदा और फिर होटल की तरफ चल दिया। पर तभी मुझे अहसास हुआ कि न तो मुझे उस होटल का नाम याद है और न ही वह सड़क, जहाँ वह होटल था। वैसे मैं फोन करके अपने घरवालों से अपने होटल का नाम और पता पूछ सकता था; पर उन्हें मेरा पत्र कल से पहले नहीं मिल सकता। तब तक मैं बिना पैसे के रहूँगा। मैं केवल एक शिलिंग लेकर होटल से चला था, जो ठंडा पीने और साबुन खरीदने में खर्च हो गया। इस तरह मेरे पास केवल दो पैंस हैं और काटने के लिए सारी रात।''

युवक के बात खत्म करने के बाद कुछ समय तक खामोशी छाई रही। फिर वह युवक दोबारा बोला, ''मुझे लगता है, तुम्हें मेरी बात असंभव-सी लग रही है।''

''नहीं, इसमें असंभव तो कुछ भी नहीं है,'' गोट्र्सबी ने तपाक से कहा, ''मुझे याद है, एक बार विदेश में मेरे साथ भी ऐसा ही हुआ था। पर तब मेरे साथ एक आदमी और था और हमें यह याद था कि वह होटल किसी नहर के किनारे है। बस, हम लोगों ने उस नहर पर जाकर उसके साथ-साथ चलना शुरू कर दिया था और होटल पहुँच गए थे।''

युवक ने कुछ सोचकर कहा, ''वैसे भी किसी विदेशी नगर में इतनी तकलीफ नहीं होती। वहाँ तो अपने कांसुल (वैदेशिक प्रतिनिधि) के पास जाकर उससे भी सहायता ली जा सकती है। मुश्किल तो अपने देश में ही ज्यादा होती है।'' फिर उदास स्वर में बोला, ''जब तक कोई भला आदमी मेरी कहानी सुनकर मुझे कुछ रुपए उधार नहीं दे देता, तब तक मैं ऐसे ही परेशान रहूँगा और मुझे अपनी रात फुटपाथ पर ही गुजारनी पड़ेगी।...पर मुझे खुशी है कि तुम्हें मेरी कहानी बिल्कुल असंभव नहीं लग रही है।''

उसने अपना आखिरी वाक्य बहुत भावुकता से बोला था।

''यह बात तो है,'' गोट्र्सबी ने सिर हिलाया, ''पर तुम्हारी कहानी का एक कमजोर हिस्सा यह है कि तुम्हारे पास साबुन नहीं है।''

"लगता है, मैंने वह खो दिया है," युवक जेबों पर हाथ मारते हुए बुदबुदाया।

"एक ही दिन में होटल और साबुन दोनों का खो जाना तुम्हारी लापरवाही का सबूत है," गोट्र्सबी ने कहा।

इससे पहले कि गोट्र्सबी कुछ और कहता, वह युवक उठकर एक तरफ को चल दिया।

उसे जाते देखकर गोट्र्सबी ने सोचा, 'साबुनवाली बात के कारण ही मुझे उसकी कहानी पर यकीन आया था और अब उसी छोटी-सी बात के कारण वह फँस गया। अगर उसने अपनी मनगढ़ंत कहानी सुनाने से पहले दुकान से साबुन खरीद लिया होता, तो मैं उसके जाल में फँस गया होता।'

यह सोचता हुआ गोट्र्सबी घर जाने के लिए उठ खड़ा हुआ। पर तभी वह चौंक पड़ा।

बेंच के पास जमीन पर एक छोटा-सा लिफाफा पड़ा हुआ था। 'इस लिफाफे में जरूर साबुन की टिकिया है, जो उस युवक के कोट में से उस वक्त गिरी होगी, जब वह बेंच पर झटके से बैठा था,' वह विचार दिमाग में आते ही गोट्र्सबी उस तरफ को लपक लिया, जिधर वह युवक गया था।

थोड़ी दूर जाने पर उसे वह युवक दिखाई दे गया। उसके पास पहुँचते ही गोट्र्सबी ने साबुन की टिकिया उसकी तरफ बढ़ाते हुए कहा, ''यह तुम्हारे कोट की जेब में से उस वक्त गिरी होगी, जब तुम बेंच पर बैठे थे। तुम्हारे जाने के बाद यह लिफाफा मुझे जमीन पर पड़ा हुआ मिला था।''

खेद-भरे स्वर में उसने आगे कहा, ''मैंने तुम्हारी बात पर विश्वास नहीं किया, इसके लिए मैं तुमसे माफी चाहता हूँ। पर उस समय कुछ बातें तुम्हारे विरुद्ध जा रही थीं। अब चूँकि यह साबुन की टिकिया मुझे मिल गई है, मुझे तुम्हारी बात पर कोई संदेह नहीं है। अगर मैं तुम्हें कुछ रुपए दे दूँ तो…'' कहकर गोट्र्सबी ने कुछ रुपए युवक की ओर बढ़ाए।

युवक ने झिझकते हुए वे रुपए अपनी जेब में रख लिये।

फिर गोट्र्सबी ने अपना विजिटिंग-कार्ड उसकी ओर बढ़ाते हुए कहा, ''इस कार्ड पर मेरा पता लिखा हुआ है। इस सप्ताह के किसी भी दिन आकर तुम मेरे पैसे लौटा सकते हो।…और यह रही तुम्हारी साबुन की टिकिया। अब इसे सँभालकर रखना। इसने तुम्हारी बहुत मदद की है।''

''धन्यवाद!'' युवक ने कहा और तेजी से नाइट्सबर्ग की तरफ लपक लिया।

गोट्र्सबी ने उसकी तरफ देखकर सोचा, 'यह एक अच्छा सबक है, मुझ जैसे उन तमाम लोगों के लिए जो दूसरों की मजबूरी को समझने की कोशिश नहीं करते।'

यह सोचते हुए गोट्र्सबी फिर उसी बेंच के पास आ पहुँचा, जहाँ पर पहले बैठा हुआ था।

वहाँ वही अधेड़ उम्र का आदमी बेंच के आसपास झुक-झुककर कुछ देख रहा था, जो युवक से पहले उस बेंच पर बैठा हुआ था।

''क्या आपका यहाँ कुछ खो गया है ?'' गोट्र्सबी ने उससे पूछा।

''जी हाँ, मेरी एक साबुन की टिकिया खो गई है।'' अधेड़ आदमी ने जवाब दिया।

□

दादाजी का जन्मदिन

—हरमान हाइजरमांस जूनियर

वह एक बड़ा, लेकिन बहुत गरीब परिवार था। दादाजी उस परिवार के मुखिया थे। जेट, मैरी और ट्रूंस उनकी बेटियाँ थीं। डर्क, पिएट और हेंक उनके बेटे थे। जेन, सैंट्जे, चार्ली, विली, डेला तथा लिली—ये छः पोते-पोतियाँ थीं।

दादाजी का जन्मदिन नजदीक आ रहा था। सब बच्चों ने मिलकर उनका जन्मदिन धूमधाम से मनाने की सोची। फिर वे इस बात पर विचार करने लगे कि दादाजी को जन्मदिन के उपहार में क्या दिया जाए।

जेट बोली, ''हम सब मिलकर उन्हें ऐसी जिल्दवाली 'बाइबल' उपहार में दें, जिसके पन्नों के किनारे सुनहरे हों।''

डर्क बोला, ''नहीं, बाइबल तो उनके पास पहले से ही है। अगर हमने उन्हें नई बाइबल दी तो वह अपनी पुरानी बाइबल को पढ़ना छोड़ देंगे। यह तो ठीक नहीं होगा कि बाइबल की जिस प्रति को वह सारी जिंदगी पढ़ते रहे, उसे अब वह पढ़ना छोड़ दें।...मैंने फर्नीचर की एक दुकान में एक आरामकुरसी देखी है। क्यों न हम वह कुरसी उन्हें उपहार में दें? उनकी पुरानी कुरसी टूट-फूट भी गई है। साथ ही वह दुकानदार आजकल हर चीज पर बीस प्रतिशत की छूट भी दे रहा है। इसलिए वह आरामकुरसी हमें सस्ती भी मिल जाएगी।''

मैरी का खयाल था कि बाइबल और आरामकुरसी से भी बढ़िया उपहार लंबा कोट रहेगा। वह बोली, ''सर्दी आने वाली है, इसलिए हम उन्हें एक लंबा कोट या एक गुलूबंद या एक जोड़ी दस्ताने उपहार में दे सकते हैं।''

हेंक की कुछ ही दिन पहले ईस्ट इंडीज में नौकरी लगी थी। वह कहने लगा, ''मुझे तुम लोगों के सुझाव जँचे नहीं। मेरा विचार है कि हम पूरे परिवार का इकट्ठा फोटो खिंचवाकर उन्हें भेंट करें। यह सबसे बढ़िया उपहार रहेगा। वह सबका इकट्ठा फोटो देखकर बहुत खुश होंगे। साथ ही मैं उस फोटो की एक प्रति अपने साथ ईस्ट इंडीज भी ले जाऊँगा।''

थोड़ी देर की बहस के बाद सबने हेंक का सुझाव मान लिया।

तब डर्क ने बताया कि जिस दुकान में वह काम करता है, उसके सामने एक फोटोग्राफर की दुकान है।

अगले रविवार को दादाजी के अलावा परिवार के सब लोग फोटो खिंचवाने के लिए उस फोटोग्राफर की दुकान पर गए। दादाजी को यह बात नहीं बताई गई।

फोटो खिंच जाने के बाद जब वे सब घर जाने के लिए मुड़े तो फोटोग्राफर ने उनसे फोटो के पैसे माँगे। वे सब हैरान रह गए। उनमें से किसी को उम्मीद नहीं थी कि फोटोग्राफर फोटो देने से पहले ही पैसे माँग लेगा।

डर्क ने फोटोग्राफर से प्रार्थना की कि वह फोटो के पैसे बाद में ले ले।

फोटोग्राफर बोला, ''फिर भी बयाने के रूप में कुछ पैसे तो दे दीजिए।''

तब डर्क ने फोटोग्राफर को दो गिल्डर (हॉलैंड का सिक्का) दे दिए। फोटोग्राफर ने वादा किया कि वह बुधवार को सुबह दस बजे तक फोटो जरूर दे देगा। बुधवार को ही दादाजी का जन्मदिन था।

फिर वे सब घर लौट आए।

अगले दिन दोपहर को जेन और चार्ली दादाजी के पास जाकर बोले, ''दादाजी, बताओ, इस बार हम आपके जन्मदिन पर आपको क्या उपहार देंगे?''

"मुझे क्या मालूम," दादाजी बोले, "यह तो तुम ही बता सकते हो।"

"नहीं, हम आपको नहीं बताएँगे। आप खुद ही बूझने की कोशिश कीजिए," जेन बोला।

"अच्छा, यह बताओ कि क्या वह कोई खाने की चीज है?" दादाजी ने पूछा।

"जी नहीं, अगर आपने उसे खाया तो आपका पेट खराब हो जाएगा," चार्ली ने हँसते हुए कहा।

"अच्छा, क्या वह कोई पढ़ने की चीज है?" दादाजी ने पूछा।

"जी नहीं।"

"क्या उसपर बैठा जा सकता है?"

"हाँ, आप उसपर बैठ सकते हैं।"

"क्या उसे पहना जा सकता है?" दादाजी ने पूछा।

"जी नहीं।"

"चलो, मैंने हार मान ली," दादाजी बोले, "अब तुम उस चीज के बारे में कुछ संकेत करो तो मैं बताऊँ।"

"हम सारे लोग उस उपहार के लिए अच्छे-अच्छे कपड़े पहनकर थोड़ी देर तक बिल्कुल चुपचाप बैठे रहे थे," जेन ने बताया।

"क्या बाद में उसपर चौखट भी चढ़वाई जाएगी?" दादाजी ने पूछा।

"हमें नहीं मालूम," जेन और चार्ली हँसते हुए बोले। फिर वे दोनों वहाँ से भाग गए।

□

दादाजी के जन्मदिन से एक दिन पहले, यानी मंगलवार की शाम को जब दादाजी आराम करने के लिए अपने कमरे में चले गए तो सब बच्चों ने मिलकर बैठक को रंग-बिरंगी झंडियों से सजाया। मुँह देखनेवाले बड़े शीशे पर उन्होंने सुनहरे अक्षरों में लिखा—'दादाजी को जन्मदिन की हार्दिक बधाई!' फिर उन्होंने दादाजी की कुरसी साफ करके उसे सजाया। उन्होंने दादाजी के कमरे को भी झंडियों से सजाया। कहीं दादाजी जाग न जाएँ, इसलिए उन्होंने यह सारा काम बहुत धीरे-धीरे, बिना आवाज के किया।

अगले दिन जब दादाजी सोकर उठे तो वह अपना कमरा सजा हुआ देखकर हैरान रह गए। फिर घर के लोगों ने दादाजी से कहा कि वह तब तक अपने कमरे में ही रहें, जब तक उन्हें नीचे न बुलाया जाए। दरअसल बच्चे चाहते थे कि जब फोटो आ जाए, तब दादाजी को नीचे बुलाया जाए।

डर्क फोटो लेने गया हुआ था।

लगभग नौ बजे दादाजी को पीने के लिए एक कप कॉफी दी गई।

एक घंटे बाद डर्क घर लौटा। सब लोग तेजी से उसकी तरफ लपके। उसके हाथ में फोटो न देखकर सब घबरा गए।

''फोटो कहाँ है ?'' जेट ने पूछा।

''तुम फोटो क्यों नहीं लाए ?'' मेरी घबराकर बोली।

डर्क बुत की तरह खड़ा रहा।

''डर्क, तुम चुप क्यों हो ? कुछ तो बोलो, फोटो का क्या हुआ ?'' हेंक ने पूछा।

''फोटोग्राफर ने कहा है कि बाकी पैसे दे जाओ और फोटो ले जाओ। फोटो तैयार है, लेकिन जब तक पूरे पैसे नहीं दोगे, फोटो नहीं मिलेगा,'' डर्क ने बताया।

''लेकिन पहले तो उसने ऐसा नहीं कहा था,'' हेंक बोला, ''अचानक उसे यह क्या हो गया है ?''

''मुझे भी पहले यही लग रहा था कि वह पैसे बाद में ले लेगा,'' डर्क बोला, ''पर वह तो जिद कर रहा है कि बिना पूरे पैसे लिये फोटो नहीं देगा। मैंने अपनी तरफ से पूरी कोशिश करके देख ली है।''

अब तो वे सब घबरा गए। उनके पास इतने पैसे नहीं थे कि वे फोटोग्राफर को दे सकते।

उन्होंने तो सोचा था कि फोटोग्राफर डर्क का परिचित है, इसलिए वह पैसे बाद में ले लेगा।

इतने में दादाजी अपने कमरे से नीचे बैठक में आ गए। उन्हें देखकर वहाँ चुप्पी छा गई।

सबको चुप देखकर दादाजी पूछने लगे, ''अरे, तुम लोग चुप क्यों हो ? क्या कोई गड़बड़ हो गई है ?''

हेंक बोला, ''जी, कोई खास बात नहीं है।''

दादाजी बोले, ''फिर कोई गीत सुनाओ, कोई कविता गाओ, मुझे खाने-पीने को कुछ दो।''

तब तक वे लोग सँभल गए थे। उन्होंने दादाजी को उनकी सजी हुई आरामकुरसी पर बैठा दिया।

फिर एक-एक करके सबने उन्हें जन्मदिन की बधाई दी। जेन ने एक कविता गाकर उनका स्वागत किया। दादाजी ने जब सामने दीवार पर लगे शीशे पर जन्मदिन का बधाई संदेश पढ़ा, तो वह बहुत खुश हुए।

फिर दादाजी बोले, ''तुम लोग मुझे उपहार में कुछ देने वाले थे न, कहाँ है वह उपहार ?''

यह सुनकर सब एक-दूसरे की तरफ देखने लगे। फिर उन्होंने अपनी गरदन झुका ली।

दादाजी को लगा, कुछ गड़बड़ हो गई है।

वह समझ गए कि उपहार के लिए पैसों का इंतजाम नहीं हो सका होगा। अपने परिवार की खराब आर्थिक हालत से वह अच्छी तरह परिचित थे। उन्होंने अपने बच्चों की मायूसी खत्म करने के लिए कहा, "अरे, तुम लोग इतना परेशान क्यों हो रहे हो? उपहार नहीं है तो जाने दो। तुम लोगों ने इतना सब किया है, यही क्या कम है?"

फिर सबने मिलकर भोजन किया। तब वे अपने-अपने कामों में लग गए।

शाम को वे सब यह देखकर हैरान रह गए कि दादाजी हाथ में बड़ा-सा फोटो लेकर दरवाजे से भीतर आ रहे हैं। सबने दौड़कर दादाजी के हाथ से फोटो ले लिया। यह वही फोटो था, जो पिछले रविवार को उन सबने खिंचवाया था।

दादाजी बोले, "मेरे बच्चो, अब तो तुम खुश हो न? तुम लोग यही फोटो मुझे उपहार में देना चाहते थे न?"

"पर आपको कैसे पता चला कि हम आपको यह फोटो उपहार में देना चाहते थे?" जेट ने हैरानी प्रकट करते हुए पूछा।

दादाजी कहने लगे, "दरअसल, मैंने जेन और चार्ली की बातों से अंदाजा लगा लिया था कि तुम लोगों ने मिलकर फोटो खिंचवाया है। मुझे यह भी मालूम था कि डर्क की दुकान के सामने एक फोटोग्राफर की दुकान है। सुबह जब मैंने देखा कि तुम लोग उपहार के नाम पर चुप हो गए हो तो मैं समझ गया कि जरूर तुम लोगों से पैसों का

इंतजाम नहीं हो पाया होगा। बस, यही सोचकर मैं अपने पास के कुछ पैसे लेकर उस फोटोग्राफर की दुकान पर गया। फोटोग्राफर की दुकान पर जाकर मुझे पता लगा कि मेरा अंदाजा बिल्कुल सही था। पैसे कम पड़ जाने की वजह से तुम यह फोटो नहीं ला सके थे। मैं फोटोग्राफर का हिसाब चुकाकर यह फोटो ले आया।''

दादाजी के मुँह से यह सुनकर उन सबके आश्चर्य का ठिकाना न रहा। सहसा ही सुबह से मायूस हो रहे उनके चेहरे खिल उठे।

□

चालाक चोर

—हीरोडोटस

पुराने जमाने में रैंपसिनिटस नाम का एक राजा हुआ है। उसके पास बहुत बड़ा खजाना था। राजा ने अपने खजाने की सुरक्षा के लिए पत्थर की एक ऐसी बड़ी कोठरी बनवाने की सोची, जिसका एक सिरा उसके महल की बाहरी दीवार का एक हिस्सा हो।

कारीगर ने कोठरी बनानी शुरू कर दी। महल का बाहरी दीवारवाला हिस्सा बनाते समय उसके दिमाग में राजा का खजाना लूटने की बात आई और उसने उस दीवार में एक पत्थर इस तरह जमा दिया कि उसे वहाँ से आसानी से निकाला जा सके।

कोठरी कुछ दिनों में बनकर तैयार हो गई। राजा ने अपना खजाना वहाँ रखवा दिया।

समय बीतता गया। कुछ समय बाद वह कारीगर बीमार पड़ गया। अपनी मृत्यु निकट देखकर उसने अपने दोनों बेटों को अपने पास बुलाया और उन्हें राजा के खजानेवाली कोठरी के पत्थर की बात बताई। उसने कहा, "मैंने तुम्हारे लिए ही यह सब किया है। राजा के खजाने को लूटकर तुम सारी जिंदगी मजे में बिता सकोगे।"

फिर उसने अपने बेटों को उस पत्थर को हटाने का तरीका बताया, जिसे उसने राजा के खजानेवाली कोठरी की दीवार में जमाया था। उसने उन्हें खजाने तक पहुँचने का सही रास्ता भी बता दिया। इसके कुछ दिनों बाद उस कारीगर की मृत्यु हो गई।

बाप के मरते ही उसके बेटों ने राजा का खजाना लूटने में देरी नहीं की। एक रात वे छिपकर राजा के महल में जा पहुँचे और खजानेवाली कोठरी की दीवार में लगे उस पत्थर को हटाकर एक बड़ी रकम लूटकर ले गए।

एक दिन जब राजा उस कोठरी में गया तो उसे यह देखकर हैरानी हुई कि खजाने से बहुत-सा धन गायब है। उसकी समझ में यह नहीं आया कि चोर कोठरी में घुसा कैसे। न तो कोठरी की कोई दीवार टूटी हुई थी, न कोई सेंध लगी थी और कोठरी की साँकलें तथा ताले भी ठीक तरह से बंद थे।

इसके बाद राजा जब भी खजाने की कोठरी में जाता, उसे खजाना पहले से कम

मिलता। चोर धीरे-धीरे उसका खजाना खाली करते जा रहे थे।

आखिर राजा ने चोरों को पकड़ने की ठान ली। उसने खजाने के पास जाल लगवा दिए।

अगली बार जब चोर उसका खजाना लूटने गए, तब उनमें से एक चोर जैसे ही कोठरी के छोटे दरवाजे से भीतर घुसने लगा, जाल में फँस गया।

उसने जाल में से निकलने की बहुत कोशिश की, पर निकल नहीं सका। हारकर उसने अपने भाई से कहा, ''मैं इस जाल में फँस गया हूँ। मेरे छूटने की अब कोई उम्मीद नहीं है। यदि मैं पकड़ा गया और पहचान लिया गया, तो तुम भी मुसीबत में पड़ जाओगे। इसलिए अच्छा यही है कि तुम मेरा सिर काटकर अपने साथ ले जाओ, ताकि जब राजा के आदमियों को मेरी लाश मिले तो वे मुझे पहचान न सकें। इस प्रकार तुम बच जाओगे।''

दूसरे चोर ने अपने भाई की सलाह मान ली और उसका सिर काटकर अपने साथ घर ले गया।

सुबह होने पर राजा जब खजानेवाली कोठरी में गया, तब एक चोर की बिना सिरवाली लाश को जाल में फँसा देखकर हैरान रह गया।

राजा ने तुरंत अपने सैनिकों को आदेश दिया कि वे उस लाश को ले जाकर बीच

चौराहे पर लटका दें और यदि कोई व्यक्ति उस लाश को देखकर रोए, तो उसे पकड़कर फौरन दरबार में हाजिर करें।

जब चोर की माँ ने सुना कि उसके बेटे की लाश चौराहे पर लटकाई गई है, तो उसने अपने दूसरे बेटे से कहा, ''तुम कोई भी उपाय करके अपने भाई की लाश ले आओ।''

चोर ने माँ को समझाया, ''उसकी लाश को लाना संभव नहीं है, वहाँ बहुत से पहरेदार खड़े हैं। इससे मेरी जान भी खतरे में पड़ सकती है।''

पर उसकी माँ नहीं मानी और उसे अपनी माँ की जिद के सामने झुकना पड़ा।

चोर अपने भाई की लाश लाने का उपाय सोचने लगा। उसने चमड़े की कुछ मशकों में शराब भरी और उन्हें गधों पर लादकर उस जगह पहुँच गया, जहाँ उसके भाई की लाश लटक रही थी।

वहाँ पहुँचकर उसने चुपचाप अपनी दो-तीन मशकों का मुँह ढीला कर दिया, जिससे उन मशकों में भरी शराब सड़क पर गिरने लगी। फिर वह जोर-जोर से चिल्लाने लगा और अपना सिर पीटने लगा।

पहरेदारों ने जब सड़क पर बह रही शराब को देखा तो वे खुश हो गए। उन्होंने मौके का फायदा उठाया और मशकों से गिरती शराब को बरतनों में भरना शुरू कर दिया।

चोर उनपर बनावटी गुस्सा करने लगा और उन्हें बुरा-भला कहने लगा। पर मन-ही-मन वह खुश था कि उसकी चाल कामयाब रही है।

मुफ्त की शराब के लालच में पहरेदार उसे शांत करने का प्रयत्न करने लगे। जब चोर का गुस्सा ठंडा हुआ, तब वह अपने गधों को सड़क के किनारे ले गया और उनपर लदी मशकों को ठीकठाक करने लगा।

पहरेदार उसके साथ हँसी-मजाक करने लगे। वे उसे खुश करने की कोशिश कर रहे थे, ताकि उन्हें मुफ्त की शराब पीने को मिल जाए।

चोर ने उन्हें एक मशक शराब उपहार में दे दी। वे वहीं बैठकर शराब पीने लगे।

फिर उन्होंने चोर को भी अपने साथ शराब पीने के लिए बिठा लिया। चोर जल्दी ही उनके साथ घुल-मिल गया।

इसके बाद उसने पहरेदारों को शराब की एक मशक और उपहार में दे दी। पहरेदारों ने वह भी पी डाली। फिर पहरेदार शराब के नशे में धुत्त होकर वहीं गिर पड़े और उन्हें होश नहीं रहा।

चोर ने अँधेरा होने का इंतजार किया। अँधेरा होने पर वह अपने भाई की लाश लेकर घर आ गया।

जब राजा ने सुना कि चोर पहरेदारों को धोखा देकर लाश को उठा ले गया, तो उसे बहुत गुस्सा आया।

राजा चोर को किसी भी तरह पकड़ना चाहता था। उसने एक नई तरकीब सोची।

उसने अपने राज्य में घोषणा करवा दी कि जो आदमी राजकुमारी को अपने जीवन में घटी बहुत ही दुष्टता और चतुराईवाली घटना सुनाएगा, उसके साथ राजकुमारी का विवाह कर दिया जाएगा।

इसके बाद राजा ने राजकुमारी से कहा, ''यदि कोई व्यक्ति तुम्हें उस चोर की कहानी सुनाए तो उसे पकड़ लेना। उसे भागने मत देना।''

दूसरी तरफ चोर ने भी यह घोषणा सुनी। वह समझ गया कि राजा ने उसे पकड़ने के लिए ही यह चाल चली है। चोर ने फैसला किया कि वह अपनी चतुराई से एक बार फिर राजा की चाल को नाकाम कर देगा।

चोर ने योजना बनाई। उसने कहीं से एक ताजा लाश ली और उसका एक हाथ कंधे तक काट लिया। उस हाथ को वह अपने कपड़ों के भीतर छिपाकर राजकुमारी के पास पहुँचा।

राजकुमारी ने उससे पूछा कि उसके जीवन में कौन-सी बहुत ही दुष्टता और चतुराईवाली घटना घटी है?

चोर ने कहा, ''मैंने अपने जीवन में सबसे ज्यादा दुष्टता का काम तब किया था, जब मैंने राजा के खजाने के पास जाल में फँसे अपने भाई का सिर काट दिया था और बहुत ही चतुराई का काम तब किया था, जब मैं राजा के पहरेदारों को मूर्ख बनाकर

अपने भाई की लाश उठाकर ले गया था।''

चोर के मुँह से यह सुनते ही राजकुमारी ने उसका हाथ पकड़ लिया।

लेकिन चोर ने जल्दी से राजकुमारी को अपने कपड़ों के भीतर छिपा कटा हाथ पकड़ा दिया और वहाँ से भाग गया।

राजा ने जब यह घटना सुनी तो वह चोर की हिम्मत और चतुराई देखकर दंग रह गया। उसने अपने राज्य में चारों तरफ ढिंढोरा पिटवा दिया कि यदि वह चोर स्वयं उसके सामने आ जाए, तो वह उसे माफ कर देगा और उसे बहुत-सा इनाम भी देगा। साथ ही राजकुमारी का विवाह भी उसके साथ कर देगा।

चोर ने राजा की घोषणा सुनी। वह निडर होकर राजा के सामने गया। राजा को हारकर अपने वादे के अनुसार राजकुमारी का विवाह उसके साथ करना पड़ा।

□

राजा नंगा है

—हैंस क्रिश्चियन एंडरसन

एक था राजा। वह कपड़ों का बहुत शौकीन था। कपड़ों के चक्कर में राजकाज तक में ध्यान नहीं देता था, हालाँकि उसके पास तरह-तरह के कपड़ों का ढेर लगा हुआ था।

वह देश-विदेश के प्रसिद्ध दर्जियों को बुलवाकर उनसे कपड़ों के डिजाइनों के बारे में बातें करता रहता। यदि कभी कोई व्यक्ति आकर उसके कपड़ों की प्रशंसा कर देता तो वह उसे खूब पुरस्कार देता।

एक बार दूसरे राज्य के दो ठगों को राजा के इस शौक का पता लगा। उन्होंने राजा को ठगने और सबक सिखाने की ठानी। उन्होंने राजा को संदेश भेजा कि वे सोने और हीरे के धागे से कपड़ा तैयार कर उसके लिए एक ऐसी सुंदर पोशाक बना सकते हैं, जिसके बारे में कभी किसी ने सपने में भी न सोचा होगा। किंतु उनकी शर्त थी कि उस अद्भुत पोशाक को कोई मूर्ख या अपने पद के अयोग्य व्यक्ति नहीं देख सकेगा।

यह सुनकर राजा बहुत खुश हुआ। नित नई पोशाकों के लिए लालची राजा ने तुरंत उन दोनों को अपने दरबार में बुलाया और अपने लिए वैसी अद्भुत पोशाक तैयार करने का आदेश दे दिया।

दोनों ठगों के लिए महल में ही रहने और खाने-पीने की अच्छी व्यवस्था कर दी गई और कह दिया गया कि खर्च की परवाह किए बिना वे पोशाक बनाना शुरू कर दें। उन्हें ढेर सारे हीरे-जवाहरात और सोना मँगवाकर दे दिया गया। साथ ही कपड़ा तैयार करने के लिए दो खड्डियाँ भी लगा दी गईं।

दोनों ठगों ने दिन-रात खड्डियों के चक्कर काटने शुरू कर दिए। लोग समझते, वे सोने और हीरों से कपड़े तैयार कर रहे हैं, जबकि वास्तव में वे कुछ नहीं कर रहे थे।

कुछ दिनों के बाद राजा यह जानने के लिए बेचैन हो गया कि कितना काम हुआ है। लेकिन शुरू में उसने स्वयं जाँच करने जाना उचित नहीं समझा और अपने एक

मंत्री को कपड़ा बनानेवालों के पास यह पता लगाने के लिए भेजा कि कितना कपड़ा तैयार हुआ है।

मंत्री ने जाकर ध्यान से खड्डियों को देखा, लेकिन उसे कुछ भी दिखाई नहीं दिया।

किंतु मंत्री ने सोचा कि अगर उसने राजा से यह कहा कि वहाँ कुछ नहीं हो रहा है, तो वह मूर्ख समझा जाएगा या फिर अपने पद के अयोग्य मान लिया जाएगा, और तब शायद राजा उसे नौकरी से ही निकाल दे। इसलिए वह राजा के पास आकर बोला, "सरकार! बहुत बढ़िया कपड़ा तैयार हो रहा है।"

सुनकर राजा बहुत खुश हुआ। समय-समय पर उसने अपने अन्य मंत्रियों को भी ठगों के पास यह पता लगाने के लिए भेजा कि कपड़ा तैयार करने का काम कहाँ तक पहुँचा है। सबने वहाँ से लौटकर राजा को यही बताया कि उन्होंने खुद कपड़ा तैयार होते देखा है और वह सचमुच बड़ा सुंदर है। आखिर राजा ने खुद जाकर कपड़ा जाँचने का फैसला किया। पर जब राजा वहाँ पहुँचा तो उसे खड्डियों के सिवाय कुछ भी दिखाई नहीं दिया।

राजा सोचने लगा, यह क्या हो गया? क्या मेरे मंत्री आदि मुझसे ज्यादा होशियार हैं? क्या मैं बेवकूफ हूँ और राज्य करने के काबिल नहीं हूँ? अगर ऐसा है तो किसी को पता नहीं लगना चाहिए।

यह सोचकर राजा ने खड्डियों की तरफ देखते हुए कहा, ''कितना अच्छा कपड़ा है। सोने और हीरों के धागों की बुनाई कितनी अच्छी है!''

यह सुनकर दोनों ठगों ने राजा को धन्यवाद दिया और कहा, ''हम तो आपको खुश करना चाहते हैं, सरकार, चाहे इसके लिए हमें रात-दिन जागकर ही काम क्यों न करना पड़े।''

राजा ने अपने महल में पहुँचकर मंत्रियों से कहा, ''अगले सप्ताह एक बड़ा जुलूस निकलेगा, जिसमें मैं वह नई पोशाक पहनूँगा।''

आखिर वह दिन भी आ गया। दोनों ठग झूठ-मूठ का कपड़ा लेकर दरबार में आए तो सभी दरबारियों ने एक साथ कहा, ''कितना अच्छा कपड़ा है। हमारे राजा पर खूब फबेगा!''

दोनों ठगों ने राजा से कहा कि वह अपने पुराने कपड़े उतार दें। इसके बाद उन्होंने अपने हाव-भाव से यह जताने की कोशिश की जैसे वे राजा को नई पोशाक पहना रहे हों। सभी मंत्री और दरबारी, जो नहीं चाहते थे कि उन्हें बेवकूफ या पद के अयोग्य समझा जाए, उनकी प्रशंसा में एक साथ वाह-वाह करने लगे। राजा ने भी प्रसन्नता में अपना सिर हिलाया और फिर नंगा ही हाथी पर बैठकर शान से बाहर चला गया तथा नगर में घूमने-फिरने लगा। पीछे-पीछे सारे दरबारी चले।

राजा का दर्शन करने के लिए रास्ते के दोनों ओर खड़ी भीड़ भी मूर्ख समझ लिये जाने के डर से राजा की नई पोशाक की ऐसे प्रशंसा करने लगी, मानो वह पोशाक उसे सचमुच ही दिखाई दे रही हो। लेकिन तभी एक बच्चा राजा को देखकर तालियाँ बजा-

बजाकर कहने लगा, "राजा नंगा है! उसके पास कपड़े नहीं हैं!"

यह सुनकर उस लड़के के बाप ने कहा, "इस मासूम की बात सुनो, कह रहा है कि राजा नंगा है!"

फिर तो सारी भीड़ चिल्लाने लगी, "राजा नंगा है! राजा नंगा है!"

अचानक राजा को अहसास हुआ कि ठगों ने उसे ठग लिया है। उसे शर्म आई, किंतु असली बात को जाहिर करने में उसे और भी ज्यादा शर्मिंदगी लगी। इसलिए उसने यही दिखाया कि लोग गलत हैं और वह सही। शान से वह इस तरह जुलूस में आगे बढ़ता रहा जैसे उसने बहुत शानदार कपड़े पहन रखे हों। भीड़ अब भी चिल्ला रही थी—"राजा नंगा है! राजा नंगा है!"

□□□